Une histoire de
Montségur

Catherine de Courcy est une auteure, historienne et chercheuse irlandaise. Elle a été attirée par l'histoire de Montségur et des Cathares en 2008. À partir de 2011, elle s'est immergée dans le paysage qui entoure Montségur, visitant les sites relatifs aux Cathares, faisant des recherches et enquêtant sur les récits qu'elle a pu glaner ici et là. Écrivain professionnel, elle a publié quatorze livres de non fiction et de nombreux articles traitant de sujets divers, tels que l'histoire des zoos ou encore des récits de voyage à travers le désert australien. Elle a vécu et travaillé en Irlande, mais également en Papouasie-Nouvelle-Guinée et en Australie. Aujourd'hui, elle partage son temps entre Dublin et l'Occitanie, en France.

CATHERINE
DE COURCY

Traduit de l'unglais par Nathalie André

MABEL WRAY PRESS

2020

Ce roman a été édité pour la première fois en anglais en 2017 par
Mabel Wray Press
Dublin, Irlande
Mabelwraypress.com

Titre original : *Montségur : a novel*

Réimprimé en 2018
Première édition en français : 2020

ISBN 978-1-9997266-7-6

Création de la couverture : Anù Design, Irlande
Imprimé par CPI Cox and Wyman, Royaume-Uni

Chronologie des événements historiques

1209	Début de la croisade contre les Albigeois, massacre de Béziers.
1211	Siège de Lavaur par les croisés. Après la chute de la ville, 300 à 400 personnes sont accusées d'hérésie et brûlées vives sur un bûcher.
1218	Mort de Simon de Montfort, chef militaire de la croisade, tué devant Toulouse.
1229	Fin de la croisade.
1233	Début de l'Inquisition de la dépravation hérétique.
1241	Le comte de Toulouse met le siège devant Montségur.
1242	Raid d'Avignonet.
1243, Mai	début du siège de Montségur, sous le commandement du sénéchal de Carcassonne, Hugues des Arcis.
1244, Mars	Fin du siège de Montségur.

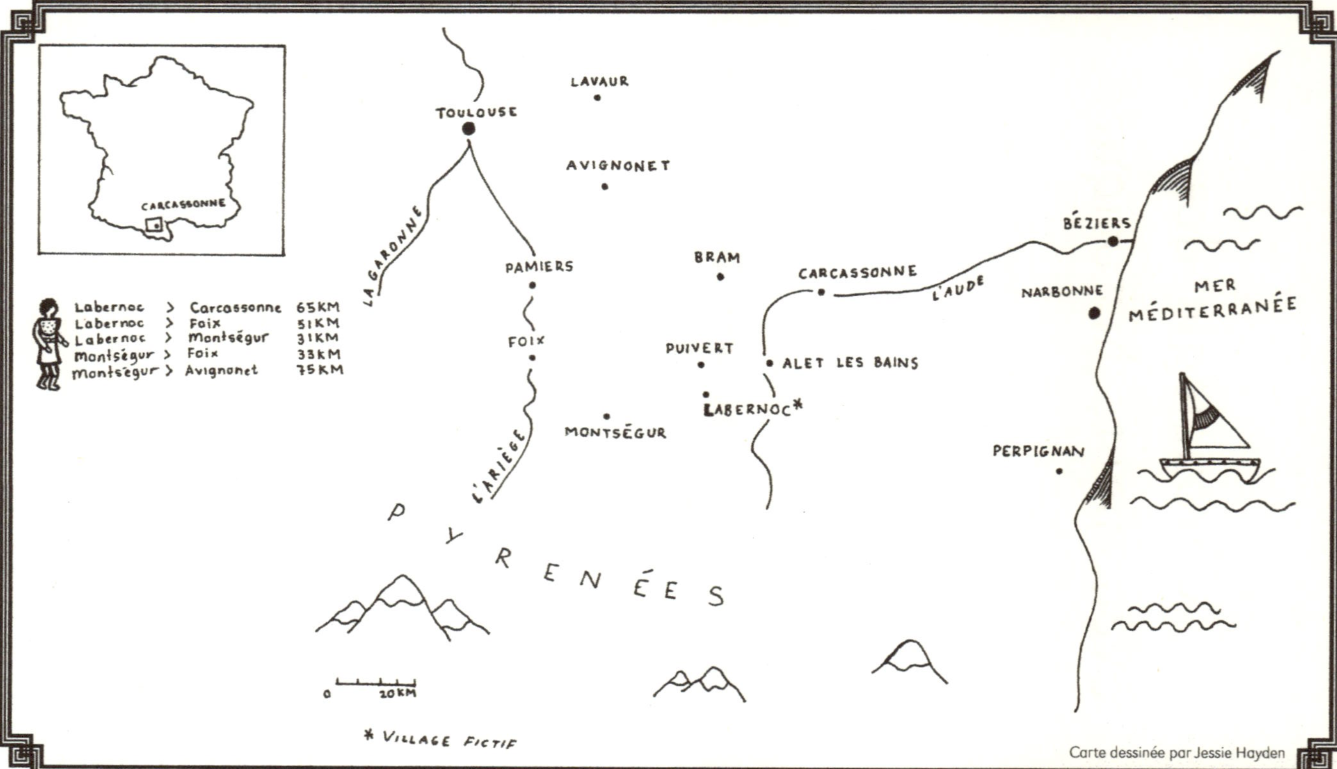

Carte dessinée par Jessie Hayden

Note Historique

À partir du XIIe siècle, dans une région appelée aujourd'hui Occitanie, les croyances spirituelles d'un groupe de chrétiens, désormais connus sous le nom de Cathares, se répandent et deviennent très populaires. Des hommes et des femmes parcourent les campagnes du Languedoc, enseignant aux citadins et aux villageois leurs préceptes chrétiens et des pratiques simples. Ils n'ont pas d'églises, pas de statues ; ils sont non-violents, s'interdisent le mensonge et ne prêtent pas serment. Ils n'ont qu'un seul sacrement, le Consolament, administré à des hommes et des femmes qui se destinent à une vie de prière et d'abstinence, ou encore à des croyants proches de la mort, désirant le recevoir pour le salut de leur âme. Les puissants seigneurs du pays tolèrent les Cathares, ainsi Raimond VI, comte de Toulouse, et le vicomte Raimond-Roger Trencavel à Carcassonne.

Mais, à Rome, le pape s'inquiète de voir la région échapper peu à peu à son autorité ; et il est déterminé à la rétablir. Dès la deuxième moitié du XIIe siècle, il envoie en Languedoc des prédicateurs, dont la mission est de ramener les hérétiques dans le droit chemin. En plus des prêches, des débats contradictoires ont lieu entre représentants de l'Église romaine et chrétiens cathares. Mais ces mesures montrent peu d'efficacité et l'influence cathare continue de s'étendre. En 1208, un légat pontifical de haut rang, Pierre de Castelnau, est assassiné peu après avoir excommunié le comte de Toulouse. En réponse, le Pape Innocent III lance un appel à la croisade afin de purger de l'hérésie les terres de Toulouse et de Trencavel. Le roi de France autorise alors quelques-uns de ses barons à prendre la tête des troupes, et une imposante armée de croisés se dirige vers le Sud. Le premier acte de la croisade contre les Albigeois, ainsi qu'on la nomme, a lieu en 1209, à Béziers, où des milliers d'hommes, de femmes et d'enfants sont massacrés lors de la prise de la ville. L'abbé cistercien Arnaud Amaury, légat et commandant en chef de l'expédition, rapporte au pape la mort de vingt mille personnes. Bientôt menée par Simon de Montfort, la croisade se poursuit, caractérisée par sa grande brutalité. Montfort tombe devant Toulouse en 1218, mais la paix n'est conclue qu'en 1229. Entre temps, après être restée quelques années aux mains des Montfort, Carcassonne est placée sous l'autorité du roi de France en 1224. Quant au comte de Toulouse, il est contraint de céder la moitié de ses terres et de prêter allégeance au roi.

À la fin de la croisade, cependant, loin de s'avouer vaincue, la papauté recourt à d'autres méthodes pour identifier et soumettre les chrétiens rétifs. En 1233, le pape Grégoire IX institue l'Inquisition de la dépravation hérétique, confiant cette tâche aux ordres mendiants, et plus particulièrement à l'ordre des Prêcheurs, fondé quelques années plus tôt par Dominique de Guzman. Placés sous l'autorité directe du pape, les inquisiteurs ont tous les pouvoirs quant à la poursuite, l'arrestation, le jugement et le châtiment des hérétiques ; les seigneurs locaux, désormais inféodés au roi de France, sont obligés de coopérer.

Cette histoire débute en 1237, dans le village fictif de Labernoc, situé à cinq kilomètres du château de Puivert, soixante-cinq kilomètres au sud de Carcassonne. Exception faite de Labernoc, tous les autres lieux cités dans le livre sont réels.

Montségur: Personnages Principaux

*L'astérisque désigne un personnage historique.

Esmée, née en septembre 1221.

Emersende, mère d'Esmée, morte en septembre 1221.

Famille adoptive d'Esmée, village de Labernoc

Jaufré, père adoptif, né à Béziers en 1200.

Ava, mère adoptive, née à Labernoc en 1203.

Matina, née en 1220.

Raimond, né en septembre 1221.

Alayda, née en 1223.

Johan, né en janvier 1241.

Pedro, né en janvier 1243.

Bernard, frère de Jaufré, né à Béziers en 1203.

Julian, fils de Bernard, né en 1223.

La chaumière du chasseur, forêt de Labernoc

Guilhèm, chasseur, né en 1211.

Agnès, mère de Guilhèm.

Séréna, épouse de Guilhèm.

Bruna, née en octobre 1237.

Château de Labernoc
Miguel Garcias, châtelain.
Sibella, épouse de Miguel.
Algaia, cuisinière.

Groupe des inquisiteurs
Frère Pierre Tiqué, né en 1201.
Jacques Barca, garde.
Éric del Gurbe, garde.

Château de Carcassonne
Clément – pseudonyme de Guilhèm à Carcassonne.
Florie – pseudonyme d'Esmée à Carcassonne.
Nicolau, chasseur.
Jacotina, chef-cuisinière et seconde épouse de Nicolau.
Pons, né en 1214, fils de Nicolau et de sa première épouse.
Rolfe de Turre, sergent à la garnison du château.

Foix
*Guilhem Bélibaste, vers 1280-1321, bon homme.
Philippe, né en 1199 à Toulouse, père d'Esmée.
Andreva, née en 1210, seconde épouse de Philippe.
José, chevalier engagé par Philippe pour protéger le groupe de Labernoc.

Montségur
*Guilhabert de Castres, 1165–1241, évêque de la communauté.
Luisana, Ancienne.
Leyas, Ancien.

*Esclarmonde de Péreille, fille de Raymond de Péreille, seigneur de Montségur et de Corba.
Rixanda, bonne femme, guérisseuse.
Frère Thomas, bon homme.
*Bertrand Marty, évêque de la communauté.
Bertrana, résidente, veuve.
Wilhelmina, résidente, veuve.
*Pierre-Roger de Mirepoix, commandant de la garnison, gendre de Raymond de Péreille.
*Philippa de Péreille, fille de Raymond et Corba de Péreille, épouse de Pierre-Roger de Mirepoix.
*Arpaïs de Péreille, fille de Raymond et Corba de Péreille.
Luyon, Gerad, Dam, Yusu et Dimaz, Anciens.
Uswan, Ancienne.
Othon, chevalier, à la tête du groupe des grimpeurs.

Les assiégeants
* Hugues des Arcis, sénéchal de Carcassonne.

Prologue
Foix, janvier 1316

Esmée perçut un mouvement dans la pièce et ouvrit les yeux.

— Est-il venu ?

— Oui, ma tante. Il attend la tombée de la nuit dans la forêt, de l'autre côté de la rivière.

Esmée tendit sa main vers celle de sa petite-nièce et la serra. Elle savait le risque que prenait Serdane en faisant venir le bon homme jusqu'à son lit de mort.

— Votre pierre est-elle prête, ma tante ?

Esmée ouvrit sa main libre, révélant une petite pierre grise. Presque parfaitement ronde, elle présentait cependant un bord irrégulier et sa surface était marquée de plusieurs profondes entailles.

Serdane arrangea les oreillers derrière la vieille femme et l'aida à boire un peu d'eau, puis elle s'assit à côté d'elle ; Guilhem Bélibaste ne tarderait pas. Son regard tomba sur la pierre.

— J'aurais aimé qu'on m'apprenne à utiliser une pierre, comme vous, ma tante.

Avec effort, Esmée passa les doigts sur la pierre, qui se mit à briller.

— Oh, voilà cette petite brume, celle qui accompagne vos

histoires, tante Esmée. Il y a si longtemps que je ne l'avais vue ; je pensais l'avoir seulement imaginée. Oh non, elle a encore disparu…

Serdane soupira lorsque la brume s'évanouit.

— Cœur… regarde…

Esmée peinait à s'exprimer.

Après un coup d'œil inquiet vers la fenêtre et l'épaisse porte en chêne, toutes deux fermées, Serdane porta les mains à son cœur et fixa la pierre. Un grand calme régna bientôt dans la pièce. Soudain, elle vit la brume se reformer, émanant des entailles à la surface de la pierre.

Les yeux d'Esmée se remplirent de larmes tandis qu'elle souriait aux images floues d'hommes, de femmes et d'enfants qui venaient de se former devant elle. Nombreux étaient ceux qu'elle avait côtoyés et aimés durant les quatre-vingt quatorze années que comptait son existence.

Un bruit de pas se fit entendre. Esmée referma la main et la brume s'évanouit aussitôt.

La porte s'ouvrit. Emmitouflé dans un grand manteau à capuchon maculé de boue, un homme de grande taille pénétra dans la pièce.

— Comment va ma vieille hérétique préférée ? demanda-t-il doucement, les yeux pétillants, après avoir pris soin de refermer la porte derrière lui.

— Voyou.

Esmée tourna la tête tandis que le nouveau venu prenait sa main dans les siennes et se penchait pour y poser ses lèvres.

— Ne qualifiez pas ma tante d'hérétique, messire, je vous prie ! dit Serdane à voix basse.

Sans cacher son admiration, Guilhem leva les yeux vers la jolie femme d'âge mûr.

— Belle dame, votre chère vieille tante est pourtant une authentique hérétique ! Nous ne sommes malheureusement que quelques-uns, aujourd'hui.

— Messire, je vous demande d'être prudent. Il n'y a aucun hérétique dans cette maisonnée.

Guilhem jeta son manteau sur un banc.

— Tranquillisez-vous, jeune dame. Il n'y aurait aucune raison d'en rougir, répondit-il, ignorant l'anxiété contenue dans la voix de son hôtesse. L'Église de Rome vous accuse d'hérésie lorsque vous êtes en désaccord avec elle, c'est un fait ; et nous le sommes sur de nombreux sujets, n'est-ce pas Esmée, mon amie ?

Il s'installa confortablement à côté d'Esmée, dans un siège recouvert d'une épaisse peau de mouton.

— Ah, croyez-moi que j'apprécie grandement ce confort. Je ne me suis pas reposé dans d'aussi bonnes conditions depuis bien longtemps.

Serdane, peu sûre de l'attitude qu'elle devait adopter face à cet homme déroutant et quelque peu débraillé, quitta la pièce pour aller lui chercher une collation. La maison était déserte. Son époux avait emmené leurs filles, à présent des jeunes femmes, rendre visite à des parents à Toulouse, et, à cette heure tardive, les domestiques avaient rejoint leurs propres quartiers. Lorsqu'elle revint avec un plateau chargé de nourriture, un parfum distinct de rose flottait dans la chambre. Guilhem parlait avec passion et Serdane nota que le regard de sa tante s'était animé.

— Savez-vous que votre tante Esmée est l'une des rares personnes en vie à avoir connu des descendants directs de nos bien-aimés Maîtres, Jésus et Marie-Madeleine ? demanda Guilhem à son hôtesse en regardant avec envie le plateau qu'elle venait de déposer sur une petite table, devant lui.

— Vraiment, ma tante ? Cela est-il possible ?

— Certes ! Trois d'entre eux, au moins, ont croisé sa route. Tous réfugiés à Montségur, et cette douce vieille dame, cette femme exceptionnelle, elle les connaissait bien.

Guilhem arracha un morceau de pain et le trempa dans l'épais ragoût de haricots et de légumes.

— Elle a vu tant de choses ! La bonté la plus pure comme la froide cruauté, tout ce que l'homme a de meilleur et de pire… et la Parole écrite ! Assurément, jeune dame, elle a été mise en présence de la Parole écrite !

Il fit disparaître le pain dans sa bouche.

— Pensez-vous qu'il soit sage d'évoquer ces sujets, messire ? N'est-ce pas là de l'hérésie ?

— Seuls ceux de Rome disent qu'il s'agit d'hérésie.

Concentré, Guilhem remuait son ragoût avec un nouveau morceau de pain.

— Peur et absurdité… Mais daignez m'accorder quelques instants afin que je puisse savourer ce repas.

Pendant qu'il mangeait avec rapidité et à grand bruit, Esmée pouvait sentir l'inquiétude de sa petite-nièce. Celle-ci avait bien sûr entendu parler de ces hommes et de ces femmes remarquables, presque légendaires, qui voyageaient de village en village, priant, aidant les gens à trouver leur vérité en eux-mêmes et apportant le réconfort aux mourants. Mais c'était la première fois que Serdane rencontrait un bon Chrétien et Esmée comprenait qu'elle éprouve quelque inquiétude. Pourtant, malgré ses manières insouciantes, son comportement charmeur et tout son verbiage, Guilhem Bélibaste était le bon homme le plus authentique qu'Esmée ait connu ; il dégageait une présence rassurante et douce et, lorsqu'après la prière il ouvrait les yeux, elle pouvait y voir cette lumière d'un autre monde qu'elle avait jadis elle-même si bien connue.

Ressens sa présence, Serdane. Par la pensée, Esmée exhortait sa petite-nièce. *Perçois et ressens sa véritable nature.*

Alors que Guilhem sauçait le fond du plat, Serdane lui demanda plus calmement :

— Messire, étiez-vous en train de dire que des descendants de Jésus et de Marie-Madeleine ont vécu à Montségur ? On nous a toujours enseigné que Marie-Madeleine était une...

— Femme de haut rang, épouse de Jésus et, ensemble, ils eurent au moins un enfant, une fille nommée Sarah, vénérée dans les alentours, la coupa Guilhem, la voix teintée d'irritation. Je suis persuadé que vous avez entendu cela au moins une fois dans votre vie, mais que vous avez choisi plutôt d'accepter et de croire les inepties que vous ont enseignées les religieux fidèles à Rome.

— Doucement, Guilhem, murmura Esmée.

— Peut-être avez-vous raison, messire, dit Serdane avec tristesse. Peut-être me l'a-t-on dit et ai-je choisi de l'oublier. Mais le clergé de Rome est en charge de nos églises et vous savez ce qu'il advient de ceux qui contestent son enseignement. Jamais je ne risquerai la vie de mes enfants.

Guilhem pressa ses mains sur son cœur et dit avec douceur :

— Veuillez me pardonner, ma charmante hôtesse. Vous êtes très généreuse et je vous remercie bien mal de votre gentillesse. Pardonnez-moi de vous sembler dur et brutal. Je suis aujourd'hui le seul de mon espèce et je suis terriblement imparfait.

Esmée sentit la profondeur de la tristesse de Guilhem. Elle leva la main vers lui : *Très cher Guilhem, tu as été si seul ; comme j'aurais aimé que tu connaisses ceux de Montségur.*

Guilhem prit sa main.

— J'aimerais tant pouvoir passer la journée auprès de toi, Esmée. Je peux ressentir à travers toi la dévotion de ceux de Montségur. J'aurais aimé les connaître.

La pierre était chaude dans la main d'Esmée.

Dis-lui, Guilhem. Parle-lui de Montségur. Serdane peut entendre son histoire. Avec elle, le secret sera bien gardé.

— Serdane ne sait-elle rien de ta vie à Montségur ? demanda Guilhem.

Esmée secoua la tête et fit un geste vers la pierre. *Tout est là.*

— Oui. Je sais que toute l'histoire est contenue dans ta pierre, Esmée. Peut-être, en effet, ta chère nièce devrait-elle la connaître également, si elle est capable de l'entendre.

— Raconte..., chuchota Esmée.

Guilhem resta un moment sans bouger.

— Esmée, j'ai jusqu'à l'aube. Je pourrais essayer de lire les événements dans ta pierre. Qu'en penses-tu ?

Esmée regarda sa nièce et lui fit un signe de tête rassurant.

— J'aimerais beaucoup entendre votre histoire, ma tante, dit Serdane. – Et, se tournant vers Guilhem : – Si monsieur Bélibaste veut m'en faire part...

— Esmée, chère amie, il se peut qu'au matin tu sois endormie. Alors avant de commencer, dis-moi si tu as encore la pierre de Raimond, et si tu souhaites que je l'emporte avec moi, elle aussi.

Esmée désigna une petite pochette autour de son cou. *Oui, je t'en prie.*

Il lui prit les mains, y posa délicatement les lèvres, puis se redressa sur son siège, les doigts entrelacés. Il pria silencieusement tandis qu'Esmée plaçait ses mains ouvertes l'une dans l'autre, sa pierre visible, nichée au fond de sa paume gauche. Les yeux clos, Guilhem était entré dans une sorte de transe.

Puis il parla.

— Nous commencerons notre récit le jour où tes parents d'adoption montèrent sur le bûcher, condamnés à mort par l'inquisiteur Pierre Tiqué. Tu avais quinze ans.

Première
Partie

1

Labernoc, octobre 1236

Allongée à plat ventre sur une grosse branche, Esmée se cachait. À travers le feuillage du grand arbre qui l'abritait, elle pouvait voir la place du village, en haut de la pente. Les villageois y étaient rassemblés par famille et surveillaient silencieusement la porte du château. Plus bas, près de la rivière, clairement visible depuis sa cachette, se dressait le bûcher, plateforme rudimentaire dont dépassaient huit pieux, posée sur un énorme tas de bois. Au-dessus d'elle, les sommets escarpés des Pyrénées environnantes scintillaient au soleil et des feuilles dorées voletaient dans la brise automnale. Luttant contre son envie de hurler vers le ciel pour l'implorer, Esmée fixait son attention sur la place. Elle aperçut Raimond dans la foule, debout entre ses deux sœurs. Un espace avait été laissé autour d'eux.

Soudain, avec un bruit sourd, la lourde porte en chêne du château de Labernoc s'ouvrit. Une douzaine de soldats en sortit et commença à descendre le chemin étroit pour s'arrêter au milieu de la place, utilisant leurs lances pour forcer les gens à en dégager le centre. Quelques instants plus tard, l'impressionnante silhouette de frère Pierre Tiqué monté sur un majestueux cheval alezan franchissait la porte. Arrivé sur la place, le religieux s'arrêta un instant et rejeta son ample manteau noir sur ses épaules. Son capuchon était remonté sur le sommet de sa tête et chacun pouvait voir ses yeux alors qu'il examinait lentement les visages anxieux. Personne n'osait soutenir son regard scrutateur. Avec la même lenteur, il se remit en mouvement, révélant la sinistre procession qui venait de sortir du château. Seize personnes, hommes et femmes, avançaient pieds nus en boitillant, sales, les bras attachés le long du corps par de solides cordes. Huit gardes à la solde de l'inquisiteur, vêtus de tuniques grises, épée à la ceinture, les poussaient en avant.

Le cri d'horreur d'Esmée à la vue de ses parents adoptifs fut couvert par les hurlements des villageois. C'était la première fois qu'elle les revoyait depuis leur arrestation, quatre mois plus tôt. Les longs cheveux noirs d'Ava, emmêlés et collés par la saleté, encadraient son pauvre visage blafard, et sa robe de laine était raide de crasse. Fébrilement, elle cherchait des yeux ses enfants. Très droit, Jaufré marchait à côté d'elle. Son corps, jadis puissant, avait comme rétréci et ses cheveux étaient désormais gris. Il lançait au religieux des regards noirs et semblait murmurer entre ses dents.

Tiqué, impassible, attendait un peu plus loin que les prisonniers soient rassemblés devant lui. Certains s'étaient réfugiés dans une transe et ne prêtaient aucune attention à ce qui les entourait. D'autres cherchaient leurs proches ; la tristesse et la résignation se dessinaient sur leur visage alors que les êtres chers les interpellaient. Seuls Ava et Jaufré étaient de Labernoc. Les autres venaient de villages voisins ou avaient été capturés alors qu'ils essayaient de rejoindre la communauté de Montségur. Esmée regardait Ava qui s'adressait maintenant à ses trois enfants. Elle aurait tant aimé être sur cette place, à côté d'eux, pour recevoir elle aussi les mots d'amour de cette femme qui l'avait tendrement maternée depuis le jour de sa naissance.

Tiqué signifia qu'il allait prendre la parole. Espérant encore un geste de clémence, la foule se calma. Lisant sur un parchemin les mots qu'il avait préparés dans son occitan natal, il déclara :

— Vous vous tenez ici, accusés d'hérésie ; accusés de nier l'autorité de Sa Sainteté le Pape ; accusés de colporter des mensonges contraires aux préceptes de la seule vraie Église. Ici, devant vos…

Il n'y aurait donc aucune miséricorde. La clameur des villageois, protestant et suppliant, s'éleva de nouveau.

Inflexible, le religieux continua, tandis que le tumulte s'apaisait quelque peu.

— Ici, devant vos familles et vos voisins, je vous accorde une dernière chance de sauver votre âme, car il n'est pas trop tard. Renoncez à votre hérésie, jurez de vous soumettre à l'autorité de Notre Sainte Mère l'Église, recevez les sacrements et vous pourrez encore être sauvés.

Jaufré se détacha du groupe de condamnés et s'écria :

— Prêtre de Rome, nous ne sommes pas des hérétiques. Nous suivons de véritables enseignements chrétiens.

Un garde trapu vint vers lui et le repoussa de sa lance. Les bras entravés par les cordes, il chancela mais resta néanmoins debout. Il continua :

— Frère Tiqué, vous vous dites chrétien. Nous sommes…

Cette fois, le garde le jeta rudement au sol. Les villageois criaient leur soutien à ce voisin érudit, l'encourageant à braver le religieux.

— Jaufré de Labernoc, dit Tiqué, regardant Jaufré en train de lutter pour se relever. Par ces blasphèmes tu as défié la Sainte Église une fois de trop !

Jaufré réussit à se redresser.

— Et vous, par votre cruauté, vous défiez l'humanité toute entière !

Le garde avait brandi sa lance, mais Tiqué lui intima de retenir son geste. Jaufré saisit l'opportunité.

— Je traduis les Écritures sacrées afin que nous puissions tous en connaître les enseignements. Nos Anciens suivent les préceptes de Jésus Christ depuis douze siècles.

Malgré sa faiblesse, la voix de Jaufré conservait toute son autorité. Les uns après les autres, les villageois s'étaient tus.

— Vous prétendez vous aussi suivre les enseignements de Jésus. Alors pourquoi avez-vous si peur de ceux qui lisent les Paroles qu'Il a véritablement prononcées ?

Le garde fit un mouvement mais, la main levée, Tiqué l'arrêta une fois encore.

— Lorsque des gens du commun interprètent les Écritures, ils adorent de faux dieux, dit-il lentement.

Puis, se tournant vers la foule, il pointa sur elle un index menaçant, passant d'une personne à l'autre, doucement et délibérément :

— Maintenant, habitants de Labernoc, je vous somme d'oublier cet homme et ses mensonges, ou vous serez vous aussi damnés pour l'éternité.

Les cris des filles de Jaufré, Matina et Alayda, se perdirent dans le tumulte grandissant tandis que les villageois se lançaient en avant. Les soldats les repoussaient, aboyant des ordres et menaçant de recourir à la violence.

— Au nom de notre Maître bien-aimé, libérez ma femme ! Elle est innocente !

Jaufré criait pour se faire entendre, mais la foule hurlait à présent sans retenue, implorant le religieux de revenir sur son jugement, adjurant les condamnés de se plier aux exigences du prêtre et suppliant Dieu de faire preuve de miséricorde.

Tout en continuant à donner de la voix, Jaufré avançait vers Tiqué. Le regard du frère parcourut nerveusement la place et s'arrêta sur Barca, le garde trapu, à qui il adressa un geste pressant de la main. En quelques instants, l'homme fut près d'eux et, de sa lance, frappa violemment la tête de Jaufré. Esmée le vit s'effondrer. En sang, il se débattait et essayait de se relever. Emporté par une rage aveugle, Barca lui assena alors plusieurs coups à la tête. Jaufré gisait aux pieds de Tiqué, inconscient, peut-être mort. Ne voulant pas être en reste, del Gurbe rejoignit son acolyte et, rivalisant de cruauté, il planta sa lance dans la hanche de l'homme à terre avant de ramener brusquement sa jambe vers l'arrière. Il y eut un craquement sonore. Des femmes hurlèrent. Ava se précipita et tomba à genoux à côté de son mari.

Esmée pressa ses mains sur sa bouche pour étouffer ses cris. L'agitation menaçait d'échapper au contrôle des soldats et de dégénérer en émeute.

Alors, sans plus attendre, après un bref signe à ses hommes, Tiqué fit pivoter sa monture et se mit à descendre le sentier menant au bûcher. L'un des gardes releva brutalement Ava, et le cortège reprit sa progression, bousculé par les hommes en armes. Sur la place, deux gardes défirent les liens de Jaufré, toujours sans connaissance, le relevèrent et le traînèrent vers le bûcher. Sa jambe gauche, inerte, formait un angle anormal avec le reste de son corps. Ils dépassèrent le cortège, contournèrent le bûcher et le jetèrent sur la plateforme.

Lorsque le dernier prisonnier eut quitté la place, les soldats manœuvrèrent pour former un barrage sur le chemin conduisant à la rivière, face aux villageois qui maintenaient la pression.

Près du bûcher, les gardes défaisaient les liens des condamnés et leur faisaient monter les marches grossières. Une fois sur la plateforme, ils les attachaient à un anneau métallique fixé à un pieu qui leur arrivait à la taille. Ava trébucha et fut rattrapée par un soldat du château, réquisitionné, comme le reste de la petite garnison, pour prêter main-forte à l'Inquisition. Esmée la vit implorer le militaire. Après un rapide coup d'œil aux gardes occupés derrière lui, il l'emmena vers le pieu le plus proche du bord, tout près de son mari inanimé.

Lorsque tous les condamnés furent attachés, Tiqué descendit de sa monture et s'approcha du bûcher. Il brandit son parchemin et lut hâtivement la sentence requise à leur encontre :

— Moi, frère Pierre Tiqué, je vous commande une dernière fois de reconnaître votre culpabilité, de récuser vos fausses croyances, d'embrasser la seule vraie Foi et de sauver votre âme. Vous avez été condamnés à subir la sentence de mort comme hérétiques impénitents, et par conséquent, vous êtes tous, et à tout jamais, excommuniés.

Aucun des condamnés ne réagit ; ils semblaient ne pas l'avoir écouté. Huit d'entre eux se tenaient debout, silencieux et les yeux clos. Esmée devina qu'ils étaient en prière. Quatre autres s'étaient recroquevillés, immobiles, les mains liées au-dessus d'eux. Le couple d'un village voisin, les yeux dans les yeux, pleurait doucement. Ava, à l'arrière du bûcher, était accroupie près de Jaufré et lui parlait tout bas.

Tiqué se tourna vers le châtelain qui attendait, un peu à l'écart. À son injonction muette, ce dernier baissa les yeux, puis il fit un signe de la tête en direction de ses soldats, leur donnant ainsi l'ordre ultime. Les hommes allumèrent des torches à un petit feu et longèrent la paille à la base du bûcher. La forte pluie de la nuit précédente l'avait mouillée et elle grésilla bruyamment alors que d'épais nuages de fumée s'en dégageaient. Un soudain coup de vent chassa la fumée vers le religieux.

À cet instant, Esmée vit Ava pousser frénétiquement le corps de Jaufré vers le bord de la plateforme. Il remuait. Il était vivant ! La fumée s'intensifia encore, créant un écran opaque entre l'inquisiteur et les condamnés. L'homme attaché près d'Ava ouvrit les yeux et comprit son intention. Glissant chacun un pied sous le corps du blessé et réunissant leurs maigres forces, ils parvinrent à le faire tomber du bûcher. À demi conscient, Jaufré roula le long de la pente vers la rivière. Alors, Ava leva les yeux vers l'arbre où Esmée se tenait cachée et elle sourit, au moment même où un épais nuage de fumée l'enveloppait.

Horrifiée, Esmée dut se faire violence pour garder son sang-froid lorsqu'elle la vit tousser violemment, puis perdre connaissance. Bientôt, les flammes s'élevèrent haut dans le ciel, engloutissant le bûcher. La jeune fille avait l'impression d'entendre hurler toutes les fibres de son corps. Elle se prit la tête entre les mains et la serra de toutes ses forces. Elle essayait fiévreusement de deviner les instructions que lui donnerait en la circonstance son ami Guilhèm, le chasseur. Elle leva les yeux vers les falaises qui dominaient la rivière. Il se tenait probablement là-haut à regarder, lui aussi. *Occupe-toi de Jaufré*, s'imagina-t-elle l'entendre dire. Jaufré était étendu près de la rivière, à seulement quelques mètres de la base du bûcher. Il ne bougeait plus. À travers l'épaisse fumée noire qui tournoyait autour du brasier, Esmée aperçut Tiqué sur son cheval. Il avait ramené un pan de son manteau devant son nez et sa bouche, et son regard était tourné vers la foule en colère que ses gardes tenaient péniblement en respect.

Jaufré commença à s'agiter. Tremblant de tout son corps, Esmée se laissa glisser le long du tronc jusqu'au pied de l'arbre et, se faisant aussi petite que possible, elle alla se réfugier dans une profonde cavité, toute proche de l'endroit où il était étendu. Les craquements et les sifflements de l'énorme brasier étaient assourdissants. Ses mains tremblaient tandis qu'elle relevait le col de sa veste pour se protéger de l'intense chaleur. Si elle parvenait à attirer Jaufré dans ce trou, il serait en sécurité. Plus tard, à la nuit tombée, le chasseur viendrait le chercher et le porterait jusqu'à sa chaumière.

Garde ton calme. Elle entendait la voix de Guilhèm dans sa tête. Prenant une grande inspiration, elle s'assura d'abord que ni les gardes ni Tiqué ne pouvaient la voir, puis elle rampa jusqu'à Jaufré et le secoua doucement.

— Jaufré !

Il leva légèrement la tête, les yeux dans le vague.

— Tu vas devoir m'aider, Jaufré. Il y a un creux, juste à côté de toi. Je vais t'y cacher.

Elle se pencha au-dessus de lui et passa un bras sous son aisselle.

— Glisse-toi vers moi ; pousse avec ta jambe valide, le pressa-t-elle tandis qu'elle s'efforçait de le soulever. Je t'en prie, aide-moi ! Encore un peu…

Jaufré gémit, plia sa jambe droite et, prenant appui au sol, il donna une grande impulsion qui le rapprocha suffisamment du bord de la cavité pour qu'Esmée puisse sans mal l'amener vers le fond, en le faisant glisser sur le sol meuble. Le trou était humide et frais. Passant ses bras autour du blessé, à nouveau inconscient, elle nicha sa tête dans le creux de son épaule et se serra contre lui.

Reste vigilante ! lui intimait le chasseur. Elle se força à se redresser. Au-dessus d'eux, on ne voyait plus qu'un mur de flammes. Elle recouvrit Jaufré avec des broussailles, effaça les traces au sol et remonta prestement dans l'arbre.

Tandis que l'insoutenable spectacle se poursuivait, Esmée enroula ses bras et ses jambes autour de la grosse branche et se prépara à attendre. Incapable d'en supporter davantage, elle détourna les yeux et posa sa joue contre l'écorce rugueuse, le regard dirigé vers les falaises. Elle remarqua que la nature toute entière s'était tue. Petit à petit, l'engourdissement saisit ses membres et gagna son esprit. Bientôt, Guilhèm les trouverait et il les emmènerait, elle et Jaufré, à l'abri de sa chaumière au milieu des bois.

Le temps s'arrêta.

Elle n'aurait su dire combien de temps elle resta ainsi. Des voix la sortirent de sa torpeur et elle nota que le grondement du feu avait cessé. Ankylosée, elle leva légèrement la tête et la tourna vers le bûcher. Entouré de Barca et del Gurbe, Tiqué s'approchait des braises incandescentes. La peur s'empara d'elle : Jaufré était bien caché, mais si le religieux comptait les corps, il découvrirait la supercherie.

Quelque chose attira alors l'attention du religieux, qui se retourna vers la foule. À travers l'écran de fumée, Esmée vit Raimond se diriger calmement vers le bûcher. Les gardes lui criaient de s'arrêter, mais les soldats du château, aussi silencieux que la foule, ne faisaient pas un geste pour le retenir.

— Recule ! gronda del Gurbe.

Ignorant l'ordre, Raimond continua d'avancer. Il s'arrêta en face du bûcher et contempla les corps méconnaissables. Alors, lentement, il joignit ses mains à la manière traditionnelle des siens, doigts entrelacés et pouces cachés, et les tint devant son cœur.

Derrière lui, del Gurbe avait levé sa lance. Éloignant le garde d'un geste de la main, Tiqué vint près du jeune homme et posa une main sur son épaule :

— Il suffit, mon fils. La volonté de Dieu a été accomplie. Maintenant rentre chez toi et suis la Parole de Dieu avec obéissance et assiduité.

Raimond tourna lentement la tête et fixa sur l'inquisiteur son profond regard vert. Un frisson parcourut Esmée lorsqu'elle vit Tiqué reculer. Sans un mot, Raimond détourna les yeux, s'inclina légèrement devant le bûcher et rejoignit tranquillement ses sœurs.

La jeune fille était suffisamment proche pour voir la mine renfrognée de l'inquisiteur alors qu'il regardait Raimond disparaître dans la foule. Elle aurait voulu crier à son ami de courir, de s'éloigner au plus vite de ce tortionnaire et de ses hommes et, tant qu'il le pouvait encore, quitter Labernoc. Elle se sentait si impuissante. Mais elle n'avait d'autre choix que d'attendre la nuit, que gardes et soldats aient rejoint le château, pour se permettre le moindre mouvement.

2

La chaumière du chasseur, Labernoc, octobre 1236

ESMÉE SE RÉVEILLA LE MATIN suivant, désorientée et l'esprit embrouillé par un long et profond sommeil. Elle écarta la tenture de son étroite couchette et jeta un regard circulaire autour de la pièce principale. La lumière du soleil qui entrait à flots par la porte et la petite fenêtre la fit d'abord cligner des yeux. Que faisait-elle dans son lit en plein jour ? Un homme gémit bruyamment et elle entendit Séréna lui parler doucement. Lentement, Esmée commença à dissocier ses rêves de la réalité des événements de la veille. Ava. Jaufré. Elle se glissa rapidement hors du lit, enfila sa tunique de laine et, d'un pas hésitant, entra pieds nus dans la pièce.

Deux des chaises près de la cheminée avaient été écartées et Jaufré était là, couché sur un matelas fait de paille et de laine. Ses yeux étaient clos mais il s'agitait et sa tête roulait d'un côté à l'autre. Séréna, l'épouse du chasseur, essuyait son front et lui parlait d'une voix apaisante.

— Viens. Sortons, Esmée, l'appela discrètement Agnès, la mère de Guilhèm.

Esmée suivit la vieille femme. La maisonnette était construite dans une clairière, au beau milieu de la forêt. Vers le sud, les affleurements rocheux et les montagnes élevées offraient un abri à la petite demeure. Il n'y avait aucun signe de Guilhèm. D'un geste machinal, elle caressa Patto, le chien du chasseur, et s'assit à une table usée par les intempéries.

— Je n'ai pas faim, Doña Agnès, dit-elle en regardant le pain et le fromage posés sur une planche devant elle. Comment suis-je rentrée ? Je ne m'en souviens pas.

— Guilhèm était posté sur la falaise. Il a tout vu. À la tombée de la nuit, il vous a ramenés, Jaufré et toi. Tu étais hébétée et tout engourdie, mais capable de marcher. À ton arrivée je t'ai donné un remède pour t'aider à dormir. Maintenant, bois cela et essaie de manger, mon petit.

Agnès versa de l'eau chaude dans un bol et la remua.

Obéissante, Esmée but le breuvage à petites gorgées, le suspectant de contenir l'un des fortifiants dont Agnès avait le secret. Petit à petit, les souvenirs des événements de la veille lui revinrent en mémoire avec une effrayante précision. Elle suffoqua. Agnès s'assit à côté d'elle et l'enveloppa de ses bras.

— Je dois parler à Raimond. Il doit quitter Labernoc !

En proie à la panique, Esmée se dégagea de l'étreinte protectrice.

— J'ai vu le regard de frère Tiqué sur lui. Il est en danger. Et il ne sait pas que son père est en vie.

Elle élevait la voix à mesure qu'elle parlait.

— Calme-toi, mon enfant, calme-toi. En ce moment même, Guilhèm est en train de surveiller les moindres mouvements de l'inquisiteur et de ses hommes. Attends qu'il revienne.

Esmée émit un sanglot lorsqu'Agnès la reprit contre elle. Tout en la berçant doucement, la vieille femme la laissa pleurer tout son saoul. Elle la connaissait depuis sa plus tendre enfance. Malgré la perte de sa mère, quelques heures après sa naissance, et son abandon dans un village où elle n'avait aucune parenté, Esmée était devenue une jeune femme vive et enjouée. Rien n'aurait pu préparer l'adolescente de quinze ans qu'elle était à la tragédie qu'elle venait de vivre. En cet instant, seules les larmes pouvaient la soulager un peu.

Soudain, Guilhèm émergea de la forêt et aussitôt Patto courut à sa rencontre.

— Tiqué part aujourd'hui, dit-il sans préambule. Ses hommes sont en train de charger ses coffres sur des chariots.

Esmée se redressa.

— Guilhèm, je n'ai aucun souvenir de ce qui s'est passé hier après m'être assoupie dans l'arbre.

— Lorsque les gardes ont abandonné le bûcher, je suis descendu jusqu'à la rivière et je t'ai trouvée, prostrée dans ton abri. Compte tenu de ton état après une si longue immobilité, tu t'es très bien débrouillée, Esmée. Reste ici avec mère pour l'instant. Je vais voir comment va Jaufré.

Il baissa la tête pour passer la porte de la chaumière.

— Il n'y a pas de changement, chuchota Séréna à son mari lorsqu'il s'assit à côté d'elle. Nous avons remis sa hanche aussi bien que nous le pouvions, mais les lésions sont importantes.

J'y ai appliqué l'un des onguents d'Agnès. Guilhèm, je ne sais pas… Le coup à la tête pourrait être plus sérieux qu'il n'en a l'air. Il n'a pas dit un mot et n'a pas ouvert les yeux.

Guilhèm plaça ses mains sous la tête de Jaufré qui s'agitait toujours et tenta de l'apaiser.

— Tu es hors de danger, maintenant, mon vieil ami. Tu es en sécurité ici.

— Essaie la prière, murmura Séréna.

Guilhèm leva les sourcils. Prier n'était pas dans ses habitudes, mais il connaissait le Notre Père, la prière des siens.

— Notre Père qui êtes aux Cieux, que Votre Nom soit sanctifié, commença-t-il.

Il sentit la tête de Jaufré se détendre un peu. Il poursuivit et répéta la prière une seconde fois.

— Tout doux, mon ami. Repose-toi.

La tête de Jaufré avait cessé de rouler. Séréna posa le bout de ses doigts sur la face interne de son poignet.

— Son cœur est bien plus calme et sa respiration aussi. Tu vois, mon cher mari, que tes prières sont très puissantes.

Ils entendirent les pas hésitants d'Agnès. Elle se montra à la porte et fit signe à Guilhèm de la rejoindre à l'extérieur. Il sortit.

— Esmée veut les regarder partir. Ont-ils pris nos morts ?

Guilhèm acquiesça d'un air sombre. Les gardes de l'inquisiteur étaient retournés au bûcher à l'aube pour broyer les ossements des suppliciés et, à la pelle, les avaient chargés sur une charrette. Chacun savait que l'Inquisition interdisait à la population locale d'enterrer ses morts. Aussi, les restes étaient-ils rendus méconnaissables puis on les emportait dans un lieu éloigné où ils étaient déchargés sans cérémonie.

Agnès alla chercher la veste d'Esmée au bout de sa couchette et la lui apporta.

— Si tu vas avec Guilhèm, couvre-toi. Le sol est détrempé.

Laissant le chien derrière eux, Esmée suivit Guilhèm dans la forêt. Ils mirent près d'un quart d'heure pour traverser l'épais sous-bois, puis longer une dangereuse falaise jusqu'au point d'observation. Dissimulés par les buissons, ils s'allongèrent sur le sol humide. Labernoc se trouvait cinquante mètres en contrebas. Le village comptait environ quatre-vingts maisons, disposées en étoile à cinq branches, correspondant aux cinq routes de qualité variable qui rayonnaient depuis la place centrale. La première menait au château, une autre permettait de rejoindre la rivière, la troisième se dirigeait au sud vers les montagnes, la quatrième conduisait vers le nord-est le long de pentes abruptes, la cinquième, enfin, était la voie principale qui descendait vers la plaine et le château de Puivert.

De la cour du château s'élevaient des bruits qui attestaient d'une intense activité : tapage retentissant de pièces métalliques, hennissements de chevaux et bruits sourds de caisses en bois que l'on charge dans des charrettes. À l'extérieur de l'enceinte, des mules déjà attelées à des véhicules lourdement chargés attendaient le départ et patientaient en broutant paisiblement.

— Guilhèm, il faut à tout prix que je dise à Raimond, à Matina et à Alayda que leur père est vivant.

Guilhèm jeta un coup d'œil soucieux à Esmée. Sa peau mate était anormalement pâle, des cernes sombres soulignaient ses yeux et son corps était encore contracté par le choc. Il se demandait comment lui rendre la situation plus supportable. Pendant toute la durée de la détention d'Ava et de Jaufré dans les caves du château, il l'avait occupée en l'emmenant à la chasse. Il l'avait aussi encouragée à imaginer des histoires qu'elle pourrait ensuite raconter à Raimond comme elle aimait à le faire. Mais tous ces expédients pour la distraire lui semblaient terriblement inadéquats en cet instant, alors qu'ils regardaient sortir de l'enceinte du château le macabre chariot qui contenait les restes des condamnés.

— Couvrez-le, pour l'amour de Dieu ! cria un soldat.

Hilares, les gardes de l'inquisiteur lui répondirent avec des grossièretés ; l'antagonisme entre les soldats du château et les gardes de Tiqué n'avait fait que croître ces derniers jours. Portant quelques vieilles couvertures, deux soldats apparurent et recouvrirent les ossements, ignorant les railleries.

— Ava est dans ce chariot.

— Ne réagis pas, Esmée.

Esmée était tendue à l'extrême. Mais elle acquiesça faiblement et pressa seulement très fort sa main sur sa poitrine.

La voix familière de Tiqué aboya un ordre et la cour devint silencieuse. Après une interruption prolongée, les activités reprirent et bientôt le religieux passa à cheval la porte du château, son capuchon pointu rabattu sur son visage et les pans de son ample manteau étalés sur sa monture. Sa suite lui emboîtait le pas. Ils défilèrent lentement à travers le village désert et prirent la route vers le nord.

Esmée enfouit sa tête entre ses bras lorsque l'arrière-garde, constituée par Barca et del Gurbe, quitta les abords du village. On savait que Tiqué devait se rendre à Ax, et peut-être au-delà, par les routes de montagne. En chemin, il apercevrait au loin le château de Montségur. Il était cependant peu probable qu'il s'autorise un détour par ce lieu que Rome considérait comme l'un des bastions les plus redoutables de la pratique hérétique de toute la région. À ce titre, aucun envoyé du Pape ne pouvait s'en approcher sans son aval.

— Je ne peux plus les regarder, gémit Esmée en relevant la tête, les yeux pleins de larmes. Guilhèm, il faut que je parle à Raimond. Maintenant.

Guilhèm posa une main apaisante sur son bras.

— Laisse-moi faire. Nous sommes restés cachés pendant tous ces mois. Nous devrions continuer ainsi encore quelques temps. Nous ne pouvons pas prévoir les réactions des gens du village après ce qui s'est passé.

Esmée ne contesta pas. Le plus jeune frère de Jaufré, Bernard, était maintenant le chef de la maisonnée parmi laquelle elle avait grandi. Sa femme, qui pensait qu'Esmée était partie vivre dans sa famille à Foix, ne souhaitait pas le retour de cette « petite sauvageonne » dans le foyer dont elle était à présent la maîtresse.

— Où vont ces deux là ? s'exclama-t-elle soudain.

Deux soldats traversaient la place d'un pas décidé. Ils portaient une épée mais n'étaient pas autrement armés. Ils prirent la route vers le sud-ouest qui menait à la demeure de Jaufré et de Bernard.

— Raimond !

Esmée ne put retenir son cri et, au risque d'être vue, se redressa lorsqu'ils tournèrent pour entrer dans la cour de la petite ferme. Guilhèm la bâillonna et la ramena vivement au sol près de lui, au moment même où l'un des soldats levait la tête vers eux, cherchant d'où provenait le cri. Les yeux d'Esmée reflétaient une terreur panique.

— Ferme les yeux et réfugie-toi au fond de ton cœur, Esmée. Maintenant ! lui intima Guilhèm en la maintenant fermement.

Mais elle continuait à se débattre. Elle était trop agitée pour qu'il puisse l'éloigner sans risquer d'être immédiatement repéré. Alors il se rappela les paroles de Séréna et, prenant une grande inspiration, il récita avec ferveur le Notre Père à voix basse. Peu à peu, Esmée retrouva son sang froid et cessa de lutter.

— Continue à te concentrer sur ton cœur, Esmée, murmura Guilhèm, sans relâcher son étreinte. Pense à ce que nous faisons quand nous sommes confrontés à une laie et ses petits. Et souviens-toi que Jaufré se cache là-haut avec ma mère et ma femme. Prête ?

Esmée hocha la tête. Il la libéra.

— Pardonne-moi, Guilhèm. Cela ne m'arrivera plus.

Ils reportèrent leur attention sur la ferme. La cour, où s'ébattaient quelques volailles, était délimitée par deux habitations mitoyennes et une vaste grange. Une vache ruminait paisiblement dans son enclos en regardant vers la cour, où Bernard était en train de parler avec les deux militaires. Julian, son fils de quatorze ans, et Alayda se tenaient près de lui. Raimond et Matina les rejoignirent. La conversation se déroulait dans un calme singulier. Même la fougueuse Alayda semblait adopter une attitude réservée.

Peu après, les quatre jeunes gens retournèrent dans la maison, la tête basse. Bernard, un homme de peu de mots, se tenait près des soldats, grave et silencieux. Très vite, Raimond réapparut sur le pas de la porte, une besace sur l'épaule. Il se tourna vers ses sœurs, les embrassa et quitta la cour entre les deux hommes. Alayda pivota vers son cousin et pleura sur son épaule. À côté d'eux, immobile, Matina fixait le sol.

Raimond et les soldats traversèrent le village et atteignirent le château. À la porte, Esmée distingua la silhouette tassée et le crâne chauve du châtelain, Miguel Garcias, qui les attendait. Son salut au jeune homme lui parut amical. Raimond le suivit à l'intérieur et elle regarda les lourdes portes en bois se refermer sur eux.

3

Labernoc, octobre 1236

GUILHÈM NE MIT PAS longtemps pour découvrir ce qu'il était advenu de Raimond. Il avait interrogé Matina et Alayda sur les circonstances de son départ, mais il avait trouvé en Algaia, la cuisinière du château, une source d'informations régulière et sûre. Elle était aussi la guérisseuse du village et, malgré la présence de l'inquisiteur et de ses hommes, Guilhèm avait continué à la pourvoir en plantes médicinales et en champignons divers et variés. Le soir même de l'arrivée de Raimond au château, ils s'étaient rejoints sur leur lieu de rencontre coutumier.

— Avant de partir, frère Tiqué a fait savoir au châtelain qu'il voulait que Raimond soit formé pour devenir son serviteur et clerc, rapporta Algaia.

— Cela avait-il quelque chose à voir avec sa prière devant le bûcher ? demanda Guilhèm.

— Qui sait comment fonctionne l'esprit de cet homme ! Il est certain cependant qu'il avait déjà connaissance de l'érudition de Raimond et de son don pour l'écriture. Il avait un jour fait remarquer qu'il était peu ordinaire de trouver ce genre de talents et de compétences dans des lieux si reculés ; il avait dû ainsi garder un œil sur le garçon. Mais peut-être… Qui sait ?

— Pendant combien de temps doit-il rester éloigné de sa famille ?

— Le frère a répété ses instructions ce matin avant de partir : il exige que Raimond reste au château jusqu'à son retour. Il ne doit voir personne mais, Guilhèm – Elle prit dans les siennes les mains du chasseur. –, dis à Esmée et aux filles que je m'occuperai de lui. Il sera bien nourri et à son aise. Son éducation doit se poursuivre. Je sais que les fils du châtelain resteront sur la côte jusqu'au départ de Raimond, de sorte que leur précepteur sera à son entière disposition. Il loge seul dans la chambre habituellement attribuée aux domestiques des visiteurs, au-dessus des cuisines. Le châtelain ne recevra pas aussi longtemps que dame Sibella ira si mal.

On savait que la femme du châtelain avait été très affectée par l'incarcération de tous ces malheureux dans les caves de son château, y compris sa chère amie, Ava. Depuis, elle absorbait quotidiennement quantité de vin épicé.

— La pauvre femme n'arrive pas à faire face. Demande à ta mère de prier pour elle, Guilhèm.

De retour à la chaumière, Guilhèm s'efforça de rassurer Esmée.

— Mais pourquoi l'enferme-t-on ? Pourquoi ne pouvons-nous pas le voir s'il n'est pas aux arrêts ?

Guilhèm n'avait pas de réponse.

— Il faut que je lui parle, je t'en prie, Guilhèm. Je sais où est sa chambre. J'ai escaladé le mur extérieur jusqu'à la fenêtre de cette pièce bien des fois quand nous jouions avec les fils de Miguel !

— Pas encore, Esmée, tu n'es pas assez remise, intervint Agnès.

— Il ne sait même pas que son père est en vie ! protesta Esmée.

— Esmée, mon petit, tu as subi un profond choc hier. Accepte-le et agis en conséquence, dit Agnès avec une bienveillante fermeté. Tu n'es pas prête et tu prendrais un risque inconsidéré. Attends seulement quelques jours afin de récupérer des forces.

♦ ♦ ♦ ♦ ♦

Durant toute une semaine, Agnès dorlota Esmée, la berçant dans ses bras lorsqu'elle pleurait, lui administrant des remèdes et l'encourageant, tout en douceur, à écouter la voix de son cœur et à accepter la situation. Enfin, elle l'autorisa à aller retrouver Raimond.

Ce soir-là, seule, Esmée s'assit sur le talus, au pied du mur du château. Il faisait nuit noire et il n'y avait aucun signe de vie dans la pièce qui, selon Algaia, avait été attribuée à Raimond. Pendant qu'elle attendait, ses pensées s'agitaient dans sa tête. Tout en parcourant du regard l'imposant mur, elle se demandait comment les choses pouvaient changer à ce point en si peu de temps. Elle avait connu tant de moments insouciants ici, à s'amuser, à escalader ces murs avec Raimond et les fils du châtelain. Plus tard, ce dernier avait offert au jeune garçon de suivre l'enseignement dispensé à ses fils. Quant à elle, Guilhèm l'avait prise sous son aile et l'avait initiée à l'art de la chasse. Maintenant, Raimond était retenu dans cette prison qui ne disait pas son nom, et son geôlier était, il y a peu de temps encore, un ami de la famille.

Raimond. Comment envisager qu'il puisse devenir le serviteur de l'homme qui avait tué sa mère ? Cette perspective lui donnait la nausée. D'ailleurs, la simple idée qu'il devienne le domestique de quelqu'un était absurde. Servir des rafraîchissements, préparer les vêtements de son maître, nettoyer ses souliers ou équiper son cheval ? Raimond aimait l'érudition et il écrivait merveilleusement bien. Le châtelain, qui lui demandait quelquefois de rédiger pour lui certains actes, l'avait compris. Mais Raimond était dépourvu de tout sens pratique et ferait immanquablement un piteux serviteur.

Esmée resserra sa veste autour d'elle. La chambre du jeune homme se trouvait à l'arrière du château, et donc loin du logement des maîtres des lieux. Elle possédait une fenêtre étroite, munie de barreaux, qui s'élevait à six ou sept mètres du sol. Mais les pierres brutes du mur offraient de nombreuses irrégularités dont les mains et les pieds menus de la jeune fille s'accommodaient parfaitement. Une pierre faisait saillie à droite de la fenêtre, sur laquelle elle pourrait facilement prendre appui. L'ouverture donnait sur une colline boisée ; de ce côté, une petite piste courait le long du château mais elle ne menait nulle part, rendant peu probable l'arrivée de quiconque.

La lumière tremblante d'une bougie apparut enfin et s'approcha de l'ouverture. Esmée retint son souffle. Elle reconnut bientôt la chevelure épaisse et bouclée de Raimond. Elle souffla longuement et son haleine resta suspendue quelques instants dans l'air froid. Il semblait être seul. S'efforçant de garder son calme, elle s'assura qu'il n'y avait personne aux alentours puis elle se leva et émit le pépiement caractéristique d'un oiseau dérangé dans son sommeil. Elle vit le jeune homme se pencher à la fenêtre, la tête contre les barreaux. Elle siffla à nouveau ; cette fois la bougie s'éteignit et il répondit au signal en sifflant à son tour. Alors, jetant un dernier coup d'œil autour d'elle, elle s'élança vers le mur et, en l'espace de quelques instants, elle se retrouva perchée sur la saillie à côté de la fenêtre, la main droite agrippée à l'un des barreaux.

— Raimond, *besson*, chuchota-t-elle, l'appelant par le nom qu'elle lui donnait, enfant.

— *Bessa* ! Je savais que tu viendrais. Sois prudente !

— Je suis sur l'avancée, Raimond. Tu t'en souviens ?

— J'espérais qu'elle serait assez proche.

Elle posa son bras sur le rebord de la fenêtre et il le recouvrit avec le sien.

— Tu es glacée !

— Ton bras à toi est délicieusement chaud. J'aimerais tellement voir ton visage !

L'épaisseur du mur et l'angle de l'ouverture empêchaient tout contact visuel. Elle souffla dans sa direction.

Il y eut un silence au bout duquel ils se mirent à parler en même temps.

— Moi d'abord ! *Besson*, ton père est en vie ; Jaufré est en sécurité chez Guilhèm, chuchota-t-elle précipitamment.

Raimond ne put retenir un cri de surprise.

— Chut ! Il n'était pas mort lorsque les gardes l'ont jeté à l'arrière du bûcher. Profitant d'un écran de fumée, Ava a réussi à le faire tomber de la plateforme et il a roulé jusqu'au bord de la rivière.

Rapidement, elle lui raconta les événements. Elle sentait la main du jeune homme serrer fortement son bras.

— Il souffre beaucoup, cependant, et passe le plus clair de son temps à dormir. Les os de son bassin sont très endommagés, mais Séréna et Doña Agnès prennent soin de lui.

— Qui d'autre sait qu'il est en vie ?

— Seulement Matina et Alayda. Personne d'autre ne le sait, pas même Doña Algaia.

Elle entendit Raimond étouffer un sanglot et il posa son front sur sa main. Elle tourna son bras afin de lui toucher la joue. Elle était humide. Elle ne savait que dire. Jamais Miguel Garcias ne défierait l'inquisiteur en laissant partir Raimond. S'il le faisait, lui et sa famille, Raimond et ses sœurs, et probablement Bernard et les siens subiraient des représailles immédiates.

— À ton tour, l'encouragea-t-elle. Parle-moi de toi. Est-il vrai que tu étudies toute la journée ?

Se ressaisissant, il lui raconta que le précepteur du château, un moine érudit qui enseignait aux fils du châtelain et à lui-même avant l'arrivée de l'Inquisition, avait entrepris son instruction. Il semblait l'apprécier, car il était avide de connaissances et apprenait vite.

— J'éprouve des difficultés à me concentrer, mais frère

Renaud me répète qu'il me faut accepter ma situation et qu'étudier m'aidera à trouver la paix. D'une certaine façon il a raison ; lorsque j'apprends, je parviens à oublier.

Sa voix s'éteignit.

— Dis-moi ce que tu étudies.

— Le latin, les mathématiques, l'histoire et même quelques rudiments de la langue française. On nous laisse seuls. Personne ne nous approche et frère Renaud aime partager son savoir avec moi.

Soulagée de le voir un peu plus serein, Esmée l'écouta encore lui décrire ses journées. Elle le connaissait bien. Ce qu'il aimait par-dessus tout, c'était d'apprendre. Il avait les mêmes inclinations que Jaufré. Ce dernier était issu d'une famille de lettrés qui avait des contacts dans les plus grandes maisons sur les terres de Trencavel et de Toulouse. En 1209, apprenant qu'une croisade se dirigeait vers le Languedoc, ses parents avaient choisi de les éloigner de Béziers, lui et Bernard, en les envoyant vivre chez des parents, à Labernoc. Ils avaient alors respectivement dix et huit ans. Leurs parents avaient péri lors de la prise de la ville par les croisés. À Labernoc, Jaufré, qui possédait déjà de bonnes bases en latin et aussi un peu d'araméen, avait continué à étudier ; quant à Bernard, il avait entrepris l'exploitation d'une ferme.

— Esmée, je vais devoir apprendre les pratiques de l'Église de Rome.

Esmée se mordit la langue. Elle ne voulait pas contrarier Raimond avec une réaction trop vive à cette nouvelle.

— Nous prions tous pour que frère Tiqué oublie ton existence, *besson*, dit-elle en se maîtrisant. Je préférerais prier pour qu'une avalanche s'abatte sur lui et sa suite dans la montagne, mais Doña Agnès ne me le permettrait pas.

Raimond émit un petit rire.

— *Bessa*, elle a raison. Mais nous pouvons prier pour qu'il m'oublie, ça, c'est bien.

Les jambes d'Esmée commençaient à s'engourdir. Se retenant aux barreaux, elle leur fit faire quelques mouvements.

— Je ferais bien d'y aller, *besson*, mais je peux revenir demain et la nuit d'après. Chaque fois qu'il n'y aura pas de lune ou de pluie, je serai là.

Les doigts fins de Raimond exercèrent une pression sur son bras puis elle sentit ses lèvres sur sa main. Elles s'y attardaient. Son souffle sur sa peau semblait parcourir tout son corps et la réchauffait. Troublée, elle promit de revenir la nuit suivante. Puis, en quelques secondes, elle fut au pied du mur et gravit prestement la montagne jusqu'à la chaumière de Guilhèm.

4

Labernoc, mars 1237

CET HIVER LÀ, Esmée passa tous les soirs sans pluie et sans lune sur son perchoir en compagnie de Raimond. Elle s'était confectionné une bande de cuir qu'elle fixait aux barreaux afin d'y loger son pied droit, le gauche s'appuyant sur la saillie. Ce petit supplément de confort lui permettait de rester plusieurs heures sans que ses jambes s'engourdissent, même si Guilhèm lui avait conseillé de ne pas trop prolonger leurs tête-à-tête nocturnes :

— Raimond n'est pas en mesure de se concentrer sur ses études s'il manque de sommeil.

Mais, trop absorbés par leur conversation, les deux jeunes gens oubliaient souvent sa recommandation.

Ensemble, ils évoquaient leur journée, lui ses études, elle ses parties de chasse. Elle lui apportait les messages de soutien et d'amour de ses sœurs et les nouvelles du village et de la chaumière. Et s'il leur arrivait de parler d'Ava et de Jaufré ou encore du frère inquisiteur, ils ne s'attardaient jamais sur ces sujets douloureux.

— La fracture de Jaufré guérit mal, dit-elle à Raimond un soir, au début du mois de mars. Il recommence à marcher un peu avec une canne que Guilhèm lui a fabriquée, mais il souffre beaucoup et se fatigue vite. Au moins essaie-t-il.

Elle n'ajouta pas que Jaufré était de plus en plus sujet à de violents accès de colère. Quelquefois ils étaient dirigés contre l'inquisiteur et l'Église de Rome et, à d'autres moments, il tournait son agressivité contre lui-même, s'accusant de stupidité pour avoir tant sous-estimé la détermination de Rome à détruire quiconque défiait son autorité.

— J'aimerais tant le voir, lui parler. – Raimond caressait le bras d'Esmée. – Et je voudrais aussi en savoir plus sur les mois qu'il a passés ici, avec mère.

— Il n'en parle pas. J'ai essayé, mais…

Esmée savait seulement que le châtelain leur avait fourni de la paille et des couvertures pour qu'ils souffrent moins du froid et de l'humidité, et qu'Algaia leur préparait les repas dans lesquels elle ajoutait des remèdes fortifiants. Mais il n'évoquait jamais les autres aspects de leur captivité.

— Dis à père que je vais bien et que l'on s'occupe bien de moi.

Ils restèrent silencieux.

— Je veux dormir tôt ce soir, Esmée. Un prêtre, parent de dame Sibella, doit arriver demain pour évaluer mes connaissances sur les rituels de l'Église romaine.

— Sibella t'a-t-elle parlé ?

— Je ne l'ai pas vue depuis un moment. J'ai surpris des domestiques en train de chuchoter qu'elle allait très mal et que si d'aventure ils éloignaient d'elle le pichet de vin, elle entrait dans des colères terribles. Parfois je l'entends de l'autre côté de la cour.

— Te souviens-tu du temps où elle nous enseignait les danses de cour ? Elle était si jolie et si aimable.

Sibella était issue d'une famille de nobles établie près de Montpellier. Arrivée à Labernoc, elle avait d'abord dû surmonter sa déception devant les comportements quelque peu frustes de la société qui fréquentait son nouveau foyer. Toutefois, elle avait fini par accepter sa nouvelle vie. Elle avait aussi trouvé en Ava une amie très chère. Jaufré et elle avaient souvent été conviés au château.

— Je prie pour elle, Esmée, et pour messire Miguel, dit Raimond doucement.

Cela ne surprenait pas Esmée ; Raimond avait toujours aimé prier.

— T'arrive-t-il de faire entrer Tiqué dans tes prières ?

— Juste pour qu'il oublie mon existence.

Ils cessèrent de parler. Dans le silence qui s'était installé, leurs souffles se mêlaient. Elle sentait la détresse qui s'était emparée du jeune homme et son vœu le plus cher était de le réconforter. Elle pensa soudain à la manière dont Séréna massait doucement les rudes mains de Guilhèm, certains soirs au coin du feu. L'amour qui se dégageait de ces gestes simples emplissait de paix le moindre recoin de la petite maison. Esmée aurait aimé tenter l'expérience avec Raimond mais elle rougit à cette idée et y renonça.

Au lieu de cela, elle dit d'une voix intentionnellement joyeuse :

— Séréna attend bien un enfant ! Elle nous l'a confirmé aujourd'hui. Guilhèm ne tient pas en place. Il est si enthousiaste ! Et nerveux, aussi. Du moins je pense qu'il l'est : je ne l'ai jamais vu nerveux depuis que je le connais.

Raimond exprima sa joie.

— Il m'avait dit un jour qu'il ne se voyait pas fonder une famille, continua Esmée. Parce qu'on le trouve différent, disait-il. Mais Séréna ne s'est jamais souciée de ce que pensent les autres. Et maintenant, ils vont avoir un enfant !

Séréna travaillait aux cuisines du château de Puivert lorsque Guilhèm l'avait connue. Femme de caractère, indépendante, elle avait ignoré tous ceux qui lui avaient déconseillé de devenir trop proche d'un homme à la filiation si douteuse. Grand et le teint clair, Guilhèm contrastait avec la plupart des gens du pays, y compris ses propres parents, de petite taille et à la peau mate. On disait qu'il parlait aux animaux et que les herbes et les champignons qu'il rapportait de la forêt à la guérisseuse du village étaient particulièrement puissants. Mais Séréna ne craignait pas les ragots. Aujourd'hui encore, une année après son installation dans la chaumière de Guilhèm, désormais devenu son époux, elle n'émettait aucune objection à ce qu'un hérétique en fuite prenne refuge chez eux.

— Quand l'enfant doit-il naître ?

— En automne, je crois.

Raimond étouffa un bâillement.

— *Bessa*, il vaut mieux que j'aille dormir. Je ne sais pas quel genre d'homme est ce nouveau prêtre.

◆ ◆ ◆ ◆ ◆

Après le départ d'Esmée, Raimond s'assit sur son lit bas et confortable et croisa ses jambes pour dire sa prière du soir. D'une petite pochette passée autour de son cou, il sortit ce qu'il possédait de plus sacré : une pierre, sa pierre personnelle. Il se sentait écrasé de fatigue. Ces longs mois d'hiver reclus au château l'avaient épuisé. On l'autorisait à faire quelques pas dans la cour seulement lorsque personne n'était aux alentours. Il n'avait pas revu ses sœurs, bien qu'elles soient venues sous sa fenêtre à plusieurs reprises, ce qui leur avait permis d'échanger quelques nouvelles en chuchotant. Elles lui manquaient, ses parents lui manquaient, pouvoir s'asseoir avec Esmée au bord de la rivière lui manquait, tout comme lui manquaient Doña Agnès, Guilhèm et Séréna. Seule la prière l'empêchait de sombrer dans le désespoir. Serrant sa pierre entre ses pouces, il entrecroisa ses doigts, ferma les yeux, et chercha au fond de son cœur cette chaleur réconfortante qui lui faisait tellement défaut. Comme il se recueillait, il sentit la présence de sa mère. Il laissa la prière l'emporter plus loin, à l'intérieur de lui-même, un lieu baigné de lumière où régnait un profond sentiment de paix, là où les ténèbres du monde n'existaient pas.

Le lendemain matin, lorsqu'Algaia entra dans sa chambre pour le réveiller, elle resta un moment à contempler son visage apaisé, encadré par une masse de cheveux sombres et frisés, et elle s'en voulut de devoir le tirer de son sommeil. Chassant la soudaine tristesse qui lui faisait monter les larmes aux yeux, elle secoua doucement l'épaule de Raimond.

— Maman, murmura-t-il avant d'ouvrir les yeux et, reconnaissant Algaia et comprenant qu'il faisait grand jour, il sauta prestement du lit.

Le prêtre l'attendait déjà dans la chapelle et il exprima son mécontentement tandis que Raimond se hâtait vers lui tout en ajustant ses vêtements. D'emblée il lui imposa un rythme effréné. La chapelle était de petite taille. Les sièges et les bancs étaient soigneusement agencés de part et d'autre de l'allée médiane. L'autel, très simple, était surélevé de la hauteur de quelques marches et un imposant crucifix le dominait. Le visage ensanglanté du Christ était, en cette heure matinale, éclairé par un rayon de lumière que laissait passer une étroite fenêtre, à l'est. Comme la plupart des siens, Raimond ne voyait dans le crucifix qu'un instrument de torture et de mort ; il ne pouvait comprendre comment l'Église de Rome pouvait en faire un objet de vénération.

Après que le soleil eut migré plus haut dans le ciel, la chapelle s'assombrit de nouveau et, de l'avis de Raimond, devint sinistre. Il imaginait Tiqué se tenant ici même après avoir interrogé ses parents dans le cachot. Le jeune homme n'avait jamais eu l'occasion d'y descendre et, s'il trouvait cette chapelle froide, humide et sombre, il n'osait imaginer les conditions dans lesquelles ses parents avaient vécu durant leur incarcération. Tiqué avait-il fait venir ses prisonniers dans la chapelle afin qu'ils y implorent la grâce divine ? Probablement pas. Il n'avait eu aucune intention de convertir ou d'épargner ses parents. Seule leur exécution aurait pu le satisfaire. Sinon, comment expliquer son manque de compassion envers Ava, une femme qui aimait tendrement ses enfants et dont la seule faute avait été de montrer de la bonté et du dévouement à ses semblables sa vie durant ? Parfois il avait été tenté de se confier à son précepteur, mais celui-ci se gardait bien d'évoquer le sujet.

À la fin de la matinée, Raimond remontait une fois de plus l'allée centrale. Il se déplaçait lentement en portant le lourd crucifix qu'il devait présenter, tête baissée, au célébrant. Les bras endoloris par l'effort, il atteignit l'autel et réalisa que le prêtre avait gravi les marches, lui demandant ainsi un effort supplémentaire pour brandir la croix à sa hauteur. Le trouvant trop hésitant, l'homme d'Église l'obligea à recommencer l'exercice. Le jeune homme se dirigeait vers le fond de la chapelle lorsqu'il se sentit terrassé par l'épuisement.

— Mère, murmura-t-il en fermant les yeux.

Alors, tenant le crucifix d'une seule main, il porta l'autre à son cœur.

— Non ! Pas cela, pas ici !

En vêtements de nuit, Sibella venait soudain d'apparaître à la porte de la chapelle, l'air hagard.

— Je t'interdis de nous faire cela ! Entends-tu ?

Pétrifié, Raimond laissa tomber son lourd fardeau.

Avec un cri sauvage, l'épouse du châtelain se rua en avant.

— Hérésie ! Je t'ai vu, et ce dans notre demeure ! siffla-t elle rageusement, approchant son visage tout près du sien. Veux-tu donc que nous brûlions tous ?

Raimond recula vivement. Il ne l'avait pas vue depuis des semaines et son apparence le bouleversait profondément : son visage était rougi et gonflé, le blanc de ses yeux avait jauni et son haleine empestait. Sa suivante se précipita dans la chapelle et prit sa maîtresse par les épaules. Mais Sibella se dégagea violemment et, ramassant le crucifix, elle le brandit et l'abattit sur la joue de Raimond, entamant la chair juste sous son œil droit.

— Toi et ceux de ton espèce, vous ne détruirez pas notre famille ! hurla-t-elle en lui labourant le visage jusqu'au cou avec la pointe métallique.

Le sang jaillit de la profonde blessure. Tandis qu'il s'effondrait, la suivante parvint à maîtriser la malade. Sibella lâcha le crucifix et s'affaissa sur le sol en sanglotant. Le prêtre s'élança, se saisit de l'objet de culte et regagna rapidement l'autel, où il s'empressa pieusement de l'essuyer.

Raimond gisait près de Sibella. Du sang s'échappait de sa longue entaille. Alors qu'il sombrait peu à peu dans l'inconscience, sa mère lui apparut ; souriante, elle lui tendait les bras. Soudain, la douce vision s'altéra : des larmes coulaient à présent sur son visage décharné encadré de cheveux hirsutes et des cordes maintenaient ses bras le long de son corps.

— Mère, non !

Les hommes de l'inquisiteur la poussaient devant eux. Elle trébuchait en se retournant vers lui et il essayait de l'appeler ; Alayda et Matina étaient là aussi et leur bouche se tordait sur un grand cri silencieux. Leur mère disparaissait maintenant dans un brouillard. Raimond voulait la suivre, mais ses jambes ne le portaient plus. Il cria.

— Là, mon petit, chut. Tu es hors de danger, murmura une femme près de lui.

Très lentement et au prix d'un immense effort, Raimond ouvrit les yeux et parvint à fixer son attention sur ce qui l'entourait ; il comprit qu'il se trouvait dans les cuisines, allongé sur des coussins à même le sol. La douleur qu'il ressentait au visage était atroce.

— Ce n'est qu'une coupure, Raimond, dit la cuisinière,

tapotant délicatement la blessure à l'aide d'un linge propre. Je suis sûre qu'elle ne voulait pas cela. Jamais d'ailleurs elle n'aurait dû se trouver là. Reste tranquille, mon petit, laisse-moi finir de nettoyer cette plaie.

Les images du brasier consumant sa mère et les autres bons Chrétiens envahirent l'esprit de Raimond. Il essaya de lutter contre le déferlement de chagrin. La souffrance était insoutenable et, de nouveau, il sombra dans l'inconscience.

5

Labernoc, avril 1237

QUATRE SEMAINES PLUS TARD, depuis les pentes boisées qui surplombaient la route, Esmée et Guilhèm suivaient le cortège que formaient Tiqué et sa suite tandis qu'ils cheminaient vers Puivert. On avait appris que l'inquisiteur était en chemin pour prendre la tête de la communauté des frères Prêcheurs de la ville de Carcassonne. Il existait des itinéraires plus courts pour rejoindre la Cité depuis Ax, et cela leur laissait entendre qu'il n'avait pas oublié Raimond. Le cortège s'était agrandi. Douze chariots brinquebalants étaient tractés par des mules. Outre les douze conducteurs, Esmée compta vingt-trois hommes, dont un autre religieux à cheval. Plusieurs novices ainsi que des clercs marchaient deux par deux, tous vêtus de longs manteaux noirs. Enfin, quatorze gardes à cheval, parmi lesquels Barca et del Gurbe, fermaient la marche.

— Au moins seront-ils faciles à suivre, commenta Esmée. Ils sont si lents et si bruyants que nous pourrions faire une sieste sous un arbre et être sûrs de les retrouver sans peine au réveil.

Guilhèm était préoccupé : Esmée avait arrêté le projet de suivre Raimond à Carcassonne. Elle qui ne s'était jamais éloignée de Labernoc ne connaissait rien des dangers inhérents à un tel voyage. Pire, comme toute jeune femme voyageant seule, elle ne manquerait pas d'attirer l'attention et il doutait qu'elle sache réagir opportunément en pareille circonstance.

— Je suis fille de troubadours, il est temps que je prenne la route, avait-elle répondu lorsqu'il lui avait fait part de ses réserves. Et je n'abandonnerai pas Raimond. Tu sais comme moi qu'il manque de sens pratique et d'audace. Je suis sûre qu'il ne survivrait pas longtemps seul, loin d'ici !

Guilhèm connaissait bien la détermination d'Esmée. Elle pouvait paraître vulnérable tant elle était menue, mais elle savait aussi se montrer forte et têtue. Si Tiqué emmenait Raimond, nul ne pourrait l'empêcher de les suivre, et, bien sûr, il ne la laisserait pas partir seule. Cependant, il était plus que réticent à l'idée de laisser derrière lui sa femme et sa mère, surtout avec la présence de Jaufré dans la maison.

Ce fut pourtant Séréna qui décida pour lui :

— Mon aimé, tu dois l'accompagner. Notre enfant ne naîtra que dans cinq mois. Ta mère m'a appris que ton monde dépassait de loin les limites de cette forêt et que parfois tu devais t'y rendre pour y faire ton devoir.

Il avait réprimandé sa mère pour avoir exercé sur Séréna une pression qu'il réprouvait. Pour toute réponse, Agnès avait souri et passé doucement la main sur sa joue.

— Tu es un être d'exception, Guilhèm. Tu as besoin de

déployer tes ailes. Et Séréna comprend cela ; c'est une femme perspicace et sage.

Voyager n'effrayait pas Guilhèm. Sa mère l'y avait encouragé dès son plus jeune âge. À seulement sept ans, il était allé seul jusqu'à Montségur. Située à environ une demi-journée de marche de la chaumière, la forteresse se trouvait non loin de l'endroit où ils étaient assis en ce moment même. Y arriver avait été facile car sa silhouette caractéristique, au sommet du pog, était visible de loin. Il avait passé du temps à observer les soldats sur les hautes fortifications, se demandant à quoi pouvait ressembler la vie dans cette « forteresse dans le ciel », comme l'appelait Agnès. Mais il s'était égaré sur le chemin du retour et avait dû grimper sur une hauteur pour se repérer grâce au château de Puivert, au loin. La nuit était tombée lorsqu'enfin il avait regagné la maison, où sa mère l'avait accueilli en lui tendant un grand bol de soupe, avec un simple sourire, ce sourire si particulier qui n'appartenait qu'à elle. Depuis lors, il avait sillonné toute la région, chassant et explorant, survivant grâce aux connaissances qu'il avait peu à peu acquises. Il s'était rendu à Carcassonne, à Toulouse et dans d'autres grandes villes encore, mais sans jamais s'y attarder. Il trouvait ces endroits trop agités et leurs habitants imprévisibles. Il avait appris à comprendre et à respecter les animaux, dont il connaissait l'instinct et les réactions. Les réactions des hommes, en revanche, étaient souvent dictées par des peurs disproportionnées en regard des réalités auxquelles ils étaient confrontés.

Pendant que Tiqué et son escorte progressaient lentement sur le chemin qui montait vers Labernoc, Esmée et Guilhèm empruntèrent un raccourci qui longeait le sommet des falaises, et s'arrêtèrent à un point de vue qui surplombait la bourgade. Dès que le convoi arriva aux abords du village, ils virent les habitants rentrer chez eux en hâte. Les gardes étaient sur le qui-vive, la lance menaçante, tandis qu'ils traversaient la place du marché déserte. Arrivée aux portes du château sans incident, la troupe disparut derrière les hauts murs.

♦ ♦ ♦ ♦ ♦

Dans la grande entrée, Raimond se tenait près de son précepteur, à côté du maître des lieux et de l'ensemble des domestiques. Il attendait dans une attitude respectueuse et luttait contre l'envie de porter la main à sa cicatrice, qui le démangeait. Il n'avait vu Esmée que quatre ou cinq fois au cours du dernier mois. Dans les jours qui avaient suivi l'incident, Algaia l'avait gardé dans sa chambre ; puis la lune avait été trop claire dans un ciel sans nuages et après cela, il avait plu. Tous les soirs il priait pour que Tiqué renonce à le prendre à son service. Pourquoi donc Dieu l'avait-il doté d'une si belle écriture ? Et s'il n'avait pas été un si brillant étudiant ? Peut-être devrait-il être moins assidu ? Mais Raimond se refusait à user de ce genre de subterfuge ; sa mère leur avait souvent répété que la vie les avait dotés de talents et que, dès lors, il était de leur devoir de toujours faire de leur mieux, en chaque occasion.

Un bruit de sabots se fit entendre dans la cour et des ordres furent criés par les soldats du château. Il gardait la tête baissée et le regard au sol, ses longs cheveux bouclés retombant devant son visage. Quelques instants plus tard, le châtelain saluait Pierre Tiqué d'une voix tendue. À travers l'écran de ses cheveux, Raimond vit le religieux ôter son manteau et le laisser retomber entre les mains d'un domestique. Puis il suivit le bruissement de son habit alors qu'il traversait le hall ; l'ourlet de sa tunique était maculé de boue.

Miguel Garcias s'excusait maladroitement de l'absence de Sibella, obligée de garder la chambre, lorsque Tiqué l'interrompit :

— Messire, mon voyage a été très éprouvant dans ces montagnes truffées de brigands, et je souhaite repartir avec mon nouveau serviteur demain, à la première heure. D'ailleurs, où est-il ?

Il s'arrêta en face de Raimond. Le jeune homme dégageait une odeur forte d'huiles médicinales. La tête toujours baissée, il fixait son regard sur la bague qui brillait au doigt du religieux. Elle était ornée d'une croix en argent flanquée de part et d'autre d'une fine feuille de chêne dorée. Le bijou était d'une finesse incongrue au doigt de cette large main peu soignée.

— Jeune homme, j'imagine que tu as dû travailler dur ?

Lentement, Raimond leva la tête vers l'homme penché sur lui et posa son regard sur son visage rude, encore coloré par les efforts de la longue chevauchée. Il vit la fureur transformer ses traits, marqués par la fatigue. Même son œil droit, paresseux, semblait exprimer sa rage.

— Qu'est-ce que cela ? mugit-il.

La cicatrice de Raimond, encore très rouge, partait de son œil gauche et barrait sa joue, descendant jusqu'à la moitié de son cou.

Le châtelain s'avança, hésitant. Tiqué pivota vers lui.

— Messire, qu'avez-vous fait ? Ceci est mon serviteur, et je vous avais chargé de sa protection !

Miguel Garcias ouvrit la bouche pour s'expliquer, mais l'inquisiteur ne lui en laissa pas le temps

— Il est hors de question que cet homme fasse partie de ma suite. Il a l'air tout droit sorti d'une querelle entre ivrognes ! M'imaginez-vous avec lui à Rome ? Je n'ai aucun besoin de me donner en spectacle !

Miguel garda le silence.

Tiqué se détourna violemment et se dirigea d'un pas rapide vers la porte d'entrée en soufflant bruyamment.

Le cœur de Raimond battait furieusement en même temps que renaissait un fol espoir.

Faisant soudain volte-face, Tiqué revint vers le jeune homme. Se saisissant de son menton, il détailla son visage en le penchant d'un côté puis de l'autre. Raimond gardait les yeux baissés.

— Tu me vois navré, Raimond, dit-il enfin. Je voulais vraiment t'offrir une chance d'avoir une vie décente et une éducation, mais je ne peux tout simplement pas…

Une onde de joie parcourut Raimond et il fixa sur le religieux un regard étincelant.

Tiqué recula comme s'il avait été giflé. Son visage exprima la colère puis la perplexité et enfin une certaine curiosité. Raide, il se tourna vers son hôte :

— Je me retire dans ma chambre.

Sa voix avait retrouvé son calme et son autorité.

— J'y prendrai mon repas. Nous partons à l'aube. Faites en sorte que Raimond soit prêt, il sera du voyage.

6

Labernoc, avril 1237

TÔT LE LENDEMAIN MATIN, Guilhèm et Esmée étaient à leur poste, sur la falaise. Cette fois, tous deux portaient un léger bagage à l'épaule. Peu après le lever du jour, l'inquisiteur et sa suite quittèrent le château de Labernoc. Barca et del Gurbe ouvraient la marche, suivis de Tiqué, puis arrivaient les hommes et les chariots. Esmée aperçut Raimond. Il était assis parmi d'autres serviteurs au milieu des malles et des marchandises. Vêtu d'un grand manteau noir, il regardait autour de lui. « Je suis là ! » voulut-elle lui crier.

Matina et Alayda attendaient à la sortie du village dans l'espoir de voir leur frère. Lorsque son chariot passa à côté d'elles, elles tendirent leurs mains pour tenter de saisir la sienne.

— Que t'ont-ils fait ! cria Alayda en découvrant la cicatrice.

Essayant de se rapprocher de Raimond, elle bouscula un garde, qui la retint et la jeta au sol. Mais elle se releva et se débattit de toutes ses forces pour rejoindre son frère. Alerté par les cris, Barca remonta la colonne et mit pied à terre, pendant que Tiqué continuait sa route, indifférent aux vociférations et aux grognements de ses hommes occupés avec des paysans importuns.

Horrifié, Raimond vit Barca frapper sa farouche sœur au visage et lui donner des coups de pied lorsqu'elle tomba au sol. Tandis qu'il s'éloignait, il vit encore Matina prendre doucement dans ses bras sa sœur à demi inconsciente. Il leur murmura des mots d'amour et de réconfort longtemps encore après qu'elles furent hors de sa vue.

— C'est le moment de te remémorer tout ce que je t'ai enseigné sur l'art de traquer les animaux dans la forêt.

Guilhèm posa les mains sur les épaules d'Esmée et la tourna vers lui :

— Sois patiente et reste calme. Ne te laisse pas submerger par tes émotions, quelles qu'elles soient. Nous ne savons rien du monde dans lequel nous entrons et nous n'avons qu'un seul objectif : rester aussi près que possible de Raimond. Une erreur, un moment d'inattention, un cri, et tu mettrais en danger ta vie, ainsi que la sienne, peut-être.

Esmée porta la main à son cœur. Elle lui était tellement reconnaissante d'avoir bien voulu l'accompagner. Elle espérait que Raimond pourrait s'échapper aussitôt qu'ils auraient atteint Carcassonne, mais Guilhèm lui avait conseillé de ne pas émettre trop d'hypothèses à ce sujet.

— Jaufré pense que Raimond pourra facilement s'échapper dès que Tiqué aura le dos tourné. Mais nous avons affaire à un homme qui ne transige pas. Si Raimond s'enfuit, il le déclarera hérétique. Il pourrait même exercer des représailles sur ses sœurs et le reste de sa famille. Nous devons agir avec prudence.

Le cortège poursuivait sa route vers le vaste lac asséché en contrebas. Le soleil brillait et une légère brise soufflait depuis les montagnes, à l'est. Au nord, le château de Puivert avec ses tours carrées s'élevait sur la crête. Esmée distinguait les silhouettes de soldats au repos devant les portes de la forteresse. Dans les hameaux, plus bas, on s'affairait dans les champs, on s'occupait des bêtes, des enfants jouaient. Tout avait l'air paisible et ordinaire, mais Esmée devinait que tous avaient une conscience aiguë du bruit des sabots et des chariots qui progressaient lentement dans le lointain.

Guilhèm et Esmée longèrent la lisière de la forêt et se frayèrent un chemin vers le sommet d'un escarpement. Le convoi faisait route au fond de la large vallée qui descendait vers le fleuve. De là, Guilhèm savait qu'il suivrait l'Aude qui le mènerait directement à la ville de Carcassonne. Il devinait aussi que, compte tenu de leur lenteur, Tiqué et ses hommes seraient obligés de s'arrêter pour la nuit. Cachés par le relief et les abondantes frondaisons, ils n'eurent aucun mal à les suivre sans être repérés. Lorsque la végétation se faisait moins dense, ils restaient un peu en retrait et les rattrapaient sans peine. C'est à Alet que le cortège fit halte pour la nuit.

Quand l'obscurité fut complète, Esmée sortit de sa cachette et alla disposer plusieurs cœurs faits de branchettes le long de la route. Elle espérait que Raimond les verrait depuis son chariot. Aussi, le lendemain matin, fut-elle heureuse de voir qu'il avait remarqué le second d'entre eux. Lorsqu'il leva les yeux vers les arbres qui couvraient la pente abrupte à l'ouest de la rivière, Esmée remua discrètement une branche, mais suffisamment pour attirer son attention. Après avoir jeté un coup d'œil circulaire, il posa la main sur sa poitrine et un léger sourire éclaira son visage.

Le convoi s'engageait à présent dans une gorge étroite dont les flancs arborés plongeaient dans la rivière. Au fil des siècles, une piste avait été aménagée sur la pente ouest, assez large pour permettre à deux attelages de se croiser. Prudemment, Esmée et Guilhèm avaient décidé de garder leurs distances. Ils entendirent néanmoins l'un des hommes entonner un cantique, très vite repris par d'autres. Tandis que leurs voix s'envolaient d'écho en écho dans la vallée encaissée, elles gagnaient en puissance, atteignant avec aisance les notes les plus hautes dans de belles harmonies. Soudain, le chant se mua en cris et en hurlements. Guilhèm et Esmée hâtèrent le pas. Le convoi était attaqué. Raimond, les clercs, les novices et les domestiques se protégeaient du mieux qu'ils pouvaient des rochers qui dévalaient la pente. Tiqué, touché au bras, éperonna sa monture, qui bondit en avant. Les gardes avaient déjà mis pied à terre et chargeaient les assaillants à travers les sous-bois. Des clameurs provenant des hauteurs indiquèrent bientôt que la situation était sous contrôle. Esmée peinait à voir si Raimond était blessé. Il avait gardé ses bras au-dessus de sa tête pendant l'attaque et ne se redressa que lorsque les gardes crièrent que le danger était écarté. Au grand soulagement d'Esmée, il semblait indemne.

Tiqué revint au moment où ses hommes émergeaient des arbres, traînant derrière eux trois garçons qu'ils jetèrent à ses pieds. Relevant fièrement sa tignasse rousse, un garçon maigrelet d'une dizaine d'années le défiait du regard. Les deux autres, plus jeunes et aussi roux que le premier, gémissaient sous la poigne d'un garde qui les maintenait fermement par la nuque.

— D'où venez-vous ? demanda l'inquisiteur en frictionnant son épaule meurtrie.

Le garde secoua le plus jeune, qui pointa le doigt vers l'aval de la rivière.

— Ligotez-les et ramenons-les à leurs parents.

Tiqué fit tourner sa monture dans la direction indiquée et attendit.

Une fois que les trois garçons furent ligotés, les gardes les poussèrent vers l'avant du cortège, qui reprit sa progression derrière eux. Alors que la vallée s'élargissait, un groupe de maisons apparut. Une femme dans un champ en bordure du hameau, apercevant les jeunes garçons, se précipita à leur rencontre.

Après un hochement de tête en direction de l'imposante silhouette de Tiqué, elle se pencha vers le plus jeune des enfants et commença à le détacher.

— Pardon, Monseigneur. Nos garçons vous ont-ils manqué de respect ?

Avec difficulté, elle s'acharnait à défaire les nœuds d'une main, tout en essuyant de l'autre les larmes de l'enfant.

— Ils sont jeunes et certes un peu remuants, mais je suis sûre qu'ils ne voulaient pas…

La suite se perdit dans un cri de douleur.

Del Gurbe avait sauté de son cheval et venait de la frapper durement à la tête ; elle s'effondra sous le coup. Alertés par l'agitation, plusieurs villageois s'approchèrent tandis que d'autres sortaient de leurs maisons. Les gardes brandirent leurs armes.

— Que faites-vous, mon père ? Ce sont des femmes et des enfants !

Tenu en respect au bout d'une lance, un colosse roux à la barbe touffue venait de crier sa révolte.

Un chien se précipita vers l'attroupement en aboyant furieusement. S'en prenant à l'un des clercs, il se mit à tirer violemment sur un pan de son manteau. L'homme, plutôt chétif, se débattait en hurlant, lui assenant des coups de pied pour le faire lâcher. Un très jeune garçon essaya de lui venir en aide mais, dans sa maladroite tentative de calmer l'animal, il ne fit qu'aggraver la situation. L'homme le frappa violemment.

— Je vous en prie ! supplia une vieille femme, penchée sur la blessée. Vous êtes un homme d'Église ! Ayez pitié !

Pour toute réponse, Barca leva son épée et la fit retomber sur son épaule. Le sang jaillit de la plaie alors qu'elle s'affaissait. Comme fou, le géant roux se rua sur l'un des gardes, mais une épée le transperça avant qu'il ne l'atteigne. La vision du sang enflamma les esprits et bientôt gardes et villageois se jetaient dans une sauvage mêlée. Tiqué, toujours à cheval, recula. Raimond trouva refuge derrière les malles.

L'émeute fut rapidement maîtrisée par les gardes. Sur un signe de Tiqué, Barca donna l'ordre à ses hommes de former un rang serré entre son maître et les villageois. Une femme et deux hommes avaient été tués au cours de l'affrontement et plusieurs autres personnes étaient grièvement blessées. À côté de Barca, les trois garçons, terrifiés et toujours ligotés, s'étreignaient désespérément dans l'espace dégagé qu'on avait laissé entre les gardes et leurs familles.

Faisant faire un demi-tour à sa monture, Tiqué commença à s'éloigner. Par-dessus son épaule, il s'adressa à Barca :

— Garde, nous avons perdu assez de temps. Chargez-vous de cela.

À ces mots, Barca leva son épée et l'abattit sur la nuque de l'aîné des garçons. Puis, tour à tour, il frappa les plus jeunes. Les trois petits corps gisaient les uns sur les autres, dans une mare de sang. Des hurlements d'horreur s'élevèrent dans les rangs des villageois impuissants. Alarmé par les cris, Tiqué revint sur ses pas et, jetant un coup d'œil à la scène, il grimaça de dégoût :

— Garde ! Vous charger de cela signifiait regrouper les hommes pour que nous puissions enfin nous mettre en route !

Non loin de là, les yeux agrandis par l'épouvante, Esmée s'accrochait désespérément à l'arbre derrière lequel elle s'était cachée. Elle faisait un effort surhumain pour ne pas réagir, comme Guilhèm le lui avait recommandé, et cherchait à attirer son attention pour lui demander de l'aide. Mais Guilhèm était en train de fixer un oiseau qui s'était posé sur une branche, devant lui. Seule la peur d'être découverte empêchait la jeune fille, révoltée, de lui crier de faire quelque chose. Cependant, la façon qu'il avait de se concentrer sur le petit volatile était si singulière que, malgré les atrocités qui venaient d'avoir lieu à seulement quelques mètres de là, elle finit, elle aussi, par succomber à cet envoûtement et se calma peu à peu.

Guilhèm cligna des yeux et l'oiseau s'envola. Esmée le regarda voler en cercle au-dessus du convoi puis se poser sur l'une des mules attelées au chariot de Raimond. Le rouge-queue, resta là, sautillant sur la croupe de l'animal au rythme des mouvements réguliers.

Raimond ne lui prêta d'abord aucune attention ; il luttait contre la nausée. *Observe les oiseaux, mon fils chéri.* Surpris, il regarda autour de lui ; c'étaient les mots que sa mère lui disait lorsque, enfant, son humeur était assombrie par de tristes pensées. Alors il vit le passereau. Machinalement, il tourna la tête vers les arbres ; une branche bougeait doucement dans le vent. Esmée était là. Il se retourna brusquement, troublé et rougissant, et observa les autres domestiques assis avec lui dans le chariot. Le visage inexpressif, ils fixaient le vide et semblaient n'avoir rien remarqué. À son tour, il afficha un masque aussi neutre que possible et suivit des yeux l'oiseau qui s'envolait.

7

Carcassonne, avril 1237

Les jambes croisées et les yeux clos, Guilhèm s'était installé à la lisière de la forêt au nord de la ville de Carcassonne. Esmée était assise à côté de lui, calme et silencieuse. Le spectacle devant eux était saisissant. Au sommet d'une colline, dominant un paysage doucement vallonné, se dressait un impressionnant château fort. Les remparts de la ville ceinturaient toute la colline, protégeant un nombre incalculable de maisons dont Esmée distinguait les toits, se demandant comment il était possible de se mouvoir entre toutes ces habitations. En bordure de la ville, on apercevait une église. Si un monastère y était rattaché, il se pouvait que Raimond loge non loin de là.

Les soldats postés à l'entrée de la citadelle paraissaient adopter une attitude détendue à l'égard des gens qui passaient la porte. Les contrôles ne semblaient pas rigoureux, mais peut-être cette décontraction ne s'appliquait-elle qu'aux habitants de la région que les militaires avaient fini par connaître. C'était cependant de bon augure.

Esmée se tourna vers Guilhèm. Il était absorbé dans sa méditation. Il avait coutume de s'asseoir ainsi durant la chasse, lorsqu'il se mettait à l'écoute des animaux. Et elle le soupçonnait de faire de même en ce moment, avec la ville et ses habitants. Elle ferma les yeux, essayant de ressentir quelque chose elle aussi, mais les trois garçons roux continuaient d'occuper toutes ses pensées. Avant l'arrivée de l'Inquisition à Labernoc, elle avait commencé à maîtriser l'art de percevoir un cerf à travers les battements de son propre cœur, mais tout cela avait disparu lorsque ses parents adoptifs avaient été arrêtés. Récemment, elle avait tenté une nouvelle fois l'expérience, sans succès ; il y avait encore trop de tristesse en elle pour espérer trouver le calme nécessaire à l'exercice. Pourtant, si elle voulait survivre à Carcassonne, cette faculté pouvait se révéler indispensable.

Guilhèm ouvrit les yeux et observa l'activité au loin.

Esmée sortit du fromage, du pain et de la viande séchée de sa besace et les disposa sur un petit carré de tissu.

— Comment allons-nous faire, Guilhèm ?

— Donne-moi un peu de temps, Esmée. Sois patiente, répondit-il.

Prenant un couteau dans son gilet, il se coupa un morceau de viande et se mit à le mâcher lentement, tout en regardant les oiseaux et les papillons s'agiter dans l'air chaud. Après le repas, il prolongea un moment encore sa contemplation de la nature environnante, puis il se redressa, referma les paupières, et retourna à sa méditation.

Ayant découvert un petit trou dans la manche de sa tunique en laine, Esmée ouvrit sa pochette de couture et choisit une aiguille et du fil pour le réparer. Toute jeune, elle avait montré une réelle aptitude pour la couture, le tissage et la broderie fine, art qu'elle avait tout particulièrement développé au fil des années. À l'âge de huit ans, son père, lors d'une visite, lui avait offert cette pochette qui avait jadis appartenu à sa mère. Aussi pensait-elle à ses parents tandis qu'elle enfilait l'aiguille. On lui avait bien sûr relaté les circonstances de sa naissance et de la mort de sa mère peu de temps après. Elle savait aussi que, devant la détresse de son père, Ava avait proposé de prendre soin d'elle en même temps que de son propre fils, Raimond, né le même jour. Cinq ou six ans plus tard, lorsque son père était revenu à Labernoc pour la première fois, elle était un membre à part entière du foyer de Jaufré et d'Ava. Par la suite, il lui avait régulièrement rendu visite. Il s'était installé à Foix, où son commerce connaissait un joli succès. Souvent, il lui apportait des présents et ce nécessaire de couture représentait beaucoup pour elle. Avec le temps, elle l'avait d'ailleurs complété et elle espérait pouvoir gagner un peu d'argent à Carcassonne en offrant ses services de couturière aux dames de la cité.

Des paysans quittaient maintenant la ville en poussant des charrettes vides. Ce devait être jour de marché. Elle les suivait des yeux tandis qu'ils regagnaient leurs hameaux éparpillés dans la campagne environnante. Aucun d'eux ne vint dans leur direction.

Une abeille se posa sur le nez de Guilhèm, qui ne se laissa pas distraire. Esmée se demandait comment faisait Raimond face aux horreurs dont ils avaient été les témoins dans le village. Elle au moins pouvait en parler avec Guilhèm. Raimond, lui, était seul, pire, entouré par les tortionnaires qui avaient tué sa mère, blessé son père et commis ces nouvelles atrocités. Elle savait qu'il chercherait du réconfort dans la prière ; mais prier de la manière traditionnelle, ses doigts entrelacés, sa pierre maintenue entre ses pouces, serait dangereux. Même le simple fait de poser une main sur son cœur représentait un risque, ce geste étant à présent associé à des pratiques hérétiques ; en effet, il suggérait aux prêtres de Rome que ces autres Chrétiens avaient placé leur confiance dans leur propre cœur pour les guider, plutôt que dans le pape et ses évêques. Raimond serait certes autorisé à prier Jésus à haute voix, mais certainement pas Marie-Madeleine et encore moins leur fille Sarah. Et il devrait se signer et prêter serment, deux choses qui allaient à l'encontre des enseignements qu'ils avaient reçus.

La respiration d'Esmée ralentissait progressivement. Elle saisit alors la pochette qu'elle portait autour de son cou au bout d'une chaîne dorée, et en sortit une petite pierre d'un gris sombre qu'elle serra fortement dans sa main droite. C'était sa pierre personnelle. Une bonne femme l'avait aidée à la trouver lorsqu'elle avait sept ans. Elle était censée l'aider à se calmer.

— Le plus précieux des temples réside en nous, lui avait dit la femme. Choisis une pierre, étudie-là bien, et lorsque le moment sera venu, grave à sa surface un symbole qui sera la représentation de ton âme en cette vie.

Elle se souvint du jour où elle s'était rendue à la rivière avec Raimond pour y chercher leur pierre. Elle avait choisi la sienne toute ronde, exception faite d'une arête un peu dentelée. Celle qu'avait trouvée Raimond avait pratiquement la forme parfaite d'un diamant. C'était une pierre plate et lisse, dont trois côtés étaient d'égale longueur et droits, tandis que le quatrième, plus long, présentait un bord irrégulier. En les réunissant, ils s'étaient rendu compte que les irrégularités des deux pierres s'imbriquaient parfaitement et avaient accepté cette coïncidence sans surprise. Esmée concevait sa pierre comme une sorte de mémoire, un endroit où elle pouvait garder ses histoires préférées. Elle se les représentait qui pénétraient à l'intérieur de l'objet par les entailles qu'elle y avait pratiquées.

L'année de ses dix ans, son père était venu à Labernoc et lui avait offert une éclatante perle grise que sa mère avait aimé porter. Quand Esmée les avait placées côté à côte, les gravures de la pierre s'étaient reflétées dans la lumière de la perle. Depuis lors, elle voyait en sa pierre personnelle une perle. Aujourd'hui, cinq ans plus tard, elle considérait que cette pierre-perle remplie d'histoires était la représentation de son âme.

Jusque-là, sa vie avait été heureuse et insouciante ; les anecdotes qu'elle avait recueillies n'avaient été que des moments de bonheur. Mais au cours de la dernière année, tant d'événements avaient été marqués par la cruauté et la tristesse. Pourtant, sur les conseils de Guilhèm, ils avaient eux aussi trouvé une place dans sa pierre. À présent, elle se demandait si elle devait y faire figurer le drame des trois jeunes garçons et de leurs familles. La pierre était-elle capable de contenir tant de tragédies ? Ne jetteraient-elles pas une ombre sur les moments heureux ? Risquait-elle d'en être elle-même affectée ? Ce qui s'était passé dans ce village était à tout jamais gravé dans sa mémoire, mais souhaitait-elle pour autant ressasser tout cela encore et encore ? Et si, au contraire, le fait de déposer ces souvenirs dans sa pierre contribuait à en soulager son esprit ?

Esmée ferma les yeux et tint le petit objet contre son cœur. Oui, ils devaient y reposer : si elle-même trouvait la force d'endurer toutes ces épreuves, alors sa pierre-perle le pourrait aussi. Ouvrant les paupières, elle se représenta l'histoire de la tragédie du village qui se frayait un chemin à travers l'une des entailles, pour trouver un espace paisible où demeurer.

La nuit était tombée quand Guilhèm sortit de sa contemplation et lui demanda de se préparer à passer la nuit dans la forêt. Tandis qu'ils s'enroulaient dans leur veste, blottis entre les racines d'un arbre, il lui expliqua qu'il avait longuement écouté les battements du cœur de la ville. C'était une expérience nouvelle pour lui : jamais auparavant il n'avait essayé de pénétrer l'atmosphère d'un lieu aussi peuplé. Cela lui avait pris beaucoup de temps. Il avait ressenti que les habitants de la ville se répartissaient en deux catégories : l'une prospère, affairée et confiante, l'autre tourmentée et insatisfaite. Il savait que les habitants de Carcassonne avaient souffert sous le joug des croisés après le siège de 1209.

— De nombreux habitants de cette ville doivent cacher qui ils sont vraiment, dit-il. Ils vivent sous domination française depuis vingt-huit ans, dont neuf sous la férule de Montfort. Cela a dû affecter nombre de cœurs purs.

— Comme Miguel Garcias, dit-elle.

— Je ne parle pas des seigneurs. Nous devons nous méfier des gens ordinaires. Tu as l'habitude de vivre dans un environnement vaste, un endroit où tout le monde se connaît. Tu seras dépaysée parmi tous ces gens et peut-être te sera-t-il difficile de discerner la bonne intention de la mauvaise. Reste toujours près de moi et, dans le doute, ne dis rien.

Le lendemain matin, Guilhèm s'assit encore pour méditer, mais peu de temps après, il rouvrit les yeux.

— Prépare-toi à partir à mon signal. Nous sommes sur le point d'obtenir de l'aide. Une fois dans la ville, tu seras ma fille, Florie. Je suis veuf depuis peu et je m'appelle… Clément. Nous sommes venus en ville pour te permettre de grandir en compagnie d'autres femmes. Et si les gens te pensent plus jeune que tu ne l'es, tant mieux, ne les démens pas.

Le visage d'Esmée s'était animé tandis qu'elle arrangeait sa veste de façon à dissimuler ses formes naissantes :

— Je suis une jeune fille de onze ans ! Satisfait ?

— Esmée, ceci n'est pas un jeu.

Elle prit une expression grave.

— Je sais, Guilhèm, mais j'ignore si je ferais une bonne menteuse ; je risque de me trahir. C'est pourquoi j'ai eu l'idée de jouer un rôle, comme le font les troubadours.

— Pense simplement aux possibles conséquences de tes actes et dis quelques prières, elles t'aideront.

— Lorsque tu me demandes de prier, je sais que c'est sérieux !

Il lui sourit, plissant ses yeux bruns.

— Tu es capable de faire tout cela, sans quoi je ne prendrais pas le risque.

Leur balluchon prêt, ils se mirent à surveiller les abords de la ville.

— Le voilà. C'est l'homme qui va nous aider.

Guilhèm bondit sur ses pieds et désigna un homme trapu qui poussait une charrette lourdement chargée de plusieurs carcasses d'animaux. Un grand chien au poil noir et brillant trottait à côté de lui. L'homme s'échinait sur la pente qui menait aux portes de la ville. Guilhèm et Esmée émergèrent de la forêt et s'approchaient de lui à grands pas lorsque l'un des trois cerfs éviscérés se mit à glisser, menaçant de tomber.

Guilhèm courut à l'aide.

— C'est du beau gibier, dit-il lorsque la bête eut retrouvé sa place au-dessus des autres et qu'il eut joint ses forces à celles de l'homme pour pousser le véhicule.

— Merci, mon ami. – Sous l'effort, l'homme soufflait bruyamment. – Mais les acheminer jusqu'ici m'aura pris si longtemps que j'ai bien peur que cette viande soit avariée.

— Habilement découpés, ces cerfs fourniront de nombreux repas, le rassura Guilhèm.

— Ah, mes mains sont trop usées pour en tirer le meilleur.

S'appuyant à la charrette, l'homme s'arrêta un instant et regarda avec intérêt le gilet de cuir rouille de Guilhèm, équipé de sa panoplie de couteaux de chasse soigneusement rangés dans des compartiments de différentes tailles.

— Tu es chasseur ?

Ils se jaugèrent. En quelques instants, chacun des deux hommes reconnut les qualités de l'autre. Ils surent immédiatement qu'ils partageaient la même façon d'être, paisible et tolérante. L'homme essaya de cacher sa surprise. Peu de gens à Carcassonne osaient encore regarder leur prochain dans les yeux avec autant de familiarité, tant la peur d'être accusé d'hérésie était grande. Ce jeune chasseur au teint clair n'avait pas ces hésitations. Il aurait voulu lui sourire et lui donner l'accolade, mais il dit seulement à voix basse :

— Sois prudent, l'ami. Je ne veux pas savoir ce que tu es

venu faire ici, mais si tu veux m'aider à détailler au mieux ce gibier, tu seras le bienvenu. Je m'appelle Nicolau.

Guilhèm se présenta à lui sous le nom de Clément, Esmée devint Florie, et tous deux continuèrent la route avec le vieux chasseur, Guilhèm poussant la charrette pendant qu'Esmée maintenait en place les carcasses. Les soldats saluèrent Nicolau à l'entrée de la ville et, après un bref échange cordial et la promesse d'un beau morceau de viande une fois que son nouvel ami l'aurait aidé à la découper, ils libérèrent le passage. Esmée essayait de dissimuler son excitation : ils étaient dans la ville et tout s'était passé sans encombre !

Elle regardait autour d'elle avec curiosité tandis qu'ils empruntaient la chaussée pavée qui montait vers le château. La rue était bordée de maisons basses qu'Esmée devina être des foyers bien distincts, car un ensemble formé d'une porte et d'une ou deux fenêtres se reproduisait à intervalles réguliers. De temps à autre, les maisons étaient séparées par une étroite venelle qui rejoignait une rue parallèle, elle aussi bordée d'habitations. Par les portes et les fenêtres ouvertes, elle pouvait apercevoir tables, chaises, pots et poêles. Elle en conclut que ces petits intérieurs étaient très comparables à ceux de Labernoc. Elle se demanda cependant comment les gens d'ici trouvaient suffisamment d'air pour respirer tant l'espace manquait.

Des hommes et des femmes déambulaient dans les rues, se saluaient et parfois s'arrêtaient pour bavarder. Leur mise était soignée et leurs vêtements propres. Beaucoup de femmes portaient des robes de couleur claire et d'élégants voiles étaient posés sur leur chevelure soigneusement coiffée. Esmée jeta un coup d'œil à sa propre tenue. Elle avait profondément conscience de ses cheveux en bataille et de ses vêtements sombres et usés. Aussi était-elle heureuse de marcher à côté de Nicolau : nul ne s'étonnerait de voir des chasseurs sales et débraillés après une nuit en forêt.

Plusieurs personnes échangèrent des plaisanteries avec leur nouvel ami. Un homme qui poussait un chargement de bois s'arrêta pour leur laisser le passage, non sans lancer à Guilhèm un regard plein de curiosité.

— Pons fait encore ripaille avec les hommes de l'Inquisition, je suppose !

Nicolau soupira.

— Il est trop vieux pour tenir compte de mes consignes.

— Ah, fils égarés ! Que pouvons-nous y faire ? répondit l'homme en haussant les épaules.

Et il passa son chemin.

Ils approchaient maintenant des impressionnantes portes de la forteresse. Elles étaient immenses comparées à celles du château de Puivert et dix soldats au moins les gardaient. Le cœur d'Esmée chavira et elle tenta de cacher sa nervosité. Comment pourraient-ils jamais passer cet obstacle ?

— Nous n'entrerons pas par l'entrée principale, dit Nicolau. Elle est réservée au sénéchal et sa suite, ainsi qu'à l'inquisiteur et ses hommes, qui vivent ici depuis peu. Nous nous rendons directement dans la cour attenante aux cuisines. C'est par là.

Esmée ouvrit la bouche pour demander plus de détails mais, d'un regard en biais, Guilhèm l'en dissuada. Ils poussèrent la charrette vers la gauche et longèrent les hautes murailles dont les blocs de pierre étaient parfaitement taillés : ici, pas de prises ni de saillies favorables à l'escalade. Après un moment, ils parvinrent à une porte, gardée seulement par deux soldats qui accueillirent Nicolau avec grand bruit. Un imposant sergent apparut et les deux hommes s'effacèrent.

— Et qui avons-nous là ? demanda Rolfe de Turre en dévisageant Guilhèm et Esmée après avoir salué Nicolau.

Ce dernier les présenta.

— Si Clément me prouve qu'il est bon boucher, je le prendrai comme associé.

— Aurais-tu enfin décidé de renoncer à Pons ? demanda le colosse. C'est faire preuve de sagesse.

Il leur fit signe d'entrer. Esmée pénétra dans une vaste cour plantée d'arbres régulièrement espacés que le printemps parait déjà de milliers de fleurs blanches. De longues tables à tréteaux étaient empilées contre les troncs. De hauts murs ceinturaient la cour au nord, à l'est et au sud. À l'ouest, le rez-de-chaussée, percé d'une rangée d'ouvertures, était surmonté d'un long balcon sur lequel ouvraient des portes cintrées, et le mur de la forteresse dominait l'ensemble. Esmée distinguait des voix, mais personne n'était visible.

Abandonnant la charrette devant une porte close, Nicolau les précéda dans un escalier menant au premier étage, puis entra dans une grande cuisine. Le soleil surgit de derrière un nuage et ses rayons inondèrent la pièce. Une fois accoutumée à la vive lumière, Esmée s'absorba dans la scène qui s'offrait à elle. Quatre ou cinq longues tables en bois flanquées de bancs occupaient le milieu de la salle. Un grand feu brûlait à l'une de ses extrémités, auquel s'ajoutaient deux autres foyers, plus petits, qui diffusaient une douce et bienfaisante chaleur. La fumée était évacuée par un ingénieux système et l'air était parfaitement respirable. Plusieurs personnes étaient attablées par petits groupes. Elles se retournèrent à leur arrivée, saluèrent Nicolau d'un signe de tête, considérèrent rapidement Guilhèm et Esmée, puis revinrent à leur conversation. Des femmes s'affairaient près du grand âtre.

Lorsqu'elle les vit, l'une d'entre elles s'approcha d'eux et embrassa Nicolau. Grande, ses cheveux gris retenus au sommet de la tête, elle regardait les nouveaux venus avec curiosité. Nicolau leur présenta son épouse, Jacotina, responsable des cuisines. Il lui expliqua que Clément allait dorénavant l'assister dans la découpe de la viande et suggéra que Florie reste avec elle pour l'aider. Jacotina les accueillit chaleureusement et, tandis que les hommes se rendaient à la glacière, sous les cuisines, elle invita Esmée à s'asseoir près de la cheminée et lui proposa un repas. Confortablement installée sur une moelleuse banquette, Esmée ressentit soudain une immense fatigue. Un chat sauta sur le coussin à côté d'elle et vint se pelotonner sur ses genoux. Tout en le caressant, elle s'assoupit peu à peu en pensant à Raimond qui se trouvait quelque part, de l'autre côté du grand mur qui la séparait du château.

En début de soirée, une fois leur travail achevé, Guilhèm et Nicolau s'attablèrent devant un copieux repas. Ils bavardaient amicalement avec le sergent rencontré plus tôt dans la journée. Des soldats, des domestiques, des forgerons et d'autres artisans se restauraient eux aussi. En sa qualité de chasseur, Guilhèm avait su facilement se faire accepter de tous. Tandis que le vin coulait à flots, les langues se déliaient et la conversation allait bon train. On se racontait des parties de chasse mémorables, abondantes ou infructueuses, et l'on échangeait sur les techniques. Cependant, tous les sens en éveil, Guilhèm ne faisait que feindre l'intérêt. Il se concentrait sur le personnel du château qui mangeait non loin d'eux. L'ambiance était agréable. Chacun était identifié par sa corporation ou sa fonction. Il constata que les responsables, qu'il s'agisse du sergent, du maître forgeron ou de la gouvernante, gardaient un œil sur leurs subalternes. Un jeune homme qui avait bu plus que de raison fut renvoyé dans son dortoir et un soldat fut vertement sermonné pour être devenu trop entreprenant auprès de l'une des jeunes cuisinières. En d'autres circonstances, ce rassemblement aurait pu suggérer une fête de village, mais en fait, il était la continuité du monde dans lequel ils évoluaient durant la journée.

Soudain, un changement se produisit dans l'atmosphère bruyante de la salle et Guilhèm sentit Nicolau se raidir à côté de lui. Il se décala légèrement et se retourna lentement. Un grand homme blond venait d'entrer. Il lançait des salutations à la ronde auxquelles personne ne répondait avec grand enthousiasme. Il se pavana jusqu'aux femmes affairées à l'autre bout des cuisines, embrassa rudement deux d'entre elles, puis remonta la salle vers la table où était assis Nicolau. Le vieux chasseur leva les yeux et salua son fils Pons avec défiance.

— J'ai entendu dire que tu étais sorti en forêt avec un autre chasseur, vieil homme ?

À contrecœur, Nicolau présenta Guilhèm, qui leva son verre en guise de salut. Pons avait un visage bouffi, ses vêtements étaient tachés et il sentait le mauvais vin.

Il se pencha et abattit son poing sur la table.

— Penses-tu vraiment que tu peux m'écarter ainsi ?

Il articulait avec difficulté.

— Je suis navré, fils. Je ne pouvais t'attendre plus longtemps hier, alors je suis parti seul. J'ai eu de la chance de rencontrer Clément sur le chemin du retour. Il m'a aidé à la découpe.

Les yeux de Pons s'étrécirent quand ils se posèrent sur Guilhèm.

— J'ai droit à ma part ; c'est notre marché. Il ne l'aura pas !

— Il l'a déjà eue, dit Nicolau à voix basse. Et à moins qu'à l'avenir tu ne te présentes à l'heure et sobre, il faudra que je me passe de tes services.

— Cette charge m'appartient ! Tu n'as pas le droit de me la reprendre sans l'autorisation du sénéchal !

Nicolau fit un signe de dénégation, mettant un terme à la conversation. Il avait fini par perdre toute patience avec son fils. Et il appréciait ce nouveau venu et sa petite fille. Clément était un boucher exceptionnellement doué et il semblait en connaître beaucoup sur la chasse. En le prenant comme associé, le vieil homme pourrait continuer à gagner sa vie pendant un certain temps encore.

Sans crier gare, Pons fit le tour de la table et se jeta sur son père, le projetant violemment en arrière. Instinctivement, Guilhèm étendit le bras pour l'empêcher de tomber, pendant que le sergent et quelques hommes ceinturaient Pons et l'éloignaient.

— Ce sont mes privilèges, vieil homme ! criait-il. Donne-les à cet étranger, et tu le regretteras.

Pons fut expulsé des cuisines puis on le poussa dans l'escalier qui menait à la cour, où il continua à vociférer.

— Retourne chez les hommes de l'inquisiteur ! lui cria l'un des soldats. Là-bas, tu seras le bienvenu !

Nicolau se tourna vers Guilhèm.

— Pardon pour mon fils, Clément. Un inquisiteur est arrivé il y a quelques jours. Depuis, Pons ne fait que boire en compagnie de ses gardes.

— Il est source d'ennuis avec ou sans ces gardes, ajouta Jacotina en s'asseyant à côté d'eux.

Quelqu'un se mit à chanter et l'atmosphère se détendit, au grand soulagement de Guilhèm.

8

Carcassonne, avril à juin 1237

Nicolau et Jacotina facilitèrent beaucoup l'installation de Guilhèm et d'Esmée à Carcassonne. Malgré les contestations de son fils, Nicolau tint parole et offrit un gagne-pain à Guilhèm. Le couple insista aussi pour qu'ils occupent l'une des trois spacieuses chambres de leur maison, située près de l'enceinte du château. Leur demeure appartenant originellement à Jacotina, aucun risque de conflit n'était à craindre avec Pons à ce sujet, ce qui rassura Guilhèm, qui accepta l'offre avec reconnaissance.

Jacotina était plus que satisfaite du travail de Guilhèm : la qualité de sa découpe lui fournissait toujours plus de viande qu'elle n'en espérait. Aussi, les deux chasseurs convinrent-ils d'offrir quelques morceaux du surplus au sergent Rolfe de Turre et aux gardes du château. Quant à Esmée, Jacotina s'agitait autour d'elle comme si elle était sa propre fille. Elle lui avait donné du travail dans les cuisines et lui avait trouvé quelques travaux de couture pour augmenter ses gages.

Esmée était fascinée par la ville et ses habitants. Presque quotidiennement, accompagnée de Lupo, le chien de Nicolau, elle déambulait librement dans les rues, sans crainte d'être reconnue, certaine qu'aucun des hommes de Tiqué ne l'avait aperçue à Labernoc. Elle engageait facilement la conversation, avide d'apprendre de tous ses interlocuteurs, qu'ils soient domestiques au château, soldats, marchands ou vieillards assis devant leur maison. Et nombreux étaient ceux qui consentaient volontiers à assouvir la curiosité de cette enfant fraîche et spontanée. Tout était nouveau pour elle et tout l'intéressait. Elle les interrogeait aussi bien sur la nourriture, les tissus et les outils, que sur les onguents et quantité de choses dont elle ignorait tout jusqu'alors ; elle admirait aussi les couleurs et la richesse des broderies sur les vêtements des femmes. Elle se gardait bien sûr de poser des questions personnelles, mais elle fut surprise de constater avec quelle facilité certaines personnes lui livraient des détails sur leur famille ou leur existence de citadin. Ce qui éveillait avant tout son intérêt, c'était la vie du temps de Simon de Montfort et des croisés que lui rapportaient les personnes les plus âgées.

— Tu as un don, lui avait dit Guilhèm, se souvenant d'une remarque d'Agnès au sujet de la jeune fille. Les gens aiment te parler et se sentent en confiance pour partager un peu de leurs souvenirs avec toi. Mais pense à placer ces confidences dans ta pierre, où elles seront en sécurité, et surtout ne les répète à personne.

Ainsi, lors de ses pérégrinations, avait-elle glané bien des informations pratiques sur la ville, mais aussi des renseignements sur les habitants du château. Elle avait appris que Tiqué et toute sa suite, à l'exception des gardes, avaient été regroupés dans une même aile du château, dans des appartements propres ; quant aux gardes, ils avaient installé leur campement dans les douves asséchées au pied de la forteresse. Tiqué quittait rarement les limites du château et se contentait de promenades occasionnelles dans la vaste cour intérieure. Plus d'une fois on chuchota à Esmée que le religieux inspirait la méfiance à tous, y compris au sénéchal. Sa réputation l'avait précédé.

Bien qu'elle appréciât cette convivialité toute nouvelle, Esmée souffrait de l'absence de Raimond. Bien sûr, elle affectionnait ses conversations avec Guilhèm, mais elles ne remplaçaient pas les échanges complices qu'elle entretenait naguère avec le jeune homme. Elle l'avait d'ailleurs aperçu à plusieurs reprises dans le cortège de religieux, de clercs et de domestiques qui se rendait régulièrement à l'église, près des portes de la ville. Ces sorties avaient lieu en dehors des heures des repas, mais jamais à heure fixe ; cependant il se trouvait toujours quelqu'un autour d'elle pour évoquer le passage des « serviteurs de Rome ». Elle lâchait alors son activité et faisait en sorte de les voir passer à leur retour de l'église. Le cortège longeait habituellement la place du marché, remontait une petite ruelle, puis tournait dans l'artère principale qui conduisait au château. Esmée laissait sur son passage un signe pour Raimond puis elle se cachait dans l'ombre d'une ruelle, pour le voir sourire discrètement lorsqu'il le remarquait. Cependant, échanger ne serait-ce que quelques mots avec lui était impensable et cela la frustrait terriblement.

Guilhèm méditait tous les matins en commençant par concentrer son attention sur sa femme. À chaque fois, il la sentait en paix et heureuse d'être bientôt mère. Le fait qu'Agnès aussi soit sereine était primordial, car le jour où il ressentirait la moindre anxiété chez sa mère, il serait temps de rentrer. Tout avait l'air tranquille à la chaumière.

Puis il écoutait la ville. Ses facultés dans ce domaine s'étaient aiguisées. Depuis le début du mois de mai, il avait perçu un changement, comme une ombre planant au-dessus de la cité. Chaque jour, elle grandissait et se rapprochait un peu plus. Et si le phénomène semblait ne pas peser sur la ville et ses habitants, Guilhèm restait néanmoins vigilant.

♦ ♦ ♦ ♦ ♦

Vers la fin du mois de mai, quelques six semaines après leur arrivée, la venue au château de plusieurs religieux, accompagnés de clercs, de serviteurs et de gardes, provoqua un regain d'activité dans la ville. Son atmosphère changea aussitôt ; on chuchotait qu'une nouvelle campagne contre les hérétiques se préparait.

— Il est peu vraisemblable qu'elle concerne Carcassonne elle-même, confia Nicolau à Guilhèm. Si tel avait été le cas, les portes de la ville seraient fermées à cette heure. Il est probable qu'ils utiliseront le château comme base et qu'ils séviront plutôt dans les villages et les hameaux environnants.

Malgré le danger, Guilhèm choisit de rester à Carcassonne, tout en exhortant Esmée à redoubler de vigilance.

— Rassemblons nos affaires, nous devons être prêts à partir à tout moment ; et lorsque je donnerai le signal du départ, tu me suivras sans discuter.

Quelques jours plus tard, par une chaude après-midi, Esmée était assise en bordure de la place du marché lorsqu'une procession de la confrérie la longea en direction de l'église. À sa tête, Tiqué restait visiblement dépositaire de l'autorité. Leur déplacement en rangs serrés était pourtant inhabituel. Ils se comportaient comme si les Carcassonnais étaient soudain devenus une menace. Raimond n'était pas parmi eux.

Elle laissait reposer son menton sur le pelage soyeux de Lupo quand, quelques minutes plus tard, elle le vit courir vers l'église. Il était seul et portait un document. Elle sauta sur ses pieds.

— Tiens, prends quelques cerises, Florie ! lui proposa un marchand.

Cachant son agitation, elle prit les fruits et le remercia.

Puis elle alla, comme à son habitude, placer ses menues attentions sur le passage de son ami, quand deux religieux sortirent de l'église et se dirigèrent d'un pas rapide vers le château. Raimond les suivait à un rythme normal. Sans perdre un instant, Lupo sur ses talons, Esmée se précipita dans la ruelle la plus proche et courut autour du pâté de maisons aussi vite qu'elle le put jusqu'à l'intersection avec l'artère principale, où elle s'arrêta, hors d'haleine. Les volets clos protégeaient les demeures de la chaleur de l'après-midi et les rues étaient désertes. On n'entendait que le bourdonnement des insectes. S'agenouillant sur les pavés, elle serra le chien contre elle et surveilla la rue. Bientôt, les deux frères passèrent à côté d'elle à vive allure, absorbés par leur conversation. Quelques instants plus tard, Raimond apparut.

Esmée lâcha alors Lupo pour le laisser trottiner vers le jeune homme qui, souriant à sa vue, se pencha pour caresser son épais pelage brillant.

— Lupo !

Toujours cachée, Esmée rappelait l'animal.

Surpris, Raimond se redressa et regarda autour de lui. Au deuxième rappel d'Esmée, il se tourna vers elle. Ses yeux s'illuminèrent. Le cœur de la jeune fille bondit dans sa poitrine et ses joues se colorèrent. Elle inspecta les alentours ; les deux religieux avaient disparu au coin de la rue et personne d'autre n'était en vue.

— La voie est libre, chuchota-t-elle.

Aussitôt, Raimond la rejoignit dans la venelle où, profondément troublé, il se baissa d'abord pour cajoler Lupo, qui l'avait suivi. Imitant le jeune homme, Esmée s'accroupit à son tour.

— Esmée, tu es… resplendissante. Oh, je suis si content de te voir !

Il saisit et serra très fort sa main qui reposait sur le dos de l'animal.

Bouleversée, Esmée posa à son tour sa main libre sur la sienne. Tant de fois elle s'était imaginé cet instant, et à présent que Raimond était devant elle, elle cherchait ses mots. La tonsure qui avait remplacé son épaisse chevelure le vieillissait un peu ; il n'avait pas bonne mine. La pâleur de son visage faisait ressortir sa méchante cicatrice rouge ; la blessure devait avoir été très profonde pour laisser encore une marque aussi visible après trois mois.

— L'un des frères m'a donné une huile pour aider à la cicatrisation, dit-il, surprenant son coup d'œil. Elle s'atténuera avec le temps.

Esmée avait une folle envie d'y poser les lèvres.

— Où loges-tu ? Comment vas-tu ?

Les mots se bousculaient tant ils avaient de choses à se dire. Elle lui parla de sa nouvelle identité, du travail de Guilhèm, de ses nouveaux amis et de ses innombrables rencontres.

— Je suis impressionné, s'amusa Raimond. Tu es très persuasive pour leur avoir fait croire à tous que tu n'étais qu'une enfant !

Elle rit avec lui.

— Je travaille aussi. J'aide en cuisine et je fais un peu de couture. Et voici Lupo. *Besson*, j'ai tant de choses à te dire ! Nos conversations me manquent. Guilhèm m'écoute volontiers, cependant ce n'est pas pareil. Mais toi, comment vas-tu ? Comment est-ce, au château ?

Esmée le dévisageait longuement alors qu'il parlait, des larmes contenues brillant dans ses yeux verts. Il lui confia que la vie avec les frères était somme toute très supportable et que la plupart d'entre eux, y compris les derniers arrivés, étaient aimables avec lui. Il passait beaucoup de temps à prier et à étudier, ce qui lui convenait. Ses capacités d'apprentissage du latin avaient été remarquées et son écriture admirée.

— Les frères considèrent que ma naissance dans une famille d'hérétiques tient de la malchance et que ma présence parmi eux contribue à mon salut.

Esmée renifla bruyamment.

— Oh, Raimond, ça me fait tellement plaisir de te parler !

Il la regardait comme il l'avait toujours fait et elle s'imagina être avec lui dans la forêt de Labernoc, partageant simplement l'excitation de quelque événement de la journée.

— *Bessa*, si jamais l'on nous sépare, si Tiqué m'emmène à

Rome, promets-moi que ton père, à Foix, saura toujours où te trouver. Le jour où je m'échapperai, je ne retournerai pas à Labernoc car si l'on me suivait, je mettrais en danger ma famille. C'est ton père que j'irai voir. J'ai déjà pensé à tout cela. Alors, je t'en prie, fais en sorte qu'il sache toujours où tu es, ainsi je pourrai te retrouver. Cependant il me faut attendre le bon moment pour partir.

— Pourquoi ?

La question fusa. La voix d'Esmée trahissait sa peur et sa déception.

— Tiqué est très ambitieux. Il veut progresser dans ses fonctions et pour ce faire il a besoin de mes services.

— Comment cela ?

— Je rédige tous ses courriers importants. Il est très fier de mon travail. Et… – Raimond hésita. – ... j'ai découvert que son père aussi avait été condamné pour hérésie, et je pense qu'il veut prouver à sa hiérarchie, et sans doute à lui-même, que je peux, comme lui, devenir un bon religieux.

— Cela signifie donc qu'il va t'emmener à Rome !

— Et c'est pourquoi tu dois t'assurer que ton père sait où te trouver.

Esmée acquiesça. Leurs yeux tombèrent sur leurs mains, posées l'une sur l'autre sur le dos de Lupo, qui n'avait pas bougé.

— Esmée, tu as sans doute remarqué que d'autres frères mendiants nous avaient récemment rejoints.

Raimond lui confirma que ces derniers se rendraient bientôt dans les villages et les hameaux avoisinants pour arrêter les personnes suspectées d'hérésie.

— Y a-t-il un moyen d'avertir ces pauvres gens ?

— J'ignore qui ils sont. Tiqué détient une liste qu'il garde secrète. Son but est d'impressionner le pape, car ce qu'il souhaite plus que tout, c'est être celui qui mènera l'Inquisition à Montségur, compte tenu de l'importance que revêt ce lieu. Il se murmure qu'on y détient des textes sacrés datant de l'époque de Jésus.

— Il ne réussira pas à impressionner ceux qui vivent là.

— *Bessa*, j'ai encore tant de choses à te dire, mais il faut que je rentre. Sois prudente, je t'en prie.

— Reste encore un peu ; tu prétendras t'être attardé à l'église !

Il soutint son regard sans répondre. Après quelques instants, elle baissa les paupières, les joues en feu.

— Tu me manques, dit-il doucement.

Esmée contempla leurs mains unies.

— Quand cela cessera-t-il, Raimond ? Quand serons-nous enfin libres de nous voir ?

Retenant ses larmes, elle serra un peu plus sa main.

— Je suis parfois si triste, Esmée. Ma mère me manque, elle était bonne et si douce… Et je ne peux pas prier comme je le souhaiterais, tu sais, à notre façon. Nous prions beaucoup, certes, mais en communauté. Et je ne trouve plus le temps d'écouter mon cœur.

Des voix s'élevèrent au loin.

— Ils arrivent. Il faut que je parte.

Il se leva. Après un rapide coup d'œil à la rue, Raimond aida Esmée à se relever et l'enlaça.

— Ma merveilleuse *bessa*, chuchota-t-il avant de s'écarter.

Bouleversée par cette intimité aussi brève qu'inattendue, Esmée bredouilla des mots inintelligibles à propos de Misou, le chat des cuisines :

— Je te l'envoie souvent avec des messages, finit-elle.

Il rit et lui dit avoir fréquemment remarqué un chat, assis sur une branche proche de sa fenêtre.

— Quelquefois d'ailleurs je me suis demandé si ce n'était pas toi, à cause de sa façon de faire bouger les branches.

— Nous pourrions nous voir autant que nous le voulons si j'avais la faculté de me changer en chat !

Il acquiesça en souriant puis quitta l'ombre de la ruelle. Après un dernier regard, il se dirigea d'un pas résolu vers les portes du château, Lupo sur ses talons. Arrivé à l'entrée, Raimond se tourna vers lui :

— Allez, va t'en, Lupo, va t'en ! Retourne chez toi ! Va !

Des soldats observaient la scène avec amusement. L'un d'eux vint à son secours en retenant l'animal trop affectueux et le jeune homme en profita pour passer la porte. Une fois libéré, Lupo bondit vers Esmée qui l'attendait, debout au milieu de la rue, nimbée de soleil. Tout en le caressant, elle leva les yeux : parmi les soldats, le fils de Nicolau, Pons, la dévisageait avec insistance.

9

Carcassonne, juin 1237

Deux jours plus tard, une rumeur selon laquelle Rome allait suspendre l'Inquisition circula parmi les personnels du château et atteignit rapidement la place du marché. Même si les nouvelles provenant de Rome étaient sujettes à caution, on savait de source sûre que le pape Grégoire IX remettait en question les méthodes employées à l'encontre des dissidents chrétiens. On racontait que des nobles influents s'étaient plaints de la cruauté de certains inquisiteurs.

— Peut-être le pape reconnaît-il enfin que la violence est en contradiction avec les enseignements du Christ, dit un soir Nicolau.

Une sorte d'effervescence s'était emparée de la ville. Tous voulaient croire à la bonne nouvelle et chaque nouveau messager qui arrivait au château éveillait une vive curiosité. Les domestiques s'emparaient de la moindre information et n'hésitaient pas à l'embellir pour promouvoir l'idée que l'Inquisition ne serait bientôt plus qu'un détestable souvenir.

Cependant l'espoir fut de courte durée, car quelques jours plus tard, un groupe de personnes accusées d'hérésie franchit les portes de la ville, conduit par les gardes de l'inquisiteur. Liés deux par deux à une longue corde médiane, les prisonniers avaient marché depuis les lointaines montagnes au nord-est, et ils gravissaient péniblement l'étroite rue qui menait au château. Esmée débouchait d'une ruelle perpendiculaire quand elle les vit passer. Ils étaient sept. Cinq d'entre eux, deux femmes et trois hommes, semblaient être des villageois bien portants, mais visiblement épuisés par la longue route sous une chaleur accablante ; et surtout très effrayés. Les deux autres hommes contrastaient avec eux : maigres et pauvrement vêtus, ils étaient plongés dans la prière. Elle les regarda attentivement, essayant de reconnaître en eux l'un de ces voyageurs qu'elle avait vus à Labernoc. Mais ils lui étaient étrangers. Elle s'éclipsa avant que quiconque ne surprenne ses larmes.

Les prisonniers furent amenés au château puis descendus dans les cachots. Un peu plus tard, le même groupe de religieux et de gardes quitta une nouvelle fois la ville. Esmée aurait voulu les précéder pour avertir tous les villages se trouvant sur leur route, mais le risque encouru était grand et l'effort sans doute inutile, puisque la plupart des personnes suspectées d'hérésie l'ignoraient probablement elles-mêmes. Quelques accusés, persuadés de leur bon droit et confiants en la justice, tenteraient de plaider leur propre cause, comme l'avait fait Jaufré. Avec un peu de chance, certains avaient peut-être déjà fui.

À mesure que les jours se réchauffaient et que le nombre de prisonniers augmentait, la tension devint palpable en ville comme au château et le malaise qui y régnait affectait aussi la cour ombragée près des cuisines, où les repas étaient servis à la belle saison. À l'heure du souper, la concentration de tous ces convives d'horizons divers rendait l'atmosphère électrique.

D'ordinaire, Esmée assurait le service aux heures de grande affluence. Elle trouvait plutôt distrayants les plaisanteries et les chants qui se poursuivaient quelquefois bien après la tombée de la nuit. Cependant, depuis l'arrivée des prisonniers, tous, et plus particulièrement les soldats, avaient tendance à boire plus que de raison ; les chants étaient empreints de mélancolie et les plaisanteries menaçaient souvent de dégénérer. Même si elles restaient sous contrôle, les altercations étaient de plus en plus fréquentes entre les soldats du château et les gardes rattachés à l'Inquisition.

Un soir, vers la fin du mois de juin, Guilhèm, attablé près des marches menant aux cuisines, observait Esmée, occupée à servir. Elle semblait raisonnablement enjouée ; un peu plus tôt dans la journée, Raimond avait souri à la vue du cœur qu'elle avait placé sur son passage.

Tout en mangeant avec lenteur, il écoutait les conversations. Les tables étaient quasiment toutes occupées. Nicolau ne tarda pas à le rejoindre et s'assit à son côté tandis qu'Esmée posait devant lui un odorant ragoût de sanglier.

Au crépuscule, la lune apparut au-dessus de la haute muraille. La nuit promettait d'être claire. Cinq gardes entrèrent par la porte qui ouvrait sur la cour du château. Quelques-uns de leurs compagnons déjà installés leur firent de la place. Ils s'entretenaient à mi-voix, conscients de l'hostilité qu'ils suscitaient autour d'eux. Mais ils préféraient de loin la nourriture des cuisines à celle qu'on leur servait au camp, et Jacotina accueillait de la même manière et sans distinction tous ceux qui se présentaient.

Ils remercièrent poliment la fille de cuisine qui venait de leur apporter leur repas. Non loin d'eux, Guilhèm avait terminé le sien. Il affûtait des pointes de flèches, et observait.

À la table voisine, des soldats discutaient bruyamment. Le ton montait. Il y eut quelques bousculades, du vin fut répandu, et la bagarre éclata. Toutes les conversations cessèrent. Chacun restait suspendu à cette rixe qui cristallisait les tensions des dernières semaines et dont tous craignaient l'issue. Sans attendre, Rolfe de Turre et quelques hommes intervinrent et le calme fut rétabli, fragile et précaire.

— La même chose s'est produite la dernière fois que l'Inquisition a emprisonné des pauvres malheureux dans les cachots de la citadelle, fit remarquer Nicolau. Les soldats répugnent à devoir les enfermer, en particulier les femmes. Leur frustration finit en querelles. Mais ce qu'ils voudraient vraiment, c'est en découdre avec les gardes de l'inquisiteur.

La lune, à présent haute dans le ciel, éclairait la cour et l'air était doux. Un pichet d'hypocras fut déposé devant eux. Guilhèm s'en servit un peu et poursuivit sa tâche. Il gardait un œil sur Esmée. Elle bavardait avec des gardes du château qui paraissaient la taquiner et tous riaient de bon cœur. Cela faisait plaisir de la voir rire. L'atmosphère s'était détendue et quelques soldats se mirent à chanter ; d'autres dîneurs se joignirent à eux, au nombre desquels plusieurs gardes.

À la fin du service, comme à l'accoutumée, Jacotina et Esmée vinrent s'asseoir à côté des deux hommes. Elles étaient cette fois accompagnées de Tanzi, une des jeunes cuisinières qui, spontanément, passa ses bras autour du cou de Guilhèm et l'embrassa sur la joue.

— J'aime ta façon de toujours rester en dehors des disputes, Clément ; tu es un homme bon.

— Ah, redevenir jeune ! s'exclama en riant Nicolau.

— Vieil homme, tu es encore séduisant ! le taquina la jeune femme en lui envoyant un baiser.

— Vieil homme, rien du tout ! grommela Jacotina.

Tout en badinant, Tanzi resservit du vin épicé à Guilhèm. Il leva le verre et en respira les arômes :

— Voici une boisson enchanteresse qui vient du cœur de notre pays, dit-il en buvant une gorgée.

Tanzi soupira :

— Oh, Clément, tu es un vrai troubadour…

C'est alors que Pons, del Gurbe et Barca firent irruption dans la cour. Ils étaient ivres. Apercevant Tanzi, Pons tituba jusqu'à elle et l'enlaça brutalement, une main sur sa poitrine.

— Lâche-moi, Pons !

— Tu n'es qu'une sale traînée !

Pons articulait avec peine mais ne la lâchait pas, poursuivant ses explorations sous les regards concupiscents de del Gurbe et de Barca, qui l'encourageaient bruyamment.

Tanzi finit par lui échapper tandis que Nicolau pressait son fils de partir.

— Je ne suis donc plus assez bien pour toi, maintenant que tu donnes tout mon argent à cet usurpateur ? demanda Pons en jetant un coup d'œil assassin à Guilhèm.

Se détournant, il se pencha à nouveau sur Tanzi qui, instinctivement, se serra contre Guilhèm. Tous les regards étaient tournés vers les trois trublions. Rolfe s'était levé et se dirigeait vers eux.

— Embrasse-là ! hurla un garde.

— Et ensuite ce sera mon tour ! renchérit un autre.

— Débrouillez-vous pour en trouver une, bande de fainéants !

Pons rit en tombant en avant tandis que sa main plongeait vers le bas de la robe de Tanzi.

La jeune femme poussa un cri perçant. C'en était trop. Coincé entre Nicolau et Tanzi et gêné par le banc, Guilhèm tentait vainement de se dégager pour lui venir en aide. Mieux placé que lui, Nicolau bondit et empoigna son fils par l'épaule.

— Assez, maintenant, fils ! Va cuver ton vin !

Pons essaya de le frapper mais Nicolau dévia son poing. Barca et del Gurbe firent un mouvement pour tenter d'aider leur comparse et, une fois de plus, Rolfe et ses hommes s'interposèrent. De par sa fonction, l'officier avait autorité sur les gardes de l'inquisiteur à l'intérieur de la cité.

Cependant Pons était trop ivre pour se préoccuper d'une quelconque autorité.

— Je ne suis plus ton fils ! cria-t-il à Nicolau. Mais je veux ma part de l'argent de la chasse, et je l'aurai !

Le poing qu'il lança vers Nicolau fut cette fois bloqué par l'un des soldats. Barca et del Gurbe s'en prirent alors aux hommes qui les entouraient et la bagarre se généralisa lorsque les autres gardes, solidaires des leurs, se jetèrent dans la mêlée.

Guilhèm se dépêcha de mettre Tanzi à l'abri, puis il attrapa Esmée par le bras pour l'éloigner de la cohue.

— Sauve-toi, Esmée, la pressa-t-il à voix basse. Je te retrouverai à la maison.

Les genoux tremblants, elle partit en courant, suivie de Lupo. Le tumulte et les cris s'atténuèrent à mesure qu'elle s'éloignait vers le mur ouest de la ville. Au moment où elle commençait à reprendre son souffle, elle entendit quelqu'un crier des ordres ; un bruit de sabots sur les pavés lui parvenait depuis les portes de la ville. Arrivée sur place, elle vit deux gardes à cheval, précédant un nouveau groupe de huit prisonniers attachés deux par deux. Derrière eux, chevauchaient deux jeunes religieux cachant mal leur embarras. Six autres gardes encadraient les captifs.

Une femme aux longs cheveux blonds marchait pieds nus à l'avant du groupe. Elle lui rappela Ava. Voyant Esmée, elle pointa un doigt vers ses lèvres abîmées. La fontaine était toute proche ; des bols en bois y avaient été disposés pour que les citadins et les voyageurs puissent se désaltérer en cette période de chaleur. Esmée en prit un et le remplit puis, un œil sur les gardes, elle s'approcha du groupe, attendant le moment propice pour offrir l'eau à la prisonnière. À cet instant, Lupo aboya bruyamment avant de s'élancer vers un chien qui suivait le cortège. Ils se mirent à se battre, bousculant les gardes et provoquant la confusion dans les rangs. Esmée saisit l'opportunité pour s'avancer et tendre le bol à la femme, qui le prit et l'approcha d'abord des lèvres du vieil homme qui marchait à côté d'elle. Puis elle but à son tour en rejetant légèrement la tête en arrière. Ce geste révéla une marque de naissance au niveau de son cou qui évoqua à Esmée la forme d'un papillon. La femme lui rendit le bol et lui sourit :

— Merci, dit-elle simplement.

De retour chez elle, un peu plus tard ce soir-là, et pour la première fois depuis son arrivée à Carcassonne, Esmée s'endormit en sanglotant.

10

Carcassonne, juillet 1237

Guilhèm sentait l'hostilité de Pons à son égard croître de jour en jour ; son instinct lui dictait de quitter Carcassonne sans plus attendre. En outre, son plus grand souhait était de retrouver son foyer, ne serait-ce que pour quelques jours. Mais il ne pouvait pas laisser Esmée sans protection, même s'il avait toute confiance en Nicolau et Jacotina. Lui parti, il craignait que Pons ne s'en prenne à la jeune fille sans défense. L'ombre qu'il avait perçue quelques semaines auparavant lors de ses méditations matinales se répandait à présent dans les rues de la ville, et ses manifestations étaient désormais perceptibles. Peu de gens s'attardaient encore pour bavarder dans la douceur du soir. On évitait soigneusement les religieux et les gardes. Des cachots, pourtant profonds, s'échappaient des cris et des plaintes à glacer le sang, parfaitement audibles dans le silence de la nuit. Même le soleil de juillet semblait avoir moins d'éclat dans le ciel sans nuages.

Il se tourmentait aussi pour Raimond. Jusqu'à récemment, dans le calme du matin, il percevait assez facilement les émotions qui habitaient le cœur du jeune homme. Mais depuis l'arrivée des derniers captifs, ce subtil contact s'était rompu. Esmée, qui l'avait aperçu à plusieurs reprises avec ses compagnons, lui avait trouvé un air tourmenté, avec ses sourcils froncés et son pas pesant. Il ne cherchait même plus des yeux les petits signes qu'elle lui laissait. Non, décidément, Guilhèm ne pouvait pas laisser seuls les deux adolescents.

Un soir de la mi-juillet, il accompagna Esmée sur la place du marché. Il voulait évaluer lui-même l'état d'esprit de Raimond. Tout en attendant l'arrivée du cortège, il conversait avec les commerçants qui avaient commencé à remballer leurs marchandises. Enfin, la procession entra sur la place. Il chercha des yeux le jeune garçon et lorsqu'il le vit, son cœur se serra : visage blême et épaules voûtées, il ne restait rien de l'habituelle vitalité de Raimond dans sa démarche pesante. En passant devant Guilhèm il leva pourtant les yeux et, découvrant son ami, il abattit sa main sur son cœur, indifférent au risque d'être vu. Guilhèm en fut bouleversé ; ce jeune homme n'était pas le Raimond qu'il connaissait, avec son tempérament placide et sa force morale. Quelque chose lui était arrivé. Compte tenu des violences qui avaient cours au château, il n'osa pas imaginer ce que cela pouvait être. Le cortège s'éloignait vers la petite place devant l'église où il s'arrêta. Quelqu'un alluma un cierge et ils entrèrent, deux par deux, derrière le crucifix levé.

Profondément troublés, Guilhèm et Esmée s'éloignaient lorsqu'un cri sauvage s'éleva derrière eux. Il fut vite suivi par d'autres exclamations et d'autres cris, mêlés aux hennissements effrayés de chevaux. Guilhèm eut juste le temps d'attirer Esmée contre lui lorsqu'une foule paniquée passa en trombe devant eux en criant.

— À la garde !

— Nous sommes attaqués !

Longeant prudemment les habitations, les deux amis s'élancèrent vers l'église. Des flammes jaillissaient vers le ciel et une épaisse fumée se répandait dans les rues. Guilhèm soupçonna que le feu avait été mis au foin dans les écuries proches de l'église. Des soldats couraient vers le lieu des affrontements.

— Raimond ! Il faut aller l'aider ! s'affola Esmée.

Une main ferme sur son épaule, Guilhèm la guidait vers la place de l'église. La fumée qui tourbillonnait autour d'eux les empêchait de voir mais ils entendaient distinctement le cliquetis des épées et les clameurs des combats.

La fumée se dissipa un court instant.

— Ce sont les villageois, Guilhèm ! s'exclama Esmée en découvrant la scène. Ceux dont ils ont tué les petits garçons…

— Assassins ! Assassins !

Un hercule barbu, à l'épaisse chevelure rousse et frisée, vociférait tout en abattant frénétiquement son épée alors que plusieurs soldats tentaient de le maîtriser. Ses compagnons, dont quelques-uns étaient également roux, se jetaient sur les militaires en hurlant. Les combats étaient féroces.

Les renforts arrivés sur les lieux donnèrent rapidement aux militaires l'avantage du nombre. Esmée et Guilhèm cherchaient Raimond des yeux mais la fumée opaque leur cachait de nouveau la scène. Enfin, entre deux volutes, ils distinguèrent Raimond au milieu d'un petit groupe d'hommes qui escaladait un muret avant de se disperser. Le jeune homme disparut entre deux maisons. La ville n'ayant aucun secret pour eux, Guilhèm et Esmée se précipitèrent dans le labyrinthe des rues étroites et finirent par se trouver face à lui. Un religieux le suivait ; le sang qui ruisselait de son crâne lui coulait dans les yeux.

Guilhèm attira Raimond dans une ruelle. Son compagnon passa en titubant à côté d'eux.

Raimond se débattait violemment :

— Non ! Lâchez-moi !

— C'est nous, Raimond, c'est nous ! dit fiévreusement Esmée.

— Non ! Je dois y retourner !

Guilhèm regarda attentivement le jeune garçon et tressaillit. Son regard était éteint, inexpressif, et le blanc de ses yeux avait une teinte jaunâtre. Ses pensées se bousculaient. Il fallait faire sortir Raimond de Carcassonne. Immédiatement et coûte que coûte ; il se soucierait des conséquences plus tard. Il s'accroupit devant le jeune homme en lui serrant fermement les bras. Au loin, on entendait encore s'élever les cris de rage et de douleur.

— Raimond, regarde-moi, le pressa-t-il. Regarde-moi !

À contrecœur, Raimond obéit.

— C'est moi, Guilhèm, et tu es en sécurité. Nous devons partir, maintenant. Raimond, nous devons partir !

— Laisse-moi !

Raimond essayait vainement de se dégager de son étreinte.

— Raimond, regarde-moi encore. Tu es l'un des nôtres. Il est temps de rentrer à la maison.

— Viens, Raimond, je t'en supplie ! implorait Esmée.

— Raimond ! – Guilhèm continuait à s'adresser au jeune homme d'une voix ferme et résolue. – Rentre avec nous, mon garçon ; reviens auprès de la nature que tu aimes, la forêt, les oiseaux. Reviens auprès de ton père et de tes sœurs, auprès des gens qui t'aiment.

— Je ne peux pas, chuchota Raimond et, un instant, son regard vert s'adoucit. Je ne peux pas partir. Oubliez-moi. Le garçon que vous avez connu n'existe plus.

Vaincu, Guilhèm relâcha légèrement son étreinte et Raimond lui échappa. Sans un regard, il leur tourna le dos et courut vers le château.

11

Carcassonne, juillet 1237

CARCASSONNE FUT ISOLÉE DU MONDE. Plus personne n'avait l'autorisation d'entrer ni de sortir de la ville. Aux portes, où la rigueur était désormais de mise, les gardes du château furent renforcés par les hommes de l'Inquisition. Outre de nombreux blessés, l'assaut vengeur des villageois avait coûté la vie à un religieux, un clerc et un domestique. La plupart des assaillants étaient morts et les survivants seraient exécutés dans les jours à venir. Alors qu'on les emmenait vers le château, ils avaient crié à la ronde les raisons de leur geste et dénoncé Tiqué pour le rôle qu'il avait joué. Le soir venu, d'effroyables versions du massacre des innocents garçons et de leurs mères circulaient en ville.

À l'heure du souper, et malgré ses refus répétés, Guilhèm réussit à convaincre Esmée de l'accompagner dans la cour pour prendre leur repas, comme ils avaient coutume de le faire.

— Le temps est venu pour toi de jouer la comédie comme jamais tu ne l'as fait. Si nous voulons sortir d'ici vivants, nous devons agir comme si tout cela ne nous affectait pas personnellement.

Pendant tout le repas, elle resta près de lui, frileusement enveloppée dans sa veste, Misou installé à côté d'elle sur le banc. Les tables se remplissaient peu à peu. Les échanges bruyants des soldats contrastaient avec l'humeur sombre des gardes. Parmi eux se trouvait, ce soir encore, un petit homme encapuchonné que Guilhèm avait remarqué à plusieurs reprises. Il s'asseyait toujours le dos tourné au personnel du château, mais de temps à autre il tournait légèrement la tête en repoussant discrètement son couvre-chef, dans le but de voir les visages et de mieux entendre les conversations. Il ne buvait jamais de vin et mangeait peu. Guilhèm avait compris qu'il espionnait pour le compte de Tiqué.

Au fil de la soirée, l'humeur des soldats devint plus morose et le bruit des conversations retomba. Les gardes s'animèrent quelque peu, mais, à l'évidence, personne ne cherchait querelle. Nicolau entonna un air teinté de mélancolie. Venue les rejoindre une fois sa besogne achevée, Jacotina le regardait affectueusement. Un petit nombre de gardes et de soldats se joignit au chant du chasseur.

Esmée avait pris le chat dans ses bras et le serrait contre elle, lui confiant à l'oreille son désespoir et son incompréhension devant l'attitude de Raimond.

— À manger ! À boire ! Allez, femmes, nous avons faim !

Pons venait de faire irruption dans la cour. Barca et del Gurbe lui emboîtaient le pas, ainsi que trois femmes. Sans surprise, ils étaient ivres et leurs bruyantes salutations ne reçurent aucune réponse.

Esmée enfonça son visage dans le doux pelage de Misou et laissa ses cheveux retomber devant ses yeux, tandis que le groupe se dirigeait dans leur direction.

— Tu vas l'étouffer, ce pauvre chat, ma mignonne ! cria Barca.

— Laisse-la tranquille, lui ordonna sèchement Jacotina.

— Que veux-tu, femme ? On veut juste s'amuser un peu !

— Oui, que veux-tu ? Elle pourrait même venir s'amuser avec nous ? renchérit Pons d'une voix pâteuse.

Il avait délogé les occupants de la table voisine et se servait généreusement en vin ; l'une des jeunes femmes, passablement débraillée, se pressait contre lui et roucoulait à son oreille.

— Allons, ma jolie ! Viens boire un verre à la victoire ! Nous avons anéanti les envahisseurs, s'égosillait del Gurbe, au demeurant frustré d'avoir manqué les combats sur le parvis de l'église.

— Allez, viens ! insista Pons. Tu dis n'être qu'une petite fille, mais l'es-tu vraiment ? Moi, j'ai vu de jolis signes de féminité sous cette veste…

Tout en parlant il faisait des gestes évocateurs.

— D'ailleurs, je pense que toi et ton soi-disant père n'êtes pas ce que vous prétendez être.

Les mains de la fille s'aventuraient sous la table.

— Comment être sûrs que vous n'étiez pas impliqués dans l'attaque, cet après-midi ?

Un lourd silence tomba sur la cour ; les gardes comme les soldats du château gardaient la tête baissée, mais tous étaient soudain en alerte. Nicolau se leva et rassembla quelques restes de nourriture sur une assiette qu'il déposa devant son fils.

— Pons, pas ce soir. La journée a été éprouvante pour nous

tous ici. Mange sans histoires, je t'en prie, dit-il calmement.

— Et pourquoi pas ce soir, vieil homme ? Aurais-tu été ensorcelé par ce diable de chasseur ? Je veux seulement savoir qui il est vraiment et s'il n'a pas un lien avec l'attaque d'aujourd'hui !

Il rota bruyamment et, criant de manière à être entendu de tous :

— Peut-être est-ce un hérétique essayant de provoquer une rébellion ? Ha ! Demande-le-lui donc !

Il y eut quelques exclamations autour d'eux. Barca et del Gurbe se redressèrent. La fille arrêta net ses caresses.

Esmée, saisie, releva brusquement la tête. Jacotina l'enveloppa dans ses bras.

Nicolau posa une main apaisante sur l'épaule de Pons :

— Fils, pas ça, je t'en prie …

— Ne me touche pas !

Pons le repoussa violemment.

— Tu es un vieil hérétique, toi aussi. Tu l'as toujours été. Tu crois que tu peux tromper tout le monde ici parce que tu es le grand chasseur et qu'on te respecte ! Mais tout le monde le sait et si ce n'est pas encore le cas, alors voici : écoutez, vous tous ! Mon père que voilà est un hérétique !

Il hurlait, déchaîné, agitant son verre de vin et répandant le breuvage alentours.

Nicolau pâlit. Personne ne bougeait. Dans un silence de plomb, Guilhèm se leva et étreignit son ami.

— Mon ami, voici la triste fin d'une bien triste journée.

Puis il se tourna vers Jacotina :

— Il est préférable que j'emmène Florie à sa chambre maintenant.

Et, soulevant Esmée dans ses bras, il quitta la cour.

— Tu les laisses partir ? cria Pons en s'adressant à Rolfe de Turre, assis parmi ses hommes. Je viens de vous révéler qu'ils étaient des hérétiques et tu les laisses libres de sortir d'ici ?

Il apostropha del Gurbe et Barca :

— Jacques, Éric ! C'est à vous de vous en occuper. Arrêtez-les ! Ce sont des hérétiques, vous dis-je ! Tout comme mon père et sa mégère.

Barca évalua la situation. Les gardes étaient largement inférieurs en nombre et le sergent était son supérieur.

— Ça va, Pons, bois un verre. Ils n'iront nulle part. Nous réglerons cela demain.

Sans que personne le remarque, le petit homme encapuchonné s'était levé et se glissait hors de la cour, laissant son dîner sur la table. Les gardes se détendirent et les soldats du château en firent autant. Tous étaient épuisés ; et après tout, qu'avaient-ils à reprocher à leur généreuse hôtesse, à son chasseur de mari et à son associé ? L'inquisiteur en jugerait.

12

Carcassonne, juillet 1237

TOURMENTÉ, RAIMOND MARCHAIT de long en large sur la petite terrasse attenante aux appartements de Tiqué. Quelques instants auparavant, Geraldus, le petit homme encapuchonné qui s'était donné pour mission d'espionner pour l'inquisiteur, s'y était précipité en annonçant sans préambule que le château grouillait d'hérétiques et qu'il avait un informateur. À ces mots, Tiqué avait ordonné à Raimond d'interrompre ses tâches cléricales et de les laisser seuls. La lourde porte s'était refermée derrière le jeune homme ébahi avant que Geraldus ne poursuive son rapport.

Trop agité pour s'asseoir, Raimond ignora le banc posé contre le parapet. Toutes ses pensées allaient vers Esmée et Guilhèm. Étaient-ils repartis après qu'il eut refusé de les suivre ? Son esprit sans repos était agité de mille craintes auxquelles se mêlaient aussi les souvenirs des jours heureux. Il revoyait les courses folles avec Esmée à travers bois et leurs rires lorsqu'ils plongeaient dans les eaux froides de la rivière. Un sourire furtif éclaira son visage ; en réalité, il préférait marcher pendant qu'elle courait, et attendre que l'eau des rivières se réchauffe pendant qu'elle se jetait sans hésiter dans leurs eaux glaciales. D'ailleurs, elle le taquinait assez souvent à ce sujet. Rageusement, il essuya ses larmes et se laissa finalement tomber sur le banc.

Pour la première fois de sa vie, il ne trouvait plus de réconfort dans la prière. Et il savait que plus rien ne serait comme avant depuis que, contraint et forcé, il avait participé aux horreurs de ces dernières semaines. Son cœur était brisé, comme éteint. Il n'arrivait plus à se remémorer les doux visages de sa mère et d'Esmée ; sa mémoire aussi était morte. Il pressa ses mains sur ses tempes et secoua violemment la tête. Oh, je t'en supplie Esmée, dis-moi que tu es loin de Carcassonne, loin de tout cela. Une tristesse sans nom l'envahit. La vie sans elle ? Il empoigna ses cheveux et cessa de lutter contre les sanglots qui le secouaient. Il se sentait vide ; qu'avait-il encore à craindre d'être entendu ?

C'est alors que, venant de l'antichambre par la porte entrouverte, le chat des cuisines se faufila jusqu'à lui.

— Misou !

Le chat sauta sur ses genoux et pressa sa tête contre sa poitrine. Raimond se remémora soudain les paroles que prononçaient jadis ses parents au pied de son lit, le soir au coucher. « Tu es ton cœur, Raimond. » Et ils lui posaient une main sur la poitrine. Ils faisaient de même pour ses sœurs et Esmée. « Vous êtes votre cœur, laissez-le vous guider. Vous êtes tout amour et vous êtes tous aimés. Soyez bons, les enfants, et faites le bien autour de vous. Dans l'amour, vous ne connaîtrez jamais la peur et ne ressentirez jamais la honte. »

— Oh mère ! Esmée ! s'écria-t-il, se prenant la tête entre les mains.

Brusquement, Misou quitta ses genoux, plantant au passage ses griffes dans sa jambe.

Il leva les yeux. Un homme grand et ébouriffé, empestant le vin, le dominait de toute sa hauteur.

— Où sont les appartements du frère inquisiteur ? demanda-t-il.

Raimond les lui désigna du doigt.

Mais Pons ne bougeait pas, le regard fixé sur lui.

— D'abord le chien et maintenant le chat des cuisines ? Mais oui, je me souviens de toi ! Vous êtes tous arrivés en même temps...

Raimond se rembrunit. Il reconnaissait l'homme à présent ; depuis la fenêtre de son dortoir, il voyait le campement des gardes et il l'y avait souvent aperçu s'enivrer en leur compagnie.

Se rapprochant encore, Pons pointa vers lui un doigt menaçant :

— Si le frère inquisiteur ne fait pas brûler rapidement ta petite camarade et son rapace de père, je me chargerai d'eux moi-même !

Puis il tourna les talons et disparut derrière la porte massive.

13

Carcassonne, juillet 1237

Le lendemain, à l'aube, Guilhèm et Esmée attendaient en silence le retour de Nicolau ; leurs rares affaires personnelles étaient cachées sous leurs vêtements, enroulées autour de leur corps. Enfin, la porte d'entrée s'ouvrit sur leur hôte.

— Rolfe de Turre est de service, annonça-t-il. Il dit que la ville devrait rouvrir ses portes aujourd'hui ; le sénéchal est d'avis que l'attaque d'hier n'était qu'un incident isolé. Tu peux donc aller chasser avec Florie.

— Viens avec nous, Nicolau. Le sénéchal va devoir donner suite aux accusations de Pons à votre encontre ; l'inquisiteur y veillera. Nous inventerons une excuse pour emmener Jacotina en forêt et nous vous trouverons un endroit sûr.

Nicolau prit les mains de Guilhèm.

— Merci, cher ami, merci. Mais j'ai parlé à mon aimée. Nous restons. Pons est mon fils et s'il doit briser des vies, je préfère que ce soit la mienne. Et je n'arrive pas à persuader

Jacotina, elle se sent en sécurité ici.

Soudain, il baissa la tête et amena les mains de Guilhèm à son front. Guilhèm étreignit le généreux homme.

— Adorable Florie !

Nicolau se tourna vers Esmée et, avec une gaieté forcée, il l'enlaça en la soulevant de terre.

— Tu prendras bien soin de Lupo, n'est-ce pas ?

— Lupo ? Non, il est à vous ! Vous ne pouvez ni chasser ni vivre sans lui !

— Nous le prenons avec nous, dit Guilhèm.

Esmée les regarda tour à tour. Elle pâlit.

— Lorsque le calme sera revenu, je vous le ramènerai.

Les yeux rouges et gonflés, Jacotina sortit silencieusement de sa chambre. Elle vint vers eux et les étreignit tendrement.

— Partez maintenant, le temps presse, dit Nicolau tandis que son épouse passait un bras autour de sa taille. Bonne chance. Notre amour vous accompagne.

L'intense chagrin d'Esmée fit place à un sentiment de panique lorsqu'elle franchit le pas de la porte et foula les pavés. Le ciel était sans nuages et l'air était frais, mais la journée promettait d'être chaude. Dans les rues presque vides en cette heure matinale, elle marchait à côté de Guilhèm, le cœur battant à tout rompre et les jambes en coton. Ils descendirent la rue principale puis obliquèrent vers l'entrée de la ville. Après un dernier virage, une trentaine de mètres devait leur permettre d'évaluer la situation aux portes. Sur cette même distance, les gardes postés là auraient eux aussi tout loisir d'observer leur approche.

— Prête ? lui demanda Guilhèm en arrivant à l'endroit critique.

Elle acquiesça nerveusement et lui emboîta le pas.

Tout semblait calme. Les grands vantaux en bois étaient clos mais la petite porte aménagée dans l'un d'eux était ouverte et deux hommes la gardaient. À quelques pas de là, d'autres soldats et deux gardes de l'Inquisition avec leurs grands manteaux se réchauffaient près d'un feu. Les gardes leur tournaient le dos et il leur fut impossible de les identifier. Involontairement, Esmée jeta un coup d'œil inquiet à Guilhèm. Son visage reflétait son calme et sa détermination. Elle résista au besoin de blottir sa main dans la sienne et se contenta de prendre une profonde inspiration pour essayer d'absorber un peu de la force de son compagnon. La main de Guilhèm lui effleurant le bras lui redonna un peu de courage.

L'imposante silhouette du sergent Rolfe de Turre apparut dans l'encadrement de la porte dont il occupait presque tout l'espace. Les deux voyageurs s'avancèrent. Les soldats en poste les saluèrent d'un signe de tête et, près du feu, quelques mains amicales se levèrent. Tous avaient, à un moment ou à un autre, bénéficié de la générosité de Guilhèm.

— Bonjour vous deux !

Rolfe les salua chaleureusement en jetant un regard oblique en direction des gardes qui ne s'étaient pas éloignés du feu.

— Nous nous attendons à recevoir aujourd'hui l'ordre de rouvrir les portes et nous sommes plus que ravis de pouvoir à nouveau remplir le garde-manger.

— C'est une bonne nouvelle, répondit Guilhèm avec un sourire entendu, les yeux posés sur la bedaine du sergent. Les vivres commencent à manquer et Jacotina craint que…

— Où vont-ils ?

La question fusa derrière eux, faisant sursauter Esmée.

Sans plus attendre, Guilhèm posa une main ferme sur son épaule et la fit passer devant leur ami, qui s'effaça, libérant la sortie. Puis il se retourna.

— Sergent de Turre !

Un garde armé s'approchait.

— Où vont ces personnes ? La ville est fermée. Qui a donné à cet homme et cette enfant l'autorisation de la quitter ?

Rolfe fit un pas en avant, forçant le garde à reculer.

— La vie doit continuer, mon ami, et le chasseur doit chasser ; à moins que tu ne te contentes de légumes ! dit-il d'un ton égal.

Le garde avança vers Guilhèm, mais Rolfe s'interposa. Le second garde avait quitté la chaleur du feu et se dirigeait vers eux ; son manteau rejeté sur l'épaule révélait l'épée qu'il portait à la ceinture.

— Certains de nos hommes ont été tués et ces gens pourraient être des suspects.

— C'est notre chasseur et sa fille, répliqua Rolfe avec hauteur. Il chasse pour nous depuis longtemps, bien avant que vous n'apparaissiez par ici. Vous avez vos assassins. Retournez donc près du feu.

Le garde hésita. Les assassins étaient effectivement enfermés dans les geôles du château. Et rien n'indiquait que le chasseur eût un lien avec l'attaque. Il bâilla. La fatigue émoussait ses velléités belliqueuses.

— Quand comptez-vous revenir ? demanda-t-il encore pour faire bonne figure. Et pourquoi emmener l'enfant ? Elle ne chasse pas, elle devrait rester.

— Nous serons absents quelques heures, peut-être un peu plus, intervint Guilhèm.

Il faisait écran entre le garde et la porte, l'empêchant ainsi d'apercevoir Esmée qui, marchant aussi calmement que possible, était déjà arrivée à mi-pente.

— Mais, bien sûr, cela dépendra du sanglier plus que de nous.

— Bien sûr ! appuya Rolfe d'une voix tonitruante en partant d'un énorme éclat de rire. Avez-vous déjà vu un sanglier qui faisait ce que vous lui demandiez ? Je me souviens d'une partie de chasse dans ces montagnes ; nous avons pisté l'animal pendant des jours !

Il continua à parler tout en prenant les deux gardes par le bras, les entraînant vers le feu où un soldat enchaîna aussitôt avec une autre histoire de chasse. Rolfe fit durer la conversation jusqu'à ce que les gardes, à leur tour, y aillent de leur propre anecdote. Maintenant, il était certain que ses deux amis étaient hors de vue.

Lorsqu'ils arrivèrent sous les frondaisons près de la rivière, Guilhèm accéléra le rythme. Il ne voulait pas laisser à Esmée le temps de se raviser. Et surtout, il voulait échapper à la rafle que Tiqué ne manquerait pas d'ordonner suite aux dénonciations de Pons. Dans la cité, les arrestations étaient soumises à l'autorisation du sénéchal. Mais devant la gravité des accusations, l'accord de celui-ci ne faisait aucun doute et Tiqué lâcherait sa meute sans attendre. Peut-être sévissait-elle déjà en ce moment même.

Son soulagement de pouvoir enfin s'éloigner de la ville et de retrouver bientôt les siens était modéré par son inquiétude quant au sort de Raimond et de ses amis, Nicolau et Jacotina. Deux âmes généreuses et bienveillantes qui les avaient accueillis sans poser de questions. Il se sentait responsable des terribles lendemains qui les attendaient. Que s'était-il passé dans le cœur de Pons ? Comment le fils d'un homme comme Nicolau pouvait-il être si plein de haine ?

— Je l'ai négligé lorsqu'il était enfant, lui avait confié un soir son ami. À la mort de sa mère, il avait treize ans. Je l'emmenais à la chasse avec moi. Je l'ai couvé et gâté, j'ai partagé avec lui les revenus de la chasse. Je faisais de mon mieux pour faire de lui un homme responsable et bon. Il a travaillé avec moi durant quelques années mais, très vite, j'ai décelé chez lui de la paresse. Puis il a commencé à fréquenter les soldats du château, ne chassait plus que rarement et se soustrayait de plus en plus à mon autorité. De peur de le perdre définitivement, j'ai continué à lui donner sa part de la chasse. Depuis quelques mois, il a trouvé d'autres compagnons de beuverie parmi les gardes de l'Inquisition et tu connais la suite.

L'absence de Nicolau pendant l'enfance de Pons avait-elle suffi à le détourner du droit chemin ? Guilhèm était persuadé que son comportement avait des causes bien plus profondes. Mais il se promit d'être présent pour Séréna et pour son fils ; il ne négligerait pas son enfant et ne tolérerait aucune paresse. D'ailleurs, comment les fils de Séréna pourraient-ils être paresseux ou de caractère difficile ? Cette pensée le fit sourire. Et si l'enfant à naître était une fille ? Il ressentit un immense élan de tendresse et accéléra encore le pas. Très bientôt il serait dans les bras tendres et aimants de sa femme.

L'esprit comme paralysé après les événements des jours

précédents, Esmée le suivait machinalement et sans trop de peine. Si bien qu'en fin d'après-midi, ils arrivèrent en vue du château de Puivert. Ils étaient exténués, mais la vision du paysage familier après plus de trois mois d'absence leur donna un regain d'énergie. Ils contournèrent rapidement la plaine en essayant d'éloigner les sentiments contradictoires qui assombrissaient leur retour. Et c'est en toute hâte qu'ils escaladèrent la colline vers Labernoc.

14

Labernoc, juillet 1237

Les jambes d'Esmée tremblaient d'épuisement lorsqu'ils atteignirent la clairière qui abritait la chaumière de Guilhèm. Séréna était sur le pas de la porte et profitait du soleil couchant. Un large sourire illumina son visage lorsqu'elle les vit. Radieuse, elle vint à leur rencontre, une main posée sur son ventre arrondi. Elle enlaça Guilhèm et se pelotonna contre lui en poussant un profond soupir de soulagement et de bonheur.

— Je savais que vous étiez en chemin, chuchota-t-elle.

S'écartant légèrement, ils caressèrent tendrement le visage l'un de l'autre. Ne pouvant attendre plus longtemps, Guilhèm se baissa et posa son oreille sur le ventre de sa femme.

Les laissant à leurs retrouvailles, Esmée entra dans la chaumière. Agnès était installée à sa þlace habituelle, près de la cheminée. Lorsqu'elle l'entendit entrer, elle leva les yeux et lui tendit les bras. Esmée s'y précipita et fondit en larmes, enfouissant sa tête dans le cou de la vieille femme, qui la serra contre sa poitrine.

Jaufré, qui somnolait au coin du feu, se réveilla en grognant. Il mit quelques instants pour comprendre qui venait d'arriver.

— Esmée ? C'est toi ?

Il se redressa avec difficulté.

— Enfin, ma fille. Bien joué ! Où est-il ? Viens, mon garçon, viens embrasser ton père… Où est Raimond ?

— Oh, Jaufré, nous n'avons rien pu faire, sanglota Esmée.

Elle quitta les bras réconfortants d'Agnès et s'accroupit près de lui.

— Nous avons essayé, mais il n'a pas voulu nous suivre. C'est si dangereux…

— Pas voulu vous suivre ? Que veux-tu dire ? Je ne comprends pas. Pourquoi diantre n'est-il pas avec vous ?

D'un mouvement brusque, Jaufré s'affaissa en poussant un cri de douleur.

Esmée se lança dans des explications confuses.

— Que me dis-tu là ? Je connais les villes. J'y ai vu le jour. Va-t-il donc falloir que j'aille le chercher moi-même ? Donne-moi ma béquille !

Il tenta maladroitement de se lever.

Soudain conscient des cris de Jaufré, Guilhèm s'arracha à la douceur des bras de Séréna et se hâta vers la maisonnette. Comprenant la situation, il renvoya Esmée auprès d'Agnès et s'assit à côté de l'homme en proie à la détresse.

Jaufré dirigea alors sa colère contre lui, l'accusant de le trahir et d'abandonner son fils. Avec beaucoup de douceur et de patience, Guilhèm répondit à toutes ses attaques. Jaufré retrouva peu à peu son calme, mais il s'obstinait à refuser ses arguments. Les yeux dans le vague, il continuait à marmonner des propos incompréhensibles pendant que Séréna leur préparait un repas léger. Tombant de fatigue, Esmée mangea du bout des lèvres puis alla se réfugier dans sa petite alcôve, où elle s'endormit aussitôt, Lupo couché à ses pieds. Après le repas, Jaufré revint à la charge, exigeant toujours plus de détails. Agnès intervint :

— Paix, Jaufré, dit-elle en se penchant vers lui. Demain est un autre jour. Guilhèm doit se reposer, laissons-le aller dormir.

Tendant à Jaufré un verre de vin épicé, elle jeta un regard entendu à son fils et à sa belle-fille.

Le lendemain matin, installée sur un rondin devant la maisonnette, Esmée se perdait dans la contemplation de l'environnement familier. Elle entendait Jaufré et Agnès parler à l'intérieur. Ses pensées étaient toujours aussi confuses.

— Esmée !

Alayda, suivie de Julian et du fidèle Patto, émergea de la forêt en courant et jeta ses bras autour de sa sœur adoptive.

— Quand êtes-vous revenus ? Où est Raimond ?

La gorge serrée, Esmée fut incapable de répondre.

— Raimond !

Alayda se précipita vers la maison.

— Alayda ! Julian !

Guilhèm venait d'apparaître sur le pas de la porte. Prenant les deux jeunes gens par l'épaule, il les entraîna vers le tas de bûches où, sans discuter, ils l'aidèrent à empiler les morceaux de bois fraîchement fendus, tout en l'écoutant leur raconter tranquillement leur séjour à Carcassonne et les raisons de l'absence de Raimond.

— Nous ne pouvons pas le laisser là-bas ! protesta Alayda,

soulevant un morceau de bois pour le laisser retomber au sommet de la pile avec un bruit sec. Nous devons faire quelque chose !

Jaufré sortit en boitillant.

— Il m'avait bien semblé t'entendre, ma fille. Viens, viens m'aider. Ils ont laissé Raimond à Carcassonne. Je vais me rendre là-bas moi-même. Tu peux m'accompagner, nous ne serons pas trop de deux.

Esmée se prit la tête entre les mains. Il était facile pour Jaufré et Alayda de leur faire des reproches ici, dans ce refuge paisible ; mais auraient-ils fait mieux qu'eux dans une ville totalement étrangère où rôdait le danger, où régnait la terreur ? Une ville qui, derrière ses hautes murailles, choisissait de s'absorber dans une routine artificielle quand des innocents étaient jetés dans des cachots ?

Elle avait vécu à Labernoc toute sa vie. Jaufré et Ava l'avaient généreusement recueillie alors qu'elle venait juste de naître. Ils étaient la seule famille qu'elle ait jamais connue. Mais peut-être était-il temps pour elle de partir et d'aller vivre avec son père, à Foix. Une profonde tristesse l'envahit.

Séréna apparut derrière elle et passa son bras autour de ses épaules.

— Esmée, ne t'inquiète pas pour Jaufré. C'est la douleur qui le pousse à parler ainsi. Quant à toi, il faut que tu te reposes. Tu en as suffisamment fait pour le moment.

Poussant un douloureux soupir, Esmée posa sa tête sur l'épaule de la jeune femme, ferma les yeux et donna libre cours à ses larmes.

15

Labernoc, octobre 1237

La petite fille naquit à la mi-octobre entre les mains sûres et expérimentées d'Agnès. Sa naissance fut aisée et la jeune mère fut rapidement sur pieds. L'enfant fut nommée Bruna, d'après la mère de Séréna. Matina, Alayda et Julian vinrent l'admirer dès qu'ils connurent la nouvelle. Contrairement à sa sœur et à son cousin, Matina ne montait que rarement à la chaumière. Elle qui promettait de devenir une beauté avant les tragiques événements était devenue fragile et nerveuse. Sa mère lui manquait cruellement et elle avait renoncé à son rêve de devenir elle-même un jour une épouse et une mère au sein d'un foyer aimant. Car, en dépit de la nouvelle rumeur annonçant que le pape avait suspendu l'Inquisition, peu d'hommes se risqueraient à demander la main d'une fille d'hérétiques condamnés.

Installées devant la chaumière dans le soleil automnal, Séréna et elle bavardaient paisiblement. La jeune mère lui ayant confié Bruna, Matina commença à chanter doucement tout en berçant le nourrisson. Les laissant à leur tendre tête-à-tête, Séréna se mit à la recherche d'Esmée ; elle la trouva installée sur le tronc d'un arbre abattu dans la proche forêt, le regard perdu dans le vague.

— Tu n'es pas allée avec Guilhèm, hier soir ?

Esmée haussa les épaules tout en lui faisant une place à côté d'elle.

— Cela fait maintenant trois mois que vous êtes revenus, Esmée. Et tu continues à te comporter comme si tu étais malade.

Esmée ne répondit pas immédiatement. Elle avait trouvé très difficile de se réadapter à cette vie qu'elle avait autrefois tant chérie. Elle chassait de temps à autre avec Guilhèm, aidait les femmes dans la maison, assistait Jaufré dans ses exercices et passait du temps avec les sœurs de Raimond. Mais ses pensées la ramenaient toujours à lui, à l'image de son visage blafard, à lui qui avait choisi de rester avec un prêtre sanguinaire plutôt que de revenir avec elle.

— Je n'arrive pas à croire que je l'ai laissé à Carcassonne, seul.

Sa voix n'était qu'un murmure.

— J'aurais dû rester près de lui.

Séréna dévisagea la jeune femme assise à côté d'elle, bras croisés, le regard fixe et le front plissé par un douloureux froncement de sourcils.

— Tu l'aimes, n'est-ce pas ? Et pas comme on aime un frère.

Le silence qui suivit vint confirmer ses soupçons. Esmée essuya les larmes qui s'étaient mises à rouler sur ses joues.

— C'est plus fort que moi, Séréna. Je sais qu'il a choisi de rester avec Tiqué, mais je sais aussi qu'une chose terrible lui est arrivée. Il avait l'air si différent. Il redeviendrait lui-même si je pouvais lui parler encore.

♦ ♦ ♦ ♦ ♦

Quelques jours plus tard, alors que la famille était installée près du feu, Séréna suggéra à Esmée de reprendre son travail de couture.

— Non, je ne parviendrais pas à me concentrer suffisamment pour cela, répondit-elle sèchement.

— Ne sois pas insolente, s'agaça Jaufré. Tu restes là soir après soir à bouder. Il est grand temps que tu te prennes en main. Occupe-toi !

— À quoi ? répliqua Esmée. Retourner à Carcassonne pour me présenter devant Tiqué ?

— Ne me parle pas sur ce ton !

— Que veux-tu que je te dise ? Pourquoi refuses-tu de croire que j'ai tout essayé et que je suis aussi bouleversée et désespérée que toi ?

— Comment pourrais-tu être aussi désespérée que moi ? J'ai tant perdu… ma femme et maintenant mon fils !

Jaufré fut saisi d'un spasme douloureux.

— Responsable ! Je suis seul responsable ! Comment ai-je pu être aussi stupide et buté ? cria-t-il.

Les éclats de voix réveillèrent Bruna, qui se mit à pleurer. Agnès essaya de calmer Jaufré pendant que Séréna rassurait le bébé. Il fallut un moment avant que la maisonnée ne retrouve un peu de tranquillité.

Plus tard, dans leur chambre, Séréna enlaça tendrement Guilhèm. Bruna dormait paisiblement dans le berceau à côté d'eux.

— Mon aimé, ces incessantes disputes ne peuvent plus durer. Bruna est très agitée, déclara-t-elle. Éviter de contrarier Jaufré est déjà suffisamment difficile sans qu'Esmée lui donne toutes les raisons de sortir de ses gonds. Quant à elle, la tristesse va finir par la rendre malade. J'ai pensé que tu pourrais peut-être l'emmener avec toi chasser quelques jours. Sois sans crainte, nous saurons nous débrouiller en ton absence.

Elle dut déployer des trésors de persuasion pour convaincre Guilhèm. Si une chasse de plusieurs jours avait de quoi le séduire, il était plus que réticent à l'idée de laisser sa femme et sa fille seules aussi longtemps.

— Cela vous ferait du bien à tous les deux, insista Séréna. Rapportez quelques beaux cerfs pour le château de Puivert. Ils en seront heureux et nous, nous le serions aussi d'en tirer quelque profit.

Le lendemain matin, vaincu par ses arguments, Guilhèm annonça à Esmée qu'ils partaient en forêt le jour même. C'était une journée d'automne parfaite : peu de nuages, un soleil encore chaud, une brise fraîche. Séréna leur prépara une prodigieuse quantité de nourriture et insista pour qu'ils prennent leur temps. Bruna dans les bras, elle les regarda s'éloigner en agitant la main, le visage éclairé par un sourire heureux. Si quelqu'un pouvait aider Esmée à se retrouver, il s'agissait bien de Guilhèm.

— Ton père est un homme merveilleux, chuchota-t-elle à l'oreille de la petite fille endormie.

Lorsqu'ils atteignirent la lisière des arbres, Guilhèm se retourna et lui fit un dernier salut. Il prit un moment pour s'imprégner de la paisible scène : la chaumière et sa cheminée fumante, sa femme portant leur magnifique enfant et sa mère, assise sur le banc, au soleil. Il leur envoya un dernier baiser et disparut dans la forêt avec Esmée et un Lupo fou d'excitation.

Dès le départ, Guilhèm imposa un rythme soutenu, veillant néanmoins à s'arrêter régulièrement pour donner à Esmée l'occasion de scruter les sons environnants. Plusieurs fois, Guilhèm perçut les battements de cœur d'un cerf, mais il choisit de ne pas le lui mentionner. Il voulait attendre qu'elle soit suffisamment présente à la forêt pour commencer à chasser. Ils marchèrent vers l'ouest, traversant d'épaisses forêts odorantes auxquelles succédaient des crêtes dégagées. Ils s'arrêtèrent pour la nuit dans un lieu doté d'une vue imprenable sur le pog de Montségur, dominé par la forteresse qui abritait la communauté des bons Chrétiens. À la tombée de la nuit, ils regardèrent silencieusement s'allumer puis s'éteindre les faibles lueurs aux fenêtres du château. Bientôt, ils ne virent plus que la clarté vacillante des feux allumés le long des lignes de défense, témoignant de la présence de gardes qui se préparaient à une longue nuit de veille.

Le deuxième jour, alors qu'ils se lançaient à l'assaut des pentes, vers le sud, l'humeur d'Esmée commença à changer. Et lorsqu'elle se jeta au sol d'épuisement, en soufflant bruyamment mais riant aux éclats tandis qu'elle se roulait dans la végétation, Guilhèm décida qu'il était temps de rebrousser chemin. Et la vraie chasse commença. Tous les sens d'Esmée étaient en alerte, et ce plus qu'ils ne l'avaient jamais été. Elle oublia Raimond et ses tracas, et se concentra sur la forêt. Immobile, elle se mit à l'écoute des animaux sauvages. Elle les savait proches car elle en avait repéré les traces. Guilhèm voulait qu'elle prenne le temps de chasser en toute conscience, en se fiant à ses propres sensations. Soudain, elle perçut un infime changement dans son rythme cardiaque. La sensation disparut lorsqu'elle pivota vers la gauche mais reprit quand elle se tourna de l'autre côté. Conservant son calme, elle fit un signe à Guilhèm. Il sourit : Esmée était de retour. C'était un cerf. Ils entamèrent alors une lente et patiente traque et, juste avant la tombée de la nuit, ils surprirent et tuèrent l'animal.

— Guilhèm, je l'ai senti ! Je savais dans quelle direction il se trouvait. Je pouvais sentir son cœur battre ! s'exclama-t-elle, rayonnante.

Guilhèm rit :

— Beau travail, petite. Tu es sur la bonne voie.

Ensemble, ils s'occupèrent de l'animal : Guilhèm le dépeçait pendant qu'Esmée emballait les pièces de viande dans des sacs qu'elle avait emportés, jetant au passage quelques chutes à Lupo et enterrant le reste. La lune claire brillait haut dans le ciel lorsqu'ils achevèrent leur tâche et que, sans plus attendre, ils se remirent en marche vers la chaumière.

— Merci, Guilhèm, dit doucement Esmée alors qu'ils traversaient un espace dégagé. Je me sens bien mieux. Je ne sais toujours pas comment aider Raimond mais je sais maintenant que me rendre malade ne mènera à rien.

— Nous trouverons une solution, Esmée. Si la rumeur

dit vrai et que Rome a mis un terme à l'Inquisition, nous pourrons aller le chercher sans danger. Le monde est vaste, c'est vrai, mais un homme comme Tiqué ne disparaît pas. Tôt ou tard, il refera parler de lui et, à ce moment-là, nous trouverons Raimond et nous le ramènerons.

S'élevant du sud-ouest, des nuages sombres cachèrent bientôt la lune. Ils n'étaient pas loin de chez eux, mais le poids de la viande ralentissait leur progression et ils mettraient au mieux deux heures de plus avant d'atteindre leur foyer. De surcroît, la pénombre rendait périlleux leur cheminement le long des falaises. Ils décidèrent donc de s'arrêter et d'attendre l'aube.

La pâle lueur qui venait d'apparaître à l'est trouva Esmée endormie, blottie entre les racines d'un arbre, Lupo à ses pieds. Guilhèm était déjà prêt, tourné vers le château de Puivert visible au loin. Il écoutait les bruits de la forêt, souriant à la pensée de ses retrouvailles avec Séréna et Bruna.

Soudain, il frissonna. Lupo se leva brusquement, la truffe en l'air, aux aguets. D'un bond, Guilhèm fut sur ses pieds et se mit à scruter les environs. Son cœur battait à tout rompre. Des loups ? Un sanglier ? Lupo se mit à aboyer furieusement.

— Quelque chose ne va pas ? s'inquiéta Esmée.

— Séréna ! La chaumière ! Vite, Esmée, suis-moi. Cours ! Non, laisse cela, laisse tout !

Il criait par-dessus son épaule tout en courant à perdre haleine en direction de la chaumière, précédé de peu par Lupo.

Esmée attrapa son couteau et le suivit. Ils foncèrent à travers bois, ignorant les ronces qui s'accrochaient à leurs chevilles et les branches qui les giflaient au passage. Une demi-heure après, ils faisaient irruption dans la clairière. L'arrière de la chaumière était désert. Ils se précipitèrent à l'avant de la bâtisse et, là, ils virent Jaufré, gisant sur le seuil, les yeux hagards ; un filet de sang ruisselait sur son cou. Guilhèm l'atteignit le premier et se pencha sur lui.

— Je n'ai pas pu les protéger… Un religieux et… trop nombreux… pas pu…

Guilhèm le laissa avec Esmée et pénétra dans la maison. La jeune fille passa une main derrière la tête de Jaufré et trouva la blessure ; elle était moins profonde qu'elle ne l'avait d'abord craint. C'est alors que Guilhèm laissa échapper un hurlement de douleur.

Effrayée, Esmée garda une main rassurante sur Jaufré pendant qu'elle se penchait vers l'encadrement de la porte. Lorsque ses yeux se furent accoutumés à la pénombre, elle vit Agnès affalée près de la cheminée. Guilhèm avait disparu dans la chambre du couple. Après avoir demandé à Jaufré de patienter le temps qu'elle aille chercher de quoi panser la plaie, elle courut près d'Agnès. La vieille femme gémissait. Du sang s'écoulait d'une profonde blessure à son épaule et un gargouillis émanait de sa gorge. Saisissant un drap, Esmée essaya de stopper le flot de sang. Tout à coup, avec une surprenante énergie, la main d'Agnès agrippa son bras :

— Il doit… Montségur… lignée…

Les mots s'entrechoquaient, difficilement compréhensibles tant la vieille femme était faible, mais Esmée comprit qu'ils étaient d'une importance capitale pour Guilhèm. Puis Agnès se tut.

— Guilhèm ! Ta mère…, sanglota Esmée.

Malgré le manque de lumière, elle vit Guilhèm dans la chambre, serrant contre lui Séréna et Bruna.

— Non !

Elle réprima un hurlement et chercha désespérément à distinguer les pleurs d'un bébé ; mais seule la plainte lugubre de Guilhèm emplissait la pièce.

Un son provenant de la porte d'entrée la sortit de son hébétude. Laissant le drap sur la blessure d'Agnès, Esmée allongea la vieille femme et lui ferma les yeux. Tremblant de tout son corps, elle se mit en quête d'une autre pièce de tissu et de coussins pour Jaufré, et retourna près de lui.

— Un religieux… des gardes…

Jaufré continuait de marmonner pendant qu'Esmée s'occupait de sa plaie.

— Où étiez-vous ? Ils étaient… trop nombreux. Je ne pouvais pas les combattre… à moi seul.

Alors seulement elle prit conscience du danger peut-être encore tout proche et elle jeta un rapide coup d'œil à la ronde. Lupo était resté sur le sentier, à la lisière de la forêt, aux aguets. Personne n'était en vue et on n'entendait aucun bruit suspect. Étaient-ils encore dans les parages ?

— Sont-ils repartis ? demanda-t-elle vivement.

Jaufré hocha la tête.

— Oui, très peu de temps avant que vous n'arriviez.

Esmée réfléchit rapidement. Il n'y avait qu'une seule piste entre Labernoc et la clairière. Si les assaillants étaient partis depuis peu, elle pourrait peut-être les apercevoir du haut de la longue falaise. Elle rappela Lupo à la chaumière et courut à travers bois pour en avoir le cœur net. La piste menant au village contournait le pied de la falaise. Une bonne connaissance des lieux était nécessaire pour la trouver, c'est pourquoi très peu de personnes montaient par là.

Elle entendit des voix en contrebas. Prudemment, elle s'allongea sur le sol et se pencha au-dessus du vide. Un religieux et quatre gardes descendaient à pied le sentier abrupt ; à mi-pente, un soldat de la garnison de Labernoc les attendait, tenant cinq chevaux par la bride. Elle reconnut immédiatement del Gurbe et Barca parmi les gardes. Prise de nausée, elle plaqua une main sur sa bouche mais s'obligea à se ressaisir, et observa à nouveau le petit groupe. Une voix lui parvenait, celle d'un jeune garde qu'elle n'avait jamais vu ; il avait l'air bouleversé.

— J'ignorais que nous devrions tuer des femmes et un nourrisson, disait-il au religieux.

— C'est toi qui as commencé à répandre le sang, grogna Barca. Tuer ce vieil homme avant même que nous l'ayons interrogé…

— Il a surgi devant moi avec un couteau ! se lamenta le jeune garde.

— C'était un vieillard, qui plus est infirme ! Et il t'a effrayé, hein ?

— Mais les femmes et le bébé…

La voix du jeune homme tremblait. Esmée le sentait au bord des larmes.

— Et vous ne savez même pas si nous étions au bon endroit !

— Le châtelain savait de qui nous parlions, dit Barca. C'était le bon endroit.

— Alors, pourquoi les…

— Un mot de plus et tu connaîtras le même sort que ces misérables !

Le religieux empoigna le jeune homme par la tunique et le secoua. Ce faisant, le capuchon du frère glissa, révélant des mèches emmêlées de couleur claire que reconnut instantanément Esmée, stupéfaite. C'était Pons, déguisé en religieux !

— En selle ! intima Barca lorsqu'ils arrivèrent à la hauteur des chevaux.

— Nous devons continuer à pied. La pente est trop raide pour les chevaux, dit le soldat en amorçant la descente.

Les autres lui emboîtèrent le pas. À cet instant, Guilhèm apparut et s'allongea à côté d'elle. Il eut juste le temps de voir les derniers gardes disparaître sous les frondaisons. Il était couvert de sang.

— Sont-elles toutes deux… Séréna et Bruna ?

Guilhèm acquiesça, le visage tordu par la douleur.

— C'est Pons, avec del Gurbe et Barca, dit-elle péniblement.

Guilhèm écrasa son front contre le sol. Après quelques instants, il scruta à nouveau la forêt, à l'endroit où un léger mouvement dans la végétation indiquait la présence du groupe d'hommes. Il avait beaucoup plu les jours précédents et le sol devait être glissant, ralentissant leur progression.

Secouant doucement la tête, il murmura :

— Que la volonté du Seigneur s'accomplisse.

Puis il se leva d'un bond et se mit à courir le long de la falaise. Esmée le suivit. Ils descendirent dans une anfractuosité du relief puis remontèrent sur un promontoire, d'où ils bénéficiaient d'une vue parfaite sur la route conduisant de

Labernoc vers la vallée. Au même moment, les hommes se séparaient : le soldat rejoignit le château pendant que Pons et sa troupe continuaient leur chemin à travers le village, déjà animé. Esmée vit Alayda qui les regardait passer, dissimulée derrière un poteau. Elle avait probablement reconnu les deux gardes. Esmée craignit qu'elle ne monte aussitôt à la chaumière pour prendre des nouvelles de ses occupants et elle n'osait imaginer sa réaction devant ce qu'elle y découvrirait.

Guilhèm observait Pons et ses compagnons qui quittaient à présent le village, s'engageant sur la route qui descendait vers la vaste étendue dominée par le château de Puivert. Lorsque la piste fut assez large, Pons, d'un cri, lança son cheval au galop, et bientôt les cavaliers se jetaient à bride abattue à travers la plaine. Esmée tourna les yeux vers Guilhèm. Il fixait intensément Pons, dont le cheval, soudain, trébucha, jetant son cavalier à terre. Juste derrière, le jeune garde galopait droit sur lui, incapable de contrôler sa monture. Il fut lui-même désarçonné lorsque l'animal se prit les sabots dans le corps de l'homme qui gesticulait au sol.

Le chasseur resta de marbre lorsque Barca, d'un signe, fit comprendre aux autres que Pons était mort. Le jeune garde s'était manifestement cassé la jambe ou la cheville dans sa chute. Guilhèm pressa une nouvelle fois son front contre le sol.

— La volonté du Seigneur, dit-il avant de se relever avec lenteur.

Sans un mot, il passa devant Esmée et reprit le chemin de la chaumière. Derrière eux, del Gurbe et Barca poursuivaient lentement leur voyage, après avoir attaché leur compagnon mort sur son cheval et aidé le blessé à remonter sur le sien.

Comme Esmée l'avait pressenti, Alayda et Julian arrivèrent à la chaumière un peu plus tard. Écrasée par le poids de la culpabilité, elle était incapable de parler. Si elle n'avait pas insisté pour aller à Carcassonne, tout cela ne serait pas arrivé. Le seul endroit encore paisible au monde, le seul que les hommes de Rome n'avaient pas détruit, le seul lieu où tous vivaient heureux, Doña Agnès, la petite Bruna et la merveilleuse Séréna, ce havre venait d'être réduit à néant ; et elle se sentait une lourde responsabilité dans le terrible destin qui venait de s'abattre sur eux. À travers le brouillard de ses pensées, elle entendait Jaufré, debout et alerte, raconter à leurs visiteurs ce qui était arrivé ; elle entendait les cris d'Alayda et les sanglots étouffés de Guilhèm.

Un peu plus tard, Julian trouva une pelle et se mit à creuser une tombe à la lisière de la forêt. Les deux jeunes filles le rejoignirent et, lorsque le soleil atteignit son zénith, il suggéra doucement à Guilhèm d'envelopper sa mère, sa femme et sa fille dans des couvertures. Puis, ensemble, ils les portèrent jusqu'à leur sépulture. Leur visage soigneusement nettoyé avait une expression paisible. Guilhèm coupa sur chacune de leurs chevelures une mèche qu'il enveloppa dans un tissu, avec les pierres d'Agnès et de Séréna. Enfin, il coucha les corps dans la profonde fosse.

Agenouillé près de la tombe ouverte, il essayait vainement de prier à haute voix. Les mots se refusaient à lui. Alors Julian commença à dire le Notre Père, que reprirent Alayda, Jaufré et Esmée.

Ils restèrent ainsi jusqu'au coucher du soleil.

— Merci, mes amis.

Guilhèm posa une main sur l'épaule d'Alayda et de Julian.

— Rentrez, à présent et, si vous le pouvez, pendant quelques temps, ne parlez de tout cela à personne.

Secouée par de terribles sanglots, Esmée fondit en larmes. Alayda et Julian hésitèrent et se tournèrent vers Guilhèm.

— Allez, maintenant. Je vais m'occuper de leur tombe.

Et il saisit la pelle. Esmée se pencha pour ramasser l'autre outil mais, d'un geste, il la renvoya.

Tandis que la lune montait dans le ciel, Guilhèm poursuivit sa tache solitaire, pendant qu'Esmée, accablée, nettoyait la chaumière du mieux qu'elle le pouvait.

Interlude
Foix, janvier 1316

Guilhem Bélibaste cessa de parler, pressa ses mains sur son cœur et inclina la tête.

— Je ne savais rien de tout cela, tante Esmée, dit doucement Serdane en essuyant une larme. Je connaissais l'existence de Raimond, bien sûr, de Matina et d'Alayda ; je me souviens aussi de Guilhèm, mais je ne savais pas... Tante Esmée ?

Esmée était immobile, les yeux clos. La vieille dame ouvrit les paupières lorsque Serdane se pencha sur elle pour s'assurer qu'elle respirait.

La jeune femme lui humecta les lèvres et lui offrit une gorgée d'eau.

Esmée la remercia du regard. « J'étais perdue dans son récit. »

— Dois-je poursuivre ? demanda Guilhem.

Il lui restait encore du temps avant le point du jour et il voulait que Serdane entende toute l'histoire en présence de sa grand-tante.

Esmée acquiesça. La pierre reposait toujours dans sa paume droite. *Je t'en prie, continue, Guilhem, tu vois les choses si clairement. La magie de la pierre… Je ne savais pas qu'elle était si puissante.* Elle la caressa du bout des doigts et ses yeux fatigués distinguèrent la légère brume qui en émana. *Oh, voilà mon père et Andreva. Et même Arnold. Je l'avais presque oublié !*

— Dois-je évoquer ton passage à Foix ? demanda Guilhem.

Esmée contemplait la brume en souriant. *Un peu, juste assez pour que Serdane connaisse l'existence de notre famille, à Foix. Elle pourra découvrir le reste par ses propres moyens.*

Guilhem rectifia sa position sur son siège et laissa reposer ses avant-bras sur les accoudoirs, la paume ouverte vers la pierre d'Esmée.

— Où en étais-je ?

Serdane vérifia une dernière fois qu'Esmée était confortablement installée et retourna s'asseoir.

Guilhem ferma les yeux puis les rouvrit. Son regard alla se fixer sur la pierre.

Deuxième
Partie

16

Foix, octobre 1237

Le lendemain de l'enterrement, Guilhèm prit quelques affaires dans un baluchon et partit de bon matin vers la montagne en direction du sud-ouest. Quant à Esmée et Jaufré, ils se mirent lentement en route vers Foix pour retrouver le père de la jeune fille. Alayda et Julian firent un bout de chemin avec eux et, parfois, ils profitaient de la charrette d'un marchand pour gagner quelques lieues. Enfin, les tours carrées du château de Foix leur apparurent. Épuisée par le voyage autant que par la constante mauvaise humeur de Jaufré, Esmée décida de s'approcher de la ville avec prudence. La petite cité, qui s'étendait au pied de son imposante forteresse, était située à la confluence de deux rivières, dont la plus large les séparait de la ville. Esmée observait attentivement les soldats qui gardaient l'unique pont de bois. Ils semblaient plutôt détendus. Derrière eux, la ville paraissait calme et prospère. Sur la place du marché, les commerçants remballaient leurs marchandises et les badauds s'attardaient par petits groupes, bavardant au soleil de midi, leurs paniers remplis de victuailles.

Esmée et Jaufré s'engagèrent sur le pont avec la conscience aiguë d'être observés. Les eaux tumultueuses de la rivière passaient quelques mètres sous leurs pieds. Souvenir du passage récent d'un troupeau de chèvres, des excréments jonchaient les planches inégales. Esmée serra involontairement le bras de Jaufré.

— Que se passe-t-il donc ? s'irrita-t-il.

— Je veux simplement t'éviter de marcher dans les excréments, chuchota-t-elle nerveusement.

— Cesse donc de chicaner, cela n'a jamais fait de mal à personne.

Un soldat vint vers eux.

Le cœur battant à tout rompre, Esmée lui expliqua, en montrant Jaufré, qu'ils venaient de loin pour voir le rebouteux de Foix.

— Je suis encore capable de parler en mon nom ! dit Jaufré d'un ton brusque.

— Ah, un patient pour le fameux guérisseur..., fit le garde, jetant à Esmée un regard empreint de sympathie avant de leur faire signe de passer.

Elle trouva facilement la maison de son père grâce aux descriptions qu'il avait laissées lors de ses visites à Labernoc. C'était une demeure imposante avec de nombreuses fenêtres pourvues de volets, dont une aux dimensions considérables. De la fumée s'échappait du toit. L'harmonieux ensemble formé par la maison d'habitation et ses dépendances était construit sur un petit terrain. Un grand potager bien entretenu s'étendait à l'arrière de la maison, où un cheval était attaché, mâchouillant tranquillement son foin à proximité d'un tas de bûches soigneusement empilées.

Esmée frappa à la porte avec une certaine appréhension. Un domestique leur ouvrit et les examina de la tête aux pieds avant de les emmener vers le fond du logis avec l'intention de leur faire l'aumône de quelque nourriture.

— Dis à Philippe que Jau..., commença Jaufré.

— S'il vous plaît, dites à votre maître que des membres de sa famille viennent d'arriver ! l'interrompit précipitamment Esmée.

À cet instant, Philippe apparut dans l'embrasure de la porte et les regarda avec attention.

— Esmée ! Ma chérie, c'est toi ! Je savais que tu viendrais. Je suis si soulagé de te voir !

Il avança vers elle en lui tendant les bras. Son regard tomba alors sur Jaufré :

— Ce ne peut être...

Sa voix se perdit dans un murmure.

Après avoir donné au domestique des instructions pour qu'on leur prépare de l'eau chaude et une collation, il les introduisit dans la pièce éclairée par la grande baie vitrée. Sa stupeur à la vue de Jaufré tempérait son bonheur et son soulagement de retrouver Esmée. Pendant le séjour de cette dernière à Carcassonne, il était venu à Labernoc, mais ni Matina ni Alayda n'avaient évoqué le fait que leur père avait été sauvé du bûcher.

Les rejoignant à son tour, Andreva, l'épouse de Philippe, accueillit Esmée avec chaleur. À vingt-sept ans, la jeune femme, grande et élégante, nourrissait un profond désir d'enfant et ne s'en cachait pas.

— La fille de mon époux ! Je suis si heureuse de te rencontrer enfin. Et tu es si jolie ! s'exclama-t-elle. Nous allons nous occuper de toi comme il se doit !

On attribua à Esmée une petite chambre particulière à l'étage supérieur. Elle fut meublée selon les instructions d'Andreva, et des étagères et des crochets furent installés pour ses quelques effets personnels. L'une des dépendances fut convertie en un logement confortable pour Jaufré, qui y disposait d'une cheminée, d'un lit, d'une grande malle et de quelques chaises.

Dès le lendemain de leur arrivée, le guérisseur commença son travail. L'évolution serait lente, au grand désespoir de Jaufré qui le manifestait régulièrement par de violents accès de colère. Esmée faisait tout son possible pour l'apaiser mais sa patience était mise à rude épreuve. Souvent, bavarder en buvant un verre en compagnie de Philippe était le moyen le plus sûr pour l'amener à se détendre.

Dans l'intervalle, Andreva avait réussi à persuader Esmée de modifier son apparence afin d'être à l'image de ce que l'on pouvait attendre de la fille unique de l'un des commerçants les plus prospères de Foix. On prit soin de sa peau et de sa chevelure et elle accepta, à contrecœur, certes, de porter des robes simples en laine fine. Pourtant, malgré la tendresse qu'elle éprouvait pour sa généreuse belle-mère, le cœur n'y était pas. Souvent elle enfilait ses anciens vêtements et allait se réfugier sur la crête rocheuse qui dominait la ville, à l'est ; elle y avait découvert un endroit abrité où le temps semblait s'arrêter. Souvent elle emportait de la nourriture en quantité suffisante pour une escapade de plusieurs jours. Là, installée sur un tapis de feuilles et de brindilles, elle se réfugiait au fond de son cœur et pensait à Raimond et à Guilhèm, à Ava, à Agnès, Séréna et la petite Bruna, en se demandant où ils pouvaient bien être à présent. Quelquefois elle s'imaginait se laissant aller dans les bras réconfortants d'Ava ou d'Agnès ou encore se représentait Séréna, berçant Bruna tout en caressant tendrement sa petite tête ; et son cœur battait régulièrement et calmement. Mais il se mettait à cogner furieusement dans sa poitrine lorsque ses pensées allaient vers Raimond ; elle ressassait sans arrêt le souvenir de son regard, la dernière fois qu'elle l'avait vu.

Six mois après son arrivée à Foix, alors qu'elle contemplait les premiers signes du printemps dans son refuge, elle sentit son cœur battre à un rythme inhabituel. Bientôt, le visage de Guilhèm apparut à l'entrée de son abri.

— Esmée, es-tu là ? l'appela-t-il doucement.

— Guilhèm !

Elle bondit hors de sa cachette et se jeta dans ses bras.

— Où étais-tu tout ce temps ?

Il était amaigri et avait l'air fatigué, et son regard exprimait une profonde tristesse.

— Ton père avait deviné où je pourrais te trouver.

— Je ne lui ai pourtant jamais dit où j'allais.

— Tu ne le sais pas, mais il connaît cet endroit pour y être venu souvent lui aussi, lorsque son chagrin devenait trop difficile à supporter. C'est un lieu très particulier ; tu as un instinct sûr.

Ils s'assirent côte à côte et restèrent un moment silencieux.

— Tu veux manger ?

Sans lui laisser le temps de répondre, elle étendit un carré d'étoffe et y déposa du pain, du fromage, des noix et des olives. Guilhèm sourit :

— Chère Esmée, toujours aussi prévoyante.

— Où étais-tu passé ? lui demanda-t-elle à nouveau, alors qu'ils partageaient le repas comme deux vieux compagnons.

Guilhèm lui révéla qu'après avoir quitté Labernoc, il était parti à travers bois, dans la montagne, jusqu'à un point, au sud de Montségur, où il avait choisi d'établir son campement. Il y avait vécu pendant tout l'hiver, à l'abri de la forêt. Il lui avoua que seul l'instinct de conservation lui avait permis de survivre à l'hiver. Un jour, alors qu'il croyait sa dernière heure venue, un Ancien de Montségur était apparu devant lui.

— Était-il réel ou était-ce une apparition ?

Il eut un petit rire.

— Ah, Esmée, toi seule pouvais poser ce genre de question !

— Mais, c'est vrai ! Tu aurais pu avoir une vision, si proche de la mort !

— Il était très réel, bien que j'ignore toujours comment il m'a trouvé et aussi comment il a trouvé la force pour grimper jusqu'à mon campement. Il était assez vieux, alors oui, tu as raison ; sa soudaine apparition reste un mystère.

L'Ancien, nommé Leyas, était resté trois jours et trois nuits avec Guilhèm, à l'écouter et à lui parler de ses chers disparus. Puis il l'avait invité à le suivre à Montségur pour y demeurer quelque temps, entouré de personnes qui consacraient leur vie à la prière.

— Quelque chose en lui m'a persuadé et je l'ai suivi. La communauté de Montségur m'a beaucoup aidé, et elle continue à le faire. Ils sont exactement comme ma mère me les avait décrits.

— Ainsi tu m'avais écoutée lorsque je te répétais les paroles que Doña Agnès m'avait confiées pour toi avant de mourir ? J'ai toujours cru que tu ne m'avais pas entendue.

— Si, Esmée. Merci pour ce message. Depuis, j'ai appris à mon sujet des… disons des… choses étranges. Mais je ne les comprends pas encore entièrement moi-même ; il va donc falloir que ta curiosité sans bornes patiente jusqu'à ce que je sois prêt à en parler.

Guilhèm la quitta quelques heures plus tard et, à sa grande surprise, sans lui prodiguer le moindre conseil.

♦ ♦ ♦ ♦ ♦

La visite de son précieux ami avait allégé le cœur d'Esmée. Elle retourna à la maison avec une toute nouvelle détermination et la ferme intention d'embrasser la vie que lui offraient Philippe et Andreva. Au cours de l'été, avec l'aide de cette dernière, elle travailla à la transformation de son apparence. On lui brossait quotidiennement sa longue chevelure sombre jusqu'à ce qu'elle brille, puis on la lui attachait avec goût. La peau de son visage et de ses mains était devenue fraîche et claire et elle accepta même qu'Andreva mette en valeur ses yeux, ses pommettes et sa bouche en y appliquant un peu de couleur. Elle apprit à s'habiller, à danser, et Andreva lui enseigna l'art de la conversation et les bonnes manières en société. Sur les conseils de sa belle-mère, elle se choisit quelques accessoires exotiques dans les marchandises les plus précieuses de Philippe. La nature chaleureuse d'Andreva et son enthousiasme pour la beauté et l'élégance étaient contagieux. À la fin de l'été, c'était heureuse et épuisée que tous les soirs Esmée allait se coucher.

Une fois dans l'obscurité, pourtant, elle pouvait encore ressentir ce poids qui persistait dans son cœur. Alors, avant de s'endormir, elle s'imaginait que les mères chères à son cœur, Agnès, Ava et Séréna lui souhaitaient une bonne nuit. Elle percevait aussi la présence d'une autre mère parmi elles, une femme de petite taille avec des cheveux sombres, une peau mate et des yeux en amande. Cette femme semblait se tenir en retrait et Esmée ne l'invitait pas à s'approcher. Et c'est à l'ensemble des quatre femmes qu'elle demandait d'être là pour Raimond, lorsque lui aussi irait se coucher.

Les soirées qu'elle préférait entre toutes étaient celles qu'elle passait à discuter avec son père jusque tard dans la nuit. Elle avait noté qu'Andreva les laissait alors seuls et elle lui en était reconnaissante. Elle désirait follement en savoir plus sur cette petite femme aux yeux en amande, dont elle avait deviné qu'elle était sa mère, mais n'osait pas aborder le sujet. Au lieu de cela, elle questionnait Philippe sur ses jeunes années, ses parents et les succès de son commerce. Et Philippe évoquait volontiers cette période de sa vie, bien qu'elle eût été profondément marquée par la guerre. Il était né à Toulouse en 1199 dans une famille de commerçants fortunés, à une époque où la ville connaissait tolérance et prospérité. La famille comptait trois fils dont il était le benjamin. La croisade avait débuté en 1209 et Toulouse, l'une des villes les plus puissantes du pays, était rapidement devenue une cible privilégiée. Ses frères périrent durant les combats et la famille perdit une grande partie de sa fortune. En 1215, ses parents lui confièrent ce qui leur restait d'argent et le poussèrent à quitter la ville avant l'arrivée de Simon de Montfort et de son armée.

— Quitter mes parents fut un crève-cœur, confia-t-il à sa fille, confortablement installée près du feu, tenant sa pierre dans le creux de ses mains. Tous ces événements avaient ruiné leur santé et mes frères avaient laissé derrière eux une famille qui luttait pour survivre. Mais ils craignaient de me perdre moi aussi et ils espéraient que je pourrais ainsi leur venir en aide à tous, une fois la paix revenue. Mon père et ma mère tombèrent malades et moururent pendant le siège, en 1218. Siège au cours duquel Montfort fut tué.

Philippe lui raconta son voyage vers l'est, où il se découvrit un réel sens de la communication, même si la plupart des gens qu'il rencontrait ne parlaient pas occitan. Ainsi, durant les premières années, achetait-il bon marché des articles ordinaires qu'il allait revendre comme marchandises exotiques un peu plus loin.

— Après la disparition de Montfort, je suis retourné à Toulouse afin de soutenir les familles de mes frères. Mais je ne souhaitais pas m'y établir. J'avais pris goût à l'effervescence des marchés, plus à l'est.

Un an après l'arrivée d'Esmée sous son toit, un soir d'automne, Philippe aborda sa rencontre avec Emersende, sa mère. Elle faisait alors partie d'une bande de troubadours et ils étaient tombés amoureux au premier regard. Il avait réussi à persuader les autres membres de la troupe de l'accepter parmi eux, bien qu'il n'eût aucune aptitude particulière à divertir un public.

— J'avais bien essayé de chanter et tenté de réciter des vers, mais je n'avais aucun talent, dit-il en riant, se souvenant de l'air faussement désespéré d'Emersende devant ses tentatives.

Au lieu de cela, il avait su se rendre utile dans tous les aspects pratiques, les costumes, la gestion de l'argent et les contacts. Il profitait aussi de leurs nombreuses pérégrinations pour développer et étendre sa clientèle.

— C'est au château de Puivert, où la troupe fut invitée à plusieurs reprises, que nous avons fait la connaissance de Jaufré et d'Ava. Emersende et moi séjournions chez eux pour une courte pause avant de rattraper les autres. Et puis un jour, alors qu'Emersende était enceinte de toi, elle s'est soudain sentie très fatiguée. Comme nous n'étions pas loin de Puivert, nous n'avons pas hésité un instant et nous nous sommes rendus chez nos amis, à Labernoc.

Philippe se tut et regarda les flammes.

— Tu as probablement entendu cette histoire bien des fois, dit-il, sans vraiment attendre de réponse. Ava était enceinte de Raimond. Nous étions à la fin du mois de septembre et il devait arriver d'un jour à l'autre. Toi, tu ne devais naître qu'en novembre. Mais le jour même où débuta le travail d'enfantement pour Ava, Emersende en a elle aussi ressenti les premiers signes. La guérisseuse du village a accouru et d'autres femmes sont venues l'assister. Jaufré et moi avons été invités à sortir. Nous entendions les cris… Jaufré, plus expérimenté que moi, me rassurait, me disait qu'il n'y avait là rien d'exceptionnel. Mais je sentais bien que ces plaintes étaient différentes.

Il retint son souffle et vida d'un trait son verre de vin épicé.

— Tu étais magnifique ; une toute petite chose. Tel était Raimond, aussi. Nous avons pu vous admirer un court instant avant qu'on vous ramène à votre mère. Emersende… Je l'entendais, elle avait l'air de souffrir. Et puis des femmes sont sorties en trombe de la chambre, cherchant qui des linges, qui de l'eau, pour disparaître à nouveau, sans un regard pour moi. Puis le silence. J'ai compris.

Sa voix s'étrangla.

— Et je l'ai vue, étendue dans ce lit, magnifique et paisible. Toi, tu étais blottie contre la poitrine d'Ava, à côté de Raimond. Tu avais l'air si bien, à ta place. Je ne voulais ni ne pouvais t'en priver. Mais je ne pouvais pas rester non plus. – Il déglutit. – La guérisseuse affirmait que tu n'étais pas en mesure de voyager car tu étais trop petite. Alors je suis parti.

Il regarda Esmée.

— Peux-tu me pardonner ?

— Je n'ai… Je ne… Père, il n'y a rien à pardonner, balbutia-t-elle.

— Pourtant, près de six ans sont passés avant que je ne revienne te voir. Et jamais je ne t'ai proposé de venir ici, pour y vivre avec moi.

— Tu es là pour moi quand j'en ai le plus besoin.

◆ ◆ ◆ ◆ ◆

Le récit de Philippe sur les circonstances de la naissance d'Esmée eut un effet sur l'atmosphère de la maisonnée. Désormais, Emersende se joignait à Ava, Agnès et Séréna dans l'imaginaire de la jeune fille, chaque soir au coucher. Elle ne parlait jamais, mais son seul regard suffisait à l'envelopper d'une sensation de plénitude et d'amour qu'elle n'avait jusqu'alors jamais ressentie. Et c'est en paix qu'elle s'endormait.

Parallèlement, la relation entre Philippe et Andreva évolua sensiblement elle aussi. Ils semblaient plus proches, échangeaient des regards amoureux et des gestes tendres lorsqu'ils se croyaient seuls. Esmée était heureuse pour eux, même si toutes ces démonstrations la mettaient quelque peu mal à l'aise.

Guilhèm leur rendait régulièrement visite. Esmée constatait avec soulagement qu'il reprenait des forces. Il logeait avec Jaufré, ce qui divertissait un peu le vieil homme, dont la hanche se remettait bien. Après une année de persévérance, malgré des douleurs omniprésentes, il était capable, appuyé sur des béquilles, de se déplacer sur des distances croissantes. En soirée, Philippe les rejoignait souvent pour un moment de convivialité. Esmée venait quelquefois s'asseoir en leur compagnie, quoiqu'elle s'accommodât mal de l'éternelle mauvaise humeur de Jaufré. Elle se sentait un peu coupable aussi de n'avoir jamais rendu visite à Matina et Alayda depuis qu'elle était arrivée à Foix, et redoutait ses reproches à ce sujet. Non que la distance lui fasse peur, mais pour l'heure, retrouver Labernoc et les souvenirs qui y seraient à tout jamais rattachés était au-dessus de ses forces.

Guilhèm se réjouissait de voir qu'Esmée était devenue une magnifique jeune femme. Elle aimait son père et appréciait la compagnie d'Andreva et il était heureux qu'elle se vît offrir auprès d'eux une vie stable et confortable. Cependant, lorsqu'il repartait à Montségur, elle ne pouvait s'empêcher de revêtir son ancienne tenue pour faire un bout de chemin avec lui.

Et, bien qu'elle ne l'évoquât jamais en d'autres circonstances, elle l'implorait alors de demander aux bons Chrétiens de prier pour Raimond. En la regardant rebrousser chemin, Guilhèm percevait son chagrin, comme une chape de plomb sur ses épaules. Pour l'heure, cependant, prier était la seule chose qu'il pouvait faire pour l'aider.

17

Foix, 1239

Peu de temps après le dernier séjour de Guilhèm, par une belle soirée de printemps, Esmée accompagna Philippe et Andreva à une réception en l'honneur d'une famille fraîchement arrivée de Toulouse. L'événement rassemblait un grand nombre de Fuxéens. La jeune femme était fascinée par le faste des toilettes et des mets, et plus encore par les divertissements offerts par leurs hôtes. En particulier ce groupe de musiciens et d'acrobates qui accompagnait un chanteur jouant du luth. Plus petite que la plupart des spectateurs, elle avait beau se tenir sur la pointe des pieds, elle ne parvenait pas à apercevoir l'artiste à la voix de miel. Enfin, le public fit un mouvement qui lui permit de découvrir un séduisant jeune homme, promenant sur le monde des yeux noirs pleins de passion. Son visage aux formes viriles était encadré par une abondante chevelure noire et frisée. Elle se sentit fondre lorsqu'il leva les yeux sur elle tout en chantant une ode à une belle amante, et elle rougit comme une pivoine au sourire charmeur qu'il lui adressa. Le cercle se referma à nouveau devant elle et elle se précipita sur la terrasse pour retrouver ses esprits.

— Je pensais que vous étiez un mirage, dit une voix derrière elle, mais il semble que vous soyez bien réelle.

Le cœur d'Esmée chavira. Elle se retourna lentement, essayant vainement de se remémorer les précieux conseils d'Andreva. Continuant à la fixer avec un regard amusé, il se présenta. Arnold lui expliqua que sa famille venait de quitter Toulouse pour s'installer à Foix.

— Oui, et vous-même avez eu là-bas une liaison déplacée avec une trobairitz ! Ici tout le monde en a entendu parler.

La réplique d'Esmée avait fusé.

Rejetant la tête en arrière, il éclata de rire.

— Vous êtes certainement la personne la plus franche et la plus honnête que j'aie jamais rencontrée ! C'est extraordinaire ! Quelle fée vous a amenée ici ? Vous êtes un être à part !

Revenant aux règles du parfait badinage, la jeune femme se lança dans le récit sommaire de ses années passées dans la famille de sa défunte mère, puis de son arrivée chez son père, dix-huit mois auparavant.

— Je vois qui vous êtes à présent. Les gens parlent de votre beauté et je constate que leurs propos ne sont pas surfaits. Il y a ici nombre de belles femmes, mais vous, Dame Esmée, vous avez plus que de la beauté. Vous êtes fascinante !

Tout en parlant, il avait pris sa main. Sans lui laisser le temps de la retirer, il y déposa un baiser puis, sourire aux lèvres, il lui tourna le dos et s'en alla.

Leurs routes se croisèrent à nouveau quelques jours plus tard. Cette fois, Esmée ne s'enfuit pas lorsqu'il chanta la beauté d'une femme aux yeux en amande, mais elle ne put s'empêcher de rougir. Son attitude ne passa pas inaperçue. La mère d'Arnold rejoignit Andreva et, après une brève discussion, les deux femmes s'entendirent : Arnold pourrait faire la cour à Esmée.

Et il la courtisa avec enthousiasme. L'été passa et l'attachement d'Arnold pour Esmée grandissait de jour en jour. Il lui déclarait sa flamme dans ses odes et se montrait attentionné et drôle. Il encouragea aussi la jeune femme à chanter mais, très vite, ils convinrent en riant que le chant n'était pas le plus grand de ses talents.

— Et si vous contiez, chère Esmée ? suggéra-t-il alors qu'ils se promenaient sur la place du marché, au pied de l'abbatiale.

Esmée refusa gentiment.

— J'aime raconter des histoires, c'est vrai. Mais je ne veux ni les chanter ni les mettre en rimes.

— Alors nous inventerons une toute nouvelle façon de conter. Avec votre beauté, votre éloquence et votre gentillesse – oh chère Esmée, je vous vois déjà, tenant en haleine une assemblée de courtisans exaltés, en extase !

Esmée rit de bon cœur devant Arnold qui faisait de grands gestes en lui décrivant les nombreux talents qui feraient d'elle une célèbre conteuse.

— En un instant, vous savez créer un climat d'intimité. Tous, les faibles comme les puissants, seraient ravis de vous raconter leur vie. Et lorsque vous vous adressez à un auditoire, eh bien, c'est avec force, avec honnêteté et courage ! Ce sont là tous les ingrédients qu'il faut ! Esmée, la conteuse !

Ils tournèrent à l'angle de la rue et se dirigèrent vers la rivière. Esmée se retourna vers l'abbaye et, en un éclair, la pensée lui traversa l'esprit que c'était sans doute là que séjourneraient les frères si une campagne d'Inquisition devait avoir lieu à Foix.

— Esmée, mon amour, vous frissonnez.

Arnold ôta son manteau et en couvrit les épaules de la jeune femme.

— J'aime écouter les gens, mais je ne sais pas si je saurais raconter leurs histoires devant un auditoire.

Elle n'avait pas encore révélé à Arnold l'existence de sa pierre-perle, recouverte de griffures, qui contenait tous les récits qu'on lui avait déjà confiés. Ce genre de pratiques étaient trop étroitement associées à l'hérésie et elle ne savait pas encore où allaient les sympathies du jeune homme.

Arnold l'observait.

— Voyez ce beau visage, ces yeux mystérieux, ces lèvres souriantes et ce front intelligent. Oui, oui, cent fois oui, tous voudront venir vous écouter, ne serait-ce que pour pouvoir vous regarder pendant que vous parlez ! Oh merveilleuse Esmée ! – Il leva les bras au ciel. – Racontez son histoire au Monde !

Esmée rit. Elle avait parfois du mal à le prendre au sérieux.

Puis, un jour d'automne, la mère d'Arnold se rapprocha d'Andreva.

– Il est temps que nos deux époux se rencontrent. Nos enfants forment un couple harmonieux et je parle aussi au nom de mon époux. Nos deux familles sont prospères, mais nous voulons plus pour notre fils. Nous voulons pour lui une épouse sensée et forte, avec un bon sens du commerce. Arnold est souvent distrait par sa musique et ses rimes. Avec la bonne personne à ses côtés, il trouvera sa place comme commerçant à Foix. Esmée est intelligente et elle resplendit de santé. Nous voyons en elle la femme qu'il faut pour notre fils unique.

Andreva cacha sa surprise et son amusement devant ce discours qui révélait un solide sens pratique. Après tout, la mère d'Arnold avait très bien jugé Esmée et elle venait de confirmer son propre jugement sur le jeune homme. Elle lui promit d'en parler à Philippe. Elle souhaitait que sa belle-fille fasse un beau mariage. Elle avait bien sûr entendu parler de Raimond et aucun doute ne subsistait dans son esprit quant aux sentiments qu'avait nourris Esmée à son égard. Mais si Philippe avait trouvé l'amour une seconde fois, peut-être qu'Esmée le pourrait, elle aussi.

Quant à Philippe, il était ravi et soulagé de voir enfin la tristesse s'éloigner de sa fille grâce à Arnold, même s'il émettait quelques réserves sur certains aspects de sa personnalité. Cependant, s'il voulait protéger la réputation d'Esmée, la question d'éventuelles fiançailles devait être abordée rapidement et il assura Andreva qu'il en parlerait à la jeune femme.

Mais avant même qu'il n'en ait eu l'occasion, le destin les rattrapa, et la décision lui échappa.

♦ ♦ ♦ ♦ ♦

Cet automne-là, par une chaude soirée, le comte de Foix convia les nobles et les riches marchands de la ville à une fastueuse réception. À l'image des autres dames, Andreva et Esmée gravirent la pente raide menant au château à dos de cheval. À leur arrivée, Arnold accueillit sa bien-aimée avec effusion et l'entraîna sans attendre vers la salle de bal. Heureux et insouciants, ils dansèrent à en perdre le souffle jusqu'à ce que, riant et en nage, ils sortirent prendre l'air sur un balcon. La mère d'Arnold les observait d'un air satisfait.

Soudain, un messager harassé traversa la grande salle en se frayant un chemin parmi les danseurs. Un murmure parcourut l'assemblée et les musiciens s'arrêtèrent de jouer. L'homme délivra hâtivement son message au comte, puis il s'inclina et se retira. Dans un silence pesant, les hommes d'influence de la ville, dont Philippe, entourèrent le comte. Obéissant à un signal, les musiciens se remirent à jouer. À distance, Andreva observait la scène. Aux expressions tendues des hommes qui écoutaient leur seigneur, elle devinait que les nouvelles étaient inquiétantes. Et le visage de Philippe, délibérément inexpressif, lui confirmait sans doute possible que quelque chose n'allait pas.

Quelques mots chuchotés s'échappèrent tout à coup du groupe d'hommes : « … inquisiteur… à Foix. »

En un clin d'œil, la nouvelle parcourut la foule, qui commença à s'agiter.

Pendant ce temps, sur le balcon, la conversation avait pris un tour grave. Arnold serrait les mains d'Esmée dans les siennes et la regardait intensément.

— Chère, merveilleuse Esmée, je vous aime tant. M'autorisez-vous à venir voir votre père ?

— Vous êtes libre de rendre visite à mon père quand vous le souhaitez ! Vous n'avez nul besoin de ma permission ! chuchota-t-elle, confuse.

— Oh, Esmée, ne jouez pas les ingénues ! Je veux le voir…

le voir afin de lui parler de vous et de notre avenir.

Deux femmes sortirent sur le balcon, en grande conversation :

— Son nom est Tiqué. Il arrive de Carcassonne. On dit qu'il sera à Foix dans une semaine ou deux.

Esmée écarquilla les yeux.

— Tiqué, dites-vous ? s'exclama-t-elle, soudain prise de panique. Frère Tiqué ? Et il vient à Foix ?

— Esmée ?

Arnold la dévisageait sans comprendre.

Esmée arracha ses mains à celles du jeune homme et, se tournant vers la femme, elle insista :

— Vous disiez que frère Tiqué était attendu ici ?

La femme hocha la tête. Elle allait enchaîner, mais Esmée s'était déjà ruée dans la salle de réception à la recherche de son père. Médusé, Arnold la suivit. Andreva intercepta la jeune femme.

— Du calme, Esmée, chuchota-t-elle en lui pressant le bras, n'oublie pas où tu te trouves.

À côté d'Andreva, Arnold essayait de sonder le regard égaré d'Esmée.

— Mon aimée, que se passe-t-il ? Vous avez l'air si…

Gagné par l'inquiétude, il cherchait les mots justes.

— Oh, Esmée, ma magnifique muse, où es-tu ?

18

Foix, octobre 1239

Une fois de plus, Esmée avait sauté dans ses vieux vêtements puis elle avait gagné la forêt qui surplombait Foix. Elle avait l'intention d'y attendre l'arrivée de Tiqué et de sa délégation. L'attente promettant d'être longue, elle s'était confortablement installée contre un rocher. Les heures passèrent. Et, brusquement, son cœur bondit dans sa poitrine. Un animal qui se rapprochait ? Mais les pulsations s'intensifiaient et bientôt elle pensa en reconnaître le rythme si particulier. Très vite, d'ailleurs, elle en eut la certitude : les battements de son cœur faisaient écho à ceux de Raimond ! Elle se redressa vivement en murmurant son prénom. Au loin, venant du nord, elle distingua peu à peu des bruits de sabots heurtant la piste empierrée. Scrutant les espaces entre les frondaisons, elle vit apparaître le cortège. Il avançait avec lenteur. Comme il se rapprochait, elle reconnut la silhouette caractéristique de Tiqué, assis droit sur sa monture, son capuce rabattu sur sa tête et son manteau étalé sur la croupe de l'animal. Fiévreusement, elle chercha Raimond des yeux.

Deux hommes en armes chevauchaient devant Tiqué. Suivaient six autres gardes et huit hommes portant le manteau noir de l'ordre des Frères Prêcheurs, tous à pied. Raimond était-il parmi eux ? Le capuce recouvrant leur tête empêchait Esmée de savoir s'ils étaient des frères, des clercs ou d'autres auxiliaires, car à cette distance leurs tenues de voyage se ressemblaient toutes. Elle examina ensuite les quatre lourdes charrettes qui suivaient, sur lesquelles plusieurs jeunes domestiques avaient pris place. Manifestement, Raimond n'était pas parmi eux. Enfin, deux gardes à cheval fermaient la marche. Elle tressaillit : del Gurbe et Barca !

Le soleil surgit de derrière les nuages et l'un des hommes encapuchonnés leva la tête, faisant retomber sa coiffe. Raimond ! Esmée retint un cri. C'était lui ! Il était sain et sauf. Et il était à Foix. Elle l'examina pendant qu'il se rapprochait. Il portait la tonsure et avait l'air plus vieux et plus viril que dans ses souvenirs. Son manteau reposait parfaitement sur ses larges épaules. Il avançait d'un pas résolu, la tête légèrement penchée et les mains croisées devant lui, et il s'entretenait sérieusement avec le frère qui cheminait à son côté. Son air content la mit mal à l'aise. Mais au moins était-il là !

Elle se hâta vers la maison et trouva son père chez Jaufré, en compagnie de Guilhèm.

— Père, je l'ai vu ! Guilhèm, Raimond est là ! Il arrive avec Tiqué.

— Esmée ! – Guilhèm s'était levé en hâte pour l'étreindre. – Chut !

Mais il était trop tard. Jaufré frappa violemment le sol de sa canne et cria :

— Comment ! Tiqué, ce meurtrier ? À Foix ? Pourquoi ne me dit-on rien ? Emmenez-moi auprès de lui. Je veux le voir, face à face !

Esmée ferma précipitamment la porte.

— Jaufré, vous devez partir immédiatement.

L'urgence perçait dans la voix grave de Philippe.

— Vous prétendiez qu'il ne se montrerait pas ici avant longtemps. Mais il est là à présent et je ne fuirai pas devant lui. Je veux au contraire qu'il me voie ! – Jaufré essaya maladroitement de se lever. – Je veux qu'il sache qu'il ne m'a pas vaincu. Il m'a pris ma femme mais il faudra qu'il me rende mon fils !

Philippe l'exhorta à baisser le ton. Grâce au guérisseur, Jaufré était capable de marcher lentement et sans douleur sur des distances appréciables. Cependant son tempérament sanguin et versatile devenait préoccupant dans une petite ville comme Foix, désormais sous tension.

Philippe s'adressa doucement à Esmée :

— La communauté de Montségur a accepté de donner refuge à Jaufré et à sa famille.

— Montségur ? dit-elle, surprise.

L'accès au pog était très contrôlé. On ne s'y rendait que sur invitation. Une garnison de chevaliers et d'hommes d'armes y veillait.

— J'ai consulté les Anciens, Luisana et Leyas ; ils ont longuement médité sur la question, dit Guilhèm.

L'évocation des Anciens sembla momentanément calmer

Jaufré. Guilhèm continua à parler d'une voix grave, citant délibérément les noms des Anciens de Montségur.

— Jaufré, Luisana et Leyas m'ont affirmé que toi et ta famille étiez les bienvenus. Ils vous offrent une protection immédiate, si vous le souhaitez. Une fois que tout danger sera écarté, ils vous aideront aussi à trouver un nouveau foyer. Jaufré, il y a peu, vous me disiez que vous accepteriez sans hésiter cette solution si l'on vous en offrait l'opportunité.

Il posa une main sur l'épaule du vieil homme.

Jaufré s'était un peu apaisé.

— Guilhèm, tes amis accepteraient-ils encore Raimond s'il était devenu l'un d'eux ?

— La communauté de Montségur vous accueillera tous, et tout particulièrement Raimond. Mais ils insistent pour que vous les rejoigniez sans délais. Nous devons partir demain matin.

Du regard, il chercha l'aide de Philippe.

— En effet, mon vieil ami, tu dois partir dès l'aube. Un chevalier de ma connaissance vous accompagnera et t'aidera pendant le voyage. Puis nous t'amènerons tes filles et Raimond.

— Je ne partirai pas avant d'avoir vu le religieux. Pas avant de l'avoir regardé dans le blanc des yeux.

Jaufré s'emportait à nouveau. Esmée prit la parole :

— Je t'en prie, Jaufré, va à Montségur sans attendre. Il le faut. Je te ramènerai Raimond.

— Tu as déjà échoué une fois, lui reprocha-t-il amèrement. Pourquoi te ferais-je confiance cette fois-ci ?

— Et si tu allais toi-même chercher tes filles, à Labernoc ? suggéra Philippe, coupant court à la discussion qui menaçait de s'envenimer. Guilhèm et moi mettrons tout en œuvre, pour libérer Raimond, crois-moi.

La négociation s'éternisait. Esmée avait cessé d'écouter. Il n'y avait rien qu'elle puisse ajouter, Jaufré resterait sourd à ses arguments. Ses pensées allèrent vers Raimond.

Enfin, Guilhèm et Philippe réussirent à faire accepter un compromis à leur ami. Il abandonnait l'idée d'une confrontation avec l'inquisiteur mais se chargerait personnellement d'aller chercher Matina et Alayda à Labernoc. Si ce plan ne les enchantait guère, au moins permettait-il d'éloigner Jaufré de Foix.

Très tôt le lendemain matin, Guilhèm, Jaufré et José, le chevalier recruté par Philippe, prirent la route. L'état de Jaufré nécessitant de fréquents arrêts, ils ne comptaient pas atteindre Labernoc avant au moins quatre jours. Ils espéraient secrètement que le vieil homme, éreinté, abandonnerait et demanderait à mettre directement le cap sur Montségur, peu éloigné de leur chemin. Esmée devait les suivre un peu plus tard. C'était elle qui entrerait dans le village pour chercher les deux jeunes femmes, étant sans doute celle qui susciterait le moins d'interrogations.

Guilhèm lui avait donné les instructions :

— Si tu marches à un bon rythme, tu devrais parcourir la distance en un jour ou un jour et demi. Pars au matin du troisième jour et nous nous retrouverons avant d'atteindre le village. Et, Esmée…

Le regard qu'il lui adressa contenait un avertissement.

— Ne t'approche de Raimond sous aucun prétexte. Une fois que Jaufré sera en sécurité, nous trouverons le moyen de l'aider.

Au moment de partir, Philippe prit Jaufré dans ses bras.

— Mon vieil ami, j'espère te revoir en des jours meilleurs. Voici… – Il recula et tira une dague d'un étui pendu à sa ceinture. – Prends ceci et protège nos filles.

19

Foix, octobre 1239

Esmée passa les deux jours suivants à flâner en ville avec Andreva, le fidèle Lupo sur leurs talons. Elle peinait à dissimuler son agitation. Le deuxième jour, en dépit de la pluie qui menaçait, les rues étaient très animées et les conversations allaient bon train. Elles s'interrompirent momentanément au passage d'un des membres de la délégation inquisitoriale, pour reprendre de plus belle lorsqu'il eut le dos tourné. Esmée scrutait chaque rue. Où était-il ? Elle réalisa que Raimond ne l'avait jamais vue dans d'aussi beaux atours. Comment réagirait-il s'il la découvrait ainsi vêtue ?

Andreva saisit son bras.

— Esmée, ta distraction est trop manifeste. Il faut que tu apprennes à mieux cacher tes émotions. Allons, viens, il commence à pleuvoir.

Les rues se vidaient lentement. Soudain, la jeune femme aperçut Tiqué et Raimond, marchant côte à côte près de la rivière. Se libérant aussi doucement que possible de l'emprise d'Andreva, elle lui fit part de son souhait de rester encore un peu.

Andreva protesta.

— Je t'en prie, Andreva, j'ai besoin de réfléchir. Mais toi, rentre vite.

Déconcertée, Andreva secoua la tête pour exprimer son désaccord, mais prit néanmoins le chemin du retour.

La pluie s'intensifia encore, et bientôt on entendit gronder le tonnerre. Esmée se mit à l'abri sous un profond encorbellement et se cacha derrière un pilier. Se hâtant vers l'abbaye, Raimond et Tiqué traversaient la place du marché. Tout à coup, sans qu'elle puisse le retenir, Lupo s'élança. Il attaqua Tiqué et ne lâcha plus le pan de son manteau. Les tentatives du religieux pour se débarrasser de l'animal en lui décochant des coups de pied ne firent que l'enrager davantage.

— Raimond, aide-moi ! Débarrasse-moi de cet animal !

Le jeune homme parvint à contrôler Lupo et Tiqué, furibond, s'éloigna à grandes enjambées avant de disparaître au coin de la rue. Raimond se releva lentement et observa attentivement le chien.

— Lupo ? souffla-t-il.

— Raimond ! l'appela Esmée à mi-voix. Raimond, ici !

Raimond regarda autour de lui, sans la voir.

— Raimond, *besson* ! Là, derrière le pilier.

Il tourna la tête et son geste fit retomber le capuce sur ses épaules. La pluie torrentielle s'abattit sur son crâne rasé et se mit à ruisseler sur son visage.

— Esmée, c'est toi ? murmura-t-il.

Elle se montra prudemment.

Après un bref coup d'œil en direction de l'abbaye, Raimond se glissa sous l'avancée et se retrouva devant elle. Le voile d'Esmée était trempé et ses cheveux plaqués sur sa tête ; les pigments qu'Andreva avait délicatement déposés sur son visage avaient coulé.

— Esmée, que fais-tu ici ? M'as-tu suivi ?

Il la regardait intensément, l'examinant de la tête aux pieds. La légère robe bleue, trempée, collait à la peau de la jeune femme et il ne pouvait ignorer le discret renflement des seins qui se soulevaient et s'abaissaient au rythme rapide de sa respiration. Il fronça les sourcils et détourna les yeux.

— Non. Je vis ici, chez mon père. Raimond, ont-ils fait de toi un religieux ?

Il passa une main sur sa tonsure.

— Bientôt. Comment vas-tu ?

— Je vais bien. Mais toi ? Tu n'es donc pas encore un des leurs ! Oh, Raimond, je suis si soulagée !

Elle fit un pas vers lui, les mains tendues.

Il recula et leva ses mains devant lui.

— Non, Esmée, non, garde tes distances. L'Église est ma famille maintenant.

Consternée, elle l'écouta lui décrire son travail de clerc auprès de Tiqué. Elle nota aussi le changement d'intonation lorsqu'il ajouta qu'il disposait de nombreux temps de prière et qu'il avait la permission d'assister à des enseignements sur les Saintes Écritures, privilèges accordés seulement aux novices. Pendant qu'il parlait, Esmée cherchait à croiser son regard pour y déceler l'étincelle familière. Mais il évitait tout contact visuel. Il avait l'air adulte et confiant et il lui semblait tellement plus âgé qu'elle. Il ferait certainement un religieux très crédible.

— Tu es trempée et transie, Esmée. Tu devrais rentrer et te sécher, dit-il tout à coup.

— J'ai connu pire ! se rebiffa-t-elle, détestant le ton qu'il venait d'employer.

Le visage contracté, Raimond la dévisagea. Puis soudain ses traits se radoucirent et il sourit.

— Esmée, notre vie dans la montagne est si loin.

Esmée attendait ce sourire pour atteindre ses yeux. Mais une fois de plus, sa tentative échoua.

Deux hommes passèrent en courant et Raimond releva vivement la tête.

— Je suis content de t'avoir revue, Esmée, et heureux que tu te portes bien, mais il faut que je m'en aille, dit-il sèchement.

— Raimond, non ! Tu ne peux pas partir comme ça.

Esmée le retint par le bras.

— Il le faut ; j'ai du travail et l'heure de la prière approche.

Il essaya de se dégager.

— Non, Raimond, pas après tout ce temps ! J'ai encore tant de choses à te dire ; à propos de ton père, de Guilhèm et de sa famille !

Le cœur brisé, elle s'accrochait à lui.

Les yeux fixés sur la main qui lui serrait le bras, Raimond demanda d'un air détaché :

— Eh bien, comment vont-ils tous ? Mon père, mes sœurs et Guilhèm ?

Dans la même phrase, elle lui fit part des progrès de son père et de l'assassinat de la famille de Guilhèm par les hommes de Tiqué.

— Ces gens qui sont à présent tes compagnons, assena-t-elle.

Raimond avait blêmi.

— Assassinés ? Par les hommes de Tiqué ?

Les yeux empreints d'horreur, il scrutait le visage d'Esmée, espérant y lire la vérité. La jeune femme relâcha son étreinte et lui décrivit brièvement les événements tragiques survenus dans la petite clairière surplombant Labernoc.

— Guilhèm vit désormais au sein de la communauté de Montségur. Ils l'aident. Là-bas, il trouve la paix auprès des bons Chrétiens.

Raimond se prit la tête entre les mains.

— Agnès, Séréna et le bébé... leur petit ange...

— Elle s'appelait Bruna. Oh, Raimond, elle était si jolie, si petite, si adorable. Séréna était tellement heureuse. Et Agnès, elle était... Et Guilhèm...

Dans le regard que Raimond leva vers elle, toute confiance en lui et toute maturité avaient disparu.

— Je ne peux pas te croire, Esmée. Me dis-tu tout cela par calcul ?

— Raimond, comment peux-tu me poser pareille question ? Je t'en prie, écoute-moi. Tu ne peux pas rester avec des gens qui agissent de la sorte. J'ai vu ces deux gardes comme je te vois, et aussi un homme vêtu comme un religieux, le fils de ce chasseur qui nous avait hébergés, à Carcassonne. Pourquoi ne viens-tu pas avec moi ? Rien ne t'oblige à rester avec eux. Je n'avais pas l'intention de te le dire, mais la communauté de Montségur nous a offert le refuge. À nous tous. Toi, ton père, tes sœurs et moi. En ce moment même, ton père est en route vers Labernoc pour aller chercher Matina et Alayda. Guilhèm devait revenir pour toi, mais pourquoi ne me suivrais-tu pas tout de suite ? Montségur n'est qu'à quelques heures d'ici et personne ne saura où tu es allé !

Raimond fronça les sourcils.

— Esmée, tu ne devrais pas me révéler ces choses-là, je ne veux pas savoir. Je n'ai plus la même vie. Bientôt je serai prêtre et je ne veux plus avoir de contact avec toi, ni avec ma famille. Alors ne m'en parle plus. C'est beaucoup mieux ainsi.

La colère gagna Esmée :

— Comment peux-tu dire cela ? Nous sommes ta famille, ta place est avec nous et notre communauté, pas avec ces meurtriers !

Elle attrapa la petite pochette qu'elle portait autour de son cou et en sortit sa pierre.

— Je gage que tu la portes toujours. Voici la mienne. Où est la tienne ? – Elle le défiait du regard. – Montre-moi que le vrai Raimond existe toujours !

— Je sais être un religieux et cependant rester fidèle à moi-même.

— Alors prouve-le-moi. Montre-moi ta pierre !

À contrecœur, Raimond porta sa main à sa ceinture et trouva la minuscule poche qui y était cachée. Après quelques efforts, il en sortit sa pierre. Il la tint dans sa paume et la lui tendit. Esmée la prit et la plaça à côté de la sienne ; les bords découpés s'ajustaient parfaitement.

— Je suis désolé de ne pas être celui que tu voudrais que je sois ; plus que je ne saurais le dire. Mais laisse-moi faire de mon mieux avec ce que je suis à présent. Je te le demande.

Il tendit la main pour récupérer sa pierre, mais avant qu'il ait pu l'atteindre, elle s'en saisit et pressa la sienne dans la main tendue de Raimond.

— Tu ne peux pas rester fidèle à toi-même en vivant parmi des assassins. Je te rendrai ta pierre quand tu les auras quittés. Je t'attendrai à Montségur.

— Non, Esmée ! Ne fais pas cela, nous ne devons pas échanger nos pierres. C'est une erreur !

— C'est pourtant ce que je viens de faire, *besson*.

Et elle plaça la pierre du jeune homme dans sa pochette avant d'en resserrer le cordon.

— Prends soin de ma pierre, je ferai de même avec la tienne.

Puis, sans un regard, elle s'enfuit vers la rivière sous une pluie battante.

20

Foix, octobre 1239

Raimond n'arrivait pas à penser clairement. Le malheur qui s'était abattu sur la famille de Guilhèm ne cessait de l'obséder. Était-il possible qu'Esmée ait essayé de le tromper ? Elle ne lui avait jamais menti, mais pouvait-il encore affirmer connaître Esmée ? Elle s'habillait à présent avec des robes et des chaussures élégantes. Cette image était si éloignée de l'adorable sauvageonne à l'aise dans sa forêt dont il se souvenait. Il sourit. Ses beaux vêtements avaient été ruinés par la pluie ! Il pouvait aisément se l'imaginer, entrant dans une maison bourgeoise, indifférente aux regards scandalisés des gens bien-pensants. Oui, sans doute était-elle toujours Esmée, même dans ces vêtements raffinés.

Tandis qu'il se dirigeait lentement vers l'abbaye, il eut une étrange sensation, un peu comme s'il marchait à côté de son propre corps. Il ne sentait ni ses jambes ni ses pieds. Et il savait que l'échange des pierres était à l'origine de ce phénomène inconfortable. Il avait d'ailleurs envisagé de jeter la sienne à plusieurs reprises au cours des deux dernières années et demie. Mais elle était suffisamment petite pour tenir dans sa ceinture et il avait finalement choisi de la garder. À présent, il avait l'impression qu'une partie de lui faisait défaut.

Ses certitudes vacillaient tandis qu'il se livrait à un monologue intérieur. « Est-il vrai que la pierre symbolise l'âme de celui qui l'adopte, comme le prétendent les bons Chrétiens ? L'Église de Rome affirme que Dieu se trouve bien au-delà de nous, mais peut-être y a-t-il une part de vérité dans ce que ces bonnes personnes nous enseignaient, enfants : le temple de Dieu réside en nous… »

Il rangea la pierre d'Esmée dans sa ceinture.

— Oh, Esmée, qu'as-tu fait ? chuchota-t-il.

Il frémit lorsqu'il réalisa qu'il était sur le point d'emmener la représentation de l'âme de la jeune femme dans l'univers de Tiqué.

Seul dans le dortoir, Raimond étendit ses vêtements trempés et passa un tricot sec. L'image de la main d'Esmée sur son bras lui revint à l'esprit. Il resserra très fort la ceinture autour de sa taille, mais la desserra à la minute où il sentit la pierre contre son corps. Des souvenirs d'enfance l'envahirent. Leurs jeux et leurs rires ; leurs endroits secrets dans la forêt ; leurs confidences ; leurs tentatives de communiquer avec les oiseaux ou les autres animaux comme le faisait Guilhèm. Il sourit encore. Trempée et transie ! Esmée s'était-elle jamais souciée d'être trempée et transie ? Il n'était pas surprenant qu'elle l'ait rabroué un peu plus tôt. Il l'avait trouvée très belle avec ses cheveux plaqués sur ses joues, sa robe collée à son corps et la peau de son décolleté luisante de pluie. Il étouffa un rire. Esmée en robe ? Philippe devait avoir sur elle une grande influence. Elle ressemblait à une femme, une femme que n'importe quel homme serait heureux d'épouser.

« Va-t'en, *bessa*. S'il te plaît, va-t'en, supplia-t-il silencieusement. Tu appartiens à mon passé. Et il n'y aura pas de retour. »

Il ajusta sa tunique. Son destin était de devenir moine et il était heureux à l'idée de passer sa vie à prier et à étudier les Écritures. Il avait rencontré beaucoup de religieux bons et bienveillants et ils lui rappelaient ces pieuses personnes qui, régulièrement, venaient chez ses parents, à Labernoc. Il y avait l'Inquisition, bien sûr, une mission dévolue à son ordre, mais elle était suspendue depuis déjà deux ans et tous les jours il priait pour qu'elle ne soit jamais rétablie.

Il se baissa pour frotter ses chaussures humides. Soudain, sa mère lui apparut en vision. Elle lui souriait et lui tendait les bras. Saisi, Raimond fit un pas en arrière, trébucha et se retrouva assis par terre. Elle se penchait et tendait la main vers un gobelet. Incapable de bouger mais cessant de résister, il ferma les yeux et imagina sa mère, inclinant le gobelet et répandant une cascade de lumière dorée au-dessus de sa tête. Le flot lumineux traversait son corps. Il se sentit en paix, la tête vide de toute pensée. Les yeux toujours fermés, il tourna son visage vers elle et lui sourit. Elle l'étreignit et, inclinant la tête, il s'imagina blotti contre sa poitrine. Toutes ses tensions fondirent d'un seul coup.

La cloche de l'église retentit et tout ce qu'il entendit fut « amour ».

Elle renouvela son appel, mais cette fois son timbre lui

parut discordant, rompant le charme. Raimond se releva en toute hâte et enfila ses chaussures. *Mère, je t'en prie… je t'en prie, laisse-moi ! Je suis en retard pour la prière.* Une fois habillé, il enfouit ses mains dans les manches de sa tunique, baissa la tête et se précipita dans l'escalier pour rejoindre la chapelle. L'endroit était sombre et froid. Un grand crucifix remplissait l'espace lugubre. Il n'y avait là qu'une douzaine de personnes, frères, serviteurs et préposés. Les gardes avaient depuis longtemps signifié que les temps de prière n'entraient pas dans leurs attributions.

Frère Pierre Tiqué leva les yeux de son livre de prières lorsque Raimond s'agenouilla. Le jeune homme prit sans attendre une attitude recueillie et dit ses prières, énonçant consciencieusement chaque verset. Par deux fois, il jeta un coup d'œil furtif vers son supérieur et, à son grand désarroi, à chaque fois celui-ci le regardait, lèvres serrées et sourcils froncés. Et à chaque fois, Raimond se sentait rougir et inclinait la tête plus bas encore.

À la fin de l'office, il sortit rapidement de la chapelle en compagnie de Simon, un jeune serviteur que Tiqué avait pris à sa famille. Ses parents, condamnés comme hérétiques, avaient été exécutés peu avant la suspension de l'Inquisition. À douze ans, Simon était un garçon nerveux et craintif, mais Raimond avait veillé sur lui et lui avait enseigné les tâches quotidiennes. Comme toujours à cette heure, ils préparaient une collation pour Tiqué dans les cuisines de l'abbaye, lorsque celui-ci apparut inopinément. Raimond sentit le sang quitter son visage : Tiqué ne descendait jamais dans les cuisines.

— Aurais-tu pris froid, Raimond ? Tu as l'air malade.

Le religieux s'approcha de lui.

Le cœur de Raimond battait la chamade. Il était obnubilé par la présence de la pierre d'Esmée dans sa ceinture.

— Va donc te reposer. Nous pourrons envoyer chercher le frère herboriste si…

Raimond allait le rassurer sur son état de santé quand Tiqué rejeta la tête en arrière.

— Raimond ? – Il contraignit le jeune homme à le regarder. – Oui, c'est là. Je peux la voir. Assurément, de l'hérésie…

Il lui prit le menton et tourna sa tête d'un côté puis de l'autre. Raimond essayait de garder un visage impassible mais il savait que ses tourments ne faisaient que commencer. Il avait maintes fois vu Tiqué agir de la sorte lorsqu'il soupçonnait quelqu'un d'hérésie.

— Raimond, je crois que tu as trahi ma confiance. J'ignore encore de quelle manière et il se peut même que cela soit involontaire de ta part, mais nous devons trouver de quoi il s'agit. Suis-moi, mon garçon.

Par-dessus son épaule et sans lâcher le menton de Raimond, il s'adressa à Simon.

— Viens, toi aussi. Nous avons un travail à accomplir.

Raimond essaya de protester, mais Tiqué resserra l'étau de ses doigts sur sa mâchoire. Sans relâcher son étreinte, il le força à sortir de la cuisine, puis ils suivirent un corridor glacial et descendirent quelques marches. Saisissant une torche qui brûlait sur son support mural, il entraîna Raimond jusqu'à une porte qu'il ouvrit du pied avant de le pousser dans une pièce froide et sombre qui sentait le renfermé. La torche projetait une faible lueur qui lui révéla la présence d'un chevalet, d'une citerne contenant une eau croupie, de plusieurs tables poussiéreuses et d'une grille de foyer à côté de laquelle on avait rangé une petite pile de bois et des outils métalliques.

Tiqué ordonna à Raimond de rester debout près d'une table derrière laquelle, normalement, il se serait assis en pareille circonstance, prêt à prendre des notes. Que faisait donc Tiqué ? L'avait-il vu parler avec Esmée ? Il essayait de la chasser de son esprit car il ne voulait pas l'amener au cœur de cette horrible situation. Au lieu de cela, il pensa à Sarah, la fille que Jésus avait eue avec Marie-Madeleine, et il la supplia de l'envelopper de sa protection. Il pria la Vierge Marie et lui demanda son aide. Puis, pour la première fois depuis longtemps, il se récita le Notre Père en occitan, répétant encore et encore ses douces cadences.

Alors que les torches répandaient leur lueur terne et jaunâtre sur les murs de pierre humides, Tiqué, face à lui, tambourinait des doigts sur la table.

— Regarde-moi ! lui dit-il d'une voix peu amène.

Raimond s'exécuta.

Le religieux étudiait son visage en secouant la tête de temps à autre. Raimond savait qu'il se livrait à l'un de ses monologues intérieurs. Son œil gauche était fixe et rond. C'était son œil droit, à demi fermé, qui l'examinait avec attention.

— Raimond, tu as toujours été un bon serviteur, mais à présent je vois en toi la lumière de ces hérétiques. Il se peut que tu n'en aies pas conscience. Il se peut que tu sois possédé par une chose qui serait présente en ces lieux ; Foix est réputée pour avoir donné refuge à de nombreux hérétiques. Mais tu conviendras que nous devons faire sortir de toi cette chose. Si c'est involontaire, si tu es réellement possédé, nous allons t'exorciser et tout continuera comme avant. Tu sais ce que tu as à faire.

Il pointa son doigt vers le chevalet.

Raimond hésitait. Tiqué lui semblait presque bienveillant. Lui demandait-il vraiment de se soumettre à un interrogatoire ?

— Déshabille-toi et monte sur ce chevalet !

Cette fois, le ton ne laissait plus aucun doute.

— Si tu tardes encore, tu subiras un châtiment inutile.

Stupéfait, Raimond retira sa tunique en veillant bien à enrouler sa ceinture autour de la pochette secrète. Une fois nu, il attendit, debout et frissonnant, sur les dalles humides.

— Bien, nous voici à la seconde étape de l'interrogatoire, dit l'inquisiteur.

Puis, s'adressant à Simon :

— Mon garçon, sais-tu en quoi elle consiste ?

Les yeux baissés, Simon secoua la tête. C'était la première fois qu'il assistait à une séance de question.

Tiqué se tourna vers Raimond.

— Dis-le-lui, toi.

— La prière, dit-il dans un souffle.

— Quelle prière ?

— L'Ave Maria, monseigneur.

— L'Ave Maria et… ?

— L'Ave Maria et, et…

Tiqué approcha son visage tout près du sien :

— L'Ave Maria et quoi ?

— L'Ave Maria et, et… le feu ou l'eau.

L'inquisiteur intima à Simon de répéter les instructions. Terrifié, il mit un moment à y parvenir.

— Maintenant, mon garçon, le choix te revient. Dis-moi : avec quoi devrions-nous commencer ? L'eau ou le feu ?

Toujours debout près du chevalet, Raimond savait que Simon essayait désespérément d'évaluer lequel des deux châtiments était le plus léger. Il espérait, sans y croire, que Tiqué lui demanderait celui qu'il souhaitait. Sa mère apparut dans ses pensées ; elle le regardait avec beaucoup de tendresse et lui disait de ne pas avoir peur. Puis il entendit Simon bégayer :

— L'eau.

Ses entrailles se vidèrent.

— Le démon en toi sait visiblement ce qui l'attend ; je suppose que c'est une bonne chose, remarqua Tiqué avec douceur. Espérons que cet interrogatoire soit court et efficace. C'est ce que nous souhaitons tous les deux, n'est-ce pas ?

Sur un signe de Tiqué, Raimond grimpa sur le chevalet et s'y étendit. Il savait que la moindre hésitation ne ferait qu'empirer les choses. Il tressaillit lorsque le religieux enchaîna ses membres aux quatre coins de la planche.

Sans dire un mot, l'inquisiteur prit un entonnoir, saisit une cruche remplie d'eau et, plaçant le tube dans la bouche de Raimond, il ordonna à Simon de commencer à réciter l'Ave Maria. Et pendant que le garçon disait la prière en balbutiant, il commença à verser l'eau. Raimond suffoquait et se contorsionnait sur le chevalet. Lorsque la prière arriva à son terme, Tiqué leva la cruche et attendit que Raimond cesse de tousser.

— Allons, Simon, essaie de dire cette prière sans bégayer,

cela ne fait que prolonger la souffrance de Raimond. Dis-là comme si tu étais à l'église. Allons-y !

Le jeune garçon recommença à réciter, cette fois si concentré sur sa diction que le débit en était ralenti. Impassible, Tiqué versait l'eau dans la gorge de Raimond. Ce dernier n'en pouvait plus, sa tête allait éclater. À nouveau, le visage de sa mère lui apparut. Il s'évanouit.

Il revint à lui étendu sur le sol froid et recracha un peu d'eau fétide. Il essayait péniblement de se remémorer les circonstances qui l'avaient amené en ce lieu. Puis il prit conscience de sa nudité, de ses chevilles et de ses poignets douloureux, il entrevit la lueur d'un feu dans le coin de la pièce, et il se souvint.

Avant qu'un mot ne fût prononcé, Tiqué appuya un tisonnier rougeoyant sur l'épaule gauche du jeune homme, qui hurla de douleur, frappant le sol de ses poings serrés.

— Non ! Oh, je vous en supplie ! Non !

Comme il s'évanouissait encore, Tiqué lui jeta un seau d'eau au visage.

Suffocant et sanglotant de douleur, Raimond essayait désespérément de trouver ce qu'il pouvait dire à son tortionnaire sans trahir Esmée.

— Tout ! Je vous dirai tout ! cria-t-il à plusieurs reprises.

Quelque part dans son esprit, il savait que cela pouvait sembler faible ou même lâche ; mais c'était ce que finissaient par dire toutes les victimes de Tiqué, même si elles n'avaient rien à avouer. Et Raimond savait trop bien qu'arrivé à ce stade, le religieux ne s'arrêterait pas avant que le supplicié ne soit brisé, prêt à avouer n'importe quoi. Il se sentait glisser hors de son propre corps. La douleur faiblissait, il était devenu insensible au contact du sol froid sur sa peau. Il se demanda pourquoi il était resté auprès de Tiqué. Il avait pourtant eu bien des occasions de s'enfuir. Il aurait pu trouver un travail dans l'un des châteaux entre Rome et Foix. Certes, Tiqué l'aurait recherché, mais il aurait dû en prendre le risque. Pourtant, il avait choisi de rester et de prendre part à ces horreurs. Dans le fond, peut-être méritait-il toutes ces souffrances.

— Parle, Raimond ! Je t'en prie, parle ! implorait Simon.

Une douleur insoutenable lui vrilla l'épaule. Il hurla et ouvrit les yeux pour constater qu'une flaque d'urine s'était répandue aux pieds de son jeune ami. Il devait essayer de rassembler ses esprits. Tiqué cherchait-il à trouver Esmée ? Elle lui avait dit que Jaufré avait séjourné à Foix ; quelqu'un l'avait-il reconnu et dénoncé ? Tiqué cesserait-il l'interrogatoire s'il lui avouait que son père était toujours vivant ? Était-ce là ce qu'il voulait ?

L'inquisiteur appliqua le tisonnier brûlant sur ses côtes, lui arrachant un nouveau hurlement. Puis il lui ordonna de remonter sur le chevalet.

Avec difficulté, Raimond se hissa sur la planche en espérant que la peur et la douleur finiraient par le tuer. Il avait vu certaines victimes mourir ainsi au cours de leur supplice, mais elles étaient souvent âgées ; Tiqué avait trop d'expérience pour pousser la torture au point de tuer une jeune personne avant de l'avoir amenée à confesser ses prétendues fautes. Il pria Dieu de le prendre avec lui. Alors le visage d'Esmée lui apparut. *Dis-lui la vérité,* semblait-elle lui murmurer. *Fais-moi confiance et fais-toi confiance. Dieu notre Père veille sur nous, tu ne pourras jamais me trahir. Souviens-toi de ce que disait ta mère : tu es amour et tu es aimé.*

— Je ne peux pas !

Tiqué prit un tabouret et s'assit à côté de lui. Lentement, Raimond reprenait conscience de ce qui l'entourait. Il percevait la proximité du visage de Tiqué et sentait l'odeur des remèdes médicinaux que dégageaient ses vêtements.

— Je pense qu'il est temps de parler, Raimond, mon ami. Regarde-moi et dis-moi de quoi il retourne. Tu es possédé par le démon mais tu peux être sauvé. Avoue-moi tout. La rédemption est possible. Dis-moi tout et je purifierai ton âme.

La voix de Tiqué était douce et apaisante.

— J'ignorais qu'elle était à Foix. Je ne savais pas que je la rencontrerais, c'est la vérité. Maintenant elle est partie. Je...

Une fois encore, Raimond perdit connaissance. Il flottait loin de tout. Sa mère était là, brillante tel un ange. Il y avait Agnès et Séréna et d'autres gens encore, dont une femme qui ressemblait beaucoup à Esmée. Puis l'image se fragmenta et il reprit connaissance lorsque Tiqué jeta de l'eau froide sur son visage.

— Raimond, « elle », qui est-elle ? Où l'as-tu vue ? Est-ce une hérétique ?

— Non ! Elle est mon amie. Je ne peux pas la trahir !

Tiqué soupira.

— Le démon reste caché.

Il reposa le seau et saisit la main droite de Raimond :

— Je suis très peiné de devoir en arriver là et je ferai en sorte de ne pas mettre en péril tes talents ; tu écris si bien. Mais pour ton propre salut nous devons extraire la bête. Simon, apporte-moi un couteau.

— Non, je vous en prie ! Je vous dirai ce que vous voulez !

— Oui, bien sûr, et la prochaine fois, ce sera sans aucune hésitation, dit Tiqué en affûtant consciencieusement un couteau sur un cuir à rasoir.

Alors il se pencha, prit l'index de Raimond, le tint fermement puis, lentement, il sectionna la pulpe à l'extrémité du doigt. Raimond s'entendit crier dans le lointain. Il distinguait faiblement la voix de son bourreau.

— Est-ce que tu réalises à quel point je risquais ma carrière à te protéger ainsi, Raimond ? Rome n'a aucune sympathie pour les enfants d'hérétiques et ne les accepte pas en son sein. Mais j'ai pris le risque de te sauver du bûcher.

À ces mots, il trancha la pulpe du majeur. Raimond s'évanouit. Lorsqu'il revint à lui, Tiqué continuait son monologue.

— Je voulais prouver que les péchés d'un père ne doivent pas nécessairement être endossés par son fils. Lavaur, 1211. Ils ont toujours dit que j'étais l'exception, jusqu'à ce que tu arrives.

L'annulaire subit le même sort.

— Satan peut posséder le père. Ce père hérétique condamne son épouse à une vie de femme déchue. Mais les actes du père doivent-ils aussi détruire le fils ?

Il prit l'auriculaire.

— Non, je maintiens que non ; pas si le fils est fidèle et obéissant à la Sainte Autorité de l'Église. – La lame trancha la chair avec cruauté. – Et tu ne me donneras pas tort.

Raimond flottait dans une semi-conscience dont il s'éveilla brusquement au contact de l'eau glaciale sur son visage. La douleur était si vive qu'il ne savait plus de quelle partie de son corps elle provenait. Il tourna la tête et, du coin de l'œil, il vit sa main sanguinolente. À nouveau, il perdit connaissance.

Il émergea bien plus tard, allongé sur la pierre, seul. Une souris traversa la pièce. Sa main n'était qu'une masse ensanglantée qui le faisait terriblement souffrir. Il ne parvenait pas à déterminer l'étendue des dommages qu'elle avait subis. Les brûlures sur son corps le tourmentaient sans relâche. Il poussa un cri plaintif qui résonna entre les murs sinistres.

— Esmée… Oh, Esmée, que dois-je faire ?

Où est ma pierre ? semblait-elle lui demander.

Du regard, il chercha la petite pile de ses vêtements. Il aurait aimé l'atteindre pour prendre sa pierre, mais il avait trop peur du retour de Tiqué. Une faible lueur apparut dans un coin de la pièce.

Dis-lui tout, besson, entendit-il encore. *Dis-lui tout et n'aie pas peur. Nous arriverons à surmonter tout cela.*

— *Bessa*, comment as-tu fait pour entrer ici ?

Il tenta de lever sa main droite et la douleur lui arracha un cri. Il tendit alors sa main gauche, mais il n'y avait plus personne.

— Où es-tu ? gémit-il.

Le rire enfantin d'Esmée résonna entre les murs et il sourit malgré sa souffrance. Il avait la vague impression d'osciller entre deux niveaux de conscience. Dans un coin de son esprit, il se rappelait avoir vu beaucoup de victimes dans le même état à ce stade de l'interrogatoire. Après un répit de quelques heures le supplice reprendrait probablement. Il savait aussi que Tiqué ne lui poserait jamais de question directe, car il obtenait ainsi bien plus de révélations. Il essaya de se remémorer ce qu'il avait déjà avoué, mais la seule chose dont il se rappelait était d'avoir trahi Esmée.

Raimond était dans un état d'hébétude et de torpeur lorsque Tiqué et Simon revinrent. Comme il s'efforçait de se concentrer sur son environnement, il réalisa pour la première fois que les clercs et les gardes qui, en temps normal, assistaient aux interrogatoires, étaient absents. Tiqué enfreignait les règles très strictes qui encadraient la question. Cette constatation le remplit d'effroi : si Tiqué avait manqué aux règles de procédure, lui, d'habitude si scrupuleux, jusqu'où serait-il encore capable d'aller ?

— Cessons de tergiverser ! dit l'inquisiteur avec dureté. Tout cela est très pénible pour nous tous et je veux en finir le plus vite possible. Debout !

Raimond était incapable de bouger, aussi Simon l'aida-t-il à se relever. Tiqué le prit sous le bras et le hissa rudement sur le chevalet. Les mains tremblantes, Simon ramena avec précaution les jambes pâles et musclées de Raimond sur les planches et enchaîna ses chevilles.

Pendant ce temps, le religieux avait placé quelques tisonniers dans les flammes. Esmée réapparut dans les songes du jeune homme : *Dis-lui tout, Raimond*, lui murmurait-elle.

Les yeux de Raimond se remplirent d'amour et de reconnaissance.

Le regard de Tiqué se posa sur lui à ce moment-là.

— Là ! Il se montre enfin ! cria-il d'une voix suraiguë. À présent, Raimond, ou tu me dis toute la vérité ou tu meurs.

Il leva l'un des tisonniers et le pressa contre la plante du pied gauche de Raimond, qui hurla. Tiqué replaça l'objet dans le feu.

— Non ! Tout, tout ! Esmée, mon père, tout ! Pitié !

Le religieux l'ignora. Il prit une autre tige incandescente et, sur le même pied, il remonta le long du talon. Une écœurante odeur de chairs brûlées emplit la pièce. Tiqué versa un seau d'eau sur le supplicié sans connaissance, puis, sans un mot, saisit un autre tisonnier, qu'il enfonça une nouvelle fois dans la plante du pied. Une autre masse d'eau froide ranima Raimond.

— Parle, maintenant.

L'inquisiteur se tenait tout près de lui, tendant l'oreille pour recueillir ses aveux.

— Esmée… à Foix. Mon père. Parti… à Labernoc, chercher mes sœurs… vont à Montségur…

— Ton père ?

Raimond s'évanouit. Sa mère lui apparut dans un brouillard. Il lui tendit les bras et se sentit envahi par une sensation de paix. Il était à Labernoc pour un instant, enfant heureux et insouciant.

Lorsqu'il se réveilla, il était installé sur un siège, les épaules recouvertes d'une couverture en laine rugueuse. Son regard tomba sur son pied. La peau du dessus était rouge et boursouflée et les côtés étaient déformés ; Simon y versait de l'eau fraîche. Sa main droite était parcourue de douleurs lancinantes.

Tiqué, assis près de lui, arborait un air étrange. Il se pencha vers lui.

— Parle-moi de ton père.

— Père… avec Esmée…

Malgré la souffrance qui lui embrumait l'esprit, il voyait la stupeur et la perplexité apparaître sur le visage de l'inquisiteur. Il se passa un long moment avant que ce dernier lui demande comment cela était possible. Raimond fit des efforts surhumains pour lui révéler ce qu'il savait sur les circonstances de l'évasion de son père et de ses projets à Labernoc. Épuisé, il sombra à nouveau.

Il reprit connaissance dans son propre lit. Simon était en train d'envelopper son pied avec un linge qui maintenait en place un épais cataplasme. Sa main était bandée, elle aussi. Ses vêtements avaient été empilés à côté de lui.

— Nous partons demain matin, murmura Simon. Je regrette. Je regrette tellement, tellement…

— Non, Simon. Ce n'est… pas ta faute.

— Il a demandé une mule pour toi. J'ai nettoyé un peu tes vêtements. Et je t'ai trouvé une couverture épaisse et bien moelleuse. Enroule-la autour de ton ventre car ils vont sans doute t'installer en travers de la selle. Et la pochette est toujours dans ta ceinture.

Tôt le lendemain matin, un garde porta Raimond jusqu'à une mule en travers de laquelle il le coucha délicatement. Il avait bien senti l'épaisseur qui entourait son ventre, mais le pauvre garçon était comme mort, et il choisit de l'ignorer. Raimond retomba sur la large selle et perdit connaissance. Il passa ainsi la majeure partie des deux jours que dura le voyage, attaché sur le bât de sa monture, à demi-conscient, tenant dans ses mains celles d'Esmée.

21

Labernoc, octobre 1239

Guilhèm, Jaufré et José mirent trois jours pour atteindre les crêtes qui dominent Puivert. Jaufré avait pu monter le cheval de José sur de courtes distances, ce qui leur avait permis de progresser de façon satisfaisante. Il souffrait beaucoup à présent et s'appuyait lourdement sur ses béquilles. Guilhèm aurait cent fois préféré le laisser à Montségur pour aller chercher Matina et Alayda seul ; mais il devait s'efforcer de respecter les désirs du vieil homme. Cela n'empêchait pas son malaise d'aller grandissant à mesure qu'ils approchaient du but.

Comme prévu, Esmée et Lupo les rejoignirent au matin du quatrième jour. Le soleil se levait et éclairait le relief familier tout autour du château de Puivert. Esmée avait marché d'un bon pas depuis Foix, mais l'absence de lune l'avait dissuadée de voyager de nuit. Guilhèm l'observait attentivement tandis qu'elle courait vers eux. Quelque chose en elle avait changé, mais il serait temps de lui en parler plus tard : ils approchaient de Labernoc. Ils traversèrent la partie boisée couvrant les pentes raides qui menaient au petit village. En attendant que Jaufré les rattrape, Esmée s'était appuyée contre le tronc noueux d'un vieil arbre ; jouant distraitement avec ses feuilles déjà dorées, elle sentait les reliefs de l'écorce à travers ses vêtements. Des souvenirs de son enfance avec Raimond dans ces forêts affluèrent et dessinèrent un sourire sur ses lèvres. Elle toucha la pierre du jeune homme et frissonna. Son sourire disparut ; elle refusait d'accepter qu'il ait pu changer à ce point.

Le petit groupe s'arrêta au sommet d'une falaise offrant une vue sur le village, tout en les gardant à l'abri derrière la végétation. De là, ils pouvaient voir l'ensemble des bâtiments hétéroclites qui composaient la ferme où vivaient les deux filles de Jaufré, dans la famille de son jeune frère, Bernard. D'ailleurs, Alayda venait de sortir de la maison, suivie de son cousin, Julian, et de Patto, le vieux chien de Guilhèm. Indifférents à la bruine qui tombait, les deux adolescents, armés de bâtons, faisaient mine de combattre dans la cour, près du hangar. À seize ans, la fille cadette de Jaufré était grande et musclée, et Julian, de six mois son cadet, était solidement bâti. Esmée le vit esquiver le coup d'Alayda, puis, d'un bond, se jeter sur elle, l'écrasant de tout son poids contre les planches de la grange. À cet instant, Matina apparut sur le pas de la porte. Quelques secondes plus tard, ils disparaissaient tous trois dans la maison.

Jaufré s'était assis pesamment. La tête appuyée contre un arbre, il avait regardé la scène.

— Mes filles, mes chères filles, enfin les voilà, répétait-il.

Le temps pressait ; pour ne pas perdre plus de temps, Guilhèm envoya Esmée à la ferme, où elle demanderait aux deux jeunes femmes de préparer quelques affaires avant de la suivre dans la forêt, jusqu'à eux. Aussitôt, elle dévala la pente et entra en trombe dans la grange, où elle se cacha en attendant que l'une d'elles se montre. Il se passa un moment avant que Julian et Alayda ne ressortent pour reprendre leur duel. Esmée allait les interpeller lorsque Patto entra dans la grange et se mit à aboyer. Intriguée, Alayda le suivit et s'arrêta sur le seuil. Esmée voyait son visage se tendre alors qu'elle scrutait la pénombre, inquiète.

— Alayda ! C'est moi, Esmée.

Surprise, Alayda regarda dans la direction de la voix.

— Continue à parler, sois naturelle, lui enjoignit Esmée.

Alayda se ressaisit rapidement et, tout en continuant à parler à son cousin, elle avança vers le fond de la grange. Une fois la jeune fille arrivée à sa hauteur, Esmée sortit de sa cachette et elles se jetèrent dans les bras l'une de l'autre. Alayda la serrait à l'étouffer. Julian les rejoignit et l'étreignit à son tour, aussi ému que maladroit.

Esmée leur expliqua brièvement la situation et envoya Alayda chercher sa sœur. Quand ils furent seuls, Julian lui jeta un regard timide auquel elle répondit par un sourire encourageant. Elle ne l'avait pas revu depuis le jour de l'enterrement de la famille de Guilhèm.

— Si vraiment vous partez toutes, puis-je venir, moi aussi ? Je ne peux pas la laisser, tu sais.

L'émotion serra la gorge d'Esmée ; le lien qui unissait Alayda et Julian semblait être aussi profond que celui qui la liait à Raimond. Mais comment les parents de Julian réagiraient-ils à l'idée de le voir partir avec des hérétiques notoires ? Bernard était farouchement déterminé à garder sa famille à l'abri de l'Inquisition ; il parlait peu, se contentait de faire son travail et il avait prêté tous les serments qu'on avait exigés de lui.

Matina entra dans la grange et embrassa Esmée. Elle était aussi grande que sa sœur, mais d'une extrême maigreur. Alors qu'Esmée leur exposait leur plan, une silhouette se dessina à l'entrée de la grange. Jaufré. Il était seul, son corps frêle ne tenait debout que grâce à ses béquilles.

— Père ! cria Matina, avant que sa sœur ne plaque une main sur sa bouche.

— Chut, Matina ! Père, que faites-vous ici ? Vous ne devriez pas vous montrer ! Oh, partez, je vous en supplie. C'est trop dangereux ! chuchota Alayda, affolée.

— Pas avant d'avoir rencontré mon frère. Votre oncle sait-il seulement que je suis en vie ? Vous le lui avez dit, n'est-ce pas ?

Matina hocha gravement la tête.

— Allez chercher Bernard, vite ! Et quelques affaires. Nous devons partir avant que les rues ne soient pleines de monde, les pressa Esmée.

Alayda saisit le bras de sa sœur et l'entraîna hors de la grange.

Au sommet de la falaise, Guilhèm avait du mal à contrôler son impatience et sa contrariété. Jaufré avait refusé d'entendre raison. Il affirmait qu'en sa qualité de chef de famille, il se devait d'annoncer à son frère que ses filles revenaient vivre auprès de lui. À bout d'arguments et ne pouvant le retenir par la force, Guilhèm l'avait laissé partir.

La pluie se calmait. Plusieurs personnes sortirent des maisons. Les portes du château s'ouvrirent sur des soldats qui se postèrent près de l'entrée. Guilhèm vit Alayda et Matina courir vers la maison. En les désignant du menton, il s'adressa à José :

— Il y a là une jeune femme dotée d'un courage qui vaut celui de beaucoup d'hommes aux côtés desquels tu as pu combattre. Elle a la détermination d'un guerrier. Sa sœur, en revanche, est bien plus fragile. Les années qui viennent de s'écouler l'ont profondément affectée ; elle aura sans doute besoin d'aide sur le chemin de Montségur.

Peu de temps après, ils virent Bernard traverser la cour en direction de la grange, entraîné par Alayda. Matina les suivit quelques minutes plus tard, serrant contre elle plusieurs petits ballots.

Soudain, José attira l'attention de Guilhèm tout en pointant un doigt vers le nord du village. Quatre hommes à cheval avançaient sur la piste. L'un d'eux tirait derrière lui un mulet de bât. Comme ils se rapprochaient, ils virent que l'homme à la tête du groupe était un religieux ; il était suivi de trois gardes.

— Tiqué ! s'exclama Guilhèm, abasourdi. Avec del Gurbe et Barca !

Lorsque le groupe arriva sur la place du village, del Gurbe et Barca obliquèrent vers le château, tandis que Tiqué et le troisième garde se dirigèrent droit vers la ferme de Bernard. Guilhèm remarqua une forme semblable à une silhouette affalée sur le dos de la mule qui les suivait.

— Serait-ce Raimond ?

José plissa les yeux.

— C'est bien un homme, en tout cas ; et il semble vivant.

Guilhèm lui demanda de se tenir prêt à partir.

— Je descends ; nous ne pourrons pas lutter s'ils joignent leurs forces à celles du châtelain. Reste en limite de village et emmène rapidement à Montségur quiconque sortira de là.

Dans la grange, Jaufré donnait gauchement l'accolade à son frère.

— Je te remercie d'avoir veillé sur mes enfants, cher Bernard. Je les emmène avec moi. Nous allons reconstruire un foyer et tu seras informé lorsque ce sera chose faite.

— Vous feriez mieux de vous mettre en route, marmonna Bernard en se dégageant.

Esmée prit deux ballots des bras de Matina et s'apprêtait à quitter la grange lorsqu'elle se trouva nez à nez avec un cavalier. Levant les yeux, elle découvrit Tiqué, le regard fixé sur elle.

Derrière lui, le garde sauta de sa monture. Tiqué ne bougeait pas ; il dévisageait un à un les occupants de la grange, pétrifiés.

Jaufré fut le premier à réagir. Il s'avança, sortant de l'ombre :

— Pierre Tiqué !

Tiqué baissa les yeux sur l'homme grisonnant et voûté, à l'équilibre incertain, qui venait de l'interpeller. Il l'étudia un long moment, puis, haussant les sourcils :

— Jaufré de Labernoc, cela se peut-il ? Je suis surpris, je dois le reconnaître. Raimond disait donc bien la vérité, aussi incroyable soit-elle, prononça-t-il d'une voix égale.

— Rends-moi mon fils ! Il n'appartient pas à ton Église !

Jaufré, le visage rouge, parlait d'une voix forte, empreinte de colère, et continuait de s'approcher de lui.

— Rends-moi mon fils et reste loin de ma famille.

Alayda remarqua alors la forme allongée en travers de la mule. Reconnaissant son frère, elle s'élança vers lui en criant son prénom. Mais le garde la rattrapa et la retint.

Tiqué ignora la scène.

— J'ignore comment tu as réchappé au bûcher, Jaufré l'hérétique, mais ce jour-là, tu as été condamné pour l'éternité. En refusant de mourir, tu as fait retomber ta faute sur ton fils. Aujourd'hui, tu mourras, et tu emporteras ta famille, toute ta famille, dans la mort.

À cet instant, Barca et del Gurbe, le châtelain et quelques soldats débouchèrent sur le chemin menant à la ferme. Distrait par leur arrivée, Tiqué pivota sur sa selle. Alors, faisant preuve d'une force et d'une rapidité saisissantes, Jaufré se jeta contre sa monture. Déséquilibré, l'inquisiteur glissa de son cheval et agrippa l'épaule de Jaufré pour ne pas tomber. Celui-ci, d'un mouvement rapide, saisit le poignard de Philippe qu'il portait à la ceinture et l'enfonça dans le cœur du religieux.

Les yeux écarquillés par la stupeur et la bouche ouverte sur un cri muet, Tiqué retomba lourdement sur le sol humide. Le garde lâcha Alayda et, saisissant son épée, il la planta dans le dos de Jaufré, qui s'abattit sur le corps du religieux, les yeux rivés aux siens.

Alayda hurla et se précipita pour séparer les deux corps sans vie ; le sang jaillissait de la gorge de son père. Penchée sur lui, elle le serrait contre elle. Jaufré fixa un instant sa fille cadette et mourut. Matina tomba à genoux à côté d'eux.

— Père, cher père, non ! Restez avec nous !

Désespérée, elle tentait d'essuyer le sang qui s'échappait de la bouche du défunt.

Alayda ferma doucement les yeux de son père.

— Il est parti, Matina. Il est parti.

Elle se tourna vers Tiqué : ses yeux sans vie fixaient le ciel.

— Et il a emmené l'inquisiteur avec lui.

Esmée était près de Raimond lorsque Guilhèm fit irruption dans la grange. Ensemble, ils le soulevèrent du bât et le déposèrent délicatement sur le sol ; elle prit sa tête contre elle et la berça doucement. Les yeux du jeune homme étaient entrouverts.

— Esmée, souffla-t-il avant de les refermer.

La pluie se remit à tomber en abondance, mais elle ne chassa pas les villageois qui s'étaient rassemblés dans la cour de la ferme. Miguel Garcias entra dans la grange, suivi de quelques soldats. Ses yeux s'attardèrent sur le corps de son vieil ami allongé à côté de celui de Tiqué. Il avait encore du mal à croire que Jaufré ait pu survivre au bûcher. Mais il était bien là, deux ans plus tard, et méconnaissable.

— Mon ami, murmura-t-il. Quel terrible destin que le nôtre…

Tandis que le garde lui rapportait les événements, Barca et del Gurbe arrivèrent sur les lieux. Barca, furieux, leva sa lance et se tourna vers le châtelain :

— Arrêtez-les, arrêtez-les tous !

Miguel allait donner des ordres à ses soldats lorsqu'il croisa le regard de Guilhèm. Le chasseur le fixait intensément. Le châtelain s'arrêta net et baissa la tête, tandis que Barca continuait à vociférer, réclamant les pires châtiments. Miguel leva alors la main pour lui intimer le silence et dit calmement :

— Garde, frère Tiqué est mort, ainsi que son meurtrier. Il

n'est rien d'autre que nous puissions faire. – Et, considérant tour à tour les trois gardes : – Mes hommes vont vous aider à porter votre maître jusqu'au château. Vous pourrez l'y préparer pour le voyage, puis vous l'emmènerez afin qu'il soit inhumé selon les traditions de son ordre.

— Et la famille du meurtrier ? insista Barca, lui tenant tête. Frère Tiqué était à leur recherche. Ce sont tous des hérétiques ; vous devez les arrêter !

Ignorant son intervention, Miguel ordonna à ses soldats de porter le corps de l'inquisiteur jusqu'au château. Alors qu'une partie d'entre eux s'exécutait, del Gurbe et Barca saisirent leur épée. Sur un signe de leur châtelain, tous les soldats disponibles tombèrent en garde, prêts à riposter.

Del Gurbe posa sur le châtelain des yeux durs :

— Je vous avertis, messire. Si vous laissez libre cette famille d'hérétiques, vous vous rendez vous-même coupable d'hérésie.

Miguel se tourna vers Guilhèm qui continuait à le fixer. Deux ans auparavant, lui, Miguel, avait cédé aux intimidations, révélant à ces brutes l'endroit où vivaient le chasseur et sa famille. Par la suite, deux femmes et un nourrisson avaient été assassinés. C'en était assez.

Se retournant vers del Gurbe, il dit d'un ton qui se voulait apaisant, mais toutefois ferme :

— Gardes, c'est moi qui donne les ordres, ici. Je déplore la mort de frère Tiqué. Pour la dernière fois, je vous demande de faire le nécessaire pour préparer votre voyage. Vous obtiendrez de la nourriture et un toit au château jusqu'à votre départ. Quant à moi, j'adresserai un compte-rendu détaillé des événements à mon suzerain.

Puis, baissant la voix :

— Bernard, occupez-vous de la dépouille de votre frère, je vous prie ; et Guilhèm, emmenez Raimond et les filles et partez, partez maintenant !

Alayda prit le bras de sa sœur et la força à se relever.

— Je ne peux pas le laisser, murmura Matina.

— Matina, il faut que nous partions.

Elle leva les yeux sur Miguel qui les regardait en fronçant les sourcils.

À contrecœur, Matina passa sa main dans la ceinture de son père et en sortit deux pierres, la sienne et celle d'Ava, qu'elle savait cachées là. Lorsqu'il était dans les geôles de Miguel, Jaufré avait soudoyé un soldat pour qu'il les donne à la jeune fille. Celle-ci les lui avait rendues alors qu'il séjournait à la chaumière.

— Je demanderai à une sainte personne de les placer ensemble, quelque part, dit-elle.

Puis elle embrassa son père sur le front et se leva.

Miguel s'approcha de Guilhèm.

— Je suis tellement désolé, mon ami, tellement désolé.

Sans un mot, Guilhèm prit ses mains dans les siennes. Puis il se détourna et se dirigea vers le cheval de Tiqué, dont il ôta la selle et les autres affaires, qu'il jeta au sol.

— Ce cheval appartient à frère Tiqué ! s'insurgea del Gurbe.

— Laisse-le le prendre, répliqua froidement Miguel.

Bernard retourna dans la maison pour en ressortir quelques minutes plus tard, portant un tapis de laine et une couverture. Silencieux, il attendit que Guilhèm soit monté sur le cheval, puis il les lui tendit. Avec l'aide d'Alayda, il hissa Raimond jusqu'à Guilhèm, qui l'installa devant lui avant de l'envelopper dans le tapis. Pour maintenir le jeune homme inconscient contre lui, il utilisa ensuite la couverture, qu'il enroula autour d'eux. Enfin, Esmée et Lupo marchant à côté de lui, il s'éloigna lentement et quitta le village.

Alayda s'agenouilla pour embrasser une dernière fois son père.

— Merci, père. Je vous_aime.

Puis elle ramassa ses maigres affaires.

— Julian, nous partons avec Guilhèm. Je t'en prie, viens avec nous. Prends le bras de Matina et aide-là.

Une main sur l'épaule de son fils, Bernard essaya de le retenir.

— Père, il faut que j'aille avec elle. Elle a besoin de moi.

Bernard hocha la tête et serra l'épaule du jeune homme.

— Il n'y aura pas d'échappatoire ! hurla Barca alors qu'en compagnie de del Gurbe il regardait la famille disparaître dans la forêt, au-delà de Labernoc.

22

Montségur, octobre 1239

GUILHÈM PARTIT DEVANT avec Raimond et José prit en charge le reste du groupe. Matina, qui se fatiguait très vite sur les pentes abruptes, recevait régulièrement l'aide du chevalier qui l'installait sur son cheval lorsque ses forces l'abandonnaient. Ils évitaient les voies larges et dégagées, préférant emprunter les sentiers forestiers, au cas où le châtelain se raviserait et se lancerait à leur poursuite. Ils avançaient en silence, plongés dans de sombres pensées. José comprit rapidement que le trajet, réalisable en une demi-journée, leur prendrait un jour entier, et qu'un arrêt serait nécessaire pour la nuit. Lorsque l'obscurité rendit périlleuse leur progression, ils trouvèrent une grotte peu profonde où ils s'installèrent. Alayda alluma un feu et Matina sortit de son sac du pain, du fromage, un peu de viande séchée et quelques fruits. Tout en mangeant, ils évoquèrent Jaufré, et Esmée les éclaira sur les deux années qu'il avait passées avec elle, à Foix. Lorsque Matina et Esmée s'allongèrent, José les couvrit de son manteau avant d'aller se poster à l'entrée de la grotte, où il veilla jusqu'à l'aube.

Guilhèm les attendait près d'un bosquet touffu lorsqu'ils arrivèrent sur la crête, en dessous du château de Montségur.

— Raimond est vivant, je l'ai laissé entre des mains expertes, leur annonça-t-il.

Esmée jeta un coup d'œil au sentier escarpé qui menait à la forteresse. En courant, elle atteindrait le sommet en une demi-heure à peine. Mais Guilhèm posa une main sur son épaule et lui montra un point de contrôle situé sensiblement à la moitié du trajet, gardé par quelques soldats. Un homme s'en approchait avec une mule lourdement chargée.

— C'est un villageois qui vient livrer des marchandises. Il va les déposer à ce poste de contrôle et lorsqu'il sera reparti, nous nous mettrons en route.

En attendant, Esmée grimpa dans un arbre. Enlaçant le tronc, elle suivit des yeux l'homme et sa bête alors qu'ils redescendaient du pog. Les soldats emportaient sur leur dos les paniers de vivres vers le château, dont, bien des fois, elle avait pu voir la silhouette dans le lointain. Elle connaissait sa réputation de forteresse imprenable ; à présent, elle comprenait pourquoi. Le pog se dressait cent soixante-dix mètres au-dessus d'eux, avec ses vertigineuses falaises calcaires. La pente orientée au sud-ouest, qu'elle observait, était la seule voie accessible vers le sommet, et même elle semblait étroite et raide. Par endroits, le chemin était bordé d'un à-pic ; y perdre l'équilibre, signifiait tomber quelques dizaines de mètres en contrebas.

Lorsque l'homme et sa mule eurent disparu à l'ouest, Guilhèm guida le groupe jusqu'à l'entrée du sentier, où il s'arrêta devant une sorte de fossé. Là, il s'inclina, avant de leur expliquer que ce lieu était un portail spirituel conduisant à la montagne.

— Montségur est un endroit sacré, plus que vous ne pouvez l'imaginer, leur dit-il, alors que tous, instinctivement, s'étaient courbés avec respect.

Ils commencèrent leur ascension, marchant d'abord à découvert sur une courte distance. Lorsque le sentier aborda la forêt, il se mit à serpenter à travers les arbres et les taillis, en décrivant des virages serrés. Les feuilles humides rendaient le chemin glissant, mais des pierres et des rondins de bois fixés au sol facilitaient leur progression. Un peu plus loin, la piste accusait une forte pente. Les arbres avaient laissé place à des buissons bas et compacts, rendant le passage si étroit qu'ils durent cheminer en file indienne. José tenait la main de Matina, qui avançait courageusement.

Lorsqu'ils arrivèrent au point de contrôle, un soldat se leva pour les saluer. Après que Guilhèm les eut présentés, le militaire plongea un gobelet dans un réservoir d'eau et le tendit à Matina. Elle en but une gorgée et le fit passer à ses compagnons. Aux deux chiens qui les accompagnaient et qui haletaient, fourbus, un autre soldat donna une écuelle remplie du précieux liquide, qu'ils se mirent aussitôt à laper bruyamment.

— L'eau est rare et difficile à mettre en réserve sur la montagne, dit-il à Esmée. Acceptez-la en signe de bienvenue.

D'un pas lent et régulier, l'un des hommes escorta le groupe sur le restant du trajet. En chemin, ils dénombrèrent plusieurs lignes de défense sur la forte pente. La première était une palissade en bois mais les suivantes étaient d'épais murs de pierre. Des soldats, postés le long de chacune d'elles, les regardèrent passer.

Près d'une heure après avoir franchi le fossé, ils atteignirent enfin le château. Deux enfants qui jouaient près de la grande porte accoururent pour caresser les chiens. Au pied de la haute muraille, des hommes et des femmes travaillaient dans des carrés potagers. Une femme qui aiguisait un couteau sur une pierre salua Guilhèm et sourit aux autres. La porte de la forteresse s'ouvrait sur une cour dont le calme contrastait avec le nombre de personnes qui s'y affairaient. À droite, ils découvrirent des étables et une forge, ainsi que plusieurs portes, closes. Deux autres étages surmontaient ce niveau.

— Cela peut sembler petit, dit leur accompagnateur. Mais près de trois cent cinquante personnes vivent ici.

Il leur expliqua que la garnison comptait plus de soixante-dix hommes. Ils assuraient la protection de près de cent vingt hommes et femmes ayant reçu le Consolament. Ces bons Chrétiens étaient venus quelquefois de loin pour prier ensemble, ici, à Montségur. Enfin les familles des militaires, quelques veuves vieillissantes et des artisans venaient compléter la petite société.

Le soldat les mena vers une porte, à leur gauche, et, laissant les chiens à l'extérieur, il les conduisit dans une pièce, petite mais élégante, qui ouvrait sur une salle beaucoup plus spacieuse. Les volets d'une grande fenêtre orientée au sud étaient ouverts. Dans le lointain, des sommets scintillaient au soleil. La pièce était meublée de chaises couvertes de coussins richement tissés. Une élégante jeune femme vêtue d'une robe verte parsemée de broderies d'or et chaussée de pantoufles colorées, les accueillit ; son fin visage était encadré par une longue chevelure sombre et soignée, nouée en une tresse qui lui retombait sur l'épaule. Elle se présenta ; Esclarmonde de Péreille était l'une des filles du maître des lieux. Tous s'inclinèrent respectueusement devant elle.

Une femme entra. Ils furent tous saisis par la majesté qui émanait d'elle. Grande et belle, elle portait une simple robe de laine fine et ses épais cheveux gris étaient rassemblés sur le sommet de sa tête en un chignon lâche. À Foix, Esmée avait rencontré bien des gens puissants, mais aucun d'eux n'avait eu une telle présence. Un homme âgé et frêle, revêtu d'une tunique sombre, la rejoignit. Il adressa à Guilhèm un sourire radieux qui éclaira son visage ridé. Guilhèm les salua affectueusement. À nouveau, les visiteurs s'inclinèrent.

Après les avoir chaleureusement accueillis, la femme se présenta sous le nom de Luisana. Elle leur expliqua qu'elle vivait ici depuis que le château était devenu un lieu de prières, il y avait plus de trente ans.

— J'ai grand plaisir à accueillir ici tous les visiteurs au nom de la famille de Péreille et de notre petite communauté.

Puis elle présenta l'évêque Guilhabert de Castres. Surprise, Esmée haussa les sourcils. Elle avait devant elle l'homme qui avait débattu avec Dominique de Guzman, le fondateur de l'ordre des Frères Prêcheurs auquel avait appartenu Tiqué. Les débats des deux hommes avaient précédé la croisade menée par Simon de Montfort. Jaufré avait souvent parlé de l'évêque avec une profonde estime. Elle ignorait que Guilhabert de Castres était encore en vie.

L'évêque s'approcha d'elle, toujours souriant. Elle rougit.

— Guilhèm m'a raconté que tu recueillais des récits et des témoignages. J'espère qu'il me reste un peu de temps pour partager avec toi quelques-unes de mes histoires, issues d'une très, très longue vie, dit-il en prenant doucement ses mains, à la manière traditionnelle de la communauté.

À ce contact, elle se sentit envahie par cette paix émanant des hommes et des femmes qui dédient leur vie à la prière. Elle aurait voulu que se prolonge indéfiniment cette douce et chaleureuse étreinte. Hésitante, elle demanda la permission de voir Raimond.

— Esclarmonde ira demander à la guérisseuse si cela est possible, lui dit Luisana d'une voix apaisante.

Puis, se tournant vers les autres :

— Nous avons préparé un logement pour vous. Peut-être souhaitez-vous y déposer vos effets. Vous irez ensuite rejoindre nos autres résidents pour le repas qui va leur être servi bientôt. La nourriture vous revigorera.

Esclarmonde les mena à une maison située du côté nord du château. Elle comprenait deux pièces, l'une étonnamment spacieuse et une autre, plus petite, dédiée à la cuisine. Des matelas de paille et des couvertures en laine avaient été empilés dans un coin et on avait apporté un peu de bois. Abandonnant là leurs baluchons, ils suivirent Esclarmonde jusqu'au réfectoire, où une femme s'affairait à la préparation du repas. L'aide que lui offrit spontanément Matina fut acceptée avec gratitude. Esmée proposa de préparer la salle pendant que José, Alayda et Julian continuaient la visite des lieux, suivant leur guide qui les mena auprès de l'un des responsables de la garnison.

Les pensionnaires arrivèrent bientôt ; Esmée compta dix-huit personnes, pour la plupart des femmes âgées. Anxieuse tout autant qu'impatiente à l'idée de voir bientôt Raimond, elle se força à s'asseoir et à avaler un peu du ragoût qu'on leur avait servi. Après le repas, Esclarmonde vint enfin la chercher et elles retournèrent dans la demeure principale du château, dont elles traversèrent la grande salle avant de pénétrer dans une petite pièce bien éclairée. La guérisseuse de la communauté, une femme d'une quarantaine d'années portant un long tablier blanc, étudia Esmée. Dans son visage allongé et étroit, des yeux d'un bleu profond scrutaient la jeune femme débraillée qui se tenait devant elle.

— Fais-là sortir d'ici, dit-elle d'un ton brusque. Elle est anxieuse et sale. Je ne la laisserai pas s'approcher de mon patient.

Faisant preuve d'une persuasion tout en délicatesse, Esclarmonde réussit à convaincre Rixanda de laisser Esmée voir Raimond quelques instants. Il était allongé sur un lit haut et étroit. Un cataplasme marron avait été appliqué sur sa main droite, et une pâte protégée par une gaze recouvrait son pied gauche. Rixanda souleva la fine compresse pour y étaler un peu plus du mélange. Esmée étouffa un cri : la plante du pied n'était que plaies noires et boursouflures jaunâtres.

— Partez !

Rixanda avait parlé à voix basse mais le ton était sans appel.

Une fois à l'extérieur, Esclarmonde assura à la jeune femme que les blessures étaient moins graves qu'il n'y paraissait :

— Les brûlures ne sont pas trop profondes. C'est avant tout la fièvre qu'il faut craindre. Les jours à venir seront décisifs.

— Laissez-moi simplement quelques instants avec lui, supplia Esmée.

— Plus tard.

Esclarmonde faisait preuve d'autorité sans avoir à se départir de son amabilité.

— Je dois lui rendre sa pierre. Nous les avons échangées à Foix, insista Esmée

— Que dis-tu ?

Contrite, Esmée répéta à la jeune femme, médusée, ce qu'elle venait de confesser.

— Esmée, on a dû te dire que les pierres ne doivent en aucun cas être échangées sans l'approbation préalable d'un Ancien !

Des larmes de remords se mirent à rouler sur les joues d'Esmée tandis qu'Esclarmonde la raccompagnait jusqu'à la salle de soins. Rixanda écouta ses explications et l'autorisa à récupérer sa pierre, qu'on avait placée sur l'oreiller, à côté de la tête de Raimond. Esmée la prit délicatement et la remplaça par celle du jeune homme. Elle désirait follement lui parler, lui dire tout son amour, mais la guérisseuse, intraitable, la poussa dehors et referma la porte derrière elle.

23

Montségur, décembre 1239

L'ÉTAT DE SANTÉ DE RAIMOND lui interdisant tout déplacement, on invita les nouveaux arrivants à rester aussi longtemps qu'il serait nécessaire. Petit à petit, ils découvrirent le rythme de vie monastique des habitants du pog. Les bons hommes et les bonnes femmes constituaient le cœur de la communauté et leur vie était consacrée à la prière. Plusieurs fois par jour, depuis l'aube jusque tard dans la nuit, près de cent vint personnes se rassemblaient pour prier durant des heures. Entre-temps, elles s'occupaient à leurs tâches quotidiennes, participant pleinement au bon fonctionnement de toute la communauté. Ces bons Chrétiens venaient quelquefois de loin et s'exprimaient dans différentes langues et dialectes. Ils avaient reçu le Consolament, leur unique sacrement et, de ce fait, ne prenaient aucune nourriture carnée et avaient renoncé aux relations charnelles ; leur être tout entier était dédié au service de l'humanité à travers la prière et l'exemple. Lorsqu'un messager venait annoncer une mort imminente dans les environs, deux d'entre eux quittaient le château pour aider le mourant à atteindre l'état de pureté en lui donnant leur sacrement. Petite, Esmée les avait surnommés les « saintes gens ». Plus tard, elle avait appris que ces hommes et ces femmes très simples ne souhaitaient pas se distinguer du commun des mortels, et qu'ils ne se reconnaissaient dans aucun des termes élogieux qui les désignaient. Cependant, elle ne pouvait s'empêcher de les trouver extraordinaires ; tout en vivant pleinement leur vie en célébrant cette terre, ses animaux et tous ceux qu'ils rencontraient, ils ne semblaient pas appartenir à ce monde. Ils priaient pour les frères inquisiteurs et leurs gardes aussi ardemment que pour leurs proches.

La garnison qui les protégeait était réduite mais bien entraînée, très bien équipée et, grâce à un réseau d'espions, parfaitement informée quant aux activités politiques et militaires de la région. José avait choisi de rester. En sa qualité de chevalier, il avait été incorporé parmi les officiers. La demande d'Alayda de faire elle aussi partie des défenseurs avait été rejetée. Alors, avec la détermination qui la caractérisait, elle choisit de prouver ses capacités en portant jusqu'au château les marchandises déposées au poste de contrôle, ou participait aux corvées d'eau et de bois. Peu à peu, elle fit naître l'admiration chez les militaires, impressionnés par sa force physique et son endurance. Ils l'invitèrent à participer régulièrement à leurs exercices, au tir à l'arc et au maniement de l'épée, entre autres. Julian ne la quittait pas et les soldats l'appelaient souvent à l'aide pour les tâches les plus ardues. Alayda était heureuse que la valeur de son cousin soit reconnue par ces hommes d'élite, lui qui, enfant, avait si souvent souffert de moqueries au sujet de sa corpulence.

Matina fut accueillie à bras ouverts comme nouvelle cuisinière au réfectoire. Ceux qui venaient y prendre leurs repas étaient de fidèles croyants mais n'avaient pas reçu le Consolament et, par conséquent, mangeaient de tout. Matina, qui avait appris auprès de sa mère à mitonner de riches ragoûts de lapin, de mouton ou de gibier, faisait de son mieux et fut très vite rassurée devant les réactions enthousiastes. C'est elle également qui améliora le confort de la petite maison qu'on leur avait attribuée. Une épaisse couche d'herbe sèche en couvrait désormais les murs de pierre jusqu'à mi-hauteur, ainsi que le sol, conservant à l'habitation une agréable chaleur, même les jours de froid intense. Elle se souciait aussi de la propreté des lieux et, sans se plaindre, se faisait un devoir de ranger après le passage des autres habitants de la maison, moins regardants qu'elle. Et elle gardait un lit prêt pour le retour de Raimond. Elle reprenait doucement goût à la vie. Une petite étincelle, éteinte depuis de nombreuses années, éclairait à nouveau son regard et son visage rayonnait, attirant les regards de quelques célibataires de la garnison. Mais la gentillesse et les attentions de José avaient déjà conquis son cœur.

Esmée était la seule à ne pas avoir trouvé sa place. Ici, on n'avait pas besoin de ses talents de couturière, les femmes se chargeant elles-mêmes de ces travaux, et personne ne ferait appel à ses qualités de brodeuse en ces lieux plutôt austères. Il y avait assez de chasseurs expérimentés parmi les défenseurs de la forteresse et on ne lui demanda pas son aide en la matière. Et tout espoir que Rixanda veuille tirer parti de ses connaissances dans le domaine des plantes médicinales était anéanti par la piètre relation qui s'était établie entre elle et la guérisseuse.

Son père devrait donc lui fournir l'argent nécessaire pour payer sa pension. Foix n'était qu'à un jour de marche toutefois elle répugnait à quitter Montségur tant que Raimond serait si faible. Alors elle se rendait utile auprès de Matina, dans la cuisine communautaire, et restait à l'affût de la moindre nouvelle concernant le jeune homme. Rixanda ne la laissait pas s'approcher de lui, mais au moins savait-elle maintenant qu'il était hors de danger.

À l'arrivée des premières neiges, Guilhèm se rendit dans l'une des grottes utilisées par les membres de la communauté pour leurs retraites spirituelles. Il comptait y rester jusqu'au printemps. Avant de partir, il effectua un voyage jusqu'à Foix, dont il ramena la nouvelle de la grossesse d'Andreva. Si Esmée se réjouissait de l'arrivée d'un enfant dans le foyer de son père, elle s'inquiétait plus encore pour leur sécurité après les événements de Labernoc.

— Ton père est persuadé qu'aucun lien ne peut être établi entre lui et Tiqué, la rassura Guilhèm.

— Ne savent-ils donc pas ce qui s'est passé ? Que Jaufré a tué Tiqué !

Guilhèm secoua la tête.

— Les gens parlent de la mort de Tiqué, bien sûr ; mais il se dit qu'elle aurait un rapport avec un hérétique, membre de sa suite. Et pour ce qui est des voisins de Philippe, ils ont vu arriver ton père pour recevoir les soins du guérisseur, puis ils l'ont vu repartir d'où il venait.

Après le départ de Guilhèm, Esmée se sentit profondément seule. À l'entrée du long hiver, son soutien lui manquait. Son père et leurs conversations animées, Andreva et ses bavardages à propos de futilités, Arnold, son rire, sa légèreté, ses poèmes et son adoration pour elle, tout cela lui manquait. Mais pardessus tout, elle souffrait de l'absence de Raimond.

24

Montségur, mars 1240

QUATRE MOIS S'ÉTAIENT ÉCOULÉS lorsque Guilhèm émergea des profondeurs de sa retraite. Le jour venait de se lever lorsqu'il emprunta le sentier de montagne. Tous ses sens étaient en éveil, réceptifs aux frémissements de l'air encore vif de ce jour naissant. Il savourait le travail des muscles de ses jambes après ces mois de quasi immobilité et il marcha d'un bon pas en longeant la petite rivière. Prenant son temps, il s'assit sur un rocher et sourit largement au simple bonheur d'être vivant. Le soleil se montrerait bientôt au-dessus de la crête toute proche et il voulait profiter un moment de l'éclat de ses rayons. Il retira ses bottes et plongea ses pieds dans l'eau glacée. Des montagnes escarpées s'élevaient des deux côtés de la vallée et l'on voyait déjà apparaître les premiers arbres en fleurs sur les pentes bien exposées. Bientôt, la floraison gagnerait la végétation en altitude, et le feuillage couvrirait peu à peu la forêt, la colorant de vert tendre.

— Quel paradis !

Soupirant d'aise, il s'installa plus confortablement.

Le soleil apparut au-dessus du relief. Surpris par l'intensité de la lumière, il ferma les yeux. Quelques jours avant de sortir de la grotte, il s'était établi dans une salle proche de l'entrée. Une crevasse dans la paroi rocheuse lui avait permis de distinguer à nouveau le jour et la nuit. Mais après un si long séjour dans la plus complète obscurité, la lumière crue de l'astre solaire était presque douloureuse. Le contraste entre le silence qu'il avait connu durant des mois et la vitalité qui se dégageait au bord de cette rivière était saisissant. Le bourdonnement des insectes, le bruissement de la végétation, le clapotis de l'eau bondissant sur les rochers et les parfums du printemps emplissaient l'air. Sa peau, habituée à la faible température et à l'humidité de la grotte, commençait à se réchauffer. En paix, attentif à chaque nouvelle sensation, il goûtait ces bonheurs simples.

Un martin-pêcheur le survola et plongea vers lui. Guilhèm se redressa et le salua.

— Cette Terre est magnifique, dit-il en s'adressant à lui. Ce doit être fabuleux de pouvoir la contempler de là-haut.

L'oiseau piqua vers le ruisseau puis s'envola, un petit poisson dans le bec.

Tandis qu'il le regardait s'éloigner, l'image de Séréna tenant leur petite fille dans ses bras lui apparut dans la lumière vive. Le visage baigné de larmes, il continua pourtant à sourire. Deux hivers s'étaient écoulés depuis le drame.

— Bien-aimée Séréna, j'ai appris de grandes choses dans cette grotte. J'étais seul la plupart du temps, mais parfois, un Ancien me rejoignait.

Il lui raconta les visites de ces hommes et de ces femmes

avec lesquelles il avait prié et qui lui avaient enseigné les grands mystères. Il rit doucement :

— Souvent je ne savais même pas si mon visiteur était réel ou non. Seul le fait de trouver de la nourriture après certains de leurs passages me suggère qu'ils l'étaient. Mais après tout, qui sait ?

Il l'imaginait lui sourire en chuchotant des mots tendres à l'oreille de leur petite fille. Séréna avait toujours aimé sa façon de communiquer avec les animaux et elle n'aurait pas été surprise qu'il puisse aussi s'adresser aux esprits.

— J'ai eu des visions extraordinaires. Quelquefois, des symboles m'apparaissaient.

Avec ses mains, il dessina les figures qu'il avait vues à maintes reprises. L'un des Anciens lui avait révélé que certaines d'entre elles étaient des symboles d'initiation utilisés par leur communauté lors du Consolament.

— Cependant nous ne te donnerons pas le Consolament selon les rites ordinaires, lui avait dit cet Ancien. La vie d'abstinence exigée de ceux qui l'ont reçu selon la tradition pourrait contrarier la tâche que tu dois accomplir dans cette vie. Néanmoins, garde à l'esprit que tu as reçu une puissante initiation et que tu as dorénavant l'obligation d'obéir aux Lois Universelles.

Lorsque Guilhèm lui avait demandé de quelle tâche il voulait parler et ce que sous-entendaient les Lois Universelles, il lui avait assuré que tout lui serait révélé en temps utile.

— En attendant, considère ton initiation comme un don sacré et les symboles qui t'ont été donnés comme des outils sacrés, que tu utiliseras pour soulager et soigner.

Guilhèm leva les yeux vers la lumière, cherchant Séréna et Bruna pour leur parler encore de ses mystérieuses expériences, mais elles étaient parties. Il soupira. La tranquillité qu'il avait connue dans la grotte avait été propice à une forme de béatitude. Le monde à l'extérieur était certes magnifique, mais il était aussi infiniment triste.

Il passa encore quelques jours près de la rivière, se réadaptant petit à petit aux sensations qu'offrait la nature environnante. Il cherchait de la nourriture, allumait un feu pour la nuit et parlait à l'oiseau qui revenait régulièrement. Séréna et Bruna lui apparurent plusieurs fois encore, tout comme Agnès, mais leur image devenait de plus en plus floue à mesure que les jours passaient.

Bientôt, il serait temps de retourner à Montségur.

25

Montségur, mars 1240

Gagné par un sentiment d'impatience, Guilhèm se rapprochait rapidement du pog. Il lui tardait de partager ce qu'il avait vécu dans la grotte avec les Anciens et avec Guilhabert. Alors qu'il levait les yeux vers l'ensemble des bâtiments suspendus entre ciel et terre, il ressentit un élan de tendresse pour Montségur et sa communauté. S'arrêtant dans le fossé à la base du pog, il s'inclina profondément.

Il avait dépassé la palissade en bois lorsqu'il remarqua une petite silhouette assise sur un promontoire rocheux. Il reconnut Esmée. Elle le regardait monter vers elle et ne bougea que lorsqu'il arriva à sa hauteur. L'étreinte qu'elle lui rendit, dénuée de tout enthousiasme, l'alarma.

— Est-ce Raimond ?

Elle acquiesça tristement.

— Oh, Esmée, je suis tellement, tellement navré.

Elle se dégagea de son étreinte et se rassit, la tête entre les mains.

— Guilhèm, il ne veut pas me parler. Ses blessures guérissent, Dieu merci, mais il ne veut toujours pas me voir.

D'une voix monocorde, elle lui expliqua que le jeune homme passait le plus clair de son temps assis près d'une fenêtre à fixer le ciel. Rixanda invitait Matina à lui tenir compagnie, mais elle, Esmée, n'y était autorisée qu'en présence d'Esclarmonde. Et une fois qu'elle était près de lui, il se retranchait dans son mutisme.

Guilhèm ferma les yeux et remercia brièvement le ciel pour la survie de Raimond. Après un moment de réflexion, il ordonna à Esmée de se lever et d'aller faire un brin de toilette. Lui-même se rendit directement à la salle de soins. Rixanda s'y trouvait en compagnie d'Esclarmonde. Ainsi que le lui avait dit Esmée, Raimond était assis au fond de la pièce et regardait fixement par une petite fenêtre. Guilhèm salua les deux femmes et s'approcha de lui. Le jeune homme tourna la tête vers lui et marmonna quelques mots inintelligibles. Son air morne était le même que celui qu'il venait de voir chez Esmée. Sa chevelure sombre avait repoussé et encadrait son visage émacié et pâle. Sa main droite était agitée de soubresauts ; les doigts semblaient avoir cicatrisé mais la peau restait très tendue. Son pied gauche reposait sur un tabouret, les orteils pointés vers le haut. Il essaya de le déplacer.

— Laisse-moi t'aider.

Guilhèm saisit une chaise et prit doucement le pied blessé sur ses genoux.

— Il faut que je continue à le remuer, sinon il risque de se recroqueviller.

Pendant que Guilhèm massait doucement le membre

mutilé, Raimond s'assoupit. Rixanda le cala avec des coussins et le couvrit. Puis elle fit signe à Guilhèm et à Esclarmonde de la suivre dans la grande salle et referma la porte derrière eux.

— Je suis inquiète à son sujet, leur confia-t-elle. Il semble qu'il n'ait pas la volonté d'agir pour son propre bien.

Elle leur décrivit ses progrès : ses doigts étaient pratiquement guéris même si, à l'avenir, ils conserveraient toujours une sensibilité accrue ; les brûlures sur son corps avaient cicatrisé et ne devaient plus causer le moindre inconfort. Cependant son pied nécessitait encore des soins et surtout du travail de sa part.

— À long terme, avec l'aide d'une canne et d'une semelle, il doit pouvoir marcher normalement. Mais s'il refuse de faire ses exercices, ses muscles fondront et compromettront ses chances.

Plusieurs options furent discutées. Guilhèm évoqua un champignon de couleur jaune qui l'avait aidé, enfant.

— Je le connais, approuva Rixanda. Il est puissant, en effet, et s'il contribue un tant soit peu à faire remonter son énergie vitale, cela vaut la peine de l'essayer.

Elle dit pouvoir en trouver dans un coin de forêt, au sud-est du pog.

Guilhèm offrit de repousser son entrevue avec les Anciens pour aller immédiatement à la recherche du précieux sésame.

— Prends Esmée avec toi, dit Esclarmonde. Sortir de Montségur lui fera le plus grand bien.

Guilhèm frémit en se remémorant la dernière fois que quelqu'un lui avait suggéré d'emmener la jeune femme dans la forêt. Refusant de se laisser envahir par ces pensées injustes, il ferma les yeux et laissa se répandre en lui la paix qu'il avait connue dans la grotte. Puis il alla chercher Esmée.

26

Montségur, mars 1240

Guilhèm et Esmée descendirent le piton rocheux et traversèrent la rivière, Lupo sur leurs pas. Ils gravirent ensuite le versant escarpé de la montagne à l'est et s'enfoncèrent dans la forêt. Ils s'arrêtèrent un peu plus haut, sur un rocher faisant face à Montségur, et profitèrent de la vue parfaite sur la forteresse. Esmée sortit quelques provisions de son petit sac. Guilhèm prit le temps de considérer le pain et le fromage qu'il tenait dans ses mains et les mangea avec lenteur, savourant chaque bouchée, goûtant la richesse de la texture, de l'odeur et du goût de chacune d'elles. Esmée le regardait avec curiosité ; il lui semblait en excellente santé pour quelqu'un qui avait passé un hiver entier dans une grotte, ne se nourrissant que frugalement.

À la fin du repas, Guilhèm se redressa et ferma les yeux. Quelques nuages dérivaient au-dessus d'eux ; l'air était immobile. Rassurée d'être près de Guilhèm, une fois de plus plongé dans une profonde méditation, Esmée se détendit et se laissa bercer par les chants des criquets, le gai pépiement des oiseaux et le souffle léger du vent dans les feuillages. Son esprit vagabondait. Elle pensa à sa mère et essaya de se la représenter. Aux dires de Philippe, son sourire avait le pouvoir d'éclairer la plus sombre des demeures et sa voix était douce et mélodieuse. Elle chantait des berceuses à Esmée avant même sa naissance. Cette dernière aimait les berceuses ; peut-être pourrait-elle en chanter à Raimond ?

Son cœur se mit à cogner dans sa poitrine et elle rougit, envahie par un familier sentiment de culpabilité.

— Ah, nous y voilà !

La voix de Guilhèm s'éleva dans le calme ambiant. Il ouvrit les yeux et se tourna vers elle.

— Dis-moi, Esmée, que me caches-tu ?

Les yeux baissés, faisant mine de jouer avec un brin d'herbe, elle prit son temps avant de répondre.

— Guilhèm, je suis responsable de ce qui est arrivé à Raimond et à Jaufré. Tiqué avait dû nous voir ensemble et il aura soumis Raimond à la question pour savoir qui j'étais. Et si je ne lui avais pas parlé de notre projet d'aller à Labernoc, Jaufré serait encore en vie.

Lentement, Esmée raconta à Guilhèm sa rencontre avec Raimond, à Foix.

— Ainsi donc, ce jour-là, tu lui as révélé nos intentions puis vous avez échangé vos pierres. – Guilhèm prit une profonde inspiration. – Esmée, Tiqué n'avait pas besoin de vous voir ensemble pour avoir des soupçons. Porter ta pierre a dû affecter le comportement de Raimond. Et Tiqué était sensible au moindre signe traduisant, pour lui, la culpabilité.

Il lui désigna un couple de corbeaux évoluant dans un courant ascendant. Elle les observa un instant prendre de l'altitude, l'un rejoignant l'autre dans un ballet harmonieux.

Puis il lui demanda de sortir sa pierre.

— Parle-moi d'elle. Raconte-moi comment tu l'as choisie, ta relation avec elle. Prends tout ton temps.

Esmée fit rouler sa pierre d'une main à l'autre, rapidement d'abord, puis de plus en plus lentement, jusqu'à ce qu'elle s'immobilise dans le creux de sa paume. Mentalement, elle retourna à ce jour où deux bons Chrétiens, un homme et une femme, étaient venus à Labernoc pour bénir un mourant. Elle allait avoir sept ans. Ava et Jaufré avaient accueilli les visiteurs chez eux pendant quelques jours, durant lesquels ils avaient échangé, prié et chanté. Le troisième jour, Ava avait demandé à la femme, nommée Rossa, si elle pouvait aider Esmée et Raimond à trouver leur pierre personnelle.

Les mains de Guilhèm dessinèrent plusieurs symboles au-dessus de la pierre d'Esmée, puis ses doigts firent quelques rapides chiquenaudes en l'air, comme s'il voulait chasser ou libérer quelque chose. Le soleil sortit de derrière un nuage et éclaira Montségur. Il demanda à Esmée de continuer. Guilhèm connaissait cette histoire, elle le savait, mais elle lui décrivit néanmoins avec force détails la journée où elle trouva sa pierre, découvrant que celle de Raimond s'ajustait parfaitement à la sienne. Rossa leur avait expliqué que leur pierre était une représentation extérieure de leur âme sur terre et qu'elle devait être respectée comme telle. Ils devaient y graver l'image de leur âme. Lorsque Esmée avait protesté devant la difficulté d'une telle entreprise, Rossa leur avait assuré qu'en grandissant, ils y parviendraient.

— Elle nous a dit qu'en faisant le geste de graver l'image sur notre pierre, nous purifiions aussi notre âme et la déchargions de tout ce qui n'était plus pertinent.

Une fois encore, les mains de Guilhèm décrivirent des symboles. Esmée était impatiente d'en arriver au jour où son père lui avait remis la perle de sa mère. Ce jour-là, elle avait trouvé l'image qui représenterait son âme sur cette terre. Cependant, obéissant aux attentes de Guilhèm, elle retourna aux explications de Rossa, près de la rivière.

— Après nous avoir bien fait comprendre la signification de la pierre, Rossa nous a dit comment en prendre soin…

Esmée ferma les yeux. Elle entendait encore la femme leur enjoindre de s'asseoir bien droit et d'écouter avec attention les quelques règles qu'ils ne devaient jamais oublier : ils ne devaient jamais enterrer leur pierre, car elle devait pouvoir respirer ; ils ne devaient à aucun prix la donner ou l'échanger, et toujours la garder en lieu sûr ; et avant de mourir, il leur faudrait la confier à un bon Chrétien ou à une personne aimée qui irait la déposer sur la terre, en un lieu précis, comme un témoignage de leur vie ici-bas.

— Rossa appelait la Terre, « Jardin de Dieu », dit Esmée. Je lui ai demandé ce qui arriverait si je perdais ma pierre. Elle a alors dessiné des symboles, comme ceux que tu viens de faire, et m'a dit qu'il était peu probable que cela arrive, mais que si tel était le cas, je recevrais de l'aide. Puis elle m'a répété que je ne devais jamais la donner à quiconque, et pour quelque raison que ce soit.

Elle resta un moment silencieuse.

— Guilhèm, crois-tu qu'elle savait ce qui allait arriver ?

Elle connaissait la réponse. Guilhèm resta dans sa posture méditative, les yeux clos. Les paroles de mise en garde de Rossa tournait dans la tête d'Esmée. Elle avait même été surprise et légèrement effrayée qu'une personne aussi douce puisse s'exprimer avec une telle sévérité. C'était pourtant ainsi que Rossa s'était adressée à elle, à cet instant-là.

Esmée laissa s'apaiser les assauts de la culpabilité avant de continuer.

— D'abord, nous nous sommes entraînés sur des modèles en bois. Un jour, tout en gravant, je relatais à Raimond notre chasse du jour et ce qui s'était passé lorsque nous avions apporté le gibier au château de Puivert. Toi, tu voulais brader la viande pour Séréna, parce que tu étais amoureux d'elle, mais je t'avais interrompu pour marchander moi-même et t'en avais obtenu un bon prix. Il avait beaucoup ri et m'avait confié qu'il adorait écouter mes histoires. À cet instant, l'idée m'a traversé l'esprit que je pourrais en garder dans ma pierre, en faire une sorte de mémoire. Je ne savais pas encore comment cela était censé refléter mon âme, mais cette image me séduisait. Je voyais ma pierre comme une perle sur laquelle j'allais pratiquer des entailles qui seraient comme des portes d'entrée pour toutes les histoires que je glanerais ici et là.

Elle marqua un petit silence.

— Et me voici arrivée au moment que je préfère entre tous, celui qui m'a révélé quel serait le symbole de mon âme en cette vie. Quelques années après ces événements, mon père, au cours d'une visite, m'a offert une perle ayant appartenu à ma mère. J'en ai été honorée et très émue. Aussitôt, mon intuition m'a poussée à placer ma pierre à côté du magnifique joyau nacré ; les ombres que l'on voyait à sa surface correspondaient exactement aux entailles que j'avais faites sur ma pierre. Devant tant de similitudes, j'ai su que j'avais trouvé la bonne représentation pour mon âme : une perle. Ma pierre serait bien une perle capable de contenir tous les récits que j'y déposerais.

Guilhèm se pencha et pria au-dessus du petit objet niché dans le creux de ses mains. Esmée ferma les yeux. Il acheva sa prière en émettant un son grave et profond qui lui sembla surnaturel. Elle ressentit une chaleur dans sa paume ouverte, à l'endroit même où reposait sa pierre. Après un long moment de silence, Guilhèm referma les mains d'Esmée sur sa pierre et les amena sur sa poitrine. Elle sentit alors la chaleur atteindre son cœur et s'y répandre.

— Questionne ton cœur. Demande-lui pour quelle raison tu as voulu échanger vos pierres.

— Je voulais forcer Raimond à quitter frère Tiqué, chuchota-t-elle après un moment.

— Demande-toi encore, Esmée. Pourquoi avez-vous échangé vos pierres ?

Esmée se concentra sur cette chaleur qui reliait sa pierre à son cœur. « Pourquoi ai-je fait cela ? » se demanda-t-elle plusieurs fois en silence. Elle sentit la chaleur remonter vers le sommet de son crâne puis le traverser pour en ressortir. Son attention se porta ensuite juste sous son cœur. Son intuition lui soufflait que l'énergie qui s'y trouvait aurait dû, elle aussi, se répandre. Mais une sorte d'obstacle l'empêchait de circuler librement. Des personnes qu'elle connaissait et aimait lui apparurent en esprit. Elle chercha Raimond parmi elles. Il se tenait à l'écart et observait le point de blocage ; puis il la regarda, elle. Derrière lui se tenait une femme dont elle sut immédiatement qu'elle était sa mère. Celle-ci s'avança et posa ses mains sur l'estomac et le cœur d'Esmée. La jeune femme se sentit aussitôt envahie pas une onde de tendresse et d'amour, et la chaleur, jusque-là contenue, s'écoula depuis son cœur vers le bas de son corps.

Des larmes s'échappèrent de ses paupières closes.

— J'avais besoin de Raimond pour me sentir complète, Guilhèm ! Mais je sais que jamais je n'aurais dû lui demander de faire cela. Ma mère m'aide…

Esmée s'abandonna à son silence intérieur jusqu'à ce qu'elle se sente prête à rouvrir les yeux. Elle sourit lorsque son regard croisa celui de Guilhèm.

Mais le visage de son ami resta grave.

— Esmée, mon amie, tu as dix-huit ans. Il est temps pour toi de grandir et de cesser de ne penser qu'à toi. Il faut que tu acceptes les choix d'autrui. Tu as été généreusement accueillie ici, dans cette communauté fermée ; aussi, passer ton temps, assise là, à te tourmenter au sujet de Raimond, en te négligeant de surcroît, est inacceptable. Rien ne t'oblige à rester à Montségur, mais si tu en décides ainsi, fais-le avec tout ton cœur, en participant pleinement à la vie communautaire. Et si tu choisis de partir, que ce soit dans les mêmes conditions. Tu n'es pas de celles qui vivent les choses à moitié.

Esmée prit un moment pour intérioriser ses paroles.

— Je veux rester à Montségur, finit-elle par dire. Au moins jusqu'à ce que Raimond aille mieux. Je ferai un effort, Guilhèm.

— Et je t'y aiderai, répondit-il affectueusement. Maintenant, allons trouver ce champignon.

Ils le trouvèrent au bout de deux jours. À leur retour à Montségur, Rixanda regarda Esmée avec attention.

— Quelque chose en elle a changé, remarqua-t-elle après son départ.

— C'est une jeune femme merveilleuse, vraiment, lui assura Guilhèm.

Raimond réagit bien au nouveau traitement et, bientôt, il accepta de s'aventurer à l'extérieur, s'asseyant dans l'air printanier où il pouvait découvrir l'activité de la petite société.

Rixanda surveillait Esmée du coin de l'œil sans jamais lui dire un mot. Un jour, pourtant, elle l'invita à accepter un soin pour soulager les tensions qu'elle décelait dans le corps de la jeune femme. Y voyant plus un ordre qu'une main tendue, Esmée y consentit humblement. À la troisième séance, elle sentit effectivement un poids se détacher d'elle.

— Ne pose pas de questions, accepte simplement ce que tu ressens, dit Rixanda lorsque Esmée lui demanda des explications. Ta mère est là, tout autour de toi. Ces soins t'aideront à profiter pleinement de l'amour dont elle t'entoure.

27

Montségur, avril à mai 1240

Esmée s'épanouissait de jour en jour, et plus encore depuis que Rixanda lui avait confié la récolte des plantes médicinales saisonnières dans la forêt. Raimond, en revanche, ne tentait toujours pas d'établir le contact avec les gens qui le saluaient et l'encourageaient en passant près de lui. Matina et José s'étaient mariés pendant l'hiver et un heureux événement était annoncé. Au cours d'une chaude soirée printanière, Matina et Esclarmonde admiraient le coucher du soleil, assises près de Raimond. Aussi nerveuse qu'enthousiaste, la future mère, une main sur son ventre, parlait avec animation de la naissance à venir. À côté d'elles, Raimond était affalé dans un siège, l'esprit ailleurs.

Patto s'approcha d'eux en flânant, suivi de peu par Alayda et Julian. Le chien posa sa tête sur les genoux de Raimond, réclamant son attention en lui donnant de petits coups de tête. Apathique, le jeune homme le caressa négligemment.

— Désolé, Patto, je n'ai rien pour toi.

Alayda mit sa main dans la poche de Julian, en sortit un morceau de pain et le lui tendit.

— Tiens, donne-lui ça.

Patto s'assit, la langue pendante. Raimond rompit le pain en petits morceaux et les donna au chien qui les mangea goulûment, en laissant tomber une bonne partie. Raimond sourit.

— Quel gâchis, Patto !

— Il est si vieux qu'il ne mange plus grand-chose. Julian et moi travaillons un peu plus pour lui procurer du pain et d'autres friandises dont il raffole, expliqua Alayda. Dis-moi, Raimond, quand vas-tu essayer de marcher correctement ? Tu ne quittes pratiquement pas l'enceinte du château et nous avons tant de choses à te montrer.

Raimond, les yeux noyés dans la contemplation de l'horizon, ne répondit pas. Son pied le faisait encore souffrir lorsqu'il se mettait debout mais ses muscles s'étaient raffermis. Rixanda tolérait qu'il reste dans la petite chambre attenante à la salle de soins seulement parce qu'elle n'avait pas d'autres patients. Il savait que tôt ou tard il devrait quitter ce sanctuaire. Peut-être alors quitterait-il aussi Montségur ; il se sentait étranger à ce lieu.

— Ton pied ne va pas si mal. – Alayda insistait et semblait perdre patience. – Il faut que tu essaies. L'état de père était pire que le tien quand il a parcouru à pied la distance de Labernoc à Foix et le retour.

Le vent rabattait les cheveux de Raimond sur son visage sans qu'il réagisse. Il avait beaucoup pensé à ses parents dernièrement. Il savait à présent ce qu'ils avaient enduré avec Tiqué, et il ne parvenait pas à sortir de son esprit ces images terribles. Il aurait aimé avoir la chance de parler avec son père, d'en savoir plus sur lui, son enfance, ses travaux de traduction ; lui demander pourquoi il avait pris si peu de précautions alors qu'il connaissait la menace qui pesait sur eux. Et par-dessus tout, il voulait implorer son pardon. Sa mort, il la lui devait à lui, Raimond. S'il n'avait pas parlé sous la torture, Tiqué n'aurait jamais su que Jaufré avait survécu au bûcher. Pourquoi, ce jour-là, avait-il commis l'imprudence d'engager la conversation avec Esmée ? Il aurait dû refuser. Elle ne pouvait pas savoir à quel point il était dangereux de faire des confidences à quiconque évoluait autour de l'inquisiteur. Raimond pressa sur ses yeux les doigts de sa main valide.

— Raimond ?

Matina toucha doucement son genou.

Raimond repoussa les cheveux de son visage et leva les yeux. Alayda et Julian étaient partis.

— Tu t'étais encore endormi. As-tu mal ?

Il secoua la tête.

— Tu peux me parler, tu sais. Je suis ta grande sœur et je veillais déjà sur toi quand tu étais petit. Et si tu ne veux pas te confier à moi, peut-être aimerais-tu parler à quelqu'un d'autre, Esmée ou Guilhèm ?

Raimond se détourna. « Parler ? Non, je ne peux pas. Pas à toi, ma chère Matina, pensa-t-il. Tu ne souhaiterais pas que mon histoire fasse partie de la famille que tu es en train de construire avec José. Et pas à Alayda, parce qu'elle voudra sans doute me tuer après m'avoir entendu. Guilhèm m'écouterait, bien sûr, mais comment aborder la question ? Je n'ai pas la volubilité d'Esmée. Et Esmée, mon Esmée. Comme j'aimerais te parler, à toi. Je sais que tu pourrais entendre la vérité sans me condamner. Mais je t'ai causé assez de souffrances, et apprendre la vérité sur ce qui m'est arrivé ne fera qu'en rajouter. »

Il gémit et se renfonça dans son siège. Matina et Esclarmonde s'efforcèrent de le réconforter, mais il resta sourd à leurs tentatives.

♦ ♦ ♦ ♦ ♦

Deux jours plus tard, Alayda fit irruption dans la salle de soins et tendit une béquille à Raimond. Après quelques hésitations, vaincu par son insistance, il se leva avec son aide et laissa Julian placer la traverse rembourrée sous son aisselle. La poignée dans la partie médiane se trouvait exactement à la bonne hauteur pour une prise en main confortable. Il s'appuya sur son pied droit et, lentement, il se mit en mouvement. Alayda accompagnait chacun de ses gestes d'une foule de conseils, tandis que Julian restait à ses côtés, prêt à le rattraper s'il venait à perdre l'équilibre.

— Maintenant, essayons sur un sol inégal, dit Alayda.

Guilhabert de Castres apparut à la porte du château, au-dessus d'eux. Malgré sa santé fragile, il aimait s'aventurer hors de la forteresse pour admirer le paysage grandiose. En cet instant, une main sur le cœur, il suivait attentivement les efforts de Raimond. Sous ses yeux, le jeune homme lutta d'abord âprement pour garder l'équilibre puis, petit à petit, gagna en confiance.

Rixanda était ravie.

— Tu as le soutien sincère de toute la communauté, Raimond, l'encouragea-t-elle lorsqu'elle l'équipa d'une nouvelle botte garnie de laine et qu'elle lui donna son programme d'exercices. Accepte-le.

Après des débuts lents et pénibles, Raimond se surprit à apprécier le sentiment d'accomplissement qu'il éprouvait tandis qu'il parcourait la forteresse et ses environs immédiats. Dans la cour basse du château, il allait voir les commerçants et les artisans qui s'affairaient. Puis il montait les marches jusqu'aux quartiers des soldats, situés dans la cour supérieure. De là, il sortait du côté nord du château et empruntait les étroits passages et les escaliers qui séparaient les maisons.

De plus en plus adroit et sûr de lui, il se risqua sur le petit sentier rocailleux descendant jusqu'aux plateformes d'approvisionnement, situées au sommet d'une haute falaise, au nord-est du pog. Il y trouva un endroit où se reposer, appuyé contre un rocher ; là, il observait les hommes affairés à hisser du bois et d'autres lourdes marchandises. Les deux plateformes étaient équipées d'engins de levage fixés sur la paroi calcaire, au bord de la falaise à pic. À cette époque de l'année, on remontait quantité de jarres remplies d'eau, posées dans un panier de corde tressée et fermées par un couvercle en cuir lourd. Alayda et Julian faisaient partie des porteurs qui allaient et venaient, déplaçant les lourdes charges entre le bord de la falaise et la citerne ou le dépôt proche du château.

À l'approche de l'été, l'état général de Raimond s'était considérablement amélioré et il avait retrouvé un poids satisfaisant pour un jeune homme de son âge. La cicatrice sur son visage était nettement moins proéminente ; son hâle et la masse de ses cheveux noirs et bouclés achevaient de la faire oublier. Il finit par emménager dans le dortoir des hommes. Malgré l'insistance de Rixanda, il avait refusé de s'installer avec sa famille, prétendant qu'il l'avait quittée depuis longtemps et qu'il n'y avait plus vraiment sa place.

Sur les recommandations de Luisana, il assistait aux séances de prières quotidiennes dans la grande salle du château. Il se levait avant l'aube pour la prière du matin, puis participait encore à la longue session de la mi-journée, après le repas. Le programme était exigeant mais il s'y pliait de bonne grâce ; la vie monastique qu'il avait menée auprès de Tiqué l'y avait préparé. Il attendait même avec impatience le réconfort que lui procuraient ces longs moments de silence car, contrairement aux moines récitant leurs prières à haute voix, les bons Chrétiens de Montségur passaient le plus clair de leur temps plongés dans de profondes méditations. Lorsqu'il se trouvait en leur compagnie, ses idées noires et les images terrifiantes qui le hantaient se dissipaient.

Seule l'heure des repas l'incommodait. Raimond aspirait à les prendre avec les bons hommes et les bonnes femmes car ils observaient également le silence en mangeant. Cependant, leur régime étant strictement dépourvu de toute alimentation carnée, Rixanda lui avait enjoint de se restaurer dans la salle commune, au moins le temps que durerait sa convalescence. C'est donc à contrecœur qu'il y retrouvait les vieilles veuves, restant à l'écart à une extrémité de la table et se contentant de répondre poliment aux questions qu'on lui posait. Tous respectaient d'ailleurs ce besoin d'isolement. Il ignorait même Esmée, qui continuait à aider Matina en assurant le service au réfectoire.

Son idée de quitter Montségur faisait son chemin à mesure qu'il reprenait des forces. Il envisageait de se rendre dans l'une ou l'autre des grandes villes de la région dès qu'il serait remis. Son intention, qu'il gardait pour lui, était de changer d'identité, puis de gagner sa vie en se fondant dans la population, dusse-t-il pour cela outrepasser certaines règles. Les commerçants étaient devenus puissants dans les cités et il trouverait facilement un emploi auprès de l'un d'eux, qui saurait apprécier son instruction et ses compétences linguistiques. Guilhèm avait réussi à s'établir rapidement à Carcassonne ; il lui demanderait de l'aider à s'installer à Toulouse ou peut-être même plus au nord.

♦ ♦ ♦ ♦ ♦

Esmée avait fini par trouver des motifs de satisfaction dans son travail au réfectoire. Désormais, elle y préparait aussi les repas, lorsque Matina, fatiguée par sa grossesse, prenait du repos. Les habitués, deux hommes et seize femmes, appréciaient la pétillante jeune femme. Moins douée pour la cuisine que sa sœur d'adoption, elle n'en était pas moins organisée et efficace, et tous adoraient l'entendre relater ses parties de chasse hautes en couleurs avec Guilhèm, ou encore répondre à ses innombrables questions sur leur propre vie. Esmée attendait même avec impatience le moment des repas pour les retrouver. Ils avaient tous, pour diverses raisons, trouvé refuge à Montségur. Parmi eux, Bertrana avait sa préférence. C'était une femme d'une soixantaine d'années à la voix mélodieuse, toute menue, et qui riait à gorge déployée. Ne pouvant manger qu'en petites quantités, elle se contentait d'un bol de tisane de menthe et d'un repas à base de noix et de graines que lui écrasaient Matina et Esmée, suivant les instructions de Rixanda.

Un jour, après qu'Esmée eut posé tous les plats sur la table, Bertrana lui demanda de s'asseoir à côté d'elle.

— Tu ne peux pas vraiment entendre nos histoires si tu ne cesses de courir partout.

— Et pourquoi voudrais-tu ennuyer cette jeune femme avec nos histoires ? demanda l'un des deux hommes.

— Simplement parce que nous avons des choses à dire, et qu'Esmée est sincèrement intéressée.

— Tu es un moulin à paroles, Bertrana, répliqua l'homme. Tu parles, tu parles, tu parles, alors que nous essayons de manger…

— Tu devrais attendre la fin du repas, et puis tu nous raconterais tes histoires pour nous endormir ! renchérit l'autre homme en riant.

— Vous les hommes devriez vous réjouir de notre charmante compagnie ! taquina l'une des femmes.

Les plaisanteries continuèrent à fuser pendant un moment de part et d'autre de la table. Assise près de Bertrana, Esmée s'était servi une part de ragoût de lapin. Du coin de l'œil, elle pouvait voir Raimond qui l'observait. Discrètement, elle sortit sa pierre de sa pochette et, tout en mangeant, la tint serrée dans sa main libre.

— Allons, à présent, silence vous tous. Qu'allons-nous confier à Esmée aujourd'hui ? demanda Bertrana. Peut-être quelque chose à propos de ce seigneur français, Simon de Montfort. Tu as dû entendre parler de lui.

— Nous avons tous quelque chose à dire sur cette brute, dit une autre femme.

— Esmée sait-elle que ce sont les femmes de Toulouse qui l'ont tué ? demanda une femme corpulente, nommée Pétrona.

— Voilà une bonne histoire ! décida Bertrana.

Esmée ouvrit la main qui tenait la pierre. Bertrana vit son geste et l'approuva d'un sourire, puis elle se tourna vers Pétrona, qui avait commencé son récit.

— C'était il y a vingt-deux ans, mais je m'en souviens très bien. – Pétrona s'exprimait avec douceur. – Il nous avait déjà attaqués deux fois par le passé, et avait réussi une fois à entrer dans la ville. Il avait infligé tant de pertes à Toulouse et dans les villes et les villages environnants... Nous étions épuisés.

Avec l'aide de quelques autres personnes qui avaient vécu près de Toulouse, Pétrona décrivit le long siège qui débuta cet hiver-là et qui se poursuivit jusqu'en été. Toute la population, y compris les femmes et les enfants, défendait la ville, chacun selon ses moyens. Au printemps, on avait construit une bricole, sorte de machine de jet destinée à propulser des pierres sur les assiégeants.

— Durant l'été, lors d'un assaut, un groupe de femmes maniait la bricole. Elles ont localisé Montfort au milieu de ses hommes et l'ont pris pour cible, projetant sur lui de nombreuses pierres, jusqu'à ce que l'une d'elles l'atteigne et le tue. Je n'étais pas parmi elles, mais toute la ville a eu connaissance de l'événement. Très peu de temps après, les Français ont levé le siège.

— La croisade ne s'est pas terminée pour autant, dit Bertrana. Elle a duré encore quelques années, mais, sans Montfort, elle avait perdu de sa cruauté. Et lorsqu'elle a pris fin, l'Église de Rome a usé d'une toute autre tactique.

— L'Inquisition, murmura quelqu'un.

D'autres récits, souvenirs et commentaires suivirent. Esmée les accueillit tous dans sa pierre ; elle ressentait la colère et la tristesse dont ils étaient chargés, toutefois elle appréciait l'abondance de détails qu'ils fournissaient. Un peu plus tard, alors qu'elle quittait le réfectoire en rangeant sa pierre dans sa pochette, tout contre elle, elle faillit se heurter à Raimond qui l'attendait dehors.

— Il faut que tu arrêtes cela, Esmée.

— Raimond !

Elle lui sourit, surprise : c'était la première fois qu'il s'adressait directement à elle depuis bien longtemps. Sans lui retourner son sourire, il répéta ses paroles.

— Arrêter quoi ?

— À quoi penses-tu ? Cesse d'encourager les gens à tenir de tels propos !

— Mais ils savent que je m'intéresse à eux, et ils ne me parleraient pas de cette manière si cela les ennuyait ! Tu sais cela aussi bien que moi.

Elle était déconcertée par la colère qu'elle percevait dans sa voix.

— Les gens ne devraient pas parler de tout cela. Imagine que quelqu'un les entende ou que quelqu'un découvre tout ce que tu sais.

— Tout ce que j'ai entendu, je l'ai mis dans ma pierre. Tout y est caché. Je suis incapable de me souvenir de tous les détails si je ne vais pas les puiser dans ma pierre. Et je ne le fais jamais, à moins d'être en lieu sûr.

— Il est impossible de dissimuler tout ce que tu as appris

dans quelques gravures sur une pierre ! Ils te forceront à parler. Et tu finiras par tous les trahir.

Sur ces paroles, Raimond lui tourna le dos et boitilla en direction de la salle de prières. L'enthousiasme d'Esmée avait volé en éclats. Découragée et abattue, elle s'appuya à un muret et ferma les yeux. Des larmes glissèrent sur ses joues. Il ne lui pardonnerait donc jamais.

— Oh !

Quelqu'un s'exclama à côté d'elle et elle ouvrit les yeux. Frère Thomas, un bon homme, venait de trébucher. Elle se précipita et lui offrit son bras pour le soutenir.

— Merci, très chère, mes vieux os ne sont plus aussi fiables qu'avant !

Elle l'accompagna jusqu'à la salle de prières.

— Peut-être voudrais-tu t'asseoir près de moi pendant la prière de l'après-midi ?

De sa manche, Esmée essuya rapidement son visage.

— Merci, frère Thomas, mais je préfère marcher un peu.

— Quelle bonne idée. Dans quelques minutes, au cours de ma méditation, je serai à tes côtés en train de marcher dans la nature, moi aussi.

Ses yeux exprimaient une profonde tendresse. Il prit ses mains dans les siennes et, s'inclinant, y posa le front.

— Ton cœur est rempli d'un amour immense, ma petite, et tous ici nous éprouvons un immense amour pour toi. Garde la foi.

Tristement, Esmée haussa légèrement les épaules et prit la direction d'un escarpement rocheux, où elle s'installa pour réfléchir.

28

Montségur, juin 1240

PLUS TARD, CETTE NUIT-LÀ, Raimond se tournait et se retournait sur sa couchette. Il détestait contrarier Esmée. Ses pensées revenaient sans cesse sur ce que les veuves lui avaient raconté et sur le nombre de personnes susceptibles de savoir qu'elle recueillait tous ces témoignages. Certes, Tiqué était mort, mais tant d'autres poursuivaient son œuvre. Si un jour l'un d'entre eux devait découvrir son existence et la quantité d'informations qu'elle détenait, il saurait en extraire les moindres détails. Abandonnant tout espoir de trouver le sommeil, il se leva discrètement, ramassa un tapis et enroula sa couverture en laine autour de ses épaules. Dehors, la lune brillait, lumineuse. Lentement, il s'engagea sur le chemin qui menait au rocher, près de la plateforme à provisions. La nuit sans nuages était fraîche et il posa le tapis au sol avant de s'y asseoir et d'envelopper ses jambes dans la couverture. Les pleurs d'un nourrisson parvinrent jusqu'à lui, portés par la nuit. Puis le silence retomba.

De sa main gauche, il sortit sa pierre et l'étudia à la clarté de la lune. Elle était lisse et fine et sa forme régulière rappelait celle d'un diamant, exception faite d'un bord, plus long et légèrement dentelé. Peu de temps après l'avoir trouvée, il avait choisi cette image du diamant pour représenter son âme. Il avait d'ailleurs commencé à en graver un sur l'une des faces de la pierre, mais n'en avait tracé que les deux premiers traits lorsque Tiqué avait surgi à Labernoc et arrêté ses parents. Depuis, son ouvrage était resté inachevé.

Raimond prit sa pierre dans la paume de sa main droite et remit les deux mains sous la couverture, laissant le bout de ses doigts meurtris en contact avec l'objet. Malgré son manque de sensations, il pouvait percevoir les fines stries qui y étaient pratiquées.

— Mon Dieu, je fais de mon mieux, mais je ne suis pas digne de toi, murmura-t-il, laissant retomber la pierre sur ses genoux. – Il leva les yeux au ciel. – Je ne suis pas digne de mes parents, de mes sœurs, d'Esmée.

De plus en plus agité, il passa ses ongles sur la cicatrice qui courait sur son visage.

— Pourquoi n'ai-je pas eu le courage de fuir ? Qu'est-ce qui me retenait ? Aimais-je tant leur monde pour vouloir y rester ? La prière et la connaissance. C'était ce qu'ils aimaient et m'offraient. Prier et apprendre…

Il secoua la tête. L'image souriante d'Esmée flotta devant lui. Il la repoussa et s'assombrit encore un peu plus.

— Tu ne sais pas qui je suis. Garde de moi le souvenir de celui que j'étais. Celui qui t'aimera pour l'éternité et qui ne te ferait jamais aucun mal.

Le cri d'un oiseau déchira la nuit. Raimond se souvint tout à coup d'un cardinal de Rome, qui avait coutume de louer son travail de calligraphie avec des « *bella !* » répétés.

— *Bella !* mima-t-il à haute voix. Mon art n'a finalement servi qu'à décrire les cruels sévices infligés à tous ces pauvres gens. *Bella*...

— Les oiseaux sont bavards, cette nuit, dit une voix masculine derrière lui.

Surpris, Raimond se retourna.

— Oh, Monseigneur, je ne vous avais pas entendu arriver ! Je vous demande pardon, bégaya-il, essayant péniblement de se lever.

Il s'appuya lourdement sur son pied blessé et grimaça de douleur.

L'évêque Guilhabert de Castres lui sourit avec douceur.

— Cher Raimond, je suis un homme, comme toi. Je t'en prie, appelle-moi Guilhabert. Puis-je te tenir compagnie ?

S'appuyant cette fois sur son pied valide, Raimond fit glisser le tapis afin d'offrir une assise confortable au vieil homme. Guilhabert, s'aidant de son bâton, prit lentement place sur une moitié de l'épaisse étoffe et invita son compagnon à s'asseoir sur l'autre. Puis il arrangea la couverture que ce dernier lui tendait sur leurs genoux à tous deux.

— Je suis un vieil homme frileux, soit, mais il n'y a pas de raison pour que tu grelottes à côté de moi.

— Est-ce suffisamment confortable pour vous, Évêque Guilhabert ?

Guilhabert de Castres cala son dos dans un creux naturel de la roche.

— M'asseoir ainsi sous les étoiles est une chance qui m'est rarement offerte, désormais. La beauté de ce lieu fait oublier toute sensation d'inconfort.

L'évêque resta silencieux. Il respirait laborieusement et Raimond craignit que la fraîcheur de la nuit ne le rende malade. Mais le vieil homme avait fermé les yeux et ne se plaignait pas ; déjà, sa respiration devenait plus lente et régulière. Tiqué n'aurait jamais toléré un tel manque de confort.

Profitant de l'inattention de l'évêque, Raimond se mit à tâtonner le sol autour de lui à la recherche de sa pierre, tombée lorsqu'il s'était levé.

— Quelle belle nuit, dit Guilhabert après un moment. Observe les effets du rayonnement de la lune sur les rochers.

Aussi discrètement que possible, Raimond poursuivait fébrilement ses explorations.

— Que se passe-t-il ?

— Oh, rien du tout ! répondit précipitamment le jeune homme en s'adossant à nouveau contre le rocher.

— Non, ne dis pas cela. Tu as perdu quelque chose. Il y a assez de lumière, cherchons-le ensemble.

L'évêque se pencha et entreprit d'inspecter le sol à son tour.

— Serait-ce ceci ? demanda-t-il, brandissant la pierre avec son bord dentelé, tout en effleurant de ses doigts fins les minces gravures.

Raimond la lui prit, débordant de gratitude.

— Qu'y as-tu gravé jusqu'ici ?

— Pas grand-chose ; quelques traits qui devaient représenter un diamant une fois le travail achevé. Mais je ne l'ai jamais terminé.

— Tu le finiras, Raimond. L'image du diamant te correspond parfaitement ; tu es un magnifique joyau.

— Non, je ne le suis plus ! – Réalisant qu'il avait haussé le ton, il se reprit vivement. – Oh, Monseigneur, je vous demande pardon !

— Ne t'excuse pas pour avoir laissé parler ton cœur.

Un silence s'ensuivit.

— Parle-moi un peu de Rome. J'imagine qu'on doit y admirer de très beaux édifices.

— On y voit en effet de très beaux bâtiments, mais rien de beau ne s'y déroule, dit Raimond.

Il avait beaucoup pensé à son séjour à Rome, mais n'en avait jamais parlé. Dans quelle mesure pouvait-il se confier à l'évêque ? Il lui jeta un coup d'œil ; Guilhabert était plongé dans la contemplation du paysage à leurs pieds.

— J'aimerais que tu me livres quelques-unes de tes réflexions au sujet de Rome. Je présume que tu y as beaucoup appris.

Ainsi encouragé, Raimond lui décrivit la ville et ses richesses, la vie opulente, la finesse des mets et des vins, les odeurs délicates, mais aussi l'absence des plus démunis autour des belles demeures. Il parla de ses rencontres avec des notables et des prélats de haut rang.

— En tant que clerc, il était de mon devoir d'accompagner Tiqué. Les hommes d'Église sont très affables les uns envers les autres et brillent par leur intelligence ; ils sont aussi ambitieux et déterminés. Mais c'est ce qu'ils font de leur pouvoir qui est effrayant. – Raimond parlait très vite. – Leur véritable but est de contrôler les gens. J'ai vu ce qu'ils étaient capables d'infliger aux hommes aussi bien qu'aux femmes. Ils prétendent enseigner les paroles de Jésus, mais leurs méthodes ne sont que terreur et torture. Et ils se comportent comme si... comme si cette violence était légitime et nécessaire, même, pour le bien de tous.

— Et toi, Raimond ? Quel était ton rôle dans tout cela ?

Raimond prit une profonde inspiration avant de répondre calmement :

— Je prenais des notes et j'établissais des procès-verbaux. Frère Tiqué voulait élaborer pour l'inquisiteur un manuel décrivant les procédures et la marche des interrogatoires. Il était très satisfait du succès de son travail, du nombre de personnes qu'il passait à la question, et il rassemblait des informations sur tous les aspects de ces interrogatoires. Je l'aidais à présenter les résultats et à les ordonner. Il disait qu'il appréciait la qualité de mon travail et mon écriture ; elle devait rendre le contenu plus acceptable, moins insupportable, je suppose.

— Que penses-tu maintenant de cet homme, Tiqué ?

— J'essaie de ne pas le haïr pour tout ce qu'il a infligé à ma famille et à tous ces gens qu'il a fait souffrir. En ce qui me concerne, je ne le hais pas pour ce qu'il m'a fait. J'étais devenu l'un d'eux et je le méritais. Peut-être un jour a-t-il été comme moi…

Sa voix se brisa.

— Laisse-moi revoir ta pierre. Ah, voilà les lignes qui deviendront un diamant. J'aimerais te montrer quelque chose. Il faut que tu fermes les yeux, puis je toucherai ton front. Me le permets-tu ?

Raimond hocha la tête et obtempéra. Puis il sentit le pouce de Guilhabert sur sa peau. L'évêque lui fit décrire un rapide mouvement vers le haut avant de le retirer.

— À mon signal tu ouvriras les yeux et tu me diras ce que tu vois.

Les paupières closes, Raimond prit conscience d'un léger picotement à l'endroit qui venait d'être ainsi touché. Il leva la tête.

— Maintenant, ouvre les yeux.

La première chose qu'il vit fut une étoile plus brillante que les autres au firmament.

— Un diamant…, dit-il dans un souffle.

— C'est un diamant, oui. Tout comme toi. Il est en toi, Raimond, et avec le temps, tu découvriras cela et tu finiras de graver ta pierre.

Raimond s'imagina que la lueur de l'étoile pénétrait son front, à l'endroit précis où Guilhabert l'avait effleuré, puis qu'elle se répandait ensuite dans tout son corps. Il ferma les yeux et se sentit en paix pour la première fois depuis une éternité.

L'évêque rompit le silence.

— Je crois que je ferais mieux de retourner au lit, à présent. Aide-moi à me relever, Raimond, s'il te plaît.

Raimond s'empressa de raccompagner le vieil homme au château. Lorsqu'il le laissa à l'entrée de sa demeure, il se retourna dans la direction de la plateforme et nota les allées étroites et les marches abruptes que Guilhabert avait affrontées pour venir le rejoindre. Il éprouva pour lui une profonde gratitude et une admiration sans bornes.

L'évêque Guilhabert de Castres s'éteignit deux jours plus tard. Accablé, Raimond ne put s'empêcher de se considérer en partie responsable de sa mort. Le lendemain, il assista à la cérémonie de deuil, puis il se replia sur lui-même et se mura dans le silence. Durant une semaine, il passa le plus clair de son temps dans la salle de prières et Rixanda dut faire preuve de la plus grande fermeté pour qu'il consente à aller prendre quelque nourriture au réfectoire.

Luisana demanda à lui parler. Le cœur lourd, Raimond se dirigea vers la salle spacieuse et aérée située dans la demeure principale, où se tenaient habituellement les rassemblements et les cérémonies les plus importants. Il y trouva Luisana assise, très droite, sur une chaise recouverte d'une épaisse couverture de laine blanche. Elle sourit à son entrée et lui indiqua un siège à côté d'elle. Raimond avait une conscience aiguë de son apparence négligée, mais si Luisana la remarqua, elle n'en laissa rien paraître.

— Raimond, avant de mourir, Guilhabert m'a demandé de m'occuper sans plus attendre de ta guérison, ta guérison complète, dit-elle. Et j'ai accepté. Nous avons suivi tes progrès physiques plus que satisfaisants, mais ton esprit reste très troublé. Nous voulions attendre que tu sois suffisamment fort pour travailler sur cet aspect de ton être et j'ai prié avec les Anciens afin d'être guidée sur la voie à suivre. Ils sont convenus avec moi que le moment était venu. Te sens-tu prêt à commencer ?

Raimond hocha poliment la tête.

— Raimond, il ne s'agit pas de te soumettre à un ordre. C'est une question, et je la pose à un homme responsable. Le choix t'appartient. Je sais toutefois que Guilhabert t'a parlé avant de mourir. Depuis plusieurs mois déjà, il avait à cœur de t'aider, mais il ne voulait pas te bousculer. Et lorsqu'il a compris que ses jours étaient comptés, il a délibérément provoqué votre rencontre.

Raimond leva vers Luisana des yeux brillants de larmes.

— Cette nuit-là, l'évêque Guilhabert est descendu jusqu'à moi, sur cette plateforme si difficile d'accès pour lui. Je pensais que l'effort qu'il avait consenti pour moi, ainsi que le froid de cette nuit-là, l'avaient tué.

— Mon Dieu, non, cher Raimond ! Guilhabert était un homme libre de ses choix. Il était déterminé à t'aider, et il savait comment trouver assez de force pour accomplir ce qu'il avait décidé de faire.

— Me parler… – Raimond fixa un moment le sol. – Luisana, beaucoup de gens m'ont offert leur aide et ils ont été très patients avec moi. J'ai une dette envers eux. Je suivrai vos précieux conseils et ferai ce que vous me suggérez.

29

Montferrier juin 1240

Esmée quitta Montségur le lendemain des funérailles de Guilhabert. Elle n'avait vu Raimond que brièvement et ne lui avait pas parlé depuis qu'il l'avait rabrouée. Elle essayait, tant bien que mal, de reconquérir son équilibre intérieur, comme Guilhèm le lui avait recommandé lors de leur sortie à la recherche du champignon.

Elle l'avait informé de sa décision.

— Je veux m'éloigner pendant quelques jours. Je ne sais pas encore où j'irai, mais j'ai besoin de réfléchir.

— C'est une bonne idée, Esmée. Mais n'oublie pas d'en faire part à Luisana. Dans un souci de sécurité, elle doit avoir connaissance de toutes nos allées et venues.

Et c'est avec la bénédiction de Luisana qu'Esmée quitta la montagne. Après deux heures de marche, elle choisit de s'arrêter au bord d'une rivière, près du village de Montferrier. Elle s'assit et se mit à écouter le clapotis de l'eau et à observer le ballet des abeilles autour des arbres en fleur. Deux corbeaux qu'elle savait nicher près de Montségur la survolèrent et elle se demanda quelle distance ils pouvaient bien parcourir en une journée. Elle finit par se détendre un peu, mais ne put s'empêcher de penser à Raimond et à la façon dont il l'avait interpellée. En huit mois passés si près l'un de l'autre dans cet endroit isolé et exigu, c'était la seule fois qu'il s'était adressé directement à elle. Elle pouvait comprendre qu'il soit en colère, mais elle avait désespérément besoin de lui parler, et surtout de lui demander pardon. Et elle ne savait plus comment s'y prendre. Elle ne pouvait pas le contraindre à la discussion, pourtant son pardon lui était vital. Elle sortit sa pierre et, utilisant un clou qu'elle gardait dans son baluchon, elle se mit à en griffer la surface pour en accentuer les entailles.

Dans l'après-midi, elle ouvrit le volumineux paquet contenant la nourriture que Matina lui avait préparée. Elle y trouva des noix, des graines, du pain, des tranches de mouton, du lapin séché, deux œufs, deux morceaux de fromage et deux petites tourtes. Esmée sourit avec satisfaction ; il y avait là assez de vivres pour une douzaine de jours. Tout en mangeant, elle suivait des yeux les évolutions des deux corbeaux, très haut au-dessus d'elle. À la tombée de la nuit, elle rassembla des graminées et des branches fines et se confectionna un couchage confortable au pied d'un grand arbre.

Les jours suivants, ensoleillés et chauds, lui permirent de rester près de la rivière. Elle passait le plus clair de son temps assise, sa pierre dans la main, à regarder la nature s'agiter autour d'elle. Elle se remémorait le temps où, petite, les bons Chrétiens de passage à Labernoc l'encourageaient à demeurer ainsi, immobile et silencieuse, afin de laisser la nature lui parler. Peu à peu, à force de s'absorber dans les mouvements de la rivière et de la vie sauvage, son esprit s'apaisa et elle fut bientôt capable de passer des heures à n'être présente qu'à ce qui se passait devant elle.

La cinquième nuit, plongée dans un profond sommeil, elle fit un rêve pénétrant. Elle se voyait vieille, en compagnie d'une femme d'âge moyen et d'une enfant. Elles étaient toutes trois assises près d'un feu et semblaient former une famille. La vieille Esmée sortait sa pierre de sa pochette et la montrait à la femme et à l'enfant. Dans sa main, la pierre devenait de plus en plus grosse et des images s'échappaient par les entailles, s'élevant, comme emportées sur des volutes de fumée. Esmée voyait des visages mais ne parvenait pas à les identifier ; certains personnages riaient, d'autres pleuraient, certains encore parlaient ou chantaient, ou berçaient un enfant. Elle voyait différents lieux, de grands édifices en pierre et des petites chaumières, des villes et des forêts. Les images flottaient autour de la pièce, jusqu'à ce que la vieille Esmée leur demande de retourner d'où elles étaient venues. L'enfant pointait son doigt vers la pierre et semblait poser une question. À la demande de la vieille dame, un visage sortit alors de la pierre ; c'était Raimond, et il lui souriait.

Esmée se réveilla avec un sentiment de plénitude. Elle tendit la main vers sa pierre et la porta à son cœur. Encore dans un demi-sommeil, elle retourna dans son rêve, essayant d'en rassembler les séquences pour former un ensemble cohérent.

« Je faisais sortir les histoires de ma pierre et elles y retournaient à ma demande. »

Entièrement réveillée, Esmée s'assit et examina attentivement l'objet. Se pouvait-il que son rêve soit une réalité ? Avait-elle vraiment cette faculté ? Sans attendre, elle leva la pierre et appela la tragédie des jeunes garçons aux cheveux roux. Alors les images de Tiqué sur son cheval dominant les trois enfants terrifiés, des mères essayant de les libérer, de del Gurbe frappant les femmes, puis de Barca abattant son épée sur les garçonnets, toutes ces images lui revinrent en mémoire, comme si la scène venait de se dérouler. Elle renvoya les images dans sa pierre et se vida l'esprit en s'abîmant dans la contemplation d'une libellule aux teintes vives. Puis elle demanda une autre histoire, celle de sa mère, selon les évocations de Philippe. Instantanément, une femme avec des yeux en amande, parée d'une longue chevelure sombre, lui apparut. Elle était menue et portait une robe chatoyante d'un vert profond ; accompagnée par deux hommes, elle chantait dans la salle de réception d'un château. Un léger sourire éclairait son visage et elle fixait tendrement une personne dans l'auditoire : Philippe. Esmée regarda à nouveau sa mère, dont les traits lui étaient désormais familiers. Elle garda encore quelques instants son image devant les yeux, puis elle la fit retourner dans la pierre.

Elle s'adossa à l'arbre et se remémora les paroles d'Ava, lorsqu'elle lui avait parlé du dessein de son âme, des années plus tôt. Elle lui avait assuré que le jour où il lui serait révélé, tout deviendrait évident, comme magique. Esmée réfléchit à ce qui venait de se produire. Son rêve avait été extrêmement intense, il lui avait semblé presque réel ; et une fois réveillée, il avait évolué en visions. Les images qu'elle avait fait apparaître étaient très nettes et contenaient des détails dont personne ne lui avait jamais parlé ; comme la façon dont sa mère avait regardé son père. Était-ce là la magie dont avait parlé Ava ? Si oui, le monde spirituel venait-il de lui révéler qu'elle avait non seulement la faculté de garder toutes sortes d'histoires en sûreté dans sa pierre, mais aussi de les évoquer ?

Les jours suivants, elle expérimenta encore et encore sa découverte. Et même si, quelquefois, les images étaient moins nettes que le premier jour, sa confiance en elle grandissait. Après douze jours près de la rivière, satisfaite et heureuse, elle se dit qu'il était temps pour elle de rejoindre la communauté, temps de rejoindre Montségur.

30

Montségur, juillet 1240

AVANT DE S'ENGAGER sur la pente abrupte, Esmée décida de se reposer un peu sous un arbre au pied du pog, d'où elle pouvait distinguer les habitations agglutinées contre la muraille du château. Elle fut plus que jamais frappée par la majesté qui se dégageait des falaises calcaires qui formaient les faces nord et ouest du pog. Elle n'y avait jamais vraiment prêté attention. Hautes et presque verticales, elles présentaient peu de saillies et la roche semblait friable. Personne, pas même le plus habile et le plus courageux des hommes, ne pouvait escalader ces falaises sans aide. Elle avait entendu dire que les soldats de la garnison y avaient aménagé et sécurisé plusieurs passages, toutefois le plus grand secret entourait ce genre d'informations ; elle savait aussi que, malgré la présence de prises bien cachées, ces voies d'escalade n'étaient accessibles qu'aux hommes les plus expérimentés.

Une idée lui vint soudain. Aider Matina au réfectoire l'occupait agréablement, mais faire partie de l'équipe d'escalade serait autrement plus exigeant et palpitant ! La garnison l'accepterait-elle comme grimpeur ? Cette idée l'enthousiasmait, car outre le piment que cela ajouterait à son quotidien, elle sentait que ce travail lui conférerait un rôle plus important dans la communauté. Sa fatigue s'évanouit comme par magie et, ragaillardie, elle gravit la pente en courant, saluant au passage les soldats sur les lignes de défense.

En arrivant dans la cour du château, elle fut surprise de voir de nombreux soldats ainsi que leur famille se diriger vers la salle de prières ; les membres de la garnison n'assistaient que rarement aux oraisons en si grand nombre. Frère Thomas se reposait près de la porte d'entrée.

— Je t'attendais, mon enfant, dit-il doucement en lui prenant la main. J'ai une mauvaise nouvelle à t'annoncer. Notre sœur, Bertrana, s'est éteinte.

— Bertrana ?

Sous le choc, Esmée sentit ses yeux se remplir de larmes.

— Elle est partie en paix. Je sais que tu étais proche d'elle, et elle aimait ta compagnie. Rejoignons les autres. Nous sommes réunis pour célébrer sa vie.

Esmée prit le bras du vieil homme et l'accompagna jusqu'à un siège dans la grande salle déjà remplie de monde. Elle s'assit sur le sol à côté de lui, réconfortée par sa bienveillance. Bertrana avait été pour elle une amie ; la tendresse et la compassion de la vieille dame l'avaient soutenue lorsqu'elle était au plus bas. Elle essuya ses larmes. La lumière entrait à flots par les deux grandes fenêtres. Plus de deux cents personnes étaient rassemblées dans la grande salle. Les bons hommes et les bonnes femmes, vêtus de leurs longues robes sombres, étaient pour la plupart assis au sol, les jambes croisées. Les soldats se tenaient dans le fond, alors que leurs familles s'étaient regroupées des deux côtés, au pied des hauts murs de pierre. Les veufs et veuves, compagnons de table de Bertrana, étaient installés près de l'une des fenêtres, où une légère brise leur apportait un peu de fraîcheur. Les membres âgés de la famille de Péreille avaient pris place parmi eux.

Formant un demi-cercle à l'une des extrémités de la salle, les Anciens de la communauté de Montségur priaient. Ils étaient huit, dont Luisana, plongés dans un silence recueilli. Guilhèm avait confié à Esmée que le fait d'invoquer les noms des Anciens dans le secret de son cœur contribuait à le pacifier. Le moment lui sembla bien choisi pour essayer. Elle regarda tour à tour les deux femmes et les six hommes et commença à réciter intérieurement leurs noms : Luisana, Leyas, Luyon, Gerad, Dam, Yusu, Uswan, Dimaz. Elle les répéta plusieurs fois, comme une prière, jusqu'à ce que leur énonciation devienne aisée. Lorsqu'elle s'arrêta, elle remarqua que sa respiration s'était calmée.

Elle chercha des yeux Guilhèm. Absorbé dans sa méditation, il semblait faire partie des Anciens ; le neuvième d'entre eux. Elle mit un peu plus de temps pour trouver Raimond. Il était assis par terre, du côté opposé. Son visage était en partie caché, mais elle voyait qu'il avait fermé les yeux. Malgré elle, son cœur s'emballa à nouveau. Alors elle reporta son attention sur les Anciens et se remit à énumérer leurs noms.

L'évêque Bertrand Marty, successeur de Guilhabert de Castres, débuta la cérémonie par des prières et un cantique. Tandis que les vénérables se joignaient à lui, le chant riche et clair emplit la salle et se répandit à l'extérieur par les fenêtres ouvertes. L'évêque plaça la pierre de Bertrana sur un socle parmi des bougies.

Absorbée par l'atmosphère sacrée, Esmée ne l'entendit pas s'adresser à elle. Frère Thomas lui tapota l'épaule et, d'un signe de tête, lui indiqua le maître de cérémonie qui la regardait, dans l'attente.

— Esmée, Bertrana t'a confié beaucoup de choses sur sa vie. – La voix douce de l'évêque Marty lui arrivait comme portée par une vague. – Peut-être pourrais-tu en partager quelques passages avec nous ?

Frère Thomas lui tendit son bras pour l'aider à se lever. Sans vraiment réaliser ce qu'elle était en train de faire, Esmée porta la main à sa pochette et en sortit sa pierre. Elle la regarda un instant, puis se mit à parler d'une voix posée :

— Bertrana naquit à Cabaret, où elle connut une enfance heureuse. Elle était issue d'une longue lignée d'herboristes et de guérisseurs.

Esmée entendait sa propre voix résonner dans le silence qui était tombé sur l'assemblée. Elle aurait voulu n'évoquer que les belles pages de la vie de la défunte, mais seuls les événements graves et tragiques émergèrent de sa pierre. Elle posa un regard hésitant sur frère Thomas, qui lui sourit en guise d'encouragement.

— Bertrana était mariée et avait deux enfants, un fils et une fille, lorsque la croisade fit irruption dans leur vie. Le drame se déroula dans la localité voisine de Bram, lorsqu'elle fut prise par l'armée de Simon de Montfort, après trois jours de résistance. Les croisés rassemblèrent d'abord tous les survivants sur la place du village ; là, ils désignèrent une centaine d'hommes qu'ils mutilèrent, en présence de leur famille, en leur crevant les yeux et en leur tranchant le nez et les lèvres. Bertrana et les siens furent témoins de ces atrocités lorsque l'horrible procession formée par ces pauvres suppliciés, et menée par l'un d'entre eux à qui l'on avait délibérément laissé un œil, arriva dans leur village de Cabaret en guise d'avertissement.

Esmée entendit les plaintes étouffées qui s'élevaient de la foule et elle se demanda si elle n'en avait pas trop dit. Elle ne voulait pas bouleverser inutilement ces gens qui avaient eux aussi souffert. Mais un autre sourire rassurant de frère Thomas l'encouragea à poursuivre.

— Malgré les risques, Bertrana continua à pratiquer l'herboristerie pendant les huit années de la croisade. Huit longues années durant lesquelles elle connut la douleur de perdre son fils, tué lors d'une bataille. Elle vivait auprès de sa fille qui s'était mariée et qui lui avait donné trois petits-enfants. Elle était une guérisseuse réputée et disait souvent la prière traditionnelle pendant qu'elle procurait des soins aux malades. Puis la guerre s'acheva, laissant place à une autre terreur, incarnée par les frères inquisiteurs. Très vite, ses amis et sa famille pressentirent que Bertrana était plus que jamais en danger. Sa fille lui demanda alors de quitter le village pour se mettre en lieu sûr ; mais elle ne voulait pas partir. C'est son gendre qui insista, soulignant qu'elle n'avait pas d'autre choix, que si elle s'obstinait, elle les mettrait tous en péril. L'argument était irréfutable et Bertrana quitta la seule existence qu'elle eut jamais connue, la mort dans l'âme.

De nombreuses personnes hochèrent tristement la tête

au récit de cette situation familière pour eux. Esmée songea soudain à l'enfant à naître dans le foyer de son père et à sa propre responsabilité, en tant que sœur aînée, dans la protection de ce petit être. La tristesse la submergea et sa voix s'étrangla dans sa gorge. Sentant monter la panique, elle parcourut des yeux la grande salle. Tous la regardaient, attendant la suite. Elle s'accorda une pause afin de recouvrer son sang-froid, prit une profonde inspiration, et continua.

— Bertrana trouva refuge ici. Elle aimait y vivre. Elle aimait les conversations à l'heure des repas au réfectoire, elle aimait rire et débattre. Elle m'a raconté tant de choses, des histoires très drôles aussi bien que des tragédies, comme celles que je viens d'évoquer. Aujourd'hui, je prie pour que ce récit, infime partie de tout ce qu'elle m'a confié, honore sa mémoire.

Dans un silence recueilli, Esmée rangea sa pierre et s'assit. Elle surprit le regard de Raimond sur elle et prit conscience qu'elle n'avait même pas eu le temps de faire un brin de toilette avant de venir à la cérémonie. Elle croisa son regard avant de baisser les yeux.

31

Montségur, automne 1240

Les grimpeurs de la garnison se montrèrent très réticents à accueillir Esmée parmi eux.

— C'est une perte de temps et une prise de risque inutiles, se plaignirent-ils. Ce n'est pas un travail pour une femme et, surtout, elle est trop petite pour atteindre les prises dans la roche.

Le responsable, un chevalier nommé Othon, les laissa parler. Deux de ses hommes avaient fait une chute mortelle dans les années précédentes et il était hors de question que cela se reproduise. Pourtant, l'enthousiasme d'Esmée lorsqu'elle était venue le trouver pour lui demander, toute essoufflée, si elle pouvait faire partie de son équipe, lui avait plu. Il en avait parlé avec Guilhèm, un homme qu'il avait appris à connaître et dont il respectait le jugement.

— Elle escalade de hautes murailles sans aucune aide depuis sa plus tendre enfance, fut sa réponse.

Cela suffit pour convaincre Othon de donner une chance à

la jeune femme et il en informa ses hommes, leur demandant de commencer son instruction sur les voies les moins dangereuses, entraînant peu de risques en cas de chute.

Un matin, à l'issue de six semaines d'entraînement pendant lesquelles Esmée montra de réelles aptitudes, Othon l'attendait au sommet d'une falaise très abrupte tout en surveillant sa progression le long de la paroi. Elle était très concentrée, vérifiant chacune de ses prises avant le mouvement suivant. La difficulté de son entraînement était allée croissant et c'était sa première ascension sur l'une des voies les plus délicates, sans la sécurité d'une corde. Elle avait très vite impressionné les hommes du groupe par son adresse et son courage. Au début, ils l'avaient suivie pas à pas, elle, attachée par une corde, eux, pointant du doigt chaque prise dissimulée dans la paroi rocheuse. Ses petits doigts et sa taille menue lui donnaient l'avantage de pouvoir utiliser des appuis impraticables pour les hommes. Elle avait découvert qu'en fait très peu de saillies ou de creux artificiels avaient été aménagés le long de la voie, et seulement à des endroits infranchissables sans leur présence. Le but était d'empêcher tout intrus de s'aventurer par là. Elle avait emprunté ce passage de nombreuses fois, mais aujourd'hui, sans corde pour la sécuriser, un seul faux pas et c'était la chute, mortelle.

Enfin, après un ultime effort, elle se hissa au sommet. Euphorique, elle sauta sur ses pieds et se jeta au cou d'Othon dès qu'elle le vit.

Une cloche retentit. Sans attendre, Esmée courut aider Matina à servir le repas au réfectoire. Hors d'haleine et tout à sa joie, elle saluait les convives en les embrassant chacun sur la joue, lorsque Raimond entra. Sans y penser, emportée par son élan, elle l'embrassa bruyamment lui aussi et ne vit pas son visage rosir tandis que, tout sourire, elle regagnait la cuisine. Durant le repas, Esmée, sur un petit nuage, raconta son ascension à son fidèle auditoire. Raimond, les yeux baissés, mangeait en silence mais elle savait qu'il l'écoutait. Ses entretiens réguliers avec Luisana et l'évêque Marty l'avaient transformé. Certes, il ne lui parlait pas beaucoup, ni à elle ni d'ailleurs à personne, mais lorsqu'il le faisait, son attitude était plus amicale que par le passé. Les autres convives l'encourageaient avec un mot bienveillant ou un simple sourire et le soutenaient par la prière. Quelquefois, son regard exprimait clairement de l'angoisse. Elle devait alors lutter, trouver la force de se contenter de faire son travail, sans lui poser la moindre question, alors que son seul désir était de lui venir en aide.

Après le départ de Raimond et de la plupart des dîneurs, Esmée s'assit comme à son habitude pour converser avec ceux qui restaient. Depuis son hommage à Bertrana lors de la cérémonie de deuil, les personnes d'un certain âge étaient plus que disposées à partager avec elle des moments de leur vie. Batailles, atrocités, meurtres, la cruauté des inquisiteurs, la couardise de certains seigneurs locaux et la peur omniprésente des gens ordinaires, tous les sujets étaient abordés ouvertement. Esmée écoutait, interrompant de temps en temps le récit pour éclaircir un fait ou poser une question. Plus tard dans la soirée, elle évoquait ces histoires avec frère Thomas avant de les enfermer dans sa pierre.

— C'est un précieux service que tu rends à tous ces gens, Esmée, disait-il. Il n'y a que très peu d'endroits sûrs pour tous ces témoignages et il est important que cette mémoire perdure. Continue ainsi ; tu as un formidable don pour ce travail.

32

Montségur, octobre 1240

Un an après l'arrivée d'Esmée et de ses compagnons à Montségur, Esclarmonde invita la jeune femme à une rencontre réunissant Luisana, l'évêque Marty et Raimond. Ce jour-là, tôt le matin et sous une pluie battante, Esmée suivit Esclarmonde dans la vaste pièce éclairée par les deux grandes fenêtres. Pour l'occasion, Matina lui avait prêté une écharpe rouge ayant appartenu à Ava. À son entrée, elle fut surprise de trouver là les huit Anciens et au moins une dizaine d'autres personnes encore, installés en deux cercles concentriques autour d'un feu allumé dans un foyer métallique.

Luisana, l'évêque Marty, frère Thomas et Raimond étaient déjà assis dans le cercle intérieur. Esclarmonde guida la jeune femme vers l'un des sièges de ce cercle, laissant une place vacante entre elle et Raimond. Esmée vit le regard de son ami se poser sur son écharpe, mais il détourna rapidement les yeux et continua à fixer les flammes. Quelques instants plus tard, Guilhèm fit son entrée et prit place entre eux. Esmée était soulagée de le voir. Il portait toujours son gilet rouge en peau d'ours, mais c'était désormais le seul signe extérieur qui indiquait qu'il avait jadis été chasseur. Ses jambières et sa veste étaient propres. Elle observa ses mains : autrefois marquées par la rudesse de son métier, elles étaient à présent soignées et semblaient même douces. Mais l'expression de son visage, son sourire bienveillant et le regard de ses grands yeux marron, eux, restaient inchangés.

Lorsqu'ils furent tous assis, Luisana et Leyas, le plus ancien des hommes, entonnèrent un chant, que reprirent bientôt les autres membres de l'assemblée. Quand la voix de Luisana s'éleva au-dessus des autres, Esmée songea qu'il s'agissait du son le plus pur qu'elle eût jamais entendu. De temps à autre, elle jetait un coup d'œil en coin vers Raimond ; il était d'une pâleur mortelle et ses lèvres tremblaient.

Petit à petit, le chant perdit en intensité, jusqu'à n'être plus qu'un fond sonore. Luisana prit la parole. En quelques mots, elle annonça qu'après des mois de prières, d'entretiens et de soins, Raimond était désormais prêt à évoquer les circonstances qui, au cours de son séjour auprès de l'inquisiteur, avaient contribué à l'enfermer dans la honte et la culpabilité. Elle ajouta qu'il avait insisté pour que ses amis, Esmée et Guilhèm, soient présents pour l'entendre.

Esmée fut prise de vertige et dut se persuader qu'elle serait capable d'écouter le récit de Raimond, comme elle l'avait déjà fait pour tant d'autres. Du bout des doigts, elle toucha la pochette autour de son cou et regarda Luisana, qui hocha la tête. Elle sortit sa pierre et la tint dans sa paume ouverte.

— Durant cette cérémonie, le chant de nos Anciens

contribuera à créer une atmosphère sacrée, un espace où tout n'est qu'amour et dans lequel la douloureuse histoire de Raimond pourra se libérer. Cela allégera son fardeau et accélérera son rétablissement, continua Luisana.

Après un moment, Raimond leva la tête et commença à parler. Il expliqua d'abord avoir accepté de rester auprès de Tiqué par nécessité, pour protéger son père et ses sœurs. Il avait espéré que l'inquisiteur se désintéresserait rapidement de lui et qu'il pourrait alors s'échapper. Mais il avait bientôt appris que Tiqué, né d'un père hérétique, était obsédé par l'idée de prouver que les enfants de dissidents n'étaient pas voués eux-mêmes à l'hérésie.

Raimond avait alors compris l'intérêt que lui portait le religieux et avait peu à peu appris à s'en accommoder. Il avait établi de bonnes relations avec certains frères et clercs, tout en demeurant constamment sur ses gardes.

— Lorsque la tristesse m'envahissait, je m'appuyais sur mon imagination. Souvent je rêvais de ma mère ou je me voyais, parlant avec mon père et lui demandant des conseils. Je m'inventais aussi de grandes conversations avec Esmée…

Un léger sourire se dessina sur ses lèvres.

— Jusqu'à ce que… – Il hésita. – Jusqu'à ce jour effroyable.

Son regard se perdit dans les flammes.

— Esmée, Guilhèm, vous souvenez-vous de la campagne que menèrent les frères inquisiteurs dans les environs de Carcassonne ? C'était au début de l'été. Tiqué s'était fixé pour objectif d'y arrêter toute personne soupçonnée d'hérésie avant la fin des beaux jours. Il savait que le pape avait reçu des plaintes à propos du comportement cruel de certains inquisiteurs. Mais il était ambitieux et déterminé à impressionner sa hiérarchie. Et surtout, il voulait être celui qui mènerait l'Inquisition ici, à Montségur.

La psalmodie des Anciens s'intensifia imperceptiblement. Luisana jeta quelques feuilles séchées sur le feu, où elles s'embrasèrent en une flamme violacée, dégageant une fumée à l'odeur suave.

Raimond serra ses mains l'une contre l'autre.

— Tiqué travaillait sans cesse à l'amélioration des méthodes inquisitoriales. Il avait ainsi suggéré que l'on dote chaque inquisiteur d'une sorte de barème des peines et il voulait codifier les techniques d'interrogatoire. Je le sais parce que je mettais par écrit toutes ses idées. Puis un jour, il me demanda de l'assister lors d'une séance de question ; mon rôle, disait-il, serait de prendre des notes détaillées de son déroulement. C'était bien le dernier endroit où je voulais être, car j'avais entendu des gardes parler entre eux de ce qui s'y passait.

Raimond cogna son pied blessé et toussa en grimaçant de douleur. Luisana se dirigea vers lui et, posant une main rassurante sur son épaule, elle lui tendit le gobelet d'eau qui se trouvait sur une petite table à côté de lui. Puis elle retourna s'asseoir.

— Je revois très clairement ce jour où je l'ai suivi dans le cachot. La seule lumière émanait des rares torches fixées au mur. Un feu crépitait dans un coin, dans un foyer semblable à celui d'un forgeron. Près de là, de nombreux outils métalliques étaient alignés sur un banc. Je ne pouvais pas ignorer le chevalet qui occupait le centre de la pièce. Il y avait aussi des chaises et des tables, et l'on m'indiqua l'une d'elles, où l'on avait disposé de quoi écrire. Un clerc était déjà installé, occupé à tailler une plume. Son rôle était de consigner la date, le lieu, ainsi que le nom des personnes présentes. Je me suis assis, ne sachant que faire. Le chevalet était juste en face de moi, je me sentais très mal à l'aise.

« Puis la porte s'est ouverte. Deux gardes, Barca et del Gurbe, sont entrés… ils sont entrés en traînant… Ces gardes étaient des brutes ; je pense que Barca était le pire des deux. J'étais très méfiant vis-à-vis d'eux. Ils étaient souvent ivres et faisaient alors mine de me frapper, même s'ils ne m'ont jamais touché ; ils avaient trop peur de Tiqué.

Raimond leva les yeux sur Esmée et soutint un instant son regard emprunt de bienveillance, songeant avec désespoir qu'après sa confession, elle ne pourrait que s'éloigner de lui. Il allait la perdre et ce ne serait que justice. Il se détourna et se concentra de nouveau sur la flamme.

— Barca et del Gurbe sont entrés en traînant une femme. Elle pleurait. Del Gurbe l'a abandonnée aux pieds de Tiqué, où elle s'est recroquevillée en gémissant. Sa longue chevelure blonde était éparse et, à la faveur d'un mouvement, j'ai pu distinguer une tâche de naissance, comme un papillon, sur son cou.

Esmée étouffa un cri au souvenir de la femme qui avançait dans la file de prisonniers, celle à qui elle avait donné de l'eau, un soir, à Carcassonne. Elle aussi avait remarqué cette tâche de naissance si caractéristique lorsque la captive avait rejeté la tête en arrière pour boire.

— Les pieds de la femme étaient entaillés et meurtris. J'aurais tant aimé la secourir, mais je n'osais pas bouger. Tiqué lui a désigné une chaise ; elle s'y est assise avec difficulté. Ses yeux étaient d'un bleu très clair et ils tranchaient étrangement dans son visage sale, baigné de larmes. Tiqué a alors commencé à lui poser des questions, somme toute assez ordinaires, sur elle-même et les membres de sa famille. Il était plutôt calme et je me souviens m'être dit que tout cela n'était pas si dramatique, en définitive. Mais elle, elle regardait continuellement le garde qui alimentait le feu. Et moi, je ne regardais qu'elle. Elle me rappelait ma mère. Elle disait qu'elle avait des enfants qui avaient besoin d'elle et qu'elle en attendait un autre.

« À ces mots, Tiqué a approché son visage tout près du sien et l'a dévisagée. Elle a prononcé quelques paroles inintelligibles, mais il se contentait de la regarder encore et encore.

« Puis il s'est soudain redressé en s'exclamant qu'il venait de voir ce qu'il cherchait. Sans attendre, il a demandé à deux gardes de la dévêtir et de l'installer sur le chevalet. Je me sentais plein de honte et je cachais mon visage. Tiqué m'a ordonné de regarder et de commencer à prendre des notes, car c'était là ce qu'il attendait de moi. Sa voix restait étonnamment bienveillante, pourtant, comme celle d'un maître à son élève. La femme m'a adressé un regard suppliant, comme si elle sentait que, parmi toutes celles qui étaient présentes, j'étais la seule personne disposée à l'aider. J'étais bouleversé, mais je faisais en sorte de présenter le même visage fermé que tous les autres. Elle s'est mise à pleurer et je…

La voix de Raimond s'étrangla. Après quelques profondes respirations et une gorgée d'eau, il recouvra son calme.

— Son nom était Béatriz et, dans sa détresse, elle a crié que l'enfant qu'elle attendait était une fille et qu'elle l'appellerait Loba.

— Ce sera donc l'histoire de Béatriz et de Loba, dit Luisana avec douceur.

Et elle jeta une autre poignée de feuilles dans les flammes. Le chant des Anciens s'éleva et emplit l'espace.

— On a attaché la femme, Béatriz, sur le chevalet et Tiqué s'est mis à tourner autour d'elle, brandissant des ustensiles pour la terroriser ; de grands outils métalliques dont certains étaient chauffés au rouge. Il y avait des pinces et des tisonniers, et… il voulait obtenir d'elle des aveux à la seule vue de ces objets. L'intimidation est la première étape de la question.

« Tiqué revenait sans cesse vers elle, prenait son menton entre ses doigts et plantait son regard dans le sien en marmonnant. “Je veux savoir ce que tu me caches”, disait-il. Elle était terrifiée, tout son corps tremblait. Je détournais la tête mais je l'ai entendue perdre le contrôle à ce moment-là…

Les yeux égarés, Raimond se tordait les mains.

— Nous comprenons, Raimond, dit Luisana en jetant une nouvelle poignée de feuilles sur le feu. Continue à partir de là.

Il acquiesça avec reconnaissance et reprit son récit :

— Béatriz le suppliait, disait qu'elle se rétracterait, qu'elle ferait tout ce qu'il lui demanderait, qu'elle pouvait lui citer tous les habitants de son village, qu'elle ne connaissait aucun parfait par son nom mais qu'elle les lui décrirait ; elle le suppliait. Je fixais son ventre arrondi que Tiqué ne cessait de pointer du doigt, disant qu'elle allait donner la vie au Malin. Je ne comprenais pas pourquoi il s'acharnait ainsi. Elle n'avait rien d'autre à lui donner mais il ne la croyait pas. Je voyais bien qu'elle ne trouvait plus rien à dire.

« Puis Tiqué s'est tourné vers moi et m'a demandé

comment continuer : devait-il utiliser l'eau ou le feu pour la faire avouer ? Mon esprit s'est emballé, je ne savais pas où il voulait en venir. Il s'est alors mis à crier. "L'eau ou le feu, c'est toi qui choisis ; que dois-je utiliser sur cette hérétique, l'eau ou le feu ?" Devant mon hésitation, il a ramassé un tisonnier et l'a pressé sur la peau de la pauvre femme. Elle a hurlé...

Raimond sentait la présence toute proche d'Esmée. Il continua :

— Tiqué m'a reposé la question, mais j'étais comme paralysé ; quels pouvaient être les effets de l'eau ? Je voulais tant lui éviter de souffrir... Et parce que ma réponse tardait à venir, il l'a brûlée une nouvelle fois et elle s'est évanouie. Tout en me reprochant durement mon indécision, il a vidé un seau d'eau froide sur la pauvre femme sans connaissance, Béatriz. – Raimond prononçait délibérément son prénom. – Elle s'est réveillée en sursaut, gémissant et tirant désespérément sur ses liens. L'épouvante et la douleur l'empêchaient de parler.

Il s'arrêta. Son cœur battait à tout rompre et il se sentait étourdi.

— Je suis triste qu'Esmée doive entendre tout cela, mais c'est ce que j'ai fait ; je vous dois la vérité. Tiqué m'a demandé encore une fois de choisir entre l'eau et le feu, et j'ai choisi l'eau. Et il a versé de l'eau dans la gorge de Béatriz. Toujours plus d'eau. Elle était entravée sur le chevalet et ne pouvait pas se défendre ; elle se débattait de toutes ses forces et se noyait. Et je n'ai rien fait pour lui venir en aide.

Raimond se tut une nouvelle fois. Empoignant le col de sa tunique, il luttait pour reprendre son souffle. Avant qu'Esmée ait eu le temps de demander de l'aide, Luisana était auprès de lui et posait ses paumes sur son torse. Elle respirait lentement, profondément, comme pour imprimer son rythme au jeune homme, jusqu'à ce que celui-ci se calme et que sa respiration redevienne régulière. Les Anciens continuaient leur douce mélopée. Elle resta là, ses mains apaisantes posées sur les épaules de Raimond, tandis qu'il poursuivait.

— Enfin, Tiqué a interrompu la séance, provisoirement, disant qu'elle reprendrait plus tard. Il a encore fait le tour de la pièce, s'est entretenu avec del Gurbe et Barca, qui affichaient un intolérable sourire, puis il a ramassé quelques-uns des outils et a semblé les étudier. Pendant tout ce temps, Béatriz est restée allongée sur le chevalet, suffocant, gémissant et pleurant tout à la fois. J'aurais aimé, j'aurais dû aller près d'elle, la recouvrir, l'aider à descendre de là, mais je ne parvenais pas à bouger.

« L'un des gardes a fini par la détacher et elle est tombée de la planche. Ils l'ont traînée jusqu'au cachot, à demi inconsciente. Tiqué m'a demandé de les suivre afin de lui rendre ses vêtements et je me souviens du rire de Barca quand il s'est adressé à moi. Ils ont enchaîné Béatriz au mur du cachot avant même qu'elle ait eu le temps de se rhabiller. Je l'ai enveloppée comme j'ai pu dans ses vêtements pour la réchauffer un peu et l'isoler du sol froid. Je lui ai murmuré à quel point j'étais désolé et elle m'a regardé ; l'accusation que j'ai lue dans son regard était, je pense, le reflet de mon propre sentiment de culpabilité. Puis Barca est entré et m'a repoussé. Il a tiré sur la robe qui la recouvrait et m'a montré ses brûlures, me disant que j'en étais le seul responsable. Je n'ai rien trouvé à lui répondre. Je ne pouvais même pas pleurer. Et puis du sang et autre chose… son enfant, ont jailli d'entre ses jambes…

Raimond se mit à trembler violemment. Luisana plaça une main ferme sur sa poitrine, l'autre dans son dos, et l'étreignit.

— Elle a crié le nom de sa petite fille, Loba, puis elle a rendu l'âme.

Esmée ne savait que faire ni même où poser son regard. Frère Thomas attira son attention. Une main sur son cœur, il articula « Amour ». Discrètement, elle essuya ses larmes et imita son geste. Raimond continuait.

— Je ne parviens pas à l'oublier, elle m'obsède. Je l'ai abandonnée ; pire, par mon indécision, j'ai ajouté à sa souffrance, j'ai précipité sa mort et la mort de son enfant. Je ne sais pas si elle m'a entendu exprimer mes regrets ; je ne sais pas si elle m'a pardonné. Jour après jour, et même si je sais qu'il est bien trop tard, je continue à lui dire à quel point je regrette ma lâcheté.

Il tomba à genoux et émit de longs et déchirants sanglots en se balançant d'avant en arrière. Luisana laissa ses paumes sur son dos. Le feu était d'un pourpre intense. Esclarmonde y jeta quelques poignées d'herbes sèches et les flammes se teintèrent tour à tour de vert, de violet puis de jaune. Le chant des Anciens s'intensifia ; la voix de Guilhèm se joignait aux leurs.

Esmée ferma les yeux. Elle sentait autour d'elle une force incroyablement puissante qui l'empêchait de bouger. Dans un coin de sa tête elle essayait de définir cette force étrange et le seul mot qui lui vint fut « Amour ». Elle laissa cette sensation l'envahir. En esprit, elle vit deux femmes : l'une était Ava et l'autre Emersende, sa propre mère. Elles lui souriaient. Puis Ava se tourna vers Raimond. En pensée, Esmée se pelotonna dans les bras d'Emersende et éprouva une immense paix. Elle resta ainsi de longues minutes, puis elle ouvrit un œil pour regarder Raimond. Celui-ci pleurait maintenant en silence, la tête sur la poitrine de Luisana qui l'entourait de ses bras en caressant doucement ses cheveux.

L'évêque Marty prit la parole ; sa voix semblait venir de très loin.

— Maintenant, frères et sœurs, voyons si Béatriz est disposée à nous parler.

L'évêque dirigea son regard vers les flammes, puis légèrement à côté de celles-ci. Il sourit et parla.

— Elle est ici. Je pensais bien qu'elle ne serait pas loin.

Il souriait en direction de l'espace vide. Esmée crut voir un scintillement à l'endroit où il regardait. Les yeux de Luisana étaient eux aussi tournés dans cette direction et elle s'inclina, comme si elle saluait un invité de marque.

— Elle s'adresse à toi, Raimond, dit l'évêque. Elle dit qu'elle avait vu ta détresse. Elle est mère. Elle avait compris que l'on t'obligeait à agir ainsi. Elle dit qu'elle est heureuse que tu aies révélé son histoire.

— Je regrette tellement, Béatriz, tellement ! – Implorant, Raimond pressait ses mains l'une contre l'autre. – J'aurais tant aimé… tant aimé…

— Oui, elle le sait ; elle sait que tu es sincère et elle te pardonne, dit l'évêque Marty, regardant toujours l'endroit près du feu. Mais elle dit qu'il faut maintenant que tu te pardonnes à toi-même et que toi seul peux le faire.

Un silence suivit.

— Béatriz souhaite ajouter autre chose. Elle dit qu'elle a

pardonné aussi à frère Tiqué et à ses gardes. Mais leurs actes ne seront pas oubliés et, un jour, on leur demandera des comptes, un jour ils devront faire face à la justice. C'est une loi universelle.

— Alors il faut que moi aussi je comparaisse.

L'évêque secoua la tête.

— Elle dit que toi, Raimond, tu étais jeune et que tu n'avais pas le choix ; tu n'as aucune responsabilité dans cette affaire. – Il sourit et, après un bref silence : – Elle te demande de ne pas confondre ton besoin de dire la vérité et ta quête de justice avec la quête de vengeance. T'accorder le pardon à toi-même doit être ton seul but, à présent.

L'évêque se tut.

— Très bien, dit-il au bout d'un moment, mettant fin au mystérieux entretien.

Luisana retourna s'asseoir.

— Raimond, tu as insisté pour qu'Esmée soit présente aujourd'hui et elle t'a accordé une écoute sincère, dénuée de tout jugement. La maturité dont vous avez fait preuve est exemplaire et montre que vous êtes prêts pour la vie exigeante à laquelle vous avez consenti. Esmée, toi et Raimond avez beaucoup de choses à vous dire, et, quand le temps sera venu, vous découvrirez que vous pouvez parler librement et avec amour. Maintenant, en tant qu'amie bien-aimée de Raimond, nous te prions de sceller cette guérison avec un cadeau.

Faisant face à Raimond, Esmée déclara d'une voix ferme :

— Raimond, je veux t'offrir la perle qui me vient de ma mère.

Elle la sortit de sa pochette et, sur un signe de tête de

Luisana, elle s'approcha du jeune homme. La psalmodie des Anciens s'était tue.

— *Besson,* cher Raimond, c'est avec mon cœur que je te donne cette perle en cadeau. À mes yeux tu es plein de courage… – Elle chercha ses mots. – et je souhaite que l'obscurité s'éloigne de toi pour que tu sois enfin libre d'être toi-même.

Elle lui tendit la petite sphère nacrée. Raimond la contempla un instant, puis il regarda la jeune femme et lui sourit. Ses profonds yeux verts, limpides pour la première fois depuis leur rencontre à Carcassonne, étincelaient. Il prit son cadeau et le porta à son cœur.

— Merci, *bessa,* chuchota-t-il simplement.

33

Montségur, décembre 1240

DANS LES PREMIERS TEMPS, Esmée se sentit nerveuse en présence de Raimond. Au réfectoire, il la saluait avec un sourire, la remerciait pour la nourriture qu'elle plaçait devant lui et, parfois, ils échangeaient quelques banalités. Mais rien de plus. Elle éprouvait un douloureux besoin de lui parler, de lui demander pardon pour l'échange des pierres ; elle voulait partager ce qu'ils avaient ressenti et réparer leur amitié. Guilhèm lui avait conseillé de laisser à Raimond l'initiative d'une vraie conversation.

— Le moment viendra. Il a besoin de temps pour se retrouver et reprendre confiance en lui.

Elle gardait donc espoir, et se contentait des quelques marques d'intérêt que lui témoignait le jeune homme au sujet de ses activités d'escalade ou encore des courts échanges sur la naissance imminente de l'enfant de Matina.

Environ deux semaines après la cérémonie avec les Anciens, elle décida d'aller admirer le coucher de soleil hivernal à la pointe ouest du pog. Plus tôt, Raimond l'avait encouragée à lui raconter l'ascension particulièrement exigeante qu'elle avait effectuée le matin même, et elle se remémorait chaque détail de la conversation, les émotions qu'elle avait pu lire dans son regard, l'étincelle de gaieté face à son enthousiasme à elle, mais aussi la lueur d'inquiétude qui l'avait traversé lorsqu'elle avait mentionné l'effondrement de l'un des appuis dans la paroi rocheuse. Il l'avait sincèrement félicitée pour ce qu'il considérait comme un exploit. Elle ferma les yeux.

— Bonsoir, Esmée.

Surprise, elle se retourna et découvrit l'austère Rixanda, dont le regard semblait l'évaluer. Elle répondit à son salut tandis que la guérisseuse continuait son examen.

— Tu t'en sors très bien, Esmée. Je sais qui tu es, à présent, et j'aime ce que je vois. Rejoins-moi demain matin après la prière. Ton dos a bien souffert de toutes ces tensions et a besoin d'une manipulation. Cela t'aidera, tu verras.

Reconnaissante, Esmée la remercia chaleureusement. Le lendemain, à l'heure dite, elle s'empressa vers la salle de soins. Tout en douceur, la guérisseuse la manipula, fit bouger ses membres, son torse et ses épaules, et finit en prenant délicatement sa tête entre ses mains. Lorsqu'elle reposa les pieds au sol, Esmée eut l'impression de flotter. Spontanément, elle étreignit Rixanda et se dirigea d'un pas léger vers le réfectoire. Un peu euphorique, elle s'imaginait, magnifique, flottant au-dessus du sol.

Raimond leva les yeux aussitôt qu'elle entra dans la salle à manger. Rieuse, elle lui adressa une petite révérence. Le sourire qu'il lui rendit éclaira son visage. Esmée rougit et une douce chaleur se répandit dans son cœur. Le temps resta un moment suspendu. L'appel à l'aide de Matina rompit le charme. Comme dans un rêve, elle se mit au travail, consciente du regard de Raimond sur elle.

♦ ♦ ♦ ♦ ♦

L'enfant de Matina et José naquit au début du mois de janvier. Le petit garçon, robuste et resplendissant de santé, fut prénommé Johan. Sa naissance fut un motif de réjouissances au sein de la communauté recluse sur la montagne. Plusieurs soirs de suite, José donna des fêtes dans la maison. Débutant calmement avec le défilé feutré des invités qui venaient admirer le nouveau-né, elles s'animaient à mesure que se vidaient les cruches de vin aux épices accompagnant les plats de gibier et les tourtes aux légumes. Le volume des conversations grossissait et l'un des hommes, d'une voix grave et forte, commençait à chanter, évoquant de lointaines batailles et des amours perdues. Un autre prenait la suite et, inéluctablement, inspirées par la chaude ambiance, des strophes très personnelles finissaient par apparaître pour décrire une charmante conquête ou taquiner un camarade.

— Nous accueillons la naissance d'un vaillant garçon, protesta l'un des chevaliers alors que sa femme le réprimandait pour ses propos gaillards. Le jour où José aura une fille, c'est toi qui conduiras le chœur.

Esmée, adossée au mur recouvert d'une couche de foin, appréciait la convivialité de ces fêtes de garnison. Elles lui rappelaient les lointaines soirées à Labernoc, quand Jaufré et

Ava recevaient les troubadours. Un soir, elle eut la surprise de voir Raimond apparaître dans l'embrasure de la porte ; il n'avait jamais assisté à une quelconque fête depuis leur arrivée à Montségur. Il se fraya un chemin entre les convives et se glissa à côté d'elle. Alayda lui mit un verre de vin entre les mains et remplit le gobelet d'Esmée. Après un bref sourire en direction de la jeune femme, il se laissa prendre par l'atmosphère de gaieté, son pied valide battant la mesure pendant qu'il buvait lentement. Elle avait le souffle court de le sentir si proche, leurs bras pressés l'un contre l'autre, et sentait vibrer chacune des fibres de son corps. Elle but son vin à petites gorgées et chanta avec enthousiasme, se demandant si Raimond pouvait entendre les battements effrénés de son cœur.

À mesure que les convives rejoignaient leur foyer, la pièce se trouva moins encombrée et l'on put reprendre ses aises. Pourtant Raimond ne s'écarta pas d'elle. La lune s'était déplacée à l'ouest lorsque les derniers chevaliers, entraînés par leur femme, quittèrent la maison. Esmée et Alayda rangèrent rapidement la pièce pendant que José et Julian installaient les paillasses. Raimond se leva pour partir.

— Reste avec nous, Raimond, le pria Alayda. C'est la première fois depuis bien longtemps que nous dormirions tous sous le même toit. Ce serait comme avant, juste une fois. Installe-toi ici.

Elle jeta une pile de paille à côté de la paillasse d'Esmée et y déposa une couverture et un oreiller.

Étourdi par les deux verres de vin qu'il avait bus, Raimond avait du mal à garder son équilibre. Avec reconnaissance et soulagement, il s'assit sur le couchage qu'on venait de lui attribuer et retira sa botte rembourrée. Se glissant dans son propre lit, Esmée lutta contre l'envie de le regarder retirer ses vêtements de dessus. Une fois qu'il fut allongé, il était si près d'elle qu'elle pouvait sentir la chaleur de son corps.

— Vous souvenez-vous de ce que nos parents nous disaient avant de dormir ? demanda Alayda dans le silence de la pièce obscure. « Tu es ton cœur, Matina. Tu es ton cœur, Raimond. Tu es ton cœur, Esmée. Tu es ton cœur, Julian. Et je suis mon cœur. » – Elle resta un moment silencieuse. – Bonne nuit, père, bonne nuit, mère. Nous vous aimons.

Couchée sur le dos, Esmée écoutait les respirations familières de sa famille d'adoption ; celle de Raimond, tout près d'elle. Elle tourna la tête vers lui. Percevant son mouvement, il la regarda, lui sourit, puis referma les paupières. Sa main chercha celle d'Esmée sous la couverture et, lorsqu'il la trouva, il se glissa encore un peu plus près d'elle. Elle posa sa tête sur son épaule, poussa un profond soupir et s'endormit en paix, consciente de leurs deux cœurs, battant à l'unisson.

Tôt le lendemain matin, elle se réveilla le dos appuyé contre Raimond. Il dormait encore et avait passé un bras autour d'elle. Le jour était levé et la prière du matin avait sans doute déjà débuté. José, Alayda et Julian se levaient tranquillement ; bientôt, tous vaqueraient à leurs tâches matinales. Elle entendait Matina nourrir le bébé.

Raimond se réveilla avec un murmure, resserrant un peu plus son étreinte. Elle posa sa main sur la sienne et ils restèrent ainsi un long moment, sans bouger.

Le soleil hivernal éclairait peu à peu la pièce. Matina se mit à chanter.

— Oh *bessa*, tu m'as tant manqué, murmura Raimond tout près de l'oreille de la jeune femme. J'ai tant de choses à te dire. Pourras-tu vraiment me pardonner ?

Esmée se tourna vers lui et tint ses mains serrées dans les siennes.

— *Besson*, et toi, peux-tu me pardonner ?

Un court instant, Raimond eut l'air surpris.

— Plus tard, je t'en prie, retrouvons-nous. Nous devons parler.

Baissant la tête, il porta doucement ses mains à ses lèvres et ferma les yeux. Esmée posa son front contre le sien.

Soudain conscient qu'on l'attendait sans doute ailleurs, il se détacha d'elle et s'habilla.

— *Bessa*, dit-il à voix basse en la regardant tendrement.

Puis il se tourna vers Matina, la remercia en lui souhaitant une belle journée, et sortit.

Une fois qu'il eût disparu, Esmée vint s'asseoir à côté de Matina, qui ne put contenir sa joie devant ce qu'elle venait de voir.

34

Montségur, janvier 1241

Ce soir-là, Raimond et Esmée se rejoignirent sur la plateforme d'approvisionnement, à l'endroit où, peu avant sa mort, Guilhabert était venu retrouver le jeune homme. Ils s'assirent côte à côte, le dos au rocher, les bras en contact, une couverture posée sur leurs genoux. Lupo les avait suivis et s'était installé à leurs pieds. Les étoiles illuminaient le ciel. D'abord nerveux, ils se détendirent petit à petit tandis qu'ils évoquaient l'époque où ils s'asseyaient ainsi, au clair de lune, dans la forêt surplombant Labernoc. Ils se remémorèrent leurs rires au bord de la rivière, les soirées à chanter et à danser en famille et les fêtes de village, lorsque, pour une occasion spéciale, Guilhèm avait reçu du châtelain l'autorisation d'offrir un ou deux cerfs aux villageois.

Après cet échange animé, le silence retomba brusquement, plein d'attentes. Raimond fut le premier à le rompre.

— Esmée, je regrette profondément tout ce qui s'est passé. De ne pas vous avoir suivis. D'avoir été si grossier avec toi. De t'avoir trahie auprès de Tiqué…

— De m'avoir trahie auprès de Tiqué ? réagit Esmée, surprise.

— Je n'aurais jamais dû ne serait-ce que lui mentionner ton nom. Me pardonneras-tu jamais pour cela ?

Esmée se redressa.

— Penses-tu vraiment m'avoir trahie, Raimond ? J'ai vu ce qu'il t'avait infligé. Si j'avais été présente, je t'aurais supplié de tout lui révéler bien avant qu'il te fasse du mal. Quoi ? Pourquoi souris-tu ?

Il lui raconta comment il s'était imaginé l'entendre dans le cachot, lui tenant exactement les mêmes propos.

Le visage d'Esmée resta grave.

— Raimond, en vérité, c'est moi qui suis responsable de tout ce que Tiqué t'a fait subir. Guilhèm avait senti le danger ; il m'avait enjoint de ne pas chercher à te parler et pourtant je l'ai fait. Et tout cela ne serait pas arrivé si je n'avais pas pris ta pierre.

— Et si tu ne l'avais pas fait, je ne serais pas ici, avec toi. Crois-moi, Esmée, je serais encore avec eux. – Il serra ses mains dans les siennes. – Du jour où j'avais pris part à cette séance de torture sur Béatriz, leur monde était devenu le mien. À compter de ce moment, je n'étais plus libre. J'étais devenu comme eux. Et quand nous sommes arrivés à Foix, crois-le ou non, j'étais satisfait de ma condition. Je l'acceptais. Certains des frères étaient d'ailleurs très aimables. Comprends bien ceci : si Tiqué ne m'avait pas soupçonné puis maltraité, je ne l'aurais sans doute jamais quitté.

Esmée mit un certain temps à se laisser convaincre.

— Si Tiqué n'était pas entré dans nos vies, nous ne serions

pas ici à cette heure, tous les deux. Les choses sont ce qu'elles sont. Accepte-le enfin.

Raimond prit le visage d'Esmée dans ses mains. Son regard vert était plein de douceur.

— Je t'aime, Esmée. Et désormais je suis libre de t'aimer pour toujours. Penses-tu que nous pourrons nous pardonner à nous-mêmes, totalement, afin que nous puissions nous aimer pleinement ?

La lune sortit de derrière un nuage et sa douce lumière enveloppa les jeunes gens.

— Oui, dit-elle, mais le mot s'étrangla dans sa gorge. Oui, essaya-t-elle encore timidement. Oui ! répéta-t-elle, cette fois d'une voix forte et claire.

Raimond l'attira à lui et posa délicatement ses lèvres sur les siennes. Transportée, la jeune femme ferma les yeux. Ils restèrent ainsi, tendrement enlacés sous la voûte scintillante. À regret, ils durent s'incliner devant le froid piquant de l'air hivernal et, main dans la main, ils rejoignirent la maison.

♦ ♦ ♦ ♦ ♦

Raimond passa chacune des nuits suivantes dans la maison familiale, serrant contre lui le corps gracile d'Esmée. Il s'offrait même le luxe de manquer les prières matinales pour rester plus longtemps auprès d'elle. Tous les soirs, ils avaient de longues conversations sur la plateforme. La confusion, les incertitudes et les blessures de ces dernières années avaient disparu. Bientôt, ils parvinrent même à partager des anecdotes amusantes datant de cette période de séparation, et leurs rires sincères étaient source de joie et de soulagement pour leurs amis et leur famille.

Un matin, Matina demanda à Esmée si Raimond avait évoqué le mariage. La jeune femme rougit et ne répondit pas.

— Et alors, pourquoi pas ? insista Matina, pratique. Vous êtes faits l'un pour l'autre ; vous l'avez toujours été !

Le soir même, elle demanda à José d'avoir une conversation avec son frère. Sans trop savoir ce qu'il était censé lui dire, José aborda Raimond le lendemain matin, à l'entrée du château.

— Je ne peux que te recommander le mariage, Raimond, dit-il sans ambages. J'aime Matina et Johan et je suis très heureux d'avoir fondé une famille avec elle. Si cela peut te rassurer...

Et il poursuivit son chemin.

Stupéfait, Raimond le regarda s'éloigner. Initialement en route vers la maison familiale, il mit le cap vers leur rocher et s'assit, songeur. Le soleil se couchait et les oiseaux d'Esmée, ainsi qu'il les nommait à présent, évoluaient très haut dans les courants ascendants. Il les suivit des yeux. Ils étaient toujours ensemble, quel que soit leur mouvement, qu'ils volent, piquent ou planent. Guilhèm lui avait expliqué qu'ils s'appariaient pour la vie. « Des partenaires, comme Esmée et moi », se dit-il. Comme ce serait grisant s'ils pouvaient tous deux s'élever ainsi dans les airs, jouant avec les courants, affranchis de toute pesanteur. L'idée le fit sourire. Un élancement dans son pied le fit revenir à la réalité. « Nous pourrions être mariés, Esmée et moi ; était-ce ce que José tentait de suggérer ? » Les oiseaux plongèrent, l'un après l'autre. Soudain, il ressentit comme une urgence, celle d'être l'époux d'Esmée, d'être toujours près d'elle, ensemble, mais cette fois comme un homme et une femme.

Il passa cette nuit-là dans le dortoir des hommes et rencontra Esmée le lendemain, près du rocher. Il se sentait fébrile et peu sûr de lui. Elle lui avait parlé d'Arnold. Préférait-elle les hommes comme lui ?

Sa demande en mariage fut timide et hésitante.

Pour toute réponse, Esmée le fixa avec des yeux remplis de larmes.

— Bien sûr ! souffla-t-elle, radieuse, avant de l'étreindre avec fougue.

♦ ♦ ♦ ♦ ♦

Les mariages n'étaient pas chose courante à Montségur. Seuls quelques membres de la garnison, dont José, s'y étaient mariés. Les désirs personnels tels que l'union de deux vies ne faisaient pas partie de l'univers de la communauté, dont la plupart des membres dédiaient leur vie à la prière. Après deux ans et demi de présence, Esmée et Raimond faisaient partie intégrante de cette communauté ; ils étaient aimés et appréciés de tous. C'est la raison pour laquelle Luisana les invita à la rencontrer pour parler de la cérémonie.

Avant de les recevoir, elle pria afin d'être guidée. Elle avait appris à bien connaître Raimond. Elle avait travaillé et prié avec lui durant de longues heures et avait discerné en lui des choses que peut-être Esmée ne voyait pas encore. Elle avait constaté qu'il s'épanouissait pendant ces longs moments de recueillement et devinait qu'il avait compris le noble dessein de la prière en réunion. Saurait-il concilier cette irrésistible attirance avec le mariage, fut-ce avec Esmée, son amour de toujours ? Luisana n'avait pas la réponse à cette question. Elle demanderait à Guilhèm d'être présent également ; sa connaissance des deux jeunes gens et sa sagesse l'aideraient à prodiguer des conseils justes.

Luisana rencontra Raimond et Esmée dans la petite antichambre dédiée habituellement aux cérémonies et aux réunions spirituelles plus modestes. Guilhèm était déjà arrivé. Elle fit débuter l'entrevue par une oraison silencieuse.

Les yeux fermés, Esmée se laissa flotter avec bonheur dans l'atmosphère paisible. Épouser Raimond lui semblait si naturel. Elle avait relégué les épreuves des années précédentes dans un endroit reculé de sa mémoire ; sa vie était parfaite. Elle aurait souhaité la présence de son père à la cérémonie, mais après la naissance toute récente de la petite Lucia, elle ne pouvait pas attendre de lui qu'il laisse Andreva et leur fille seules à Foix. Elle leur rendrait visite dès que possible pour leur annoncer son bonheur tout neuf.

— Esmée, Raimond, contempler votre bonheur est une grande joie pour nous tous.

La voix de Luisana mit fin à sa rêverie. Elle chercha la main de Raimond et la serra dans la sienne. Il mit un moment à sortir de son état méditatif.

— Nous sommes ici pour parler de la bénédiction de votre mariage par la communauté, dit Luisana. Vous le savez sans doute, cet acte rituel est loin d'être anodin. Il est d'une grande force. Nous, les Anciens, et nos frères et sœurs tenons à examiner préalablement le lien qui unit les futurs époux, afin d'être sûrs qu'ils seront prêts à assumer les devoirs et les responsabilités qui accompagnent cette bénédiction.

« Nous sommes sur cette terre pour servir, vous ne l'ignorez pas, continua Luisana. Notre amour et notre devoir envers Dieu dépassent tout l'amour que peuvent éprouver deux personnes l'une pour l'autre. Quelquefois, même, il nous faut mettre de côté nos désirs afin de réaliser le dessein de notre âme.

Tout sourire, ils acquiescèrent d'un signe de tête. Guilhèm, cependant, pouvait entendre la réserve qu'exprimaient les propos de Luisana. L'enthousiasme qui se lisait sur le visage d'Esmée et de Raimond lui montrait qu'ils n'écoutaient qu'à moitié ce qu'elle leur disait, et il en fut heureux pour eux.

Luisana tourna vers lui un visage interrogatif.

— L'éducation de Raimond et d'Esmée leur a appris ce qu'était l'amour désintéressé, Luisana, dit-il. Ils ont dû affronter bien des épreuves en grandissant et je crois sincèrement qu'ils savent très bien ce que signifie aimer d'un amour pur et désintéressé.

Deux oiseaux se posèrent sur le rebord de la fenêtre. Leurs joyeux pépiements attirèrent l'attention de Luisana, qui les observa, pensive. Ils se pressaient l'un contre l'autre, l'un fourrant son bec dans le plumage de l'autre. Ils s'attardèrent encore quelques instants, puis s'envolèrent ensemble.

Les yeux de Luisana s'embuèrent de larmes et un sourire éclaira son visage.

— Mes chers enfants, votre amour est sincère et solide. Vous avez aussi une grande conscience de votre âme et de son chemin ici-bas. Oui, notre communauté sera heureuse de bénir votre union et elle vous invite tous les deux à poursuivre votre travail ici, avec nous. La tradition veut que nous consultions l'un de nos Anciens, doté d'une connaissance approfondie en astrologie, pour fixer les dates des grandes occasions. Avec votre permission, nous lui demanderons conseil pour choisir celle de la célébration.

35

Montségur, janvier 1241

Le mariage eut lieu six jours plus tard. L'Ancien avait suggéré cette date, favorable à la confiance au sein de leur couple et au renforcement du sentiment qui les unissait. L'échéance étant très brève, Esmée put compter sur l'aide de Matina, d'Esclarmonde et de quelques autres femmes pour préparer la cérémonie. On la lava dans un bain à l'eau de rose, ses ongles, si sollicités par les nombreuses escalades, eurent droit à une manucure et l'on soigna sa chevelure avec des bains de vinaigre dans lequel avaient infusé des fleurs de lupin jusqu'à ce qu'elle soit brillante et soyeuse. Esclarmonde lui trouva une jolie robe de laine fine qu'elle fit retoucher afin de l'ajuster à la petite stature de la future mariée. Entre temps, Guilhèm s'était rendu à Foix pour informer Philippe et Andreva de l'événement à venir. Philippe fit parvenir à Esmée le voile que sa mère avait porté le jour de son mariage. Court, en fine dentelle ivoire, il était parsemé de motifs dorés. La jeune femme fondit en larmes à la vue du précieux objet.

Andreva lui envoyait aussi un paquet contenant vêtements et chaussures, onguents et huiles parfumées pour sa peau et ses cheveux. La veille du grand jour, Matina et Esmée passèrent la soirée au coin du feu, Johan endormi près d'elles dans son berceau. Pendant qu'elles devisaient tranquillement après une journée d'effervescence, Matina enduisait les mains et les pieds d'Esmée des huiles offertes par Andreva. Le lendemain matin, les femmes arrivèrent à la maison pour parer la mariée. Avec lenteur, elle enfila la robe bleu pâle ; elle lui allait à merveille. Esclarmonde y ajouta une ceinture dorée qui mit en valeur sa taille fine et lui donna des souliers ornés de fleurs bleues, parfaitement assortis à sa robe. Enfin, Matina remonta sa chevelure et fixa le voile à l'aide d'un peigne.

— Tu es magnifique, s'émut-elle en l'embrassant sur la joue. Ta mère serait si heureuse de te voir ainsi. Non, non, ne pleure pas, ma chère sœur. Nos mères et mon père seraient très heureux pour toi en ce jour. Nous devons ressentir leur joie et être heureux, nous aussi.

Esmée ne put s'empêcher de penser à toutes les personnes chères qui ne pouvaient être présentes à côté d'eux : sa mère, Ava et Jaufré, Agnès, Séréna et Bruna. Du bout des doigts, elle effleura le voile de sa mère que Philippe avait gardé pour elle tout ce temps, et sourit.

— Je suis prête, dit-elle dans un murmure.

Raimond l'attendait à l'entrée nord du château. Lorsqu'elle arriva à sa hauteur, il lui prit les mains et y posa ses lèvres.

— Tu es très belle, *bessa*.

Ensemble, ils pénétrèrent dans le château où les accueillit Esclarmonde, qui les conduisit jusqu'à la grande salle aérée où les Anciens étaient déjà rassemblés. Un soleil lumineux offrait ses rayons à travers les fenêtres. Une odeur d'encens flottait dans l'air et le chant des Anciens emplissait l'espace. Raimond serra la main d'Esmée ; la jeune femme se rapprocha de lui, appuyant son épaule contre la sienne alors qu'ils s'avançaient.

Les Anciens étaient assis en cercle, Leyas et Luisana se tenaient en son centre. Guilhèm vint à leur rencontre et les étreignit. Esmée posa sa tête sur sa veste rouge et resta ainsi un moment.

— Ils prient pour votre joie et votre bonheur, lui murmura-t-il.

Elle lui adressa un sourire de gratitude et se tourna vers Raimond. Ensemble, ils s'approchèrent du cercle.

L'évêque Marty les accueillit à son tour ; son large sourire accentuait le rouge de ses joues. Il invita les jeunes gens à prendre place sur deux sièges faisant face à une table sur laquelle on avait disposé deux carafes en verre et une bougie. L'une des carafes contenait un liquide d'un bleu intense ; l'autre, plus petite, était vide. L'évêque pria Esmée et Raimond de placer leurs pierres dans la carafe vide, puis il y versa le liquide coloré.

— Demain, en présence de l'ensemble de la communauté, je vous rendrai vos pierres. Cette nuit, elles resteront ici, avec les Anciens, et recevront leurs bénédictions.

On rappela aux deux futurs époux qu'ils devaient passer dans le calme les heures séparant les deux cérémonies. Ils étaient autorisés à rester ensemble, mais toute relation charnelle était proscrite.

Ils quittèrent la salle et se rendirent directement à leur rocher, près de la plateforme de ravitaillement. L'air était calme. Ils passèrent ainsi le reste de la journée, parlant peu, simplement assis côte à côte, enroulés dans des couvertures. Lorsque le froid se fit plus intense, Raimond passa son bras autour d'Esmée pour la réchauffer. Finalement ils prirent le chemin de la maison familiale, où ils se couchèrent dans leurs lits respectifs. Le lendemain soir, ils dormiraient dans leur propre foyer, une petite maison que Luisana avait mise à leur disposition.

Au matin, Raimond se rendit à la prière pendant que Matina aidait une fois de plus Esmée à se préparer. Vêtue de sa robe bleue et de son voile ivoire, sa chevelure brillante parfumée à la poudre de rose et une guirlande de perce-neige autour du cou, Esmée retrouva Raimond à l'extérieur de la salle de prières. Main dans la main, ils y pénétrèrent ensemble. Les membres de la communauté des bons Chrétiens, présents pour la plupart, les accueillirent avec des paroles affectueuses et de brèves étreintes. Leurs amis du réfectoire les embrassèrent, des inconnus de régions éloignées les prirent par la main et les bénirent dans leur propre dialecte, et chacun des hommes de l'équipe des grimpeurs donna l'accolade à Esmée. Enfin, Guilhèm et Esclarmonde guidèrent le jeune couple vers deux sièges se faisant face. La carafe bleue, contenant les pierres, se trouvait sur une table à proximité. La douce psalmodie des Anciens s'élevait dans la vaste salle.

Cette fois encore, l'évêque Marty dirigeait la cérémonie. Il parla brièvement des deux jeunes gens et de leur naissance simultanée sous le même toit, dix-neuf ans plus tôt. Puis il mentionna leurs parents, Ava et Jaufré, Emersende et Philippe. Raimond se tourna vers Esmée et vit la tristesse dans son regard. Ses parents lui manquaient aussi, mais à présent s'occuper d'elle était tout ce qui comptait à ses yeux. Il serait son mari, constant et aimant, aussi longtemps qu'il plairait à Dieu. L'évêque conclut son discours en disant à quel point il se sentait honoré de célébrer cette cérémonie sacrée, qui bénissait l'amour de deux chers membres de la communauté de Montségur.

Le son riche et harmonieux du chant des consolés les enveloppa pendant qu'Esclarmonde apportait un ruban rouge sur un coussin doré. L'évêque l'enroula autour de leurs mains jointes, et la voix claire et pure de Luisana s'éleva. Esmée et Raimond se perdirent dans le regard l'un de l'autre, leurs yeux irradiants d'amour, leurs mains jointes dans une étreinte éternelle. C'était un moment de pure magie.

L'évêque Marty les déclara mariés. Il reversa le liquide dans son premier contenant et essuya les pierres.

— Pendant quelque temps, vous prendrez soin de la pierre l'un de l'autre, ainsi vous apprendrez à veiller sur l'âme l'un de l'autre.

Puis il plaça la pierre de Raimond dans la main d'Esmée, et celle de la jeune femme dans la main de celui qui était désormais son époux.

La cérémonie se termina par des prières. Puis Raimond prit sa jeune épouse dans ses bras et l'embrassa. L'assemblée applaudit et les acclama joyeusement. Matina et Alayda vinrent les étreindre. On apporta des tourtes, du vin épicé et des instruments de musique dans la grande salle et une fête égayée de danses et de chants débuta.

Épuisés mais heureux, Raimond et Esmée se retirèrent peu

avant la fin des réjouissances. Leur nouveau foyer les attendait. Alayda y avait allumé un petit feu et leur avait préparé un somptueux lit, fait avec les cadeaux de leurs amis : une épaisse couverture en laine, deux oreillers de plumes, luxe rare, et, lorsque Raimond écarta la couverture, ils découvrirent un drap de laine fine posé sur le matelas de paille et de laine mélangés.

Prenant la main d'Esmée, Raimond l'attira doucement vers le lit et, lentement, il lui ôta son voile et sa robe. Sa main gauche descendit le long de la chemise de soie qu'Andreva avait envoyée pour la nuit de noces, et il sentit la chaleur du corps de la jeune femme à travers le fin tissu. À la douce lueur du feu, Esmée regarda Raimond retirer ses bottes et ses vêtements, puis il se glissa à côté d'elle. Elle ressentit d'abord une grande timidité au contact de son corps nu et de ses mains caressantes.

— Je t'aime, Esmée, lui murmura-t-il à l'oreille.

Alors elle ne résista plus au frisson qui parcourait tout son corps et elle se tourna entièrement vers lui pour l'enlacer à son tour. Et, avec une grande tendresse, ils se donnèrent l'un à l'autre. Cette nuit-là, une immense paix descendit sur eux.

Interlude
Foix, 1316

SERDANE NE VOULAIT PAS briser le charme exercé par les talents de conteur de Guilhem Bélibaste, mais elle s'inquiétait de l'immobilité d'Esmée, à demi allongée contre les oreillers.

D'un signe, elle pria Guilhem de s'interrompre et alla près de sa grand-tante. Des larmes s'échappaient des paupières closes de la vieille dame. Serdane les essuya tendrement et Esmée ouvrit les yeux.

Elle murmura :

— Mon amour.

— Dois-je continuer, Esmée ? demanda doucement Guilhem.

Elle acquiesça et posa son regard sur Serdane. Puis elle baissa les yeux vers sa pierre. Raimond, Matina et Alayda, Julian, Guilhèm, les Anciens, ses amis et les membres de la garnison, elle les voyait tous. Guilhem lui aussi les voyait. Refermant les paupières, elle hocha imperceptiblement la tête.

Et Guilhem poursuivit.

Troisième Partie

36

Montségur, automne 1241

Cet été-là, le jeune couple vécut un bonheur sans nuages. Esmée et Raimond profitaient de la paisible vie sociale de Montségur et participaient aux diverses activités qui rythmaient la vie sur le pog. La nuit, bien au chaud dans les bras l'un de l'autre, ils regardaient le ciel étoilé par la porte restée ouverte. Esmée savourait chaque instant le bonheur de se sentir complète.

Puis on apprit, grâce à des contacts à Rome, que le pape venait de restaurer l'Inquisition. La nouvelle fut accueillie avec calme par les bons hommes et les bonnes femmes qui poursuivaient leurs tâches et leurs prières quotidiennes, et apaisaient les membres de la communauté que la nouvelle avait bouleversés.

Le spectre de la répression méthodique fit remonter chez Esmée les vieux sentiments de tristesse et d'incertitude qu'elle croyait à jamais éteints. La félicité dans laquelle elle avait vécu depuis son mariage avait éloigné jusqu'au souvenir des persécutions. Elle chérissait la vie simple de Montségur mais elle nourrissait le projet de s'installer un jour à Foix, avec Raimond. Il pourrait y exercer comme écrivain public et traducteur pour le comte et les marchands de la ville. Elle travaillerait comme couturière et espérait recevoir rapidement des commandes de broderie fine pour les élégantes de la ville et les amies d'Andreva. Cependant, ce rêve s'éloignait à mesure que leur parvenaient des témoignages rapportant le zèle avec lequel l'Inquisition faisait campagne. Il était hors de question de confronter Raimond à ce danger. Montségur les protégeait de tous ces périls.

Au début de l'automne, pourtant, le réseau d'informateurs mis en place par la communauté leur rapporta d'inquiétantes nouvelles. Raimond VII, comte de Toulouse, le seigneur le plus puissant de la région, se préparait à assiéger la forteresse pour témoigner de sa loyauté envers le pape et le roi de France. Il était de notoriété publique que le comte désespérait d'avoir un jour un héritier mâle avec son actuelle épouse et qu'il souhaitait faire annuler son mariage. Dans l'espoir d'obtenir cette faveur, il avait promis de détruire Montségur.

Pierre-Roger de Mirepoix commandait la garnison du château. Grand et robuste, la voix puissante, il avait épousé Philippa, fille de Raymond de Péreille. Guerrier chevronné, un peu rude et qui ne perdait pas de temps en verbiage, il rassurait la communauté par son charisme et par l'efficacité dont il fit preuve lorsqu'il organisa la défense de la forteresse. À l'annonce de l'imminence du siège, il ordonna immédiatement la mise en place de dispositifs de résistance. Les citernes furent remplies et l'on amassa quantité de bois et de nourriture ;

flèches, pierres et autres projectiles furent réunis en grand nombre le long des barbacanes ; enfin on camoufla encore un peu mieux les accès aux passages secrets qui parcouraient la paroi nord du pog.

Quelques semaines plus tard, des messagers leur apprirent que l'armée du comte de Toulouse s'était mise en mouvement. Et il ne se passa pas longtemps avant que la sérénité des alentours de Montségur fût troublée par un lointain grondement. Esmée rejoignit les défenseurs de la forteresse qui avaient pris place sur les barbacanes. Autour d'eux, les sommets et les pentes boisées avaient un air majestueux et familier. Le sentiment de sécurité qu'ils inspiraient était cependant démenti par la rumeur de l'armée en approche. Des centaines d'hommes à pied, accompagnés de chevaliers sur leur monture, apparurent bientôt. Du bétail et des charrettes tirées par des mules les suivaient.

Le camp prit rapidement forme sous le regard inquiet de la communauté de Montségur. Le lendemain, l'armée du comte dressa les tentes, alluma des feux, organisa sa logistique et alla se fournir en vivres et en eau auprès de la population locale.

Quelques grimpeurs de la garnison descendirent du pog afin de glaner des informations, en particulier sur d'éventuels alliés du comte susceptibles de venir gonfler les effectifs des assiégeants. Des observateurs furent placés sur les points stratégiques tout autour de Montségur et des messagers, dont Esmée, furent chargés d'établir le contact entre eux et Pierre-Roger de Mirepoix. La jeune femme était soulagée de pouvoir prendre part à l'action ; au moins était-elle d'heure en heure au courant de ce qui se passait.

Une fois l'installation du camp achevée, les défenseurs postés le long des barbacanes se préparèrent à une attaque imminente. Mais, à leur grande surprise, les assiégeants ne montrèrent aucune hâte pour monter à l'assaut de la forteresse. La nuit tomba sans qu'aucun mouvement suspect fût signalé. Il en fut de même les deux jours suivants. La garnison, en alerte, se préparait toutefois à la bataille et ne relâchait pas sa vigilance, les yeux rivés sur le camp. Les jours devinrent des semaines. Les troupes du comte semblaient s'être installées durablement au pied du pog, sans montrer la moindre intention belliqueuse. L'hiver approchait. Les assiégeants voulaient-ils pousser la communauté à la reddition en l'affamant ? Combien de temps encore durerait ce siège ? Les informateurs ne rapportaient rien de concret, sinon une opinion générale : le comte semblait estimer qu'assiéger Montségur était suffisant pour prouver sa bonne foi au pape.

Les premiers frimas enveloppèrent la région très tôt cette année-là et la situation se prolongeait. On pouvait voir les hommes du comte se rapprocher de leurs feux et, sur la montagne, le rationnement de la nourriture et l'état d'alerte permanent se faisaient durement ressentir. Les hommes étaient épuisés, les enfants affamés et les mères s'angoissaient en songeant au lendemain. Les assiégeants s'étaient installés au pied de la falaise que surplombait la plateforme d'approvisionnement, rendant celle-ci inutilisable. La seule nourriture qui arrivait encore jusqu'au sommet était acheminée par les grimpeurs le long des passages secrets. Déjà affaibli par l'âge, le vieux Patto ne résista pas à la pénurie. Julian l'enterra à l'est de la montagne, assisté d'Alayda, qui pleura un fidèle compagnon.

Esmée était inquiète pour Matina ; la jeune mère était au début d'une seconde grossesse. Quelques jours après l'arrivée des troupes du comte, elle l'avait trouvée dans la cuisine, paralysée par la panique. Livide et le regard vide, elle répétait :

— Je ne peux pas revivre cela, je ne peux pas ! Que veulent-ils ? Allons-nous tous mourir ? Que va devenir mon fils ?

Après avoir vainement essayé de la calmer, Esmée était allée chercher la guérisseuse. Après un bref examen, Rixanda avait pris Matina par les épaules et lui avait parlé avec fermeté :

— Matina, je peux te donner un remède pour fortifier tes nerfs, mais il faut avant tout que tu trouves le courage de te ressaisir, ou ton anxiété finira par affecter ton fils et l'enfant à naître.

Quant à Raimond, la menace omniprésente paraissait ne pas le troubler. Sa condition physique ne lui permettant pas d'efforts prolongés, il n'était d'aucune utilité pour les défenseurs du château. Aussi avait-il mis ses talents d'écriture au service de Luisana. Esmée avait perçu une urgence toute nouvelle dans son travail, qui se poursuivait souvent tard dans la soirée. Il n'en parlait pas et elle ne lui posait pas de questions.

Un soir, après une mission d'observation au plus près du camp des assiégeants, Esmée, agitée, cherchait en vain le sommeil. Lupo était couché près de la porte d'entrée, à sa place habituelle. Le pauvre animal avait tellement maigri que la jeune femme se préparait à le voir mourir si les restrictions devaient se poursuivre. Les conversations qu'elle avait surprises au camp ce jour-là évoquaient elles aussi le froid et le manque de nourriture, ou encore le mal du pays et le désir de retrouver femme et enfants.

Raimond rentra très tard ce soir-là.

— Es-tu réveillée, Esmée ? J'ai quelque chose d'incroyable à te dire !

Esmée émit un grognement et entrouvrit les yeux. S'asseyant à côté d'elle sur le lit, Raimond semblait en proie à une vive émotion.

— J'ai vu quelque chose de merveilleux aujourd'hui, dit-il en lui prenant les mains pour la forcer à s'asseoir. *Bessa*, mon cher amour, Luisana m'a autorisé à t'en parler. Je sais que tu es épuisée, mais...

Il l'embrassa légèrement sur les lèvres. Ses yeux étincelaient.

— Raconte-moi, soupira Esmée.

— Tu as entendu dire que les gens de Montségur étaient dépositaires de textes sacrés et de précieuses reliques, n'est-ce pas ? C'est bien le cas ! Aujourd'hui, j'ai vu l'un de ces textes. Esmée, c'était un document écrit par Jésus ! Un document original, écrit de la propre main du Christ ! – Il poussa un profond soupir. – Guilhèm a posé le livre sur la table. Je peux encore le sentir.

Toute tension quitta le corps d'Esmée. Lentement, dans le silence de la nuit, les paroles de Raimond s'insinuaient en elle. Les écrits de Jésus Christ, ici, à Montségur ? Tout près d'eux ?

— En es-tu certain ? Nous avons tous entendu ces rumeurs. L'une d'entre elles dit même que des descendants de Jésus et de Marie-Madeleine vivraient sur le pog, et pourtant, depuis que nous sommes ici, rien ne laisse supposer que cela fût vrai.

— C'est pourtant vrai, Esmée. J'avais devant les yeux un document ancien, écrit de Sa main. Luisana, Leyas et tous les Anciens étaient présents. Guilhèm l'a sorti d'un coffret et l'a posé sur la table. J'ai même pu m'en approcher. Il y avait...

Il chercha ses mots.

— Je ne sais comment le décrire. Mais quelque chose en émanait, comme une lueur que je pouvais percevoir. Elle semblait m'envelopper et me soulever de terre. Jamais je n'ai rien ressenti de tel. C'était comme si je me tenais à côté du Christ lui-même.

Malgré ses doutes, Esmée était fascinée. Raimond rayonnait. Quelque chose paraissait irradier du cœur du jeune homme ; fermant les yeux, elle s'en imprégna. Un irrésistible et profond sentiment d'amour l'envahit et elle souhaita que cet instant dure toujours.

Lorsqu'elle releva les paupières, le regard brûlant de Raimond fixait un point bien au-delà d'elle.

— Je n'ai pas pu lire les mots. Ils sont écrits dans Sa langue, l'araméen. Mais je les ai sentis. C'était étrange. Je les percevais comme étant pleins de bonté et d'amour. Des mots simples. Je sais que cela peut paraître curieux, pourtant depuis que j'ai ressenti ces mots, *bessa*, tout me semble très clair. Je peux voir le chemin qui mène au paradis. Et il est si simple.

Il s'interrompit, les yeux perdus dans le vague.

Esmée éprouva une sensation désagréable.

— Raimond, est-il possible d'être sur le chemin du paradis tout en vivant ici-bas ? demanda-t-elle, inquiète.

Et comme il tardait à répondre, elle pressa ses mains et reposa la question.

— Comment ? Oui, mon aimée, bien sûr que c'est possible. – Il fronça les sourcils. Lentement, presque à contrecœur, il reprit pied dans la réalité du moment. – *Bessa*, nous serons toujours ensemble. Nous sommes un seul cœur.

Il l'aida à s'allonger et remonta sur elle la couverture en laine. Elle se pelotonna contre lui et le serra très fort. Avec douceur, il lui caressa les cheveux jusqu'à ce qu'elle s'endorme dans ses bras, puis il retourna dans sa vision dont la beauté et la perfection l'enveloppaient tout entier. Il y chercha Esmée et, lorsqu'il la trouva, ils se sourirent avec une parfaite et totale compréhension.

Les semaines passaient et les chutes de neige devenaient de plus en plus régulières et abondantes. Bientôt, les guetteurs rapportèrent une agitation inhabituelle dans le cantonnement au pied de la montagne.

— Ils plient leurs tentes !

La nouvelle se répandit rapidement dans la communauté assiégée. Effectivement, les troupes du comte levaient le camp, sans avertissement ni fanfare. Elles étaient en train de démonter leur campement aussi méthodiquement qu'elles l'avaient monté, quelques mois plus tôt. Sans une attaque, sans même que le comte de Toulouse ait obtenu l'annulation de son mariage. Il n'y eut cependant pas de grandes effusions de joie sur le pog. La garnison, incrédule, resta postée jusqu'à ce que le dernier chariot disparaisse à l'ouest. Tous étaient épuisés. La nourriture et l'eau avaient suffi mais le rationnement resterait nécessaire jusqu'à ce que les réserves soient rétablies.

Le départ de l'armée arriva trop tard pour Lupo. Malgré l'intervention de Rixanda, les privations avaient eu raison des dernières forces du fidèle animal. Julian l'enterra à côté de Patto. Debout près de Guilhèm, de Raimond et de ses sœurs d'adoption, Esmée se souvint avec émotion du loyal compagnon qui les avait accompagnés au long de ces quatre années, depuis cet été à Carcassonne.

Ce soir-là, elle était submergée par la tristesse. Elle ne se sentait plus en sécurité derrière les murs de la forteresse. Il lui tardait maintenant de partir. Quand elle partagea son sentiment avec Raimond, celui-ci la prit dans ses bras et lui assura que le comte de Toulouse n'avait jamais eu l'intention de les attaquer et que les murs de Montségur étaient toujours aussi sûrs. Il ne voyait aucune raison de les quitter.

— Et si Rome envoyait une autre armée, Raimond ? Tu ne peux pas retomber entre les mains des inquisiteurs !

— Allons, mon amour, du calme. – Raimond lui caressait doucement la tête. – Laisse la paix qui entoure cette communauté emplir ton cœur.

Cette fois, ses paroles ne la réconfortèrent qu'à moitié.

— Les prières ne suffiront pas à les décourager. Je t'en prie, partons. Nous pouvons rejoindre mon père ou aller plus au sud encore, là où vit la famille de José ; il m'a assuré que la région était sûre.

— Les écrits du Christ et Ses paroles d'amour sont plus puissants que n'importe quelle épée, *bessa*. Nous avons été guidés jusqu'ici pour une bonne raison, et je ne pense pas qu'il soit déjà temps d'en partir.

Peu convaincue, Esmée poussa un profond soupir et abandonna le sujet. Elle aurait aimé voir le monde à travers les yeux de Raimond, parfaitement inconscient du danger. Finalement, exténuée par la tristesse de cette journée et le poids de l'anxiété, elle s'endormit.

37

Montségur, printemps 1242

Après le départ des troupes du comte de Toulouse, les fatigues et les angoisses firent place à un calme apaisant. Les chants des bons Chrétiens, qui s'élevaient lors des sessions de prière, duraient plus longtemps que de coutume et se répandaient comme un baume sur l'ensemble du pog. Les soldats de la garnison et leurs familles mangeaient à leur faim et faisaient enfin des nuits complètes. Le réapprovisionnement en nourriture était assuré et la pluie et la neige fournissaient de l'eau en abondance. Luxe suprême, les lessives furent à nouveau autorisées. Après ces semaines de peur et de strict rationnement, la communauté sut apprécier ce raffinement et son moral grimpa. Les rires des enfants et les appels des mères résonnaient dans l'air calme pendant les heures où le soleil réchauffait un peu l'atmosphère. La vie sociale reprit et l'on entendait des chants et de la musique égayer les paisibles veillées. Pour Esmée, ce fut une période de bonheur et de tranquillité. Elle passait la journée avec Matina, l'aidant à s'occuper de Johan, et la nuit elle se blottissait dans les bras de Raimond.

Mais lorsque la neige se mit à fondre, le monde instable au-delà de Montségur s'imposa une fois encore, quand deux chevaliers et un représentant de la noblesse se présentèrent à la forteresse pour un long entretien avec Pierre-Roger de Mirepoix et ses lieutenants. Cette rencontre n'avait en soi rien d'exceptionnel, le chef de la garnison recevant régulièrement d'importants visiteurs. Cependant, au cours des semaines qui suivirent, la fréquence de ces visites et de ces entretiens alla croissant. Parallèlement, des bons hommes et des bonnes femmes vinrent chercher refuge sur la montagne, arrivant par petits groupes. Esmée en compta plus d'une quinzaine. Puis arrivèrent des villageois, en quête, eux aussi, de protection. Des familles entières, la plupart chargées de leurs maigres possessions, espéraient pouvoir s'installer au pied des murs de la forteresse. Devant cet afflux massif, Pierre-Roger mit en place un poste de garde avancé, chargé de dissuader les fugitifs de monter plus haut. Et si l'asile fut accordé à quelques veufs et veuves, la plupart des familles durent rebrousser chemin, non sans avoir reçu un peu de nourriture ou tout autre forme de soutien. On leur indiquait la direction de l'Aragon et de la Catalogne, au sud, où ils pourraient peut-être trouver un endroit sûr où commencer une nouvelle vie. Les prières de Montségur les accompagnaient sur la route de leur exil.

De la paix de l'hiver, il ne resta bientôt plus à Esmée que le souvenir, alors qu'elle se débattait une fois de plus contre des pensées indésirables et de profondes angoisses. La nuit, elle restait éveillée de longues heures, couchée à côté de Raimond, agitée, l'esprit en ébullition, pendant que lui dormait du sommeil du juste. De sombres images affluaient dans son esprit ; Ava agonisant sur le bûcher, Jaufré infirme acariâtre, Nicolau et Jacotina affrontant le danger à Carcassonne, les jeunes garçons roux fauchés par l'épée d'un garde, ou encore les corps ensanglantés de Séréna, du bébé et d'Agnès. Les larmes qui l'auraient soulagée ne venaient pas. Elle avait essayé de se confier à Raimond mais, s'il lui montrait de la compassion et lui prodiguait des gestes tendres, il semblait être à des lieues de ses préoccupations et de ses peurs.

Un matin, Guilhèm vint la trouver. Remarquant ses cernes sombres, il lui proposa une marche en forêt. Arrivés au pied du pog, ils se dirigèrent vers le sud et escaladèrent la hauteur voisine. Guilhèm choisit de s'arrêter au sommet d'un épaulement d'où ils pouvaient admirer les reliefs environnants. Au sud, les sommets étaient encore recouverts d'une neige abondante, mais plus bas, sur les pentes ondoyantes, la forêt était déjà parcourue de tâches blanches et vert pâle, annonciatrices de renouveau. Les corbeaux volaient au-dessus de leurs têtes. Esmée les observait tandis que Guilhèm s'était assis, immobile ; sa respiration était devenue profonde et régulière. Après un petit moment, il sortit de son silence et lui demanda de lui parler de ses états d'âme.

Esmée ne se fit pas prier et ouvrit son cœur à son ami. Dans un récit saccadé ponctué de larmes, elle lui confia les images et les pensées douloureuses qui la hantaient.

— Tout recommence, Guilhèm.

Guilhèm psalmodiait doucement tout en traçant des symboles avec ses mains.

— Raimond t'a-t-il parlé des textes sacrés ?

Esmée acquiesça.

— C'est ce que cherchent les hommes du pape, n'est-ce pas ? Ils ont eu vent des rumeurs concernant les documents sacrés gardés ici et ils ont certainement de bonnes raisons de penser qu'elles sont avérées. Ces écrits remettent en question les fondements de l'Église de Rome et ses représentants ne seront satisfaits que lorsqu'ils les auront en leur possession, et que Montségur sera détruite.

Elle espérait que Guilhèm la contredirait, mais il n'en fit rien.

— Guilhèm, nos vies seraient plus sûres loin d'ici. Si nous étions à nouveau assiégés, Raimond ne serait peut-être pas en mesure de s'échapper.

— Il n'est pas en mon pouvoir de te dire ce que vous devez faire, Esmée. Tu sais que Montségur est plus qu'un simple refuge. Notre communauté vit un moment d'une importance cruciale et chacun de nous, ici, a une raison de se trouver sur cette montagne, y compris toi. Tu es libre de tes choix : pars ou reste. Mais si tu aimes Raimond autant que je le crois, il te faudra lui faire confiance et le laisser libre des siens.

— Nous sommes mariés. Cela ne signifie-t-il pas que nous devrions agir dans le même sens ? Faire les meilleurs choix pour nous deux ?

Guilhèm ne répondit pas.

— Je sais que tu ne peux pas me dire ce que je dois faire, dit-elle, un peu frustrée devant son mutisme.

— Tu es tout à fait capable de trouver toi-même la réponse. Souviens-toi seulement que ce monde que voient tes yeux n'est qu'une infime partie d'un tout. C'est quelquefois difficile à concevoir, mais essaie de garder cela à l'esprit lorsque tu dois prendre des décisions.

Esmée fixa le pog et la splendide nature qui l'entourait tout en essayant de voir clair dans le brouillard de ses pensées. Elle se remémora la cérémonie de mariage. Luisana avait assez longuement évoqué la réalisation du dessein de leur âme avant de consentir à bénir leur union. Elle leur avait dit aussi que quelquefois il fallait sacrifier ses désirs personnels pour se mettre au service de ce dessein.

— Luisana et toi saviez que Raimond ne considérerait jamais que l'amour, les prières et le monde sacré de Montségur, et qu'il resterait étranger à la peur et au danger inhérents à la vie ici, n'est-ce pas ? C'est la raison pour laquelle elle a parlé du projet que devait poursuivre notre âme et des sacrifices à consentir.

— Tu as ton libre arbitre, Esmée ; nous l'avons tous, et c'est pour cela que nous ne pouvons prédire le futur. Je te l'ai dit : tu dois faire tes propres choix et permettre à ton époux de faire les siens. Si vous mettez cela en pratique, vous pourrez être mariés et heureux, sans qu'aucun de vous doive s'écarter de son but suprême à cause des désirs de l'autre.

— Mais qu'arrivera-t-il si Rome envoie ses inquisiteurs à Montségur et que Raimond choisisse malgré tout de rester pour prier ? Est-ce là un choix juste pour son âme si cela doit mettre son existence en péril ?

Elle gémit. Ses pensées tournaient en boucle et ne la menaient nulle part.

— Tu n'es responsable que de tes propres décisions, Esmée,

dit Guilhèm. Concentre-toi sur une seule question ; choisis et vois ce que tu ressens. Prends ton temps, rien ne presse, c'est trop important.

Esmée se redressa et laissa son regard se perdre dans le bleu du ciel. Partir ou rester, telle était la question qui l'obsédait. Laissant de côté toute implication de Raimond dans son choix, elle se concentra sur ce qu'elle voulait, elle. Inlassablement, elle se répéta cette question, encore et encore, et, progressivement, son esprit s'éclaircit. Prenant une profonde inspiration, elle exprima la question à voix haute :

— Partir ou rester ?

Instantanément, la réponse lui apparut, claire et évidente.

— Rester. Je veux rester à Montségur. Je veux y rester avec Raimond, avec toi et tous les autres. – Elle avait du mal à reconnaître sa propre voix, assurée et paisible. – Je veux aider et servir, quoiqu'il advienne.

Elle baissa les yeux sur son ami.

— J'ai fait mon choix, Guilhèm.

— Et que ressens-tu ?

En pensée, elle parcourut rapidement son corps, où les tensions avaient disparu.

— Tout est clair, tranquille. – Elle lui sourit. – C'est ce qui me vient à l'esprit. Je n'éprouve plus aucune anxiété.

Elle se concentra une fois de plus sur ses sensations.

— Plus aucune. Cela signifie-t-il que mon choix est le bon ?

Elle attendait sa confirmation.

— C'est ton choix, Esmée.

— Je me sens… – Elle cherchait ses mots. – Je me sens

heureuse, heureuse de rester. C'est ce que je désire faire et c'est le bon choix.

— Et si Raimond éprouvait les mêmes sensations en prenant une décision, quelle qu'elle soit ?

— Alors, bien sûr, je saurais qu'elle est juste pour lui et je la respecterais. Merci, Guilhèm, c'est si simple mais si précieux.

Le soleil se couchait lorsqu'ils prirent le chemin du retour. Guilhèm la regardait alors qu'elle marchait devant lui d'un pas décidé, le dos droit et le pied léger.

— Courage et force, ma chère petite, murmura-t-il. Ton cœur est sincère et tu es prête pout tout cela.

38

Montségur, Avignonet février à mai 1242

DURANT LES PREMIERS MOIS de l'année 1242, huit veuves âgées furent accueillies à Montségur. Parmi elles, Willelma, une femme grande et maigre, arriva en mars du village de Saissac, situé au nord-ouest de Carcassonne. Elle avait beaucoup enduré et sa colère contre le monde et ses vicissitudes était manifeste. Elle ne s'en cachait pas, d'ailleurs, et ne manquait pas d'exprimer son point de vue devant son tout nouvel auditoire.

— La situation se dégrade, elle n'est plus tolérable, déclara-t-elle un soir au cours du dîner. J'ai élevé mes enfants pendant que Montfort et ses hommes massacraient à tour de bras autour de nous ; c'était dur, mais je crois que je préfère encore la cruelle franchise d'une bataille sanglante à cette guerre sournoise que mènent les inquisiteurs.

Elle décrivit comment ces derniers avaient interrogé tous les habitants du village, les questionnant sur leur famille, sur leurs voisins et les encourageant à dénoncer leur prochain pour hérésie.

— Personne ne sait ce qui ressort de ces interrogatoires. Ils restent secrets mais tout est consigné. Plus personne n'est à l'abri et les accusations tombent pour des actes bien inoffensifs. Offrir un gobelet d'eau à un bon Chrétien par grande chaleur, ou seulement parler avec une personne accusée d'hérésie suffit à faire de vous un suspect, voire un hérétique.

Et elle encourageait chaque nouvel arrivant à parler des mises en accusation et des châtiments dont ils avaient été les témoins. Contrairement aux résidents de longue date qui savaient tempérer leurs propos et qui leur rappelaient calmement que Montségur était un lieu de prières dont l'intention était d'apporter le réconfort à tous, Willelma continuait à entretenir sa colère. Elle s'attaqua à l'une des veuves :

— Depuis combien de temps vous refugiez-vous dans ce petit paradis ? Vous n'avez aucune idée de ce qui se passe dehors. L'envahisseur envoyé par Rome ne s'arrêtera que lorsqu'il aura le monde à ses pieds, lorsqu'il nous aura tout pris, nos maigres biens et notre dignité. Et vous voudriez que je me taise ?

La colère ne se limitait pas à la salle à manger communautaire. Depuis peu, la tension était montée d'un cran au sein de la garnison. Des hommes en armes, dont certains étaient arrivés récemment, relataient eux aussi de sombres histoires impliquant les inquisiteurs. Certains même évoquaient la vengeance et la révolte armée. S'ils parlaient à voix basse, le ton n'en était pas moins décidé et leurs propos sans concession. Désormais, les rencontres entre Pierre-Roger, ses chevaliers et les visiteurs officiels étaient souvent animées, voire passionnées.

Depuis sa sortie avec Guilhèm, Esmée avait retrouvé la

sérénité. Elle avait choisi de rester avec Raimond à Montségur et elle s'y employait de tout son cœur dans chacun des gestes du quotidien. La colère qui s'était insinuée dans la garnison depuis l'arrivée des nouveaux venus lui semblait déplacée en ce lieu. Elle savait ce que voulaient dire les anciens résidents lorsqu'ils parlaient de Montségur comme d'un lieu de prière, et elle ressentait la paix générée par les longues oraisons des bons Chrétiens. Cette paix qui l'aidait à conserver son calme devant certains discours empreints d'agressivité.

Quant à Raimond, il gardait son indéfectible optimisme.

— Cela passera, *bessa*. Une fois leur colère exprimée, ces gens finiront par trouver la paix en eux-mêmes. Tous les jours, nous prions pour que cette rage s'achève.

Elle aimait et admirait sa douceur tranquille et s'y réfugiait après une journée particulièrement difficile. Parfois, même, elle le rejoignait dans la salle de prières.

Alayda était loin de partager l'attitude de son frère.

— Nous ne savons que trop bien ce qui se passera si nous laissons les inquisiteurs entrer dans nos villages. Il faut les empêcher ! s'exclama-t-elle un soir, devant la famille réunie.

— Ce sera encore plus de sang versé et cela ne s'arrêtera jamais, objecta Matina.

— Cela ne s'arrêtera pas, en effet, si les envoyés de Rome sont libres de continuer leur hideuse besogne, détruisant des vies dans tous les villages qu'ils approchent, s'en prenant à quelques personnes et instillant une frayeur mortelle chez les autres, qui se retranchent dans le silence. Voyez notre châtelain ; c'était un ami de notre famille et pourtant c'est grâce à son aide que Tiqué a pu mener à bien sa tâche et tuer notre mère.

— Il nous a laissé partir, rappelle-toi, répliqua sa sœur.

— Jamais il n'aurait dû offrir l'hospitalité à Tiqué. S'il avait eu ne serait-ce qu'un peu de courage, nos parents seraient en vie et nous n'aurions jamais quitté Labernoc.

Vers la fin du mois de mai, la communauté se réunit à la demande de Pierre-Roger. La séance débuta traditionnellement par une oraison, puis le chef de la garnison prit la parole. Il confirma d'abord les faits rapportés par les nouveaux venus : les inquisiteurs procédaient à des interrogatoires et faisaient une collecte de renseignements en règle dans les alentours.

— Ils vont de village en village, commença Pierre-Roger de sa voix de stentor. À chaque étape, ils remplissent leurs registres d'informations, vraies ou fausses, et passent au village suivant. Ils n'en omettent aucun. Cette évolution de leurs méthodes est très préoccupante. Bien que n'étant pas directement inquiétés ici, à Montségur, nous avons décidé, à contrecœur, de prendre des mesures afin de protéger notre foi et le mode de vie que nous avons choisis. Nous voulons intercepter les inquisiteurs qui sévissent tout près d'ici, et nous détruirons leurs registres. Par la force, si nécessaire.

On entendit des exclamations étouffées, principalement dans les rangs des familles, installées à la périphérie de la grande salle. Esmée elle-même sursauta à cette annonce. Elle était bouleversée. La garnison était censée protéger la communauté et non pas commettre des actions violentes hors du périmètre du château. Elle regarda l'évêque et les Anciens. Comment pouvaient-ils cautionner pareille opération ? La plupart des Anciens et des bons Chrétiens étaient assis, les jambes croisées, absorbés dans une profonde prière. Avaient-ils seulement entendu les propos de Pierre-Roger ? Luisana, debout derrière lui, gardait les yeux baissés. Esmée lut de la tristesse sur son visage. N'aurait-elle pas pu les dissuader d'entreprendre une telle action ?

— On nous a informés qu'ils seront bientôt hébergés dans la demeure de Raymond d'Alfaro, à Avignonet, continuait Pierre-Roger sans tenir compte de l'émoi qu'avaient suscité ses paroles. D'Alfaro est acquis à notre cause et nous aidera à mettre la main sur les registres, que nous détruirons aussitôt.

Le lendemain matin, assise au sommet d'une barbacane à côté d'Alayda et de Julian, Esmée regardait s'éloigner les trente hommes, dont José, qui chevauchait parmi les chevaliers. Un peu moins de quinze lieues les séparaient d'Avignonet, en passant par Foix.

Après leur départ, la vie sur le pog se poursuivit dans une atmosphère tendue. Esmée s'empressait auprès de Matina, morte d'inquiétude ; elle l'aidait avec Johan et dans la salle à manger communautaire, ou lui tenait simplement compagnie lorsqu'un moment de détente se présentait. Les soldats de la garnison restés au château étaient en état d'alerte. Les postes de garde avaient été doublés et les environs étaient surveillés sans relâche. Il en allait de même des psalmodies des bons Chrétiens qui s'élevaient entre les murs de la citadelle. De temps à autre, Esmée allait s'asseoir sous l'une des fenêtres de la grande salle pour se nourrir de la quiétude qu'elles inspiraient.

Vers la fin du second jour, menant sa monture à toute bride, un cavalier s'approcha du pog. Trois autres le suivaient de près. L'ensemble de la garnison, les familles et les autres résidents laïcs s'empressèrent vers les barbacanes, avides de nouvelles. « Succès ». Le mot était repris de bouche en bouche par la petite foule qui s'était massée à l'entrée du château. Les quatre hommes agitaient les bras.

Malgré la chaleur et l'épuisement, ils abandonnèrent leur monture à mi-pente et parcoururent en courant la distance qui les séparait de l'entrée de la forteresse. Esmée s'avança, suivie de Matina et de Johan qui trottinait à côté d'elle.

— Nous sommes tous sains et saufs et les registres sont détruits, entendirent-elles.

Les femmes poussèrent des cris de soulagement. Leurs conversations étaient ponctuées des rires et de larmes alors qu'elles attendaient le retour de leurs époux. Esmée serra Matina dans ses bras. Derrière elles, elle entendit le chant des consolés et lui trouva une intensité peu coutumière. Mais, entraînée par l'enthousiasme général, elle n'y prêta plus attention.

Il faisait nuit lorsqu'on entendit enfin le cliquetis produit par les hommes en armes qui approchaient du château. Leurs femmes avaient depuis longtemps rejoint leurs foyers. Rompue de fatigue, affamée et étrangement silencieuse, la troupe passa la porte. Il n'y eut pas de cris de victoire et ils ignorèrent les interrogations de ceux qui étaient restés là, à les attendre au sommet des barbacanes. Esmée les observait. Quelque chose dans leur attitude la préoccupait. Elle laissa à José et Matina un moment pour se retrouver avant de les rejoindre. Alayda et Julian étaient déjà arrivés et pressaient José de questions.

Ce dernier prit le temps de finir son repas et se versa une autre rasade de vin épicé.

— Ce fut épouvantable, lâcha-t-il avec lassitude.

Matina vint à son secours en demandant à tous de reporter cette conversation au lendemain. Mais Alayda, survoltée et bien décidée à savoir, continua à le harceler. D'abord réticent, José finit par lui donner satisfaction, révélant peu à peu la trame des événements. Esmée tenait sa pierre dans sa main pendant qu'il parlait.

— En cours de route, des villageois en armes se sont joints à nous. Malgré notre opposition, ils ont insisté pour s'associer à notre groupe et devenaient même menaçants. Ils étaient déterminés à en découdre avec les inquisiteurs et leur suite. À contrecœur, nous avons accepté qu'ils nous suivent.

Aux abords d'Avignonet, l'un des hommes de Raymond d'Alfaro les attendait. Il avait guidé une quarantaine d'hommes, dont José lui-même, mais aussi quelques villageois, jusqu'au château. Pierre-Roger et le reste de la troupe devaient les attendre dans une forêt proche. Une fois dans le château, on les avait menés vers la tour où logeaient les deux inquisiteurs et leurs neuf compagnons. Ils avaient fait irruption dans les chambres, s'étaient emparés des hommes endormis et les avaient entraînés vers la salle de réception. Pendant ce temps, les chambres avaient été saccagées et les registres jetés dans la cheminée. Arrosés de l'huile d'une lampe, ils avaient mis peu de temps à s'embraser. Cependant, devinant leurs intentions, l'un des inquisiteurs avait échappé à leur vigilance et était retourné vers sa chambre afin de sauver des flammes ce qui pouvait encore l'être.

— Il était robuste et il a frappé plusieurs de nos hommes. Le chaos s'en est suivi. – José secoua la tête. – Quelqu'un, je ne saurais dire qui, a sorti son épée du fourreau et l'a abattue sur lui. La situation est rapidement devenue incontrôlable. Tout est allé très vite. Les deux inquisiteurs et leur suite ont péri. Tous.

— Qui les a tués ? Les villageois ? demanda Alayda.

José haussa tristement les épaules.

— Quelle importance, Alayda. Ne sommes-nous pas tous responsables ?

— Cela suffit, coupa Matina, jetant à sa sœur un regard courroucé. C'est assez pour ce soir. Nous avons tous besoin de sommeil.

Esmée rentra chez elle, bouleversée. Raimond revenait de la prière et elle lui relata brièvement le récit de José. Et pour la première fois depuis longtemps, le jeune homme montra de la colère :

— Nous les avons rejoints dans leur bassesse, Esmée. Qu'avons-nous fait ? Que nous sommes-nous infligés à nous-mêmes ?

39

Montségur, printemps, été 1243

Une année s'était écoulée depuis le massacre d'Avignonet. Il ne se passait pas un jour sans qu'Esmée remerciât le Ciel pour le bonheur qu'il lui accordait. Elle aimait Raimond. Elle aimait la communauté. Sa précieuse pierre-perle s'emplissait peu à peu d'histoires vécues par les bons Chrétiens, les soldats de la garnison et leurs épouses, les artisans du château et tous ceux qui allaient la trouver pour lui confier des moments de vie. Elle allait tenir compagnie aux gardes en faction, se juchant sur le mur de la barbacane par de chaudes journées pour leur parler et surtout, les écouter. Elle allait aider tel bon homme ou telle bonne femme dans le potager, pour s'asseoir avec eux après l'effort et bavarder ; certains, originaires de régions lointaines, s'adressaient à elle dans un occitan approximatif. Le forgeron d'un village voisin, venu offrir ses services sur le pog, avait apprécié une pause hors de la fournaise de sa forge pour se rafraîchir et partager avec elle quelques moments marquants de la vie de son village.

Tous avaient quelque chose à raconter, ne serait-ce que les circonstances qui les avaient amenés à Montségur pour y vivre ou simplement y séjourner quelque temps. À mesure qu'elle apprenait à connaître les membres de la communauté, elle comprenait que chacun d'eux avait une profonde conscience du rôle que jouait Montségur dans la protection de traditions chrétiennes profondément enracinées en eux. Lorsqu'elle y songeait, elle espérait de tout cœur que la présence de ces bonnes personnes sur cette montagne sacrée suffirait à maintenir toute leur force et leur pureté à ces traditions pour les générations à venir. Car après le siège du château par les troupes du comte de Toulouse quelque deux ans auparavant, et les événements d'Avignonet l'année précédente, elle n'en était plus si certaine.

Raimond, lui aussi, remerciait quotidiennement Dieu pour la vie qu'Il lui offrait. Passer ses journées à prier, à travailler auprès de Luisana et à vivre avec sa tendre Esmée le comblait. Il avait repris la gravure du diamant sur sa pierre et son œuvre était pratiquement achevée. À chaque fois qu'il essuyait la fine poussière laissée par le poinçon, il avait l'impression que tout son être se purifiait également, devenait plus radieux et plus fort. Pendant les longues soirées d'été, il se rendait souvent près de la plateforme d'approvisionnement avec Esmée et ils s'asseyaient contre leur rocher pour admirer le coucher du soleil. Il n'avait pas quitté le pog depuis son arrivée, en partie à cause de son pied encore fragile, mais avant tout parce qu'il n'en ressentait pas le désir. Quant à Esmée, elle rendait régulièrement visite à son père et sa famille, à Foix, et il se réjouissait des nouvelles qu'elle en rapportait. Il profitait du monde extérieur à travers ses yeux à elle. Il savait ainsi qu'Andreva était impatiente de pouvoir gâter leur enfant. Il avait quelquefois observé Esmée tandis qu'elle s'amusait avec ses neveux, Johan et le petit Pedro, né quelques semaines plus tôt, et il avait cherché chez elle les signes d'un désir d'enfant inexprimé. Il n'en avait perçu aucun. Tous les jours il priait, et il dédiait ses prières à ses parents, à la famille de Guilhèm et à tous ceux dont il avait vu la mort et la souffrance sous la torture. Avec le temps, tout naturellement et sans réserve, il avait aussi inclus Tiqué dans ses intentions de prière.

La fin du mois de février vit apparaître les premières fleurs. D'autres bons Chrétiens rejoignirent Montségur. Esmée estimait maintenant à près de deux cents le nombre de résidents qui dédiaient leur existence à la prière. Elle s'étonnait qu'on trouve encore un endroit où loger les nouveaux venus. C'était comme si la montagne avait la capacité d'accroître son espace suivant les besoins.

Le printemps offrit une combinaison idéale de soleil et de pluie. Les citernes étaient pleines, les potagers furent ensemencés, on aéra les maisons et la literie et les vêtements furent frottés et lessivés.

Puis en avril, par un paisible après-midi, un messager fit irruption dans cette routine faussement tranquille. Il laissa sa monture en bordure de forêt et gravit rapidement le chemin jusqu'au château.

Alarmée par le remue-ménage qu'occasionna son arrivée, Esmée se hâta vers les remparts. Là, elle vit l'homme, haletant et épuisé, s'approcher de Pierre-Roger qui était sorti à sa rencontre. Après un bref échange, ils entrèrent dans le château. Un peu plus tard, la communauté fut invitée à se rassembler dans la grande salle de prières. Après avoir retiré ses chaussures à l'entrée, Esmée y rejoignit Raimond, plongé dans une profonde méditation ; les yeux clos et les mains jointes sur ses genoux, il avait placé sa pierre entre ses pouces. Quand il sentit sa présence, il se tourna vers elle et la regarda tendrement. Ses yeux verts reflétaient la lumière qui entrait à flot par la fenêtre ouverte et elle ressentit, comme toujours, cette familière bouffée d'amour pour celui qu'elle avait épousé deux années plus tôt. Elle se rapprocha un peu plus de lui, de sorte que leurs genoux se touchèrent.

Lorsque tous furent présents, Pierre-Roger prit la parole. Il annonça sans préambule les termes du message qu'on venait de lui délivrer : Rome était résolue à détruire Montségur et allait s'y employer de toutes les manières possibles. Lors d'un concile qui s'était tenu à Béziers, le roi de France avait accepté de mettre son armée à la disposition du pape. Hugues des Arcis, sénéchal de Carcassonne, prendrait la tête des troupes ; il avait déjà commencé à recruter des mercenaires. Certains prélats avaient également offert de lui fournir des moyens et des hommes.

— Ils disent vouloir répondre au massacre des inquisiteurs, l'an passé, à Avignonet, continua Pierre-Roger de sa voix forte et ferme. Nous résisterons et défendrons notre communauté. Nous devons nous préparer.

Esmée sentit son estomac se nouer. Matina étouffa un sanglot et les femmes de l'assistance furent envahies par une sourde angoisse.

La réaction du commandant de la place face aux murmures

inquiets fut abrupte : il rappela à tous qu'ils étaient libres de quitter Montségur pour voyager vers le sud, à condition de partir sans délai. En revanche, il attendait de tous ceux qui choisissaient de rester de s'engager à accomplir leur devoir.

— Et cela comprend aussi les enfants. Nous défendons un sanctuaire et je demande à ceux qui ne sont pas capables d'y contribuer de quitter le pog.

Un silence de plomb tomba sur l'auditoire. Esmée aurait voulu réconforter Matina, qui peinait à garder son sang-froid. Au même instant, elle réalisa que Raimond n'avait manifesté aucune réaction à ces dramatiques annonces. Sa respiration était si calme qu'elle se demanda s'il les avait seulement entendues.

Dans les semaines qui suivirent, mue par une volonté commune, la petite société se mit au travail. Une nouvelle fois on constitua des provisions d'eau, de nourriture et de bois, de flèches et de projectiles divers, et de tout ce qui était nécessaire pour soutenir un siège. Avec les grimpeurs, Esmée s'affairait à escamoter les entrées des pistes d'accès au sommet. Ils camouflèrent aussi le dispositif d'approvisionnement au pied de la falaise. Quelques hommes et chevaliers supplémentaires furent entraînés à emprunter les voies les plus aisées.

Les bons Chrétiens se relayaient jour et nuit dans la salle de prières. Une fois achevé son travail auprès de Luisana, Raimond se joignait à eux. Et alors que la garnison s'activait avec frénésie, l'intensité des oraisons se propageait sur Montségur et contribuait à lui conserver une atmosphère presque feutrée. Certaines fois, plus particulièrement les nuits sans lune, Esmée crut voir un halo de lumière au-dessus de la forteresse. Lorsqu'elle en parla à Raimond, celui-ci répondit simplement :

— La prière peut avoir de tels effets.

Les premiers éléments de l'armée du roi de France apparurent un matin de mai. Esmée se mêla aux soldats en poste sur les barbacanes pour suivre la progression de la longue procession des chevaliers sur leurs montures, des fantassins et des lourdes charrettes attelées à des mules. À l'écart de cette cohorte, immobile, un grand homme à cheval dirigeait son regard vers la forteresse. Même à cette distance, Esmée pouvait ressentir l'autorité qui se dégageait de lui. Il semblait fixer Pierre-Roger. La jeune femme jeta un coup d'œil au commandant de Montségur ; on aurait dit que les deux hommes se défiaient. Elle les observa jusqu'à ce que l'homme, dont elle comprit qu'il s'agissait du sénéchal Hugues des Arcis, rompe le contact et rejoigne sa tente, que quelques hommes érigeaient à l'ombre d'un bouquet d'arbres.

— Regardez ! cria l'un des défenseurs. Des frères prêcheurs ! Et ils sont accompagnés d'un évêque !

Un petit groupe entrait dans leur champ de vision. Esmée descendit jusqu'à la barbacane inférieure afin de mieux le détailler. Un prélat, chevauchant une superbe monture, était flanqué de quatre frères et deux gardes. Un grand nombre de serviteurs complétait son escorte, la plupart installés parmi les caisses empilées sur plusieurs charrettes. Esmée ne reconnut personne. L'étendard qu'ils brandissaient leur permit d'identifier le prélat comme étant l'archevêque de Narbonne. Des soldats dirigèrent le groupe vers un endroit dégagé au sud de la montagne, près d'un bosquet où deux serviteurs s'empressèrent d'installer des sièges pour les hommes d'Église, pendant que les autres montaient les tentes et organisaient le campement.

Plus d'équipements arrivèrent encore dans les jours qui suivirent, y compris des pierrières qui rendirent perplexes les défenseurs de la forteresse.

— Comment espèrent-ils utiliser ces armes ici ? s'étonna l'un des chevaliers.

Bientôt, un vaste camp s'étalait au pied du pog. D'innombrables tentes avaient été dressées pour des milliers d'hommes obligés d'abattre des arbres pour établir leurs quartiers. Une bande de végétation dense fut pourtant laissée intacte à une trentaine de mètres du pied de la piste menant au sommet. Les magasins de ravitaillement furent installés non loin de là, à l'entrée du sentier : une tente aux proportions imposantes où, dans les jours qui suivirent, les villageois commencèrent leurs livraisons. Une fois de plus, ce fut une procession de charrettes, tractées par des bœufs ou des mules menés par les hommes du pays, qui acheminaient du bois, des vivres et de l'eau. Des femmes portaient sur leur dos des paniers en bandoulière remplis de légumes.

Des soldats de la forteresse, revêtus du manteau en toile à capuche des paysans, se joignirent à eux afin de glaner de précieux renseignements sur l'aménagement du camp. Leur principal centre d'intérêt était un espace clos, en pente, contigu à la bande de végétation. Les grands madriers composant les trébuchets y avaient été entreposés et recouverts de toile. Il était impossible de voir au-delà de la barrière qui délimitait cet enclos jalousement gardé, suspecté de receler les armes, les projectiles et autres engins de siège des Français.

Les informateurs de Pierre-Roger estimaient à dix mille l'effectif des assiégeants et bon nombre d'entre eux étaient des mercenaires. Ce dernier élément était préoccupant : il y avait dès lors très peu d'espoir de voir partir cette armée de siège une fois que l'ost prendrait fin.

La première offensive eut lieu une semaine après l'arrivée des troupes. Alors que sur le pog les hommes au repos se dépêchaient de rejoindre leur poste, les Français émergèrent de la bande d'arbres et se lancèrent à l'assaut de l'étroit sentier. Une pluie de flèches et d'armes de jet s'abattit sur eux. Arrivés au premier poste de contrôle, à mi-pente, les Français ripostèrent. Mais l'exiguïté des lieux alliée à la raideur de la pente gênèrent les tirs et rares furent les traits à atteindre leur but. Après quelques salves, ils avaient subi de lourdes pertes, aussi leur donna-t-on l'ordre de battre en retraite. Ils se retirèrent à l'abri des frondaisons, emportant avec eux leurs morts et leurs blessés.

Au sommet de la montagne, la communauté fourmillait d'activité. Le présent siège ne serait pas une répétition de celui du comte de Toulouse, comme elle l'avait espéré ; on assistait à une attaque véritable et déterminée. Pierre-Roger et ses chevaliers donnèrent des ordres : il fallait réorganiser les troupes, reconstituer les réserves d'armements et récupérer les armes de jet françaises encore en état avant le prochain assaut. Il eut lieu quelques jours plus tard. Les bilans de cette attaque et de celles qui suivirent furent sensiblement les mêmes. Il apparaissait que la petite armée de Montségur résisterait et tiendrait à distance l'armée française, pourtant bien plus sophistiquée, tant qu'elle disposerait de l'armement suffisant. Des pierres et même des seaux de déchets, y compris les excréments et les cadavres dont les miasmes étaient susceptibles de causer des maladies, faisaient partie de l'arsenal que les défenseurs opposaient aux assaillants.

L'épuisement progressif des membres de la garnison était le seul effet positif que pouvaient espérer les Français par ces offensives répétées. Les attaques sporadiques se poursuivirent donc jusqu'à l'automne, toujours par le flanc sud-ouest, le seul accès possible à la forteresse ; les hautes falaises abruptes interdisaient tout assaut par les autres faces du pog.

On déplorait bien quelques pertes parmi les défenseurs, mais la communauté savait que sa survie dépendait surtout de sa capacité à maintenir un approvisionnement suffisant en eau et en vivres. Et malgré le siège, il se poursuivait efficacement grâce au camouflage mis en place au pied de la plateforme. Toutes les nuits sans lune, on hissait silencieusement quantités de bois, d'eau et de nourriture : les mêmes villageois qui, la journée, venaient ravitailler les Français, pourvoyaient aussi la forteresse, moyennant une solide rémunération. Comme pour le précédent siège, un rationnement strict avait été instauré.

Les grimpeurs, dont Esmée, parcouraient sans relâche les parois abruptes afin d'emporter de précieux messages vers de potentiels alliés, espionner les troupes françaises ou encore acheter diverses fournitures.

Esmée et Raimond avaient peu de moments d'intimité. Un soir, allongés côte à côte, ils tentaient de prendre un peu de repos. La nuit rendant les attaques inefficaces, les Français offraient tous les soirs, à leur corps défendant, une trêve nocturne salvatrice aux assiégés exténués. Esmée rentrait d'un éreintant périple de deux jours en forêt, où elle avait récolté des herbes médicinales pour Rixanda ; elle s'endormait.

— L'un de nos espions a rapporté à Pierre-Roger que les Français ne partiraient pas avant que nous ayons remis nos textes sacrés à l'Église romaine, dit tout à coup Raimond, qui ne parvenait pas à trouver le sommeil. Aujourd'hui, il s'est entretenu avec les Anciens pour leur suggérer d'envisager un compromis, laissant entendre que certains objets pourraient leur être cédés. Mais Luisana et l'évêque Marty lui ont répondu que pour le moment cela n'était pas possible.

— Peut-être devrions-nous descendre discrètement de la montagne les objets les plus importants, pendant qu'il en est encore temps, proposa Esmée dans un demi-sommeil. Je pourrais y participer.

Il l'enlaça.

— Ce ne sont pas des documents ordinaires et seules certaines personnes sont autorisées à les manipuler ou à les transporter. Je pense qu'ils sont en train de préparer Guilhèm pour cette éventualité.

— Je l'ai toujours trouvé différent. Par certains côtés, il ressemble à un Ancien.

— *Bessa*, il faut absolument protéger ces documents. Ils ne doivent pas tomber entre les mains des hommes du pape.

Esmée ouvrit les yeux et regarda Raimond avec curiosité. Sa voix était teintée d'urgence, elle y distinguait même un soupçon de panique, ce qui ne lui ressemblait pas.

— Est-il arrivé quelque chose ? lui demanda-t-elle.

— Dors, mon amour. Tu as eu une journée harassante.

Reconnaissante, Esmée ferma les yeux et se pelotonna

contre le corps chaud de son époux. L'instant d'après, elle dormait profondément.

Sous la couverture, Raimond la tint étroitement serrée contre lui. Il écoutait le silence au-dehors et se remémorait le second document qu'il avait été autorisé à voir ce jour-là. Il évoquait la descendance de Jésus et de Marie-Madeleine jusqu'à ce jour. Il n'était pas surprenant que les dignitaires de Rome fassent autant d'efforts pour entrer en sa possession ; il mettait en péril leur légitimité à se prétendre les uniques représentants de la chrétienté en ce monde. Aujourd'hui, alors qu'il assistait à l'entretien entre le commandant de la forteresse et les Anciens, il s'était senti investi d'une immense responsabilité vis-à-vis du trésor sacré de Montségur : il devait le protéger coûte que coûte. Il serra un peu plus Esmée contre lui. Demain, il lui parlerait de ce document.

40

Montségur, hiver 1243-1244

Le froid s'installa peu à peu et les premières neiges firent leur apparition. L'armée française souffrait. Alors que, à l'abri d'une portion de forêt préservée, les quartiers des religieux et des cadres de l'armée étaient protégés des vents glaciaux, les hommes de troupe, eux, les subissaient de plein fouet. La maladie et la malnutrition tuaient tous les jours. À cela s'ajoutait une pénurie de bois sec ; les feux autour desquels se blottissaient les hommes transis étaient bien chétifs. L'approvisionnement en légumes, naturellement peu abondants en hiver, était devenu insuffisant et coûteux, causant de fréquentes querelles entre les villageois des environs et les fourriers. On continuait à envoyer des hommes à l'assaut de la montagne, mais les attaques étaient de plus en plus timides. Les soldats n'avaient aucun espoir de prendre Montségur par la force. Dorénavant, la stratégie française consistait à affamer les assiégés : la faim et le froid les pousseraient vers la reddition.

Et de fait, au sommet du pog, la situation se dégradait aussi.

Le campement des troupes assiégeantes s'était étendu et des tentes empêchaient désormais les ravitailleurs d'accéder à la base de la plateforme d'approvisionnement. La communauté commençait à manquer de nourriture ; on avait encore réduit les rations individuelles et des priorités avaient été établies. On nourrissait d'abord les enfants, puis les combattants ; suivaient les femmes et les autres laïcs. Les bons Chrétiens avaient choisi d'être les derniers à s'alimenter.

Pierre-Roger avait interdit l'usage des pistes aisées de la face nord-est du pog et leur accès avait été soigneusement camouflé. Il était vital de cacher aux assiégeants ces points d'accès par trop vulnérables. Trois voies secrètes restaient en service, si périlleuses que seulement quelques grimpeurs chevronnés, dont Esmée, pouvaient se risquer à les emprunter.

Alors que le froid devenait de plus en plus mordant, des messages de soutien de quelques seigneurs faydits laissèrent espérer un possible renfort et redonnèrent du courage à l'ensemble de la communauté. La rumeur circulait que des troupes du comte de Toulouse, une fois de plus en défaveur auprès de Rome, ou encore celles de l'empereur Frédéric II, en éternel conflit avec la papauté, étaient en route. Mais les semaines passèrent sans qu'aucun soldat allié apparaisse à l'horizon. Des tentatives d'acheter les services de mercenaires s'étaient elles aussi soldées par un échec. Les Français, en revanche, avaient reçu les renforts d'un petit contingent venu d'Albi, mis sur pied et dirigé par l'évêque de la ville. Des observateurs rapportaient que l'évêque avait amené avec lui des charpentiers experts en machines de siège.

Les attaques furent suspendues dans les jours qui suivirent

l'arrivée des troupes fraîches. Esmée observait Pierre-Roger, surveillant le camp des Français depuis la barbacane inférieure. Au même moment, elle distingua clairement le sénéchal des Arcis, légèrement en retrait du camp, le visage levé vers le château. Une fois encore, il semblait fixer son homologue. Était-ce pour eux une façon de communiquer ?

La nuit suivante, elle surprit deux des plus proches compagnons de Pierre-Roger se dirigeant vers l'un des sentiers pourtant interdits. Ils disparurent à sa vue par l'entrée non gardée de la piste qui menait au pied de la montagne. Perplexe et ne sachant comment interpréter leur équipée nocturne, elle décida de se poster et d'attendre leur retour, jusqu'au lever du jour s'il le fallait. Compte tenu du rang des deux hommes, une trahison lui paraissait peu vraisemblable. Ils réapparurent quelques heures plus tard ; Pierre-Roger les attendait près de l'entrée nord du château. Elle vit le chef militaire écouter attentivement le récit des deux hommes. Étaient-ils allés négocier avec les Français ? La fin du siège était-elle proche ? Les trois hommes se séparèrent, empruntant chacun un chemin différent : Pierre-Roger rentra dans la forteresse et les deux hommes rejoignirent leur foyer. Esmée devrait se montrer patiente. Le chef de la garnison partageait généralement ses initiatives stratégiques et les informations importantes avec la communauté ; il ne faisait aucun doute qu'il les rassemblerait bientôt.

Mais rien ne vint. En proie à la confusion, Esmée vaqua à ses occupations quotidiennes dans la salle à manger communautaire. Onze habitués avaient péri dans les mois qui venaient de s'écouler. Depuis quelques semaines, les femmes de la garnison et leurs jeunes enfants partageaient les repas avec les veuves, dont la contagieuse bonne humeur offrait un moment de détente aux mères angoissées. Souvent, Esmée avait vu l'une ou l'autre des vieilles personnes faire glisser une partie de sa maigre ration sur le plat destiné aux enfants. Combien de temps encore pourraient-ils endurer ce siège et ses privations ? Comment cela se terminerait-il ? La mort était-elle leur seule issue ? Elle avait entendu suffisamment d'anecdotes sur la croisade menée par Simon de Montfort pour redouter les conséquences d'une défaite.

Cette nuit-là, elle attendit le retour de Raimond avec impatience, en espérant qu'il aurait des réponses à ses nombreuses questions.

— Pierre-Roger est très contrarié. Je pense qu'il voudrait négocier notre reddition, mais Luisana lui a demandé plus de temps, disant que l'heure n'était pas encore venue.

Folle d'inquiétude, Esmée se cramponna à lui. Tout en lui caressant doucement la tête, il lui murmura une prière apaisante à l'oreille. Ainsi bercée, elle finit par s'endormir.

— Ils attaquent ! Ils attaquent !

Les cris les réveillèrent. Le jour n'était pas encore levé et le pog sortait de sa torpeur dans le tapage désormais familier des soldats au repos qui se précipitaient vers leurs armes pour s'en équiper en toute hâte et regagner leur poste. Raimond se dépêcha de rejoindre en clopinant les bons hommes et les bonnes femmes déjà rassemblés dans la salle de prières et Esmée alla retrouver Matina que chaque nouvel assaut pétrifiait de peur. Elles réveillèrent Johan et Pedro qui manifestèrent leur mécontentement à être ainsi sortis d'un profond sommeil.

— Les Français sont très matinaux cette fois-ci, souffla

Esmée, tout en enveloppant Pedro dans une couverture.

À travers une petite fente de la porte, elle pouvait deviner les premières lueurs de l'aube. Portant chacune un garçon, elles rejoignirent les cuisines du château, où d'autres mères s'étaient déjà regroupées avec leurs jeunes enfants. Alors qu'elle retournait à la maison pour rassembler quelques affaires, Esmée vit Pierre-Roger et deux de ses proches se diriger à grandes enjambées vers la barbacane orientale. Intriguée, elle les suivit et discerna au loin une vingtaine de silhouettes au sommet de la falaise abrupte appelée Roc de la Tour, qui culminait à près de quatre-vingts mètres à l'est de Montségur. Quelques instants plus tard, quatre autres grimpeurs se hissaient sur la crête. Les Français ! Comment avaient-ils pu arriver jusque-là ? Elle s'approcha encore.

— Il n'y avait que trois ou quatre guetteurs en poste au Roc de la Tour cette nuit, signala l'un des deux chevaliers au chef de la garnison. Ils ont dû être surpris puis, j'en ai peur, tués par les Français.

À mesure que le soleil s'élevait à l'horizon, Esmée distinguait mieux les hommes armés qui semblaient avoir escaladé la paroi à l'aide de cordes fixes. De quelle façon étaient-ils parvenus à mettre en place ce dispositif ? Souvent elle s'était demandé comment venir à bout de cet impressionnant rocher nu, sans jamais réussir à y trouver de voie praticable.

La falaise était à plusieurs centaines de mètres de leur position. Pierre-Roger réagit en envoyant des soldats en interception. Mais, très rapidement, gênés par l'étroitesse de la crête et exposés aux salves de flèches que leurs décochaient les Français, de plus en plus nombreux à prendre position au sommet du Roc, les défenseurs furent contraints à la retraite. Il était trop tard pour espérer encore déloger l'envahisseur. Après une prompte analyse de la situation, Pierre-Roger décida de conserver la plus grande partie de ses forces au sud-ouest ; l'exiguïté de la voie d'accès offrant un avantage à la défense, il estimait qu'un petit contingent devait suffire sur la barbacane orientale, face au Roc de la Tour.

Les jours qui suivirent lui donnèrent raison : les attaques féroces sur la façade sud-ouest se poursuivirent, alors qu'aucun assaut ne vint de la position récemment conquise. Au cours de ces heures éprouvantes, Esmée assista à plusieurs violentes disputes dans les rangs des combattants de la forteresse. Un jour, Alayda interpella Pierre-Roger et s'adressa à lui avec fougue :

— Monseigneur, nous devons les déloger ! Nous connaissons la montagne, contrairement à eux. Il faut essayer de les arrêter !

L'un des chevaliers lui répondit sèchement que leurs effectifs étaient insuffisants pour tenter une telle opération, avant de lui ordonner, d'un ton sans réplique, de retourner à son poste.

Ils comprirent les intentions des assiégeants lorsque les premières pièces d'un trébuchet furent hissées au sommet du Roc. Ce type d'arme était capable de lancer ses lourds projectiles à une distance de près de deux cents mètres. Une fois monté, ils pourraient le rapprocher à loisir et bombarder le cœur de Montségur. Rien ne pourrait alors protéger le château et le village.

Esmée regardait avec épouvante les Français empiler des pierres au pied du trébuchet en partie achevé. Elle essayait en vain de contrôler sa peur. Pour la première fois de sa vie, elle se sentait véritablement prise au piège. Claquant des dents et tremblant de tout son corps, elle tituba vers le château, où elle se heurta violemment à Guilhèm.

— Du calme, Esmée ; doucement, dit-il en la serrant contre lui. Viens, accompagne-moi à la salle de prières.

— Ils arrivent ! Je dois faire quelque chose ! balbutia-t-elle.

— Me suivre à la salle de prières est la chose la plus utile que tu puisses faire pour l'instant.

Passant son bras autour de ses épaules, il l'emmena avec lui. Au moins deux cents hommes et femmes s'étaient réunis dans la grande salle. Luisana était assise sur un siège, un peu à l'écart. L'évêque Marty était installé au sol sur un tapis. Tous priaient avec ferveur.

Après s'être déchaussés, Guilhèm et Esmée s'assirent à leur tour à même sol. La jeune femme entendait les cris et les bruits de la bataille qui continuait à faire rage sur la façade sud-ouest. Elle chercha Raimond des yeux. Il était assis à côté d'Esclarmonde, à l'autre bout de la pièce. Elle avait besoin de sa présence et de ses bras rassurants autour d'elle, mais il était dans un autre monde, elle le savait. Guilhèm posa une main apaisante dans son dos. Après avoir croisé son regard, elle ferma les paupières et, même si une partie d'elle tentait encore de retenir cette peur qui la gardait en alerte, elle se concentra sur sa respiration, et la força peu à peu à ralentir.

L'atmosphère sereine qui régnait autour d'elle mit un certain temps à atteindre son cœur. Elle demeura ainsi encore quelques minutes, savourant cette paix retrouvée, puis elle ouvrit les yeux et se leva, se chaussa et quitta la salle de prières.

Guilhèm lui emboîta le pas.

— Les événements vont empirer, Esmée. N'hésite pas à

revenir ici lorsque tu n'arrives plus à faire face et que la peur te submerge. À leur façon, les bons hommes et les bonnes femmes se joignent à la bataille ; jour et nuit, ils seront nombreux ici à unir leurs prières.

♦ ♦ ♦ ♦ ♦

Les assauts simultanés sur les deux fronts débutèrent quelques jours plus tard. De l'aube au crépuscule, les archers français faisaient pleuvoir un déluge de flèches sur les lignes de défense. La garnison de Montségur maintenait ses positions malgré l'épuisement. Des deux côtés, les pertes étaient élevées. Rixanda avait fort à faire auprès des blessés et des mourants.

Le deuxième jour de cette fureur, en milieu d'après-midi, la guérisseuse fit appeler Esmée pour la seconder. Elles venaient de recoudre la plaie d'un soldat, lorsqu'un énorme fracas retentit non loin de là. Esmée suffoqua de panique. Rixanda lui jeta un bref coup d'œil : elle devait se ressaisir. La jeune femme ferma un instant les yeux et retrouva un peu de la sérénité qu'elle avait ressentie quelques jours plus tôt, dans la salle de prières. Elle reprit sa tâche, concentrée cette fois sur ses gestes, malgré les cris de la bataille et les fracas assourdissants qui se multipliaient.

Une femme entra et referma hâtivement la porte derrière elle.

— Ils utilisent le trébuchet, chuchota-t-elle, affolée. Des pierres se sont abattues sur les murs du château et d'autres ont atteint quelques maisons, qu'elles ont bien endommagées. Mais la muraille tient bon.

— Y a-t-il des victimes ?

— Non, pour autant que je sache.

Depuis peu, les Français avaient mis la main sur l'ingénieux dispositif de levage du château, et l'utilisaient pour hisser des pierres qu'ils lançaient sans répit sur le flanc est de la forteresse. Ce n'était qu'au crépuscule ou les jours de forte pluie que cessaient le bombardement et les féroces assauts des archers, offrant aux défenseurs quelques précieuses heures de repos.

Tout au long des mois de janvier et de février, jour après jour, semaine après semaine, les attaques se poursuivirent. Écrasés par la fatigue et les épreuves, les soldats de Montségur résistaient pourtant. On avait abandonné les maisons à flanc de montagne pour se réfugier dans la forteresse et il fallut réduire encore un peu plus les rations de nourriture. L'approvisionnement était devenu impossible : les seules voies encore praticables, les plus périlleuses, excluaient tout transport de vivres.

À la fin du mois de février, la petite communauté était à bout de forces. Ce n'était plus qu'une question de semaines, tout au plus, avant que la famine et la maladie n'aient raison d'elle. Montségur vivait ses dernières heures.

41

Montségur, février à mars 1244

Sur ces entrefaites, un violent orage accompagné d'impressionnantes chutes de grêle poussa les Français dans leurs abris. La fureur des éléments semblait ne plus vouloir prendre fin. La communauté en profita pour se réunir. Seuls quelques chevaliers et un nombre restreint de soldats restèrent postés sur les barbacanes.

Les quelques quatre cents personnes présentes remplissaient la salle. Les hommes en armes s'étaient regroupés près des portes. Luisana et l'Ancien Leyas se tenaient au bout la pièce, à côté de l'évêque Marty ; les autres Anciens étaient assis, formant une rangée derrière eux. Non loin de là, Raimond, Esclarmonde et Guilhèm constituaient un autre petit groupe, mais dès que Raimond aperçut Esmée, il se leva et la rejoignit pour prendre place par terre, à côté d'elle.

Après une brève prière, l'évêque laissa la parole à Pierre-Roger.

Le commandant de la garnison ne perdit pas de temps dans de vaines explications quant à la gravité de la situation :

— Nous ne pouvons plus espérer aucun renfort. Les seigneurs des alentours susceptibles de nous soutenir ont tous capitulé devant le roi de France. Nous en serons bientôt là, nous aussi.

Esmée glissa un regard vers Raimond ; il avait fermé les yeux.

Pierre-Roger continuait :

— Les Français n'ont pas encore montré toute la mesure de leurs capacités, n'en doutez pas. Les bombardements actuels peuvent encore s'intensifier et ils ont les moyens de maintenir ce barrage indéfiniment. Ils voulaient nous user et ils y sont parvenus. Sous les pierres et les flèches ou victimes de la famine et de la maladie, nous allons à la mort. Notre défaite est proche.

Il hésita.

— L'heure est venue. Montségur doit rendre les armes.

Observant autour d'elle, Esmée vit le soulagement se mêler à la peur sur les visages des familles de la garnison. Matina luttait pour garder son sang-froid et se concentrait sur Pedro, qu'elle tenait dans ses bras. L'expression de Luisana était indéchiffrable ; tout comme Guilhèm, Esclarmonde et tous les consolés, elle était en prière.

L'évêque Marty se leva et vint au secours de Pierre-Roger.

— Nous avons longuement prié pour savoir quelle était la bonne décision. Et maintenant, dans le but de sauver le plus grand nombre d'entre vous de la mort, nous sommes prêts à négocier les termes d'une reddition avec le commandant des troupes françaises. Nous nous efforcerons de leur donner la victoire que lui et ses maîtres désirent. Tous nos efforts et nos prières doivent désormais être orientés vers un dénouement aussi pacifique que possible.

— Ils nous tueront tous, et s'ils ne le font pas, ils nous enfermeront dans des cachots jusqu'à ce que mort s'en suive ! s'écria Alayda depuis le fond de la salle. Nous savons tous ce que les Français font aux vaincus et j'ai moi-même vu ce dont les inquisiteurs sont capables.

L'évêque était sur le point de répondre, mais Pierre-Roger intervint :

— Nous sommes encore en position de négocier, Alayda. La situation est différente, très différente. Le roi de France porte la responsabilité de ce qui se déroule ici et il est peu probable qu'il souhaite une de ces abominables démonstrations de violence que prisait Montfort. Hugues des Arcis est un homme d'honneur avec lequel il est possible de discuter.

— Comment en êtes-vous si sûr ? C'est Rome et les inquisiteurs qui tirent les ficelles, vous le savez aussi bien que nous. Nous devons continuer à nous battre !

— Et nous perdrons, Alayda, inévitablement. En faisant comme nous l'avons décidé, vous aurez tous une chance de vivre.

Luisana se leva lentement. Sa hanche la faisait souffrir depuis plusieurs mois. Elle s'appuya sur le dossier de son siège pour garder l'équilibre.

— Alayda, je te remercie de nous faire partager tes sentiments. Ce que tu viens de dire méritait d'être exprimé car c'est sans doute ce que pensent beaucoup d'entre vous. Mais je me range à l'avis de Pierre-Roger.

Son regard doux parcourut l'assistance.

— Mes chers amis, nous sommes confrontés à des choix terribles, mais nous devons plus que jamais nous souvenir de

le reste de la communauté. Après un court échange qui permit d'éclaircir quelques questions, l'assemblée se dispersa. Raimond demeura sur place pour prier. Bien qu'ayant envie de rester avec lui, Esmée estima que Matina devait avoir grand besoin de soutien et elle la suivit jusqu'à la maison.

— Que pouvons-nous faire, Esmée ? Nous n'avons pas le choix. Tu as entendu Pierre-Roger ; soit nous nous soumettons et nous prêtons serment, soit nous mourons sur le bûcher, comme notre mère. Nous devons vivre pour nos enfants, nous ne pouvons pas les laisser. Nous devrons prêter serment. Oh, Esmée, ils vont nous torturer !

Esmée la prit dans ses bras et caressa ses cheveux.

— Non, mon amour. Pierre-Roger est convaincu que le sénéchal fera respecter les termes de l'accord. Et nous devons lui faire confiance.

— Après ce qui s'est passé à Labernoc, ils ne nous laisseront pas partir, cria Matina. Et ils ne laisseront pas partir Raimond !

Esmée lui assura que personne ne les reconnaîtrait ; une fois qu'ils auraient répondu aux questions des inquisiteurs, elle et les siens pourraient aller vers le sud pour rejoindre aussi vite que possible la famille de José. Puis elle l'exhorta à se concentrer sur ses enfants.

— Et toi, Esmée. Que vas-tu faire ?

Esmée ne répondit pas. Si elle pouvait fuir, elle savait que Raimond, lui, était dans l'impossibilité physique de la suivre. Mais affronter l'Inquisition était tout aussi inconcevable : les religieux auraient tôt fait de l'identifier. Elle espérait que Guilhèm et les Anciens avaient déjà échafaudé un plan pour les sauver.

42

Montségur, 2 au 7 mars 1244

Après bientôt dix mois de combats, de bruit, de tensions et d'angoisse, Montségur devint soudain silencieux. Les otages descendirent au camp des Français et furent accueillis par le sénéchal des Arcis en personne. On les conduisit à une vaste tente où, peu après, des serviteurs leur apportèrent un repas. Dans un geste de magnanimité, les vainqueurs envoyèrent à la communauté de la viande et des fruits séchés, quelques légumes, du fromage et du pain dur. Les femmes s'empressèrent de préparer des soupes et distribuèrent la nourriture en suivant scrupuleusement les conseils de Rixanda, soucieuse de ne pas surcharger des estomacs depuis si longtemps soumis aux privations.

Les jours suivants, la vie reprit sur un rythme tranquille ; les familles de la garnison se préparaient à un long voyage vers un lieu où ils pourraient établir leur nouveau foyer. Les citernes étaient pleines après les pluies abondantes et un grand nettoyage fut autorisé ; Esmée se consacra à la couture, réparant de nombreux vêtements plus qu'usés. Elle luttait contre la profonde tristesse qui l'envahissait lorsque son regard s'attardait sur les hommes et les femmes qu'elle avait appris à connaître et à aimer, et qui choisiraient bientôt, nul n'en doutait, de mourir sur le bûcher. Elle ne savait toujours pas comment Raimond allait pouvoir s'échapper et lorsqu'elle abordait la question avec lui, il lui répondait que les Anciens méditaient sur le sujet. En attendant, elle réfléchissait à des moyens de l'éloigner de Montségur à la faveur de la nuit.

Le soir du cinq mars, Esmée et Raimond admiraient en silence le scintillement des étoiles dans la nuit claire, installés sur leur lit, appuyés au mur recouvert de paille, un oreiller calé dans le dos. Dans une maison voisine, quelques personnes s'étaient rassemblées et chantaient des airs mélancoliques qui leur parvenaient par la porte laissée ouverte.

— Je t'en prie, laisse-moi parler à Othon de mon idée de te faire descendre le long de la falaise, supplia Esmée. Je sais que c'est possible. Nous pourrons rejoindre Foix à travers bois. Tu ne seras plus en danger là-bas.

Raimond ne répondit pas.

— *Besson*, le temps presse, chuchota-t-elle, peinant à cacher son angoisse.

— Ne t'inquiète pas. La solution se présentera en temps utile. Il existe des enjeux qui importent tellement plus que ma sécurité.

— Pas pour moi !

Raimond posa sa main sur les jambes de la jeune femme, étendues sur les siennes.

— Sais-tu que j'ai fait des copies de textes sacrés pour les

Français ? La veille de notre départ définitif, nous leur céderons quelques documents originaux et, pour le reste, ce seront des reproductions incomplètes.

— Ne risquent-ils pas de s'en apercevoir ?

— Seuls des maîtres en Écritures sauraient s'en rendre compte et ils sont à Rome ; aucun d'eux ne s'est déplacé jusqu'ici, nous en sommes certains.

Essayant de suivre son raisonnement, Esmée demanda :

— Penses-tu que les inquisiteurs partiront une fois qu'ils auront les documents ?

Il secoua la tête et sortit sa pierre.

— Non. J'imagine que non. Ils ont posé leurs conditions et je pense qu'ils recherchent aussi quelques-unes des personnes réfugiées ici.

— Qui ?

Raimond garda sa pierre dans sa main ouverte. Malgré la faible clarté, Esmée pouvait voir la forme parfaite du diamant qui y était gravé.

— Esmée, souviens-toi de ce que Luisana nous a dit le jour de notre mariage : quelquefois nous devons faire des sacrifices pour aller vers le dessein de notre âme.

Le cœur d'Esmée s'emballa.

— Que veux-tu dire ?

Il étudiait sa pierre.

— Je ne sais pas, *bessa*. Vraiment, je ne sais pas. Ces derniers jours dans mes méditations ou encore la nuit dernière dans mes rêves, j'ai perçu quelque chose qui ne cesse de m'échapper et lorsque j'essaie de l'atteindre, tout ce que je vois, c'est ma pierre.

Esmée sentit une vieille et sombre peur l'envahir.

— Raimond, nous ne sommes pas obligés d'affronter l'Inquisition. Luisana et Pierre-Roger nous laisseront partir, j'en suis sûre. À la différence de tous les autres ici, les inquisiteurs ne te libéreront pas.

De ses doigts blessés, Raimond caressa la gravure.

— *Bessa*, et si l'évasion ne correspondait pas au dessein de mon âme ? Parce que… – Il prit une profonde inspiration. – J'ignore encore ce que je dois faire, mais je ne crois pas que ce soit fuir.

Esmée le dévisagea avec horreur.

— Oh, Esmée, je voudrais tant le savoir. Je t'en prie, m'aideras-tu ?

Elle aurait voulu hurler, pleurer, pour lui, pour elle, pour la communauté. Au lieu de cela, attentive à l'anxiété qui perçait dans la voix de son époux, elle détacha la petite pochette autour son cou et en sortit sa pierre. Raimond plaça la sienne à côté de celle d'Esmée ; les deux côtés complémentaires s'imbriquèrent parfaitement. La jeune femme fut saisie d'irrépressibles tremblements. Raimond prit ses mains entre les siennes, les deux pierres en leur centre, et pria silencieusement. Très lentement, Esmée s'apaisa et son esprit se calma. Son regard tomba sur leurs mains unies. Le sentiment d'amour et de paix qu'elle ressentait auprès de lui l'aidèrent à se détendre.

Ils restèrent ainsi, en silence, tous deux plongés dans leurs pensées.

— Raimond, je sais ce que l'on ressent tout au fond de soi quand on a fait le bon choix. Il y a deux ans, je voulais quitter Montségur précisément à cause de tout ce qui s'est produit depuis ; j'avais peur, peur de ce qui pourrait arriver si

Rome envoyait une armée ici pour mettre la main sur les textes sacrés. Mais avec l'aide de Guilhèm, j'ai choisi de rester ; et à ce moment-là, je me suis sentie en parfait accord avec moi-même, sereine. Tout s'éclaircissait et ma décision me semblait évidente et simple.

— Et tout ce que je veux en cet instant, c'est être avec toi pour toujours, murmura Raimond.

— Est-ce là ton choix ?

Les yeux fixés sur les deux pierres, Raimond secoua doucement la tête.

— Je crois sincèrement que nous serons ensemble pour l'éternité, mais je ne pense pas que ce soit là l'option qui s'impose à moi.

Sans trop savoir ce que signifiaient ces paroles, Esmée s'empressa de le rassurer.

— *Besson*, je sais que tu iras vers une alternative fidèle au chemin de ton âme en cette vie, et je l'accepterai.

« Même si elle doit me déplaire », ajouta-t-elle pour elle-même. L'amour qu'elle éprouvait en cet instant l'empêcha de réfléchir plus avant.

♦ ♦ ♦ ♦ ♦

Deux jours plus tard, après le repas de la mi-journée, Raimond vint trouver Esmée et lui demanda de le suivre chez Luisana et l'évêque Marty. Quelque chose d'inhabituel dans sa voix la rendit nerveuse, et c'est inquiète qu'elle se dirigea avec lui vers la vaste salle de réunion. Depuis leur dernière conversation,

Raimond avait passé le plus clair de son temps à méditer en compagnie des Anciens. Il s'était montré très affectueux les nuits précédentes, mais elle le devinait en plein débat intérieur. Elle priait avec ferveur pour qu'il choisisse de fuir avec elle. Elle était sans doute sur le point de découvrir le fruit de ses réflexions. En pénétrant dans la pièce, elle fut surprise d'y trouver au moins une vingtaine de personnes, assises en deux cercles concentriques. Ils étaient attendus.

Luisana les accueillit chaleureusement. Esmée ressentit pour elle une profonde tendresse ; elle avait l'air si fragile et pourtant c'était sa force qui avait permis à la communauté de rester debout et unie. Frère Thomas, Guilhèm et Esclarmonde avaient pris place dans le cercle intérieur, ainsi que l'évêque Marty et l'Ancien Leyas, qui entouraient Luisana. Les six autres Anciens, Luyon, Gerad, Dam, Yusu, Uswan et Dimaz occupaient le cercle extérieur, ainsi que la sœur aînée d'Esclarmonde, la discrète et très pieuse Arpaïs.

L'évêque Marty les appela à une méditation, qu'il guida. Lorsqu'elle prit fin, Esmée se tourna vers Raimond. Percevant son mouvement, il lui rendit son regard et lui sourit. Elle essaya, sans y parvenir, de déchiffrer l'expression contenue dans ses yeux.

Luisana rompit le silence. Elle leur parla d'abord des nombreux objets sacrés gardés à Montségur, dont certains seraient, comme convenu, remis entre les mains des envoyés du pape. Les autres quitteraient la montagne pour des destinations tenues secrètes. Parmi ces objets, les pierres de tous ceux qui choisiraient de mourir sur le bûcher.

— Tous nos témoignages sont à l'abri dans ta pierre, Esmée. Et cela compte beaucoup pour nous, continua-t-elle. Comme tu le sais, selon les termes de la reddition, chacun d'entre nous devra bientôt comparaître devant l'Inquisition pour choisir entre le renoncement à sa foi et le bûcher. Cependant nous te prions, si tu acceptes, de quitter Montségur par l'une des voies secrètes pour continuer à vivre dans ce monde, en emportant avec toi l'histoire de nos vies et en continuant à en recueillir d'autres sur ton chemin.

Esmée ferma les yeux. Ainsi, les Anciens lui demandaient de fuir. Après un silence, elle les considéra un à un et, avec beaucoup d'humilité, accepta leur requête.

— Il y a plus, Esmée. Guilhèm ?

Alors que la psalmodie des consolés s'élevait et les enveloppait, Guilhèm se leva et se dirigea vers un coffre. Il en souleva le couvercle et en sortit un coffret dont il tira une boîte en argent qu'il emporta vers la table, où il la déposa avant de s'incliner devant elle. Puis il décrivit quelques symboles et l'ouvrit. Avec beaucoup de précautions, il fit apparaître les deux documents très anciens qu'elle contenait et les plaça sur la table, à la vue de tous.

Esmée retint sa respiration : une puissante présence paraissait émaner des deux parchemins roulés dans un étui en cuir. L'étrange présence se rapprochait d'elle. La lumière du soleil inonda soudain la pièce et elle sentit se relâcher chacun des muscles de son corps. Il lui semblait flotter. Autour d'elle régnait une parfaite sérénité.

— Voici nos documents les plus précieux et les plus sacrés. – La voix de Luisana se glissait doucement jusqu'à la conscience d'Esmée. – Ce sont les Écrits de Jésus et de Marie-Madeleine, nos bien-aimés Maîtres. Ces textes ont été transmis de génération en génération par leurs descendants depuis mille deux cents ans. Contrairement à d'autres documents, ceux-ci ne peuvent être reproduits. Ils irradient une vérité et un amour qui vont bien au-delà de notre petite communauté. Ces Écrits ont une valeur inestimable pour toute l'humanité, et tant qu'ils sont entre nos mains, nous avons le devoir de partager cette vérité et cet amour avec le monde entier. Et nous le faisons à travers nos prières.

Le silence retomba. Esmée avait l'intime conviction que Luisana disait la vérité. Elle comprenait aussi que Raimond ait pu puiser dans ces documents la tranquillité dont il avait fait preuve durant ces longs mois d'angoisse. Il connaissait ce sentiment de paix depuis qu'il les avait contemplés pour la première fois, durant le premier siège. Elle respira lentement, goûtant la quiétude du moment.

— Esmée.

Guilhèm l'appelait. Il attendit qu'elle soit prête à l'écouter.

— Esmée, ces textes portent en eux une grande puissance spirituelle ; seules quelques personnes peuvent les prendre avec eux sans danger. J'en fais partie, Esclarmonde aussi. Ensemble, nous allons les emporter loin de Montségur pour les mettre en lieu sûr.

Alors Guilhèm lui parla de ce jour où Leyas l'avait rejoint dans la forêt où il s'était isolé après la perte de sa famille. L'Ancien lui avait demandé de lui montrer ses pieds avant de lui révéler la vérité sur ses origines. L'homme qui l'avait élevé n'était pas son véritable père. Ce dernier venait d'un pays lointain et il était de noble lignage. Agnès et lui s'étaient rencontrés à Quéribus, où elle travaillait alors.

— J'ai suivi Leyas à Montségur et, après quelques mois, il m'a emmené dans un monastère, poursuivit Guilhèm. Y était conservé un livre très ancien, dans lequel nous avons trouvé la reproduction exacte des marques que je porte sur mon pied. Elles m'identifient comme étant de la lignée de Jésus et de Marie-Madeleine. Mais elles signifient également que j'ai un travail à accomplir en cette vie. Tout ce que j'ai pu faire et apprendre avant de venir ici, à Montségur, devait me préparer à cela. Ma tâche est de sauver les textes sacrés en les empêchant de tomber entre les mains du pape.

Guilhèm, un descendant de Jésus et de Marie-Madeleine ? Médusée, Esmée écoutait, incapable de proférer la moindre parole.

— Il y a pourtant une difficulté, Esmée, et c'est là l'un des motifs de notre réunion. Nous savons que l'un des moines de ce monastère était un espion à la solde du pape. Il sait qui je suis. Tu comprendras aisément que notre simple existence, à mes semblables et à moi, représente une grave menace pour la suprématie de l'Église catholique romaine.

Après une légère hésitation, il continua :

— Nos informateurs nous ont rapporté que Rome me croit présent ici, à Montségur. Ils sont déterminés à m'arrêter ou à m'envoyer dans les flammes du bûcher. L'espion a fourni à sa hiérarchie une description qui doit servir à me reconnaître. Ils me savent grand et robuste, plutôt jeune, avec des mains soignées. Ils décrivent également cette bague ornée d'une croix de couleur rouge ; enfin, ils mentionnent mes vêtements usuels, comme ce gilet. Il semble que ce soient là les seuls éléments dont disposent les frères pour m'identifier le jour où la forteresse se livrera.

— Aussi prendrai-je sa place, intervint Raimond, parlant pour la première fois. – Il se tourna vers Esmée. – Je prendrai le Consolament et je serai Guilhèm lorsque je descendrai de Montségur. Ainsi, il pourra accomplir sa tâche et emporter les textes sacrés en lieu sûr.

Le cœur d'Esmée cessa soudain de battre. Ses yeux restaient rivés sur Guilhèm, pendant que sa tête se tournait lentement vers Raimond. Elle était pétrifiée. La voix de son époux lui parvenait à travers un brouillard :

— *Bessa*, je suis le seul ici à pouvoir le faire. Mon âge, ma taille, mes mains… – Il attendit avant de poursuivre. – J'ai longuement prié et médité. Esmée, lorsque j'ai fait ce choix, j'ai su, mon amour, que c'était le seul possible pour moi. Guilhèm voyagera avec Esclarmonde. Elle ne pourrait pas le suivre le long des voies secrètes de la façade nord, les seules envisageables pour fuir Montségur. Je prendrai le Consolament puis je monterai sur le bûcher pour qu'ils croient que Guilhèm y a péri.

Esmée le regardait maintenant, les yeux remplis d'horreur. Les mots se refusaient à elle.

— *Bessa*, les mots sacrés de Jésus et de Marie-Madeleine doivent échapper à Rome, et seul Guilhèm peut les conduire à bon port. C'est un sacrifice nécessaire et nous devons y consentir. Tous les deux, mon cher amour.

Le corps d'Esmée était secoué de tremblements. Raimond tendit la main vers elle. Aveugle, elle la saisit et s'y accrocha. Raimond, son Raimond, allait périr dans les flammes du bûcher.

43

Montségur, 9 au 14 mars 1244

Esmée passa les jours suivants dans un état second. Raimond s'absentait une partie de la journée pour prier avec les Anciens afin de se préparer à ce jour ultime. Mais les heures qui restaient étaient consacrées à sa jeune épouse. Alors ils se rendaient ensemble dans la salle de prières ou allaient s'adosser à leur rocher, au soleil, pour admirer les premiers bourgeons apparaissant déjà sur les fines branches des arbres. Main dans la main, ils parlaient peu. Esmée était souvent prise de vertiges, son estomac et sa gorge étaient constamment noués ; elle était au-delà des cris, au-delà des pleurs.

La vie à Montségur gravitait désormais autour des cérémonies spirituelles et de la prière, des conversations feutrées et de la musique. Avec l'accord des Français, quelques familles avaient déjà quitté le pog. Les repas communautaires, désormais rapides, continuaient à avoir lieu dans le réfectoire. Deux des veuves faisaient partie de la vingtaine de croyants qui avait demandé à recevoir le Consolament et à mourir plutôt que de renoncer à leur foi. Raimond le recevrait dans les tous derniers instants pour que, jusqu'à la fin, il puisse partager ses nuits avec Esmée et admirer avec elle le spectacle toujours renouvelé des étoiles par la porte de leur petit logis.

Le douze mars au matin, Guilhèm vint trouver Esmée. Raimond était avec les Anciens. Il la guida jusqu'à un endroit où la campagne ondulante au nord-ouest de Montségur s'offrait à leurs yeux sous le soleil printanier. Ils s'assirent. Au loin, en contrebas, ils entendaient des coups de masse et de marteau : dans un grand espace dégagé, en bordure du camp français, on montait un bûcher fermé par une palissade. Faisant délibérément face à la direction opposée, ils s'abîmèrent dans la contemplation des corbeaux, dont les larges ailes et les vertigineuses évolutions étaient devenues si familières à Esmée.

Guilhèm se redressa bientôt et ferma les yeux.

Un rouge-queue se posa aux pieds de la jeune femme et se mit à sautiller alentour. Elle toucha la pochette à son cou et en sortit sa pierre. Les gravures étaient très distinctes et contribuaient à mettre en valeur son aspect chatoyant. Pour Esmée, sa ressemblance avec une perle n'avait jamais été aussi claire. Elle était maintenant pleine d'histoires ; tristes, pour beaucoup d'entre elles. Guilhèm lui aussi serait parti dans quelques jours. Elle se remémora les nombreuses fois où ils s'étaient retrouvés ainsi, assis ensemble, en silence. Ses yeux s'emplirent de larmes. Elle les essuya vivement. Si elle leur donnait libre cours maintenant, elle ne pourrait plus s'arrêter.

— Chère Esmée…

Les yeux à présent ouverts, Guilhèm avait prononcé son prénom d'une voix très douce.

— J'ai un message pour toi. Il se peut que tu aies du mal à en saisir le sens aujourd'hui. – Il se tourna vers elle. – Tu as déjà compris que nos âmes et nos cœurs naissaient libres. Sache que seule notre pensée créée nos murs, nos frontières et nos limites. Si nous nous laissons porter par les eaux rapides du torrent de la vie, il est vraisemblable que nous la trouvions satisfaisante ; cependant nous ne serons pas complets en tant qu'êtres. Si, en revanche, nous faisons un pas de côté afin d'échapper au courant qui nous entraîne, si nous nous arrêtons pour regarder avec attention, il se peut que nous distinguions ces minuscules chemins qui mènent en des lieux où règnent la beauté, la joie et le merveilleux, que nous aurions autrement manqués. Passer à côté d'eux, c'est aussi passer à côté des clés de notre complétude. Esmée, c'est seulement dans le silence et la paix que nous pouvons entendre notre être profond et trouver notre bonheur.

Fascinée, Esmée ne savait que répondre.

— Nous avons tous en nous la lumière de Dieu, continua Guilhèm. Mais bien peu d'entre nous la voient. Peux-tu voir la lumière dans mon regard ?

Elle acquiesça.

— Et je vois cette lueur dans le tien. Tu as un cœur magnifique et pur, et sa clarté rayonne dans tes yeux. C'est ce que tu es et c'est ce que chacun peut voir en toi. Ne l'oublie jamais.

Il se détendit et se laissa aller contre le rocher.

— Je n'oublierai jamais cet instant, Guilhèm. Tu es si différent, tout en restant le même.

Ils suivirent des yeux les nuages qui dérivaient à l'horizon.

— Guilhèm, tu as toujours été là pour moi, pour m'écouter, pour m'aider. Sans Raimond, sans toi, je ne sais pas ce que je… je…

— Esmée, tu es entourée d'amour et de soutien. Tu as une famille, à Foix. Matina, José et leurs petits garçons sont ta famille aussi, et l'Aragon n'est pas si loin. Je suis persuadé qu'Alayda et Julian resteront dans les environs, eux aussi. Continue à rassembler des histoires de vie et cèle-les dans ta pierre. Fais-le pour les enfants de ta famille et pour leurs descendants. C'est un chemin ardu, Esmée, mais tu y trouveras toujours du soutien.

— Tu me manqueras, Guilhèm.

Il sourit, mais des larmes brillaient dans ses yeux.

44

Montségur, 15 mars 1244

Ce matin-là, Raimond fit ses adieux à ses sœurs. Matina, José et les enfants devaient quitter Montségur le lendemain, avec Guilhèm. Esclarmonde les accompagnerait. Et pour lui permettre de disparaître aux yeux de Rome, sa sœur Arpaïs prendrait son identité. Elle avait déjà reçu le Consolament, elle était prête. Guilhèm était confiant : d'une façon ou d'une autre, son petit groupe échapperait à une rencontre avec les religieux. Il n'avait toutefois pas de plan précis. Ils étaient convenus qu'une fois hors d'atteinte, Esclarmonde et lui continueraient leur chemin vers le nord-ouest en emportant les précieux documents, alors que Matina et sa famille marcheraient vers le sud, où, par la montagne, ils rejoindraient l'Aragon, berceau de la famille de José. Alayda et Julian, ainsi qu'Esmée, les rattraperaient un peu plus tard.

— Allons à notre rocher ; nous y serons seuls, suggéra Raimond.

Esmée et lui se frayèrent un chemin entre les petites

maisons en ruine qui bordaient les sentiers étroits et désormais déserts. Arrivés près de la plateforme d'approvisionnement, ils s'assirent côte à côte, le dos appuyé à la roche plate, comme ils l'avaient fait tant de fois.

Près de Raimond, l'esprit d'Esmée se tranquillisa, tout comme les battements de son cœur. Parfois l'un tendait la main pour serrer doucement la main ou le bras de l'autre. Elle aurait voulu que ces instants durent éternellement.

À un moment, Raimond sortit deux petits sachets en tissu rouge de l'une des poches de sa ceinture. Il ouvrit l'un d'eux. Il contenait sa pierre et la perle d'Emersende, qu'Esmée lui avait offerte trois ans et demi plus tôt, à la fin de cette cérémonie où son âme tourmentée avait été guérie. Il les tint un instant dans le creux de sa paume puis les déposa délicatement sur le tissu rouge.

— Esmée, j'aime cette perle comme je t'aime.

Elle la toucha du bout des doigts ; elle avait l'éclat de la lune.

— Je suis heureuse que tu l'aies.

— Je voulais moi aussi t'offrir quelque chose d'unique, alors j'ai demandé à l'un de ces hommes venant de l'Est de te fabriquer ceci.

Il plaça l'autre petit sachet dans la main d'Esmée.

Lentement, elle l'ouvrit. Elle y trouva un pendentif monté sur une fine chaîne en or. C'était un disque en or également, au centre duquel on avait serti côte à côte un diamant et une perle. Elle émit un cri de surprise.

— Raimond, c'est magnifique.

— La lune c'est toi, le diamant c'est moi, et nous sommes à jamais unis dans ce disque qui symbolise le soleil.

Il souleva la chaîne et la passa autour du cou d'Esmée.

Elle posa ses doigts sur le disque doré.

— Merci.

Elle sortit alors sa pierre et la garda dans sa main ouverte.

— *Bessa*. Mon Esmée. – L'émotion lui serrait la gorge. – Pardonne-moi de t'infliger tout cela, de te laisser ici pour…

— Non, *besson*, non. Je sais, je sais.

Elle luttait désespérément contre les larmes.

— Je t'en prie, *bessa*, laisse-moi te dire à quel point je suis désolé...

Il enveloppa avec les siennes les mains d'Esmée.

— ... de te faire si mal, de te condamner à continuer seule ; de tout mon cœur, j'aimerais qu'il existe une autre issue.

— Il doit en être ainsi à cause de… de tout ceci. Comment pourrions-nous l'éviter, toi et moi ? Nous devons prendre cette voie, et tu m'as rendue si forte. J'y arriverai. Vraiment, je t'assure…

— Garde ma pierre. Les Anciens m'ont autorisé à te la laisser, pour t'aider. Ainsi, tu sauras que je serai toujours avec toi, ma *bessa*.

Il prit la pierre que tenait Esmée et la plaça face à la sienne, en faisant correspondre les bords découpés. Après quelques instants, il remit la perle dans sa pochette et, prenant les deux pierres imbriquées dans le creux de sa main, il les déposa doucement dans celle d'Esmée, avant de replier sur elles les doigts de la jeune femme.

— Il est temps, ma bien-aimée. Et souviens-toi, je serai toujours près de toi ; toujours je t'aimerai et t'aiderai. Tu ne seras jamais seule.

Serrant de toutes ses forces les deux pierres dans sa main, elle posa tendrement son front contre le sien et ferma les yeux. Elle voulait mémoriser chaque contact, chaque respiration, chaque sensation, les moindres détails contenus dans cet instant ; mais elle ne parvenait pas à penser.

— Nous devons rejoindre la salle de prières, *bessa*.

Ils s'étreignirent en murmurant des mots d'amour.

Tous ceux qui étaient encore présents au sommet de la montagne s'étaient réunis pour cette ultime cérémonie du Consolament. Quatre personnes, dont Raimond, allaient recevoir l'unique sacrement. Elles étaient assises sur un cercle au centre de l'assemblée. Au milieu du cercle, on avait disposé un siège en pierre dont l'assise formait un cœur qu'Esmée avait déjà vu en quelques occasions. Elle nota que la pointe du cœur manquait. Après une séance de prières prolongée, Leyas et Luisana se levèrent et pénétrèrent à l'intérieur du cercle. Luisana brandit un petit triangle fait de la même pierre que le siège. Avec révérence, elle inséra la pièce dans une fente aménagée à l'extrémité de l'assise. Elle s'ajustait parfaitement. Esmée y aperçut des inscriptions ; on disait qu'il s'agissait des noms des apôtres de Jésus. Elle posa son regard sur Raimond et sentit monter les larmes.

Une main se posa sur son épaule. C'était Guilhèm. Il lui tendait la main pour lui demander de le suivre à l'intérieur du cercle. Leyas prit la main gauche de la jeune femme dans les siennes et Luisana lui prit la main droite. Fermant les yeux, Esmée se sentit transportée dans un autre monde, un endroit où régnait une paix parfaite. Puis Leyas s'adressa à elle d'une voix calme et tranquille :

— Esmée, mon enfant chérie, tu es un être d'exception. Nous t'honorons pour avoir accepté si généreusement le chemin qui est le tien dans ce monde d'illusions.

Il la bénit, traça un symbole sur son front, puis passa une bague imaginaire à son doigt et un bracelet invisible à son bras. Enfin, Leyas et Luisana dessinèrent un symbole sur chacune de ses mains.

— Esmée, il se peut que ton esprit essaie de te convaincre que tu as été abandonnée, mais ton cœur, lui, sait tout. Si tu te sens perdue, cherche autour de toi des signes. Un nuage, un oiseau, un petit animal ou un aimable inconnu ; ils te rappelleront que tu n'es jamais seule.

Après que les deux Anciens l'eurent une nouvelle fois bénie, Guilhèm la reconduisit à sa place.

Peu de temps après, la cérémonie du Consolament débuta par des oraisons, durant lesquelles l'évêque Marty psalmodia les noms des huit Anciens : Leyas, Luisana, Luyon, Gerad, Dam, Yusu, Uswan et Dimaz. Puis la première personne à recevoir le sacrement fut invitée à s'asseoir sur la chaise au centre du cercle.

Lorsque ce fut le tour de Raimond, Esmée serra ses mains sur son cœur. L'évêque invoqua le nom de saints et de maîtres ascensionnés et conduisit les prières. Puis il demanda à l'assemblée, y compris aux enfants présents, de fermer les yeux. Dans le silence qui était descendu sur eux, Esmée ne put s'empêcher d'ouvrir un œil pour voir Leyas et Luisana poser leurs mains tour à tour sur la tête, les épaules et les pieds de Raimond. À chaque fois, ils décrivaient des symboles. Leurs mains remontèrent ensuite à la hauteur de son cœur, pour y dessiner un symbole qui lui sembla être une sorte de fleur. Elle referma les yeux lorsque l'évêque posa calmement à Raimond une série de questions qu'il lisait sur un parchemin, et auxquelles le jeune homme répondit par l'affirmative. Enfin Raimond retourna s'asseoir, désormais consolé.

Esmée fut à peine consciente du déroulement du dernier rituel, durant lequel ceux qui monteraient sur le bûcher, à l'exception de Raimond, s'avancèrent pour déposer leur pierre sur une table. Leur voyage en ce monde arrivait à son terme et, comme le voulait la tradition, leur pierre serait bientôt déposée en un lieu soigneusement choisi, comme une marque de respect pour cette terre et une façon de témoigner de leur passage ici-bas. Quatre hommes avaient accepté de quitter Montségur cette nuit-là par l'une des voies secrètes ; quatre hommes pour les quatre points cardinaux qui emporteraient les pierres vers leur dernière destination.

À l'issue de la cérémonie, les familles de la garnison se dispersèrent, tandis que bons hommes et bonnes femmes continuaient leur méditation. Esmée se leva et s'approcha lentement de Raimond. Ils s'inclinèrent l'un devant l'autre et embrassèrent les mains l'un de l'autre ; puis, sans un mot, après une dernière et chaste étreinte, la jeune femme quitta les lieux. Dehors, la nuit était tombée. Alors, sans attendre davantage, elle se dirigea vers leur petit foyer, saisit le balluchon qu'elle avait préparé et se hâta vers l'une des pistes secrètes. Avant de s'y engager, elle eut un dernier regard pour la forteresse et les maisons nichées à l'ombre du grand mur nord, et elle commença sa descente le long de la paroi, s'aidant des prises qu'elle avait si souvent pratiquées.

Elle avait prévu de contourner assez largement le vaste campement des Français qui, à cette heure, devaient s'être regroupés autour des feux. Puis elle reviendrait vers le pog et vers l'espace arboré qui abritait les tentes du commandant du camp, de ses chevaliers et des religieux. Là, elle se cacherait dans un arbre.

Mettant à profit sa parfaite connaissance du terrain, elle marcha pendant quelques heures et atteignit sa destination un peu avant l'aube. Pendant qu'elle se frayait un chemin dans les taillis, elle essayait de faire abstraction de l'infinie tristesse qui envahissait son cœur. L'arbre qu'elle choisit, bien qu'ayant un feuillage peu dense, possédait des branchages fins et entremêlés qui la cacheraient tout en lui permettant d'observer. De là, elle pourrait voir Raimond descendre de la montagne et marcher vers le bûcher érigé dans le pré, un peu plus bas. En attendant les premières lueurs du jour, elle s'installa au pied du tronc, et seulement là, elle se laissa vaincre par sa douleur ; et les larmes, si longtemps refoulées, inondèrent ses joues.

45

Montségur, 16 mars 1244

C'ÉTAIT UN MATIN BRUMEUX et humide. Esmée grimpa dans l'arbre et s'installa sur une grosse branche, consciente que son séjour dans cette cachette inconfortable risquait d'être long. Dans le but d'éviter la paralysie qui s'était emparée de son corps à la suite de sa longue immobilité, le jour où Ava était morte sur le bûcher, plus de huit ans auparavant, elle avait apporté de la nourriture et de l'eau. Depuis son perchoir, elle distinguait parfaitement la tente des religieux où, ce matin-là, on s'activait plus que de coutume. On avait annoncé l'arrivée de deux frères supplémentaires, mais elle n'avait pas cherché à savoir qui ils étaient. Elle vit le plus petit des religieux, capuchon rabattu sur le front et visiblement agité, entrer dans la tente puis en resurgir pour se diriger d'un pas résolu vers le pog. Deux coreligionnaires sortirent à sa suite, mais l'arrivée d'un groupe de soldats à proximité du bosquet l'obligea à baisser la tête et à rester parfaitement immobile, l'empêchant de savoir quelle direction ils empruntèrent.

Des dizaines d'hommes en armes avaient pris place autour d'un enclos long et étroit, situé à côté de la bande d'arbres et d'épais fourrés que les assiégeants avaient volontairement épargnée ; celle qui, pendant tout le siège, avait protégé leur armement contre les indiscrétions et les éventuels sabotages. Désormais, cette aire arborée formait l'un des côtés de l'enclos, les trois autres étant fermés par les poutres des trébuchets non utilisées. Esmée supposa que les repentis, ceux qui avaient choisi de vivre, seraient dans un premier temps retenus dans cet espace clos. Il n'était pas particulièrement sûr, mais le nombre d'hommes déployés tout autour dissuaderait toute velléité de fuite. Bien plus haut, une longue colonne de soldats cheminait sur le sentier escarpé. Les premiers ne tarderaient pas à atteindre la porte de la forteresse.

Elle continua à observer le petit religieux : il s'était arrêté un peu plus haut que l'enclos, sur le chemin menant au sommet, et gênait le travail des militaires par ses directives et son agitation. Un sergent tentait vainement d'éconduire l'importun, mais celui-ci n'avait visiblement aucune intention de partir. Était-ce lui que l'on avait chargé de trouver les membres de la lignée ? Combien de bons Chrétiens réfugiés à Montségur étaient-ils des descendants de Marie-Madeleine et de Jésus ? On disait que Rome y soupçonnait la présence de trois d'entre eux. Elle savait pour Guilhèm. Alors peut-être était-ce Luisana, ou Leyas, ou encore Esclarmonde ?

Soudain, quelqu'un dans le camp cria que des prisonniers quittaient le château. Les trois derniers religieux sortirent de la tente en lissant leur tunique et en ajustant leur ceinture en cuir. Ils serraient dans leur main un petit sac contenant leur rosaire et une bible. Arborant un air arrogant et autoritaire, ils allèrent se mettre en place au pied du pog, près de la tente du fourrier, pour attendre l'arrivée de ce premier groupe.

♦ ♦ ♦ ♦ ♦

Luisana et Arpaïs de Péreille marchaient côte à côte au milieu de la petite cohorte qui venait de quitter le château. Les prisonniers allaient deux par deux. Chacun avait une main attachée à une corde passée au milieu de la double colonne. Des soldats ouvraient et fermaient la triste marche. Élancée et élégante dans sa robe bordeaux brodée de fils d'or, Luisana avançait d'un pas mal assuré. Sa hanche la faisait souffrir et un soldat la soutenait. Lorsqu'ils arrivèrent à l'ancien poste de contrôle, elle remarqua deux frères corpulents assis par terre, arrachant à belle dents la chair de leur morceau de volaille. Elle fut parcourue d'un frisson et trébucha. Le groupe s'arrêta un instant pour permettre au soldat de l'aider à se remettre d'aplomb. Sans les regarder davantage, elle décrivit quelques rapides symboles et les envoya discrètement dans la direction des deux hommes. La procession reprit sa descente. La plupart des prisonniers, faibles et décharnés, marchaient pieds nus, revêtus de leurs plus pauvres atours, ayant offert à ceux qui allaient survivre tout ce qui pouvait leur être utile. Derrière eux, les soldats précédaient un autre groupe formé par les membres de la famille de certains d'entre eux.

Alors qu'ils avançaient lentement sur l'étroit sentier qui se faufilait à présent entre les arbres, Luisana leva les yeux sur la nature sauvage qui les entourait et sourit pour en saluer la beauté. Le chant joyeux d'une mésange s'éleva, tout près.

— Adieu, petite, chuchota-t-elle en l'apercevant. Et merci pour toute la gaieté que tu as apportée à nos vies.

Lorsqu'ils émergèrent du massif d'arbres, ils furent confrontés aux nombreux soldats déployés. Deux rangées serrées d'hommes en armes bordaient la fin de leur parcours menant à l'espace plat et dégagé sur lequel on avait érigé la palissade. Immédiatement, les familles furent poussées vers l'enclos de fortune. Leurs violentes protestations évoluèrent en bousculade lorsqu'elles tentèrent d'échapper aux soldats pour faire leurs adieux à leurs proches.

— Sergent ! – La voix de Luisana s'éleva, ferme et autoritaire, au-dessus du tumulte. – Je vous en prie, libérez-nous de ces liens. Nous marcherons vers le bûcher de notre plein gré et sans protester, mais laissez les familles embrasser les leurs une dernière fois. Je resterai ici, avec vous. Ce sont mes compagnons et ils m'écouteront.

Après une hésitation, l'homme ordonna qu'on les détache.

— Madame, je vous en prie, veillez à ce que cela soit bref. Ne m'obligez pas à employer la force.

Un homme vint relever leurs noms sur un registre. Comme prévu, Arpaïs se fit passer pour Esclarmonde. Esmée vit le petit religieux la dévisager attentivement, mais lorsque les mains de Luisana ébauchèrent un geste brusque, il recula soudain, comme si on l'avait repoussé. Les deux femmes s'étreignirent et Arpaïs continua son chemin vers la palissade. Luisana serra ensuite dans les siennes les mains de chacun de ses compagnons libérés de leurs entraves, et les exhorta calmement à abréger leurs adieux.

Alors que les soldats séparaient les deux groupes et éloignaient les familles, Esmée observait le religieux qui détaillait un à un tous les hommes. Son regard se posait plus longuement sur tous ceux qui n'avaient pas l'apparence émaciée des bons hommes. Il examinait leurs mains, exigeant occasionnellement de l'un ou de l'autre qu'il les lui montre lorsqu'elles n'étaient pas visibles.

Un autre groupe de condamnés arriva, lui aussi suivi par les familles et quelques membres de la garnison. Ignorant les mouvements d'impatience des soldats dont il gênait la conduite des opérations, le petit religieux répéta son manège et continuait ses investigations, s'attardant sur les hommes que l'on conduisait vers l'enclos, qui s'emplissait peu à peu.

Depuis son arbre, Esmée s'obligeait à regarder les scènes déchirantes qui se déroulaient non loin d'elle. Elle avait vu Arpaïs et ses compagnons du premier groupe franchir l'étroite porte aménagée dans la palissade en bois dont la hauteur, pouvant atteindre jusqu'à trois mètres par endroits, dissimulait désormais ses amis. Elle ressentait aussi la tristesse des soldats qui formaient la double haie menant au bûcher. Nombreux étaient ceux qui baissaient les yeux lorsque les condamnés passaient lentement devant eux. Certains se signaient et quelques-uns portaient même subrepticement une main à leur cœur.

Levant les yeux vers la pente, Esmée découvrit sur le chemin un autre groupe d'une douzaine de personnes encordées, suivi lui aussi par les proches. Il n'y avait toujours aucun signe de Raimond. Plus haut, deux frères gravissaient lentement le sentier escarpé. Ce devaient être les deux religieux qu'elle avait vus quitter la tente plus tôt dans la matinée. Ils s'arrêtèrent et se tournèrent pour regarder dans la direction du camp. Les examinant avec plus d'attention, Esmée éprouva une étrange sensation, car même à cette distance, les deux silhouettes lui semblaient familières. Alors, frémissant d'horreur, elle réalisa que là-haut, les deux gardes, del Gurbe et Barca, allaient bientôt atteindre la forteresse.

La sueur perla à son front.

— Oh, Raimond ! Oh non ! Il ne faut pas qu'ils te trouvent. Mon Dieu, je Vous en prie… Ils te feraient endurer les pires supplices. Je sais qu'ils le feraient…

Une vague de panique la submergea, tout son corps était secoué de tremblements. Pourtant, elle devait essayer de penser clairement. Avant tout elle devait avertir Raimond du danger. Et Guilhèm aussi ! Les textes sacrés, ils ne devaient pas tomber entre leurs mains ! Mais jamais elle n'atteindrait le sommet avant eux.

À cet instant, l'un des deux corbeaux plongea vers le sol, devant l'arbre. Son partenaire décrivait des cercles dans le ciel, au-dessus d'eux. La surprise la sortit de son état d'affolement : jamais auparavant ils ne s'étaient autant approchés d'elle. Elle s'agrippa à la branche. Le premier plongea une nouvelle fois.

Guilhèm savait communiquer avec les oiseaux.

— Je vous en prie, allez trouver Guilhèm, murmura-t-elle. Prévenez-le que del Gurbe et Barca sont en route vers le château.

Le corbeau piqua une dernière fois dans sa direction puis s'envola à tire d'aile, suivi par son compagnon. Esmée les regarda s'éloigner vers la forteresse.

Au même moment, Raimond, debout devant l'entrée du

château, était prêt à prendre place le long d'une corde. Il restait encore une cinquantaine de condamnés, attendant qu'on les mène vers leur destinée, ainsi qu'une soixantaine de proches. Parmi eux, quelques infirmes allaient être transportés jusqu'au camp sur des chaises par les hommes de la garnison.

Près de Raimond, Guilhèm ajustait sa capuche, lorsque les deux corbeaux, l'un après l'autre, se mirent à effectuer des plongeons vertigineux au-dessus de sa tête. Un frisson le parcourut. Il s'empressa de renvoyer Raimond, ainsi que Rixanda et frère Thomas, qui attendaient avec lui, à l'intérieur de la forteresse.

Quelques instants plus tard, il les rejoignit avec Matina.

— Barca et del Gurbe sont ici, dit-il. Et ils nous cherchent, sans aucun doute.

Raimond blêmit.

Matina fut prise de tremblements convulsifs. Rixanda la saisit par les épaules et la força à la regarder.

— Courage, jeune femme, courage. Tout cela nous dépasse.

Pierre-Roger et José apparurent à la porte.

— Alayda vient de courir jusqu'au parapet ; nous l'avons entendue apostropher deux frères qui viennent d'arriver, expliqua José.

— Oh, Alayda ! Merci, courageuse jeune dame, murmura sombrement Guilhèm, qui venait de comprendre ce qu'elle était en train de faire.

Et après leur avoir révélé l'identité des deux religieux, il chargea José de surveiller leurs mouvements.

— Lâches ! Vous n'êtes que des lâches !

Depuis le parapet, les invectives d'Alayda pleuvaient sur les deux hommes. Elle portait sur la tête un casque à nasal qu'elle avait ramassé en chemin.

— Frères, vous n'êtes que des imposteurs. Comment pouvez-vous prétendre être des hommes de Dieu ? Vous êtes pourtant libres de choisir votre vie et voici le choix que vous faites : celui de commettre d'épouvantables péchés. Un jour vous devrez rendre des comptes ; vous serez condamnés pour vos choix et vos actes. Lâches !

Les soldats français présents l'ignoraient. Ils l'avaient bien souvent entendue vociférer contre eux depuis le sommet des remparts, ces dix derniers mois.

Il en alla différemment de del Gurbe et Barca qui, hors d'haleine après leur ascension, entrèrent dans une colère noire devant son insolence. Comment cette femme osait-elle les outrager en proférant des blasphèmes, défiant les deux religieux qu'ils étaient censés être, et ce devant tout ce monde ? Ils avaient tué pour moins que cela.

— Fais-la taire, intima Barca à un soldat.

— Pardonnez-moi, mon frère. Nous avons ordre de faire descendre ces gens de la montagne avant le coucher du soleil. Il reste encore quelques groupes dont certains comptent des infirmes. Nous devons nous dépêcher de finir.

Sur le parapet, Alayda continuait à tempêter. Trouvant également un casque, Julian la rejoignit. C'en était trop. Emportés par la fureur, les deux anciens gardes de Tiqué se mirent à leur poursuite en agitant les poings, oubliant pour un temps leur mission. Une fois qu'ils furent hors de vue, José, d'un geste, signifia à Guilhèm que la voie était libre. Alors, sans plus attendre, ce dernier fit sortir Raimond et frère

Thomas et on les attacha côte à côte ; l'Ancien Leyas, qui insista pour rester à proximité du jeune homme, prit place derrière lui, à côté de Rixanda. Quatre autres personnes, dont un chevalier et son épouse, furent enchaînées derrière eux, et le petit groupe quitta immédiatement le château pour commencer sa descente.

Certains se mirent à psalmodier le Notre Père et Raimond essaya de faire de même. Il avait passé la nuit en prières et, comme jamais, il s'était senti en communion avec ces bonnes femmes et ces bons hommes qui l'entouraient. Jusqu'à l'apparition des corbeaux, un peu plus tôt. Depuis, ses pensées allaient vers Esmée et vers sa famille, vers tout ce qu'il allait laisser derrière lui. Il se sentait gagné par la panique ; son pied le faisait souffrir. Non, il ne voulait pas mourir ; il voulait vivre et aimer Esmée, rédiger les histoires d'Esmée, regarder grandir ses neveux et avoir peut-être lui-même un enfant avec sa bien-aimée. Par-dessus la corde, Thomas lui tendit la main.

Une femme se mit à chanter ; sa voix pure vint l'envelopper. Il perçut la présence bienveillante de sa mère à ses côtés.

Matina, José, Guilhèm et Esclarmonde avaient rejoint le petit groupe. Les textes sacrés soigneusement cachés dans ses manches, Guilhèm portait Pedro. Johan était dans les bras de son père. Les deux femmes suivaient. Leur tristesse était immense. Au loin, ils pouvaient encore entendre les cris d'Alayda.

Au sommet du pog, Pierre-Roger rassembla les derniers membres de la garnison et leur ordonna de sortir du château. Sur le chemin, les soldats étaient en train d'attacher un vaste groupe d'une vingtaine de personnes. Parmi elles, la mère et la grand-mère d'Esclarmonde, qu'on allait transporter sur des chaises. Le commandant envoya quelques-uns de ses hommes s'occuper d'elles.

Lorsque Barca revint devant l'entrée de la forteresse, il découvrit un attroupement confus.

— Je vous ordonne de m'amener cette femme immédiatement ! rugit-il en direction du sergent.

— Encore quelques instants, mon frère. Nous finissons et j'enverrai mes hommes à leur poursuite. Nous connaissons cette femme et son ami. Ils sont coriaces et n'hésiteront pas à se battre.

— Alors j'irai moi-même, aboya Barca en se frayant un chemin à travers la petite foule compacte.

Del Gurbe le retint.

— Souviens-toi de ce que nous sommes venus faire ici et laisse-les s'en charger, Barca. – Il se mit à détailler les visages des prisonniers. – Nous ne voulons manquer aucun d'entre eux.

Enfin, les derniers condamnés quittèrent la forteresse et entamèrent leur lente descente. Pierre-Roger et ses chevaliers les plus proches, prêts à affronter l'Inquisition, les suivaient. À l'exception d'Alayda et de Julian, le château était désormais désert. Le chef militaire se retourna une dernière fois et adressa un salut à l'intention des deux audacieux.

— Nous pouvons nous occuper d'eux, à présent, dit le sergent.

— Dépêchez-vous ! siffla Barca, furieux devant le temps perdu. Vous êtes à nos ordres. Cette femme est une hérétique. Amenez-les-nous, ou nous vous arrêterons pour complicité avec elle. Est-ce assez clair ?

Sans attendre la réponse, les deux hommes tournèrent les talons et se mirent en route vers le campement, laissant le sergent et ses hommes à leur tâche.

Au même instant, au point où l'on séparait les condamnés de leurs familles, le petit religieux, de plus en plus agité, passait de prisonnier en prisonnier. Esmée le voyait saisir les mains de certains consolés, y cherchant la marque d'une bague récemment portée.

Puis Raimond apparut. Le cœur de la jeune femme défaillit. À côté de lui, frère Thomas trébuchait intentionnellement dans l'espoir de détourner l'attention de la claudication du jeune homme. Le religieux s'approcha d'eux et attendit qu'on les détache. Il avança vers Raimond et le bouscula pour l'obliger à le regarder. Esmée fut prise de nausée. Raimond leva la tête et plongea son regard dans celui du petit homme. Ce dernier eut un brusque mouvement de recul et chancela ; l'intervention d'un soldat l'empêcha de tomber. Le jeune homme soutint son regard encore quelques instants, puis il se tourna vers frère Thomas.

Le religieux serrait les poings.

Esmée était accablée de douleur. Elle devinait que Raimond avait dû faire des efforts surhumains pour ne pas boiter. Son pied devait le faire atrocement souffrir. Matina s'approchait maintenant de lui pour l'étreindre. Comme elle aurait aimé en faire autant et l'emmener loin d'ici !

Quelques cent soixante-dix personnes s'entassaient désormais dans l'enclos : soldats de la garnison avec leur famille, laïcs qui avaient séjourné sur la montagne, ils attendaient qu'on les emmène pour être interrogés par les frères inquisiteurs.

Chaque groupe de condamnés était accompagné de son lot de proches ; la foule en attente grossissait, à l'instar des cris et des pleurs adressés aux êtres chers qui allaient périr sur le bûcher.

À l'arrière du groupe de Raimond, Esmée vit apparaître les silhouettes encapuchonnées d'Esclarmonde et de Guilhèm, qui tenait Pedro dans ses bras. Ses deux amis se mélangèrent rapidement à la multitude bruyante alors que l'attention du religieux, furibond, restait fixée sur Raimond. José, portant Johan, vint près de Matina et posa une main ferme sur son épaule pour l'écarter de son frère. L'instant d'après, des cris déchirants s'élevèrent, poussés par les proches d'un chevalier fraîchement consolé, provoquant un nouveau mouvement de foule qui manqua renverser et piétiner Luisana. Les soldats mirent un moment avant de reprendre le contrôle de la situation.

Matina, José, Esclarmonde, Guilhèm et les enfants profitèrent de l'agitation pour se fondre dans la foule, et Esmée les vit disparaître sans être inquiétés dans la dense bande arborée. Elle en aurait pleuré de soulagement. Guilhèm avait trouvé le moyen de s'échapper ! Il guiderait le groupe à travers la forêt et en émergerait bien plus loin, à l'abri de tout danger. De là, José emmènerait sa famille à travers la montagne jusqu'à la mer, puis vers le sud, où ils seraient en lieu sûr. Quant à Guilhèm et Esclarmonde, leur route les mènerait vers le nord-ouest, vers des îles qui échappaient à l'autorité du roi de France et de ses alliés.

— Adieu, mon cher, mon si précieux ami, murmura-t-elle. Puisse Dieu m'accorder le bonheur de te revoir un jour.

Raimond et frère Thomas avançaient maintenant en

trébuchant sur le chemin qui descendait vers le bûcher. Le frère les suivait à distance, séparé d'eux par le double cordon de soldats. Esmée tressaillit lorsque le jeune homme approcha de la palissade. Frère Thomas passa le premier l'étroite ouverture ; puis Raimond gravit les quelques marches qui menaient jusqu'à l'épaisse plateforme de rondins et disparut à son tour derrière les hauts murs de bois, suivi par Leyas. Elle aurait voulu disparaître elle aussi, avalée par l'arbre auquel elle s'agrippait désespérément.

Elle chercha les corbeaux. Ils planaient au-dessus du sommet du pog. Soudain, un mouvement attira son attention : sur le sentier, Alayda et Julian, les mains liées dans le dos, étaient emmenés sans ménagement par un groupe de soldats.

Même captive, Alayda gardait sa pugnacité et les apostrophait :

— Pourquoi donc servez-vous ces religieux ? Vous n'êtes que des marionnettes !

Elle finissait sa phrase lorsque, au détour du chemin, ils découvrirent Barca et del Gurbe qui attendaient, adossés à un rocher surplombant l'ancien poste de contrôle.

— Ah, mais qui voilà ! Tenez-la contre ce rocher pour que je la voie mieux, ordonna Barca.

Pressée contre la paroi rocheuse et fermement retenue par les soldats, Alayda soutenait fièrement le regard du garde.

Del Gurbe la dévisageait par-dessus l'épaule de son acolyte.

— Elle est l'une d'entre eux ! s'exclama-t-il.

— C'est toi la louve du village ! postillonna Barca. Je le savais. Où est ton frère ?

Pour toute réponse, Alayda lui cracha à la figure. Avec un

cri sauvage, Barca saisit l'épée de l'un des soldats et l'enfonça dans le ventre de la jeune femme.

Son visage se figea. Dans un ultime effort, elle se tourna vers Julian. « Amour » fut le dernier mot qu'il lut sur ses lèvres. Barca retira la lame et elle s'effondra.

— Non ! hurla Julian.

Fou de fureur et de désespoir, il se libéra de ses liens et se jeta de tout son poids sur les deux gardes, qu'il entraîna avec lui dans le vide. Ils tombèrent lourdement sur une saillie rocheuse en contrebas du sentier. Julian, dont la chute fut amortie par les deux corps épais, réagit le premier ; il roula sur le côté et avec ses pieds il poussa les deux hommes vers le bord de l'avancée, d'où ils basculèrent, continuant leur chute sur le versant escarpé. Allongé à plat ventre, il les suivit des yeux alors qu'ils roulaient entre les arbres, leur tête se fracassant contre les rochers. Lorsque les soldats se penchèrent au bord de la falaise, ils virent Julian une vingtaine de mètres plus bas, allongé sur une saillie, immobile. Plus bas encore, gisaient les deux corps de Barca et de del Gurbe.

— Allez les chercher, ordonna le sergent. Je parle des religieux.

— Qu'en est-il du prisonnier ? Il est peut-être en vie.

— Je m'en chargerai. Nous devons d'abord nous occuper des deux frères. Hâtez-vous !

Le sergent jeta un nouveau coup d'œil au corps massif et sans vie de Julian.

— Ils sont morts, cria l'un des soldats, arrivé à la hauteur des deux gardes.

— Portez-les jusqu'au camp, leur commanda le sergent. Et laissons les corbeaux se repaître des deux autres.

Une colombe se posa au bord de la saillie, près du corps de Julian. Le jeune homme, encore étourdi, se redressa avec lenteur. Esmée le vit inspecter ses membres. Il paraissait indemne. Il s'allongea à nouveau et rampa jusqu'à un buisson, derrière lequel il se réfugia.

46

Montségur, 16 mars 1244

LUISANA FUT LA DERNIÈRE à passer l'étroite porte du bûcher, dont on condamna l'ouverture en empilant quelques rondins. Esmée se serra de toutes ses forces contre le tronc de l'arbre ; son bien-aimé *besson* était derrière cette palissade. Les soldats y mettraient bientôt le feu et il allait mourir. Elle avait beau supplier le Ciel, elle savait que plus rien n'arrêterait désormais le cours des choses. Elle ferma les yeux et invoqua sa mère et Ava pour qu'elles viennent en aide à Raimond, pour qu'elles lui apportent la paix et qu'elles le protègent de la douleur. Des chants s'élevèrent depuis l'intérieur de la palissade.

Hugues des Arcis se tenait non loin de là, surveillant ses soldats qui finissaient les préparatifs. Son lourd manteau était rejeté sur ses larges épaules. Le petit religieux s'approcha de lui.

— Sénéchal, faites cesser ce chant, il est blasphématoire, exigea-t-il.

Le militaire l'ignora.

— Sénéchal des Arcis, j'insiste. Ordonnez à vos hommes de mettre un terme à ceci, au nom de Dieu et de la Sainte Église !

— Ne soyez pas ridicule ; vous avez obtenu ce que vous vouliez. À présent, laissez mes hommes finir leur travail en paix, gronda des Arcis, sans un regard pour l'homme d'Église.

À l'intérieur de la palissade, plus de deux cents condamnés se serraient les uns contre les autres. Frère Thomas et Luisana avaient passé leurs bras autour de Raimond en une étreinte protectrice. Le chant grossissait, comme une vague. Il n'y avait pas de pleurs. Entouré de personnes aimantes, Raimond sentit son cœur s'apaiser. Ses pensées allèrent vers sa mère et son père. Il leva les yeux au ciel. Un nuage y dérivait, qui prit la forme d'un ange en s'arrêtant au-dessus d'eux. Deux autres nuages encore firent de même. Il sourit.

— Esmée, *bessa*, ma tendre aimée, dit-il dans un souffle.

Il ferma les yeux et s'abandonna dans les bras de ses amis. Puis il entendit les craquements du feu qu'on avait allumé de l'autre côté de la palissade. Un frémissement parcourut la masse des corps.

La fumée commença à se répandre doucement alentour. À une cinquantaine de mètres de là, Esmée se couvrit la bouche et le nez avec la manche de son manteau pour ne pas tousser. Le feu progressait et le bois empilé à la base du bûcher dégageait d'épaisses volutes de fumée. Le chant avait cessé. Guilhèm lui avait assuré que le manque d'air les tuerait avant que les flammes ne les atteignent. La jeune femme se raccrochait à cette idée. Soudain, les flammes s'envolèrent vers le ciel. Et lorsque l'odeur de chairs brûlées l'atteignit, elle se fit violence pour ne pas s'enfuir très, très loin.

47

Montségur, 16 mars 1244

Esmée resta réfugiée de nombreuses heures dans l'arbre, remuant de temps à autre ses membres engourdis. Le temps avait perdu toute signification. Les laïcs, parmi lesquels Pierre-Roger et ses chevaliers, avaient été libérés et formaient un cortège désorganisé qui s'éloignait à présent vers l'est. Esmée ignorait tout de leur destination. Ils étaient libres, mais néanmoins escortés par un important détachement armé.

Les troupes françaises, chevaliers et hommes à pied, chevaux et chariots chargés de tentes et d'équipements militaires, les suivaient de peu. Le camp se vidait rapidement. Six chariots demeuraient sur place ; ils emporteraient les restes carbonisés. Les religieux avaient enfourché leurs montures et s'apprêtaient eux aussi à partir, laissant à leur suite le soin de rassembler leurs affaires et de démonter les tentes. Les corps de Barca et del Gurbe furent chargés sur un chariot et laissés aux bons soins des domestiques.

Esmée tourna son regard vers la portion de forêt où avaient disparu Guilhèm et son petit groupe. L'armée avait quitté les lieux. Matina, José et leurs enfants arriveraient bientôt sains et saufs en Aragon ; les précieux textes seraient à l'abri eux aussi.

Au coucher du soleil, il ne restait plus que quelques centaines de soldats à se presser autour des feux de camp. Le bûcher s'était effondré sur lui-même et continuait à fumer doucement.

La jeune femme décida qu'elle ne risquait plus rien à rejoindre Julian plus haut sur la pente. Ils devraient attendre la nuit pour déplacer le corps d'Alayda ; elle le guiderait sur les pistes qu'elle connaissait bien. Elle descendit furtivement de l'arbre et prit le temps de faire quelques mouvements pour ramener la vie dans ses membres ankylosés. Prudemment, elle contourna le campement et s'élança sur l'un des sentiers secrets, choisissant l'un des plus accessibles. Elle trouva Julian, portant tendrement Alayda vers le mur de défense abandonné. Avant de la mettre en terre, il prit sa pierre et coupa une mèche de ses cheveux, qu'il glissa dans une petite pochette à son cou.

— Elle a aimé sa vie ici, Esmée, dit-il en déposant avec précaution la jeune défunte dans le sol meuble, à côté de ceux qui avaient péri durant le siège. Elle avait une telle passion pour la justice ; elle répétait que toute personne avait son libre arbitre et qu'ils ont choisi d'agir comme ils l'ont fait. Elle est toujours restée sourde aux excuses.

Il s'interrompit.

— Je l'aimais.

— Et elle t'aimait, Julian, dit doucement Esmée.

— Je songeais quelquefois à cette petite chaumière où nous

aurions vécu ensemble. Était-ce ridicule ?

— Non, pas du tout. Moi aussi je rêvais d'une vie heureuse avec Raimond. Alayda avait besoin de toi à ses côtés ; tu la complétais. Nous avons beaucoup de chance d'avoir eu dans nos vies ces êtres merveilleux. Même pour peu de temps.

Esmée regarda en direction du bûcher qui rougeoyait dans l'obscurité.

— Mais nous devons continuer, Julian. Nous devons être forts et accomplir ce que l'on attend de nous.

Julian se prit la tête entre les mains et elle passa ses bras autour du colosse accablé de douleur.

Ils restèrent ensemble sur le pog jusqu'au matin.

— Je vais attendre qu'ils soient tous partis ; puis je suivrai Matina et José vers le sud avant de décider de la suite, dit Esmée.

— Je viens avec toi, Esmée, répondit le jeune homme. Je ne retournerai pas à Labernoc.

Les jours suivants, les soldats vidèrent peu à peu le camp. Ils chargèrent les ossements broyés des bons Chrétiens de Montségur sur les chariots et les emportèrent vers un lieu éloigné et non identifiable. Hugues des Arcis fut l'un des derniers à quitter les lieux. Après avoir parcouru une dernière fois ce qui restait du campement, il leva le regard vers la forteresse qui le surplombait. La forte luminosité l'éblouit.

Son long manteau flottant derrière lui, il se retourna vers son serviteur qui tenait les rênes de sa monture. Son travail était achevé.

Non loin de là, cachée dans un arbre au pied du pog, Esmée l'observait. Près d'elle, des oiseaux pépiaient dans le feuillage dense. Lorsque le dernier soldat eut quitté le camp et que les environs eurent retrouvé leur sérénité, elle sortit à découvert dans les prés déserts, sentant le sol boueux sous ses pieds. S'arrêtant entre la montagne et le bûcher, elle fit lentement un tour sur elle-même et s'imprégna de la vision des sommets familiers. Ensemble, les corbeaux tournoyaient au-dessus d'elle. Un âne brayait tristement dans le lointain. Une nuée de passereaux virevolta autour d'elle avant de disparaître dans les arbres, où leurs chants continuèrent à résonner dans le silence. Tandis que les larmes lui brouillaient les yeux, le pog étincela devant elle, déversant dans sa direction des vagues d'une douce lumière. Elle s'inclina profondément en signe de reconnaissance puis essuya ses larmes.

Après un dernier long regard à Montségur, elle se retourna et rejoignit Julian pour la longue marche vers le sud.

Épilogue
Foix, janvier 1316

Guilhem Bélibaste acheva son récit avant l'aube. Respirant à peine, Esmée ouvrit légèrement les yeux lorsqu'elle le sentit prendre la pierre de Raimond dans sa pochette. Il la posa à côté de la sienne, nichée dans le creux de sa paume, et les joignit en faisant correspondre une dernière fois les deux bords découpés. Il referma alors pour quelques instants les doigts de la vieille femme sur les deux pierres. Puis, délicatement, il ouvrit sa main et les lui prit.

N'étant pas en mesure de lui donner le Consolament à cause de la vie peu vertueuse qu'il avait menée, il bénit néanmoins Esmée et partit. Plus tard ce jour-là, la douce Serdane à ses côtés, Esmée quitta cette vie.

Avant de retourner à l'abri de sa communauté, en Catalogne, Guilhem alla déposer les deux pierres en un lieu sacré, proche de Montségur.

Cinq ans plus tard, en 1321, trahi par l'un des membres de cette même communauté, il fut arrêté alors qu'il traversait les

Pyrénées pour se rendre en Languedoc. Il fut jugé par l'autorité épiscopale dans ses Corbières natales et mourut sur le bûcher. Il était l'un des derniers bons hommes connus.

Note de l'auteure

L'intérêt pour les Cathares a grandi au cours du XXe siècle, prenant encore de l'ampleur avec des publications littéraires, telles que *L'Énigme sacrée* (*The Holy Blood and the Holy Grail*), ouvrage de Henry Lincoln, Michael Baigent et Richard Leigh, paru en 1982. Vingt et un ans plus tard, le *Da Vinci Code* de Dan Brown a fait connaître les Cathares à un vaste public international. Aujourd'hui, Montségur et d'autres sites qui leur sont associés attirent des visiteurs du monde entier. Le département de l'Aude, où sont situées Carcassonne et Puivert, utilise le terme touristique de « Pays cathare » pour promouvoir la région.

En 1998, le maire de Toulouse et d'autres personnalités influentes d'Occitanie adressèrent au pape Jean-Paul II une lettre ouverte, le « Manifeste pour la Réconciliation ». Car si le pape avait demandé pardon à de nombreuses communautés pour les fautes commises par l'Église, il n'avait jamais évoqué la croisade contre les Albigeois ou le sort des Cathares. Le 16 octobre 2016, Monseigneur Jean-Marc Eychenne, évêque de Pamiers, fit une demande de pardon au nom de l'Église d'Ariège lors d'une célébration donnée dans l'église de Montségur. « Nous demandons pardon, d'abord à notre Seigneur, mais aussi à tous ceux que des membres de notre Église ont alors persécutés », dit-il. Six cents à sept cents personnes assistèrent à cette cérémonie riche en émotions, qui s'acheva en musique au lieu où s'éleva jadis le bûcher.

En mai 2015, j'ajoutai à cela ma pétition, afin d'obtenir des excuses de la part du pape François. Dans la lettre qui suit, et que je lui ai adressée, je sollicite sa demande de pardon pour la croisade contre les Albigeois et pour la persécution jusqu'à la mort des Chrétiens qu'étaient les Cathares.

8 mai 2015

Très Saint Père,

Je suis une auteure irlandaise et je vis dans le Sud de la France. Durant les dernières années, j'ai étudié l'histoire des Chrétiens qui ont vécu dans cette région au Moyen-Âge ; de nos jours, ils sont connus sous le nom de Cathares. Le sujet principal de mes recherches était Montségur, et plus particulièrement son château, point culminant d'une montagne située au pied des Pyrénées. C'est là qu'au treizième siècle les plus vénérables anciens de la communauté cathare se rassemblèrent pour prier malgré les persécutions ordonnées par des prélats catholiques.

Durant mes recherches, j'ai beaucoup appris sur la croisade contre les Albigeois, qui fut prêchée par le pape Innocent III en 1209. Cette campagne brutale débuta avec le massacre de tous les hommes, les femmes et les enfants de Béziers, le 22 juillet 1209.

Elle prit fin officiellement en 1229, après bien d'autres tragiques événements.

Quatre ans plus tard, le pape Grégoire IX envoya des inquisiteurs afin de poursuivre et de punir les Chrétiens hérétiques. Ce furent les frères de l'ordre des Prêcheurs qui sillonnèrent le Languedoc et qui, en s'acquittant de leur mission, semèrent souffrance et tristesse parmi la population locale. La communauté de Montségur, protégée par une petite garnison, et qui n'avait été jusque-là menacée ni par les croisés ni par l'Inquisition, apparaissait alors comme un phare de lumière et de prière dans ces temps de misère.

Cela changea au printemps de l'année 1243 lorsque, suite au concile de Béziers, une importante armée placée sous le commandement de Hugues des Arcis, sénéchal de Carcassonne, mit le siège devant la forteresse. Pierre Amiel, archevêque de Narbonne, était présent sur les lieux durant les premiers jours de ce siège. La garnison tint les assiégeants en échec pendant dix mois. Mais, en février 1244, elle fut forcée de se rendre. Ceux qui acceptèrent alors de se soumettre à l'interrogatoire de l'Inquisition eurent la vie sauve. Ceux qui refusèrent d'abjurer leur foi quittèrent leur refuge le 16 mars et furent envoyés au bûcher, où ils périrent. Sur les quelques quatre cent cinquante hommes et femmes rescapés du siège en mars 1244, deux cent vingt et une personnes choisirent de mourir par le feu plutôt que de renoncer à leurs convictions.

De nos jours, de nombreux visiteurs gravissent cette montagne. Pour nombre d'entre eux, le lieu reste empreint de tristesse. Le trouble que j'ai ressenti lors de ma première ascension, en 2008, s'est intensifié à mesure que j'étudiais son histoire. Je m'en suis ouverte à ma famille et à mes amis, dont la plupart ont été élevés dans la tradition catholique, et dont beaucoup sont pratiquants. En dépit des huit cents ans qui nous séparent de ces tragiques événements, les réactions furent vives, allant de la peine au dégoût.

Les Cathares et Montségur suscitent un énorme et continuel intérêt, comme le montrent les nombreuses personnes de tous âges et de toutes conditions physiques qui escaladent les pentes escarpées de la montagne année après année. À Montségur, j'ai été témoin de cérémonies et de manifestations de profonde détresse en maintes occasions.

Je crois qu'il subsiste à ce jour beaucoup de douleur et de chagrin associés à la persécution des Cathares au treizième siècle. C'est la raison qui me pousse à vous écrire, très Saint Père. Je crois également que la guérison, le pardon et l'amour peuvent voyager à travers le temps et apporter la paix à tout un chacun, vivant ou mort, qui est relié, d'une manière ou d'une autre, aux malheureux événements de cette époque.

À présent, très Saint Père, j'aimerais demander une grande faveur à Votre Sainteté, en votre qualité de représentant de tous les catholiques dans le monde, aujourd'hui et à travers les temps. Je demande à Votre Sainteté, avec gratitude et amour, de demander pardon, particulièrement pour la croisade contre les Albigeois et pour la persécution jusqu'à la mort des Chrétiens qu'étaient les Cathares.

Je ne puis exprimer au nom d'autrui l'importance de telles excuses venant de Votre Sainteté, mais en ce qui me concerne, elles contribueraient à guérir une profonde et mystérieuse blessure. Elles me donneraient la possibilité d'accepter les événement d'alors et d'aller de l'avant, convaincue que l'amour est la seule force qui anime toutes les Églises chrétiennes.

Avec Amour et en toute humilité,
et avec le plus profond respect,
Catherine de Courcy

Les agissements de l'Église catholique contre ces bons Chrétiens au XIIIe siècle se font encore sentir aujourd'hui. Beaucoup de ceux qui ont grandi dans la foi catholique, y compris moi-même, ont du mal à concilier ses enseignements d'amour et de pardon avec ces agissements qui restent sans repentir dans l'histoire de l'Église. Je suis persuadée que des excuses présentées par le pape feront une différence. Au moment où j'écris, nous restons dans l'attente d'une telle initiative.

Remerciements

Mes recherches sur les Chrétiens de Montségur débutèrent en octobre 2008, lorsque Paddy McCoey m'invita à rejoindre un groupe qui souhaitait explorer les événements survenus dans les derniers jours du siège. Je poursuivis mes investigations en compagnie de Paddy et de Neil McCann durant quelques années. J'aimerais leur exprimer ma profonde gratitude pour m'avoir entraînée dans l'extraordinaire histoire de Montségur, ainsi que pour les connaissances et les éclairages qu'ils partagèrent avec moi durant notre collaboration.

En mars 2011, je commençai la rédaction de ce livre. Je m'immergeai alors dans l'histoire, lisant tout ce qui avait été publié sur le sujet en anglais, tout en réunissant des informations et des renseignements provenant de diverses et nombreuses autres sources. L'histoire étant intimement liée au lieu, je passai beaucoup de temps à Montségur. Je parcourus les nombreux sentiers mentionnés dans le roman et me reposai dans les forêts, près des rivières et dans les grottes que l'on retrouve dans le récit.

Je reçus beaucoup d'encouragements, de soutien et de conseils tout au long du chemin et je suis très reconnaissante envers tous ceux qui m'ont aidée au cours des six dernières années. Je veux remercier tout particulièrement Maria Rawlins, John Rawlins, Sheila de Courcy, Jenny Brown, Noeleen Behan, Paddy Molloy, Irene Hayden, Nathalie André, MaeveAnn Austin, Sean Keighran, Yvette Monahan, Mary de Courcy,

Mary McWilliams, Siobhan McDonald, Daragh Curtis, Declan Curtis and Aileen Fennessy. Étant auteure de non-fiction, il m'a fallu beaucoup d'aide pour adapter mes techniques d'écriture. Je suis immensément reconnaissante envers Kevin McGee, qui me dispensa un cours magistral en écriture de romans, et Brigie de Courcy, qui relut de nombreuses ébauches, et qui me donna des conseils inestimables. Un grand merci aussi à Clodagh Lynam, Rosanna Cooney et Beryl Hill pour leur révision à divers stades du manuscrit, à Anna de Courcy pour la correction finale, à Eoin Cooney et Telma Cooney pour leur aide indispensable en matière de technologie internet, et à Karen Carty, Stephen Marcus, Jamie Jauncey et Brendan Foley pour leur aide opportune dans la publication de cette histoire. Bien des remerciements à Jessie Hayden qui dessina la carte. Merci aussi à Luc Tibor Erdos qui me fit découvrir de nombreux sites intéressants associés aux Cathares, à Andrew Smith pour ses lectures astrologiques détaillées, à Kathleen Evans pour ses renseignements sur l'alimentation au Moyen-Âge et à Max Marty pour ses informations sur le paysage et la végétation de l'époque. Je voudrais également remercier tous ceux qui m'apportèrent leurs indispensables encouragements après leur lecture des diverses versions du manuscrit : ma mère, madame Sheila de Courcy, Terri Gover, Breda McEnaney, Monica McWilliams, Gilly Adkins, Gertrud Keavor, Julie Anaiya Sophia, Pete Wilson et David Bailey.

Je reçus de l'aide, du soutien et des informations de nombreuses autres personnes, certaines dont je ne connais pas le nom. La publication de ce livre est, je l'espère, une façon de reconnaître tout ce qu'ils m'ont donné et de les en remercier tous.

Remerciements de la traductrice

J'aimerais remercier de tout cœur toutes les personnes qui m'ont soutenue et encouragée durant le long processus de traduction de ce roman. Un grand merci à Christine Balle, Sarah Canquouet, Christiane André, Laurence André et Anne-Laure Krebs, mes lectrices et correctrices de la première heure qui m'ont donné de leur temps, et dont les réactions et les remarques judicieuses m'ont permis d'éviter bien des écueils ; merci également à Frédéric de Mota pour sa relecture consciencieuse. Cette traduction doit beaucoup au professionnalisme et à la gentillesse de Nathalie Thery : l'indispensable polissage final, condition préalable à la publication, est le fruit de son travail, et je lui en suis immensément reconnaissante.

Un merci tout spécial à mon mari, Régis, dont la patience et le soutien m'ont été des plus précieux, et aussi à nos filles Esther et Élise pour leurs commentaires avisés.

Toute ma gratitude à Maria Rawlins pour m'avoir confortée et conseillée dans ce projet un peu fou.

Enfin, un immense merci à Catherine de Courcy, pour m'avoir entraînée à sa suite dans cette aventure et pour la confiance sans bornes qu'elle m'a témoignée en me confiant son histoire de Montségur. J'espère avoir été aussi fidèle que possible à ce supplément d'âme qui a guidé sa plume.